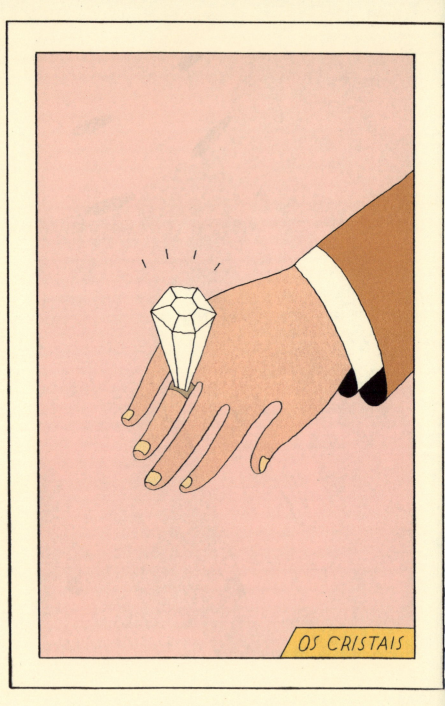

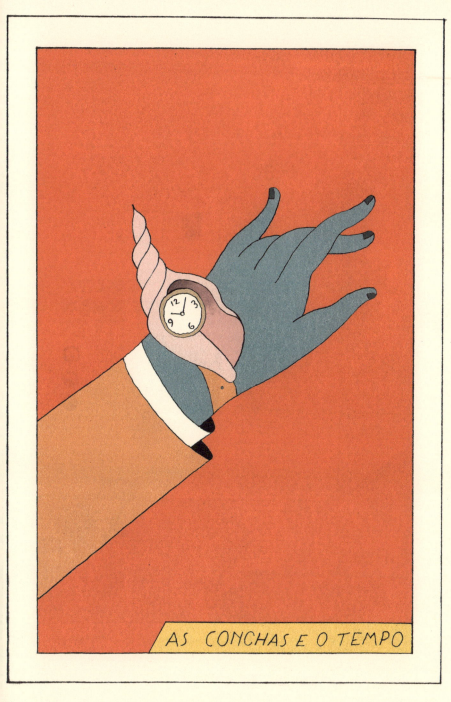

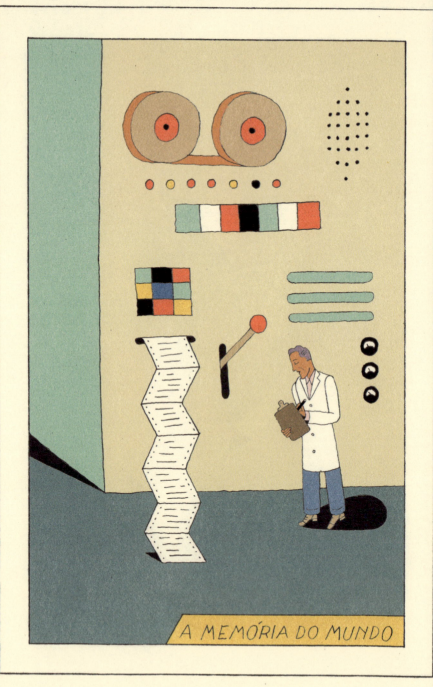

# ITALO CALVINO

# TODAS AS COSMICÔMICAS

[TUTTE LE COSMICOMICHE, 1997]

TRADUÇÃO
IVO BARROSO E ROBERTA BARNI

Copyright © 2002 by Espólio de Italo Calvino
Todos os direitos reservados.

*Grafia atualizada segundo o Acordo Ortográfico
da Língua Portuguesa de 1990, que entrou em vigor
no Brasil em 2009.*

Título original
Tutte le cosmicomiche
Capa e projeto gráfico
Raul Loureiro
Ilustrações de capa e miolo
Marcelo Cipis
Preparação
Cláudia Cantarin
Valéria Franco Jacintho
Revisão
Erika Nogueira Vieira
Paula Queiroz

Dados Internacionais de Catalogação na Publicação (CIP)
(Câmara Brasileira do Livro, SP, Brasil)

Calvino, Italo. 1923-1985
Todas as cosmicômicas / Italo Calvino ; tradução Ivo Barroso,
Roberta Barni. — 1ª ed. — São Paulo : Companhia das Letras, 2023.

Título original: Tutte le cosmicomiche.
ISBN 978-85-359-3464-9

1. Ficção italiana I. Título.

23-158148                                    CDD-853

Índice para catálogo sistemático:
1. Ficção : Literatura italiana 853
Aline Graziele Benitez – Bibliotecária – CRB-1/3129

Todos os direitos desta edição reservados à
EDITORA SCHWARCZ S.A.
Rua Bandeira Paulista, 702, cj. 32
04532-002 — São Paulo — SP
Telefone: (11) 3707-3500
www.companhiadasletras.com.br
www.blogdacompanhia.com.br
facebook.com/companhiadasletras
instagram.com/companhiadasletras
twitter.com/cialetras

# SUMÁRIO

NOTA À EDIÇÃO ITALIANA, 15

## AS COSMICÔMICAS

A DISTÂNCIA DA LUA, 18
AO NASCER DO DIA, 33
UM SINAL NO ESPAÇO, 44
TUDO NUM PONTO, 54
SEM CORES, 59
JOGOS SEM FIM, 70
O TIO AQUÁTICO, 77
APOSTAMOS QUANTO, 89
OS DINOSSAUROS, 99
A FORMA DO ESPAÇO, 117
OS ANOS-LUZ, 127
A ESPIRAL, 140

## T = 0

PRIMEIRA PARTE:
OUTROS QFWFQ

A LUA MOLE, 156
A ORIGEM DAS AVES, 165
OS CRISTAIS, 176
O SANGUE, O MAR, 185

SEGUNDA PARTE:
PRISCILLA

I. MITOSE, 200
II. MEIOSE, 213
III. MORTE, 222

TERCEIRA PARTE:
T=0

T=0, 228
A PERSEGUIÇÃO, 241
O MOTORISTA NOTURNO, 254
O CONDE DE MONTECRISTO, 261

## OUTRAS HISTÓRIAS COSMICÔMICAS

A LUA COMO UM FUNGO, 274
AS FILHAS DA LUA, 283
OS METEORITOS, 295
O CÉU DE PEDRA, 304
ENQUANTO O SOL DURAR, 311
TEMPESTADE SOLAR, 319
AS CONCHAS E O TEMPO, 329
A MEMÓRIA DO MUNDO, 333

## COSMICÔMICAS NOVAS

O NADA E O POUCO, 342
A IMPLOSÃO, 350

## UMA COSMICÔMICA TRANSFORMADA

A OUTRA EURÍDICE, 356

# NOTA À EDIÇÃO ITALIANA

"Enquanto um romance é publicado e reimpresso e não há mais problemas [...], no caso de um livro híbrido, uma apresentação em novas vestes ou com um novo título é sempre uma novidade. É como uma exposição para um pintor — o modo como as telas estão reunidas conta —, se quisermos fazer uma coisa que tenha um sentido"; assim, em uma carta escrita em 1970, por ocasião da preparação de *Os amores difíceis*, Italo Calvino ponderava sobre as possibilidades combinatórias que se oferecem a cada autor no momento em que precisa reunir seus contos em um volume. Escolher, descartar, ordenar eram operações que sempre lhe criavam alguma dificuldade, porque sabia muito bem que o mesmo texto, inserido em uma sequência diferente, pode suscitar distintas interpretações, pode se cobrir de significados inesperados. Daí o episódio editorial um tanto atormentado de seus "escritos breves", não raro embaralhados e redistribuídos em mais de um sumário, destinados a circular concomitantemente em mais de um livro. Daí também certa dispersão, uma resistência aos "fechamentos" definitivos.

No caso das cosmicômicas, Calvino oscilou entre diversos critérios de ordenação, e compôs com elas quatro livros bastante desiguais. Nos primeiros dois, totalmente novos e entre si complementares (*As cosmicômicas* e *T = 0*, que apareceram em 1965 e em 1967), seguiu um critério que poderíamos definir como paracronológico e "cronológico correto" (em que as correções eram ditadas em parte pelo desejo de tornar mais evidentes as etapas de uma pesquisa cada vez mais árdua, em parte por exigências de variação e de simetria interna). Nos últimos dois, ao contrário (*La memoria del mondo e altre storie cosmicomiche* e *Cosmicomiche vecchie e nuove*, publicados respectivamente em 1968 e 1984), seguiu um critério principalmente temático, inserindo ulteriores composições em série que, em larga medida, eram construídas com os contos já incluídos nas coletâneas anteriores.

É evidente que os dois critérios têm igual dignidade e que não cabe ao editor póstumo decidir qual seria o percurso de leitura mais interessante. O público decidirá. Mas já que não podíamos reproduzir mais vezes um mesmo conto, e uma escolha se impunha, privilegiamos as duas coletâneas de 1965 e 1967, que foram depois as únicas a ser continuamente reimpressas com total autorização do autor. [...]

O texto dos contos, conforme a última vontade do autor, segue o original *Romanzi e racconti*, edição dirigida por Claudio Milanini, organizada por Mario Barenghi e Bruno Falcetto, publicada pela Mondadori, Milão, em 1992 e 1994 (volumes 2 e 3, coleção I Meridiani).

# AS COSMICÔMICAS

# A DISTÂNCIA DA LUA

*Houve tempo, segundo sir George H. Darwin, em que a Lua esteve muito próxima da Terra. Foram as marés que pouco a pouco a impeliram para longe: as marés que a própria Lua provoca nas águas terrestres e com as quais a Terra vai perdendo lentamente energia.*

Bem sei disso!, *exclamou o velho Qfwfq*, vocês não podem se lembrar, mas eu posso. A Lua estava sempre sobre nós, desmesurada: no plenilúnio — as noites claras como o dia, mas com uma luz cor de manteiga —, parecia a ponto de explodir; quando chegava a lua nova, rolava pelo céu como um negro guarda-chuva levado pelo vento; e, no crescente, avançava com o chifre de tal forma baixo que parecia prestes a espetá-lo na crista de um promontório e ali ficar ancorada. Mas o mecanismo das fases se processava de modo diverso do de hoje; isso porque eram outras as distâncias do Sol, e as órbitas, bem como a inclinação de não sei bem o quê; daí ocorrerem a todo momento eclipses, com a Terra e a Lua assim tão juntas: imaginem se aquelas duas bolonas não faziam sombra continuamente uma à outra.

A órbita? Elíptica, é claro, elíptica: achatava-se um pouco sobre nós, depois erguia o voo. As marés, quando a Lua estava em seu ponto mais baixo, se levantavam de tal forma que era impossível contê-las. Havia noites de plenilúnio em que estava tão baixa e as marés tão altas, que para a Lua banhar-se no mar faltava um fio; digamos: poucos metros. Se nunca tentamos subir nela? Claro que sim. Bastava ir até embaixo da Lua, de barco, nela apoiar uma escada portátil e subir.

O ponto em que a Lua passava mais baixo era nos Escolhos de Zinco. Lá íamos nas barquinhas a remo que se usavam então, redondas e chatas, de cortiça. Éramos vários a ir: eu, o capitão Vhd Vhd, a mulher dele, meu primo, surdo, e às vezes também a pequena Xlthlx, que devia ter então uns doze anos. A água naquelas noites era claríssima, prateada que parecia de mercúrio, e dentro dela os peixes, roxos, não podendo resistir à atração da Lua, vinham todos à tona, bem como os polvos e as medusas da cor do açafrão. Havia sempre um voo de animais minúsculos — pequenos caranguejos, lulas e até mesmo algas leves e diáfanas, eflorescências de corais — que se desprendiam do mar e acabavam na Lua, e lá ficavam dependurados naquele teto calcinado, ou então ficavam ali no ar, como um enxame fosforescente que tínhamos de espantar agitando grandes folhas de bananeira.

Nosso trabalho consistia no seguinte: levávamos na barca uma escada portátil; um a segurava, outro subia por ela, enquanto um terceiro ia remando para baixo da Lua; por isso, era preciso contar com algumas pessoas (de que só me referi às principais). O que estava no alto da escada, à medida que a barca se aproximava da Lua, gritava apavorado:

— Parem! Parem! Se não vou dar uma cabeçada nela! — Era a impressão que nos dava ao vê-la ali em cima de nós tão grande, tão eriçada de farpas cortantes e bordos salientes e serrilhados.

— Agora pode ser diferente, mas então a Lua, ou melhor, o fundo, o ventre da Lua, em suma, a parte que passava mais perto da Terra, quase a ponto de roçá-la, era coberta de uma crosta de escamas pontiagudas. Chegava a parecer o ventre de um peixe e, mesmo o cheiro, pelo que me lembro, era, se não de todo de peixe, levemente mais tênue, como o de salmão defumado.

Na verdade, no alto da escada conseguia-se de fato tocá-la: bastava erguer os braços, apoiando-se no último degrau. Havíamos tomado cuidadosamente as medidas (sem suspeitar ainda que ela estava se afastando); a única coisa para a qual se devia estar bem atento era o lugar onde se punham as mãos. Eu escolhia uma escama que me parecesse sólida (devíamos subir todos, por turnos, em grupos de cinco ou seis), agarrava-a com uma das mãos, e depois com a outra, e imediatamente sentia a escada e a barca escaparem debaixo de mim, e o movimento da Lua arrancar-me da atração terrestre. Sim, a Lua tinha uma força que nos arrancava e de que nos dávamos conta no momento de passagem de uma para a outra; era preciso fazê-lo bem rápido, com uma espécie de cambalhota, agarrar-se às escamas, atirar as pernas para o alto, para então se encontrar de pé sobre o solo lunar. Visto da Terra, era como se estivéssemos dependurados de cabeça para baixo, mas para nós mesmos era a costumeira posição de sempre, e a única coisa que parecia estranha era, ao erguer os olhos, ver-se embaixo a capa cintilante do mar com a barca e os companheiros de cabeça para baixo, a balançar como um cacho de uva na parreira.

Quem demonstrava um talento todo especial naqueles saltos era meu primo surdo. Suas mãos rudes, mal tocavam a superfície lunar (era sempre o primeiro a pular da escada), se tornavam de repente macias e seguras. Encontravam logo o ponto em que deviam apoiar-se para o salto, até parecia que apenas com a pressão das palmas conseguia aderir-se à crosta do satélite. Uma vez tive mesmo a impressão de que a Lua lhe vinha ao encontro no momento em que ele lhe estendia as mãos.

Igualmente hábil se mostrava na descida à Terra, operação ainda mais difícil. Para nós todos, consistia em dar um salto para cima, o mais alto que podíamos, com os braços erguidos (visto da Lua, pois visto da Terra, ao contrário, era mais parecido com um mergulho ou com um nado em profundidade, os braços pendentes), idêntico ao salto da Terra, em suma, só que então nos faltava a escada, porque não havia na Lua nada onde se pudesse apoiá-la. Mas meu primo, em vez de lançar-se de braços erguidos, inclinava-se sobre a superfície lunar de cabeça para baixo como numa cambalhota, e começava a dar pinotes apoiando-se sobre as mãos. Nós, na barca, o víamos retesado no ar como se estivesse segurando a enorme bola da Lua e a fizesse saltitar tocando-a com as palmas das mãos, até que suas pernas ficavam ao nosso alcance e conseguíamos agarrá-lo pelos tornozelos e trazê-lo para bordo.

Agora certamente vão me perguntar que diabo andávamos fazendo na Lua, e eu lhes explico. Íamos recolher o leite, com uma grande concha e um alguidar. O leite lunar era muito denso, como uma espécie de ricota. Formava-se nos interstícios entre uma escama e outra pela fermentação de diversos corpos e substâncias de proveniência terrestre, que se desprendiam dos prados, das florestas e das lagoas que o satélite sobrevoava. Era composto essencialmente de: sumos vegetais, girinos de rãs, betume, lentilhas, mel de abelhas, cristais de amido, ovas de esturjão, bolores, polens, substâncias gelatinosas, vermes, resinas, pimenta, sal mineral, material de combustão. Bastava afundar a concha sob as escamas que recobriam o solo encrostado da Lua e então retirá-la cheia daquela preciosa papa. Não em estado puro, compreende-se; as escórias eram muitas: na fermentação (quando a Lua atravessava grandes extensões de ar tórrido sobre o deserto), nem todos os corpos se fundiam; alguns permaneciam ali cravados: unhas e cartilagens, cravos, pequenos cavalos-marinhos, caroços e pedúnculos, cacos de louça, anzóis de pescar, às vezes até mesmo um pente. Por isso, aquele mingau, depois de recolhido, precisava ser desnatado, passado por um coador. Mas a dificuldade não residia nisso, e sim na maneira de enviá-lo à Terra. Fazíamos assim: mandávamos o conteúdo de cada colherada para o alto, manobrando a concha como se fosse uma catapulta, com ambas as mãos. A ricota voava no ar, e se o impulso fosse bastante forte ia se esborrachar no teto, ou seja, sobre a superfície marinha. Ali chegando, ficava à tona e depois era mais fácil recolhê-la para dentro da barca. Até nesses arremessos, meu primo surdo demonstrava uma aptidão toda especial; tinha força e pontaria; com um lance resoluto conseguia acertar o tiro bem dentro de um balde que da barca lhe estendíamos. Ao passo que eu às vezes fazia um papelão; a colherada não conseguia vencer a força da atração lunar e vinha de volta me acertar no olho.

Ainda não lhes disse tudo a respeito dessas operações em que meu primo era exímio. O trabalho de extrair leite lunar das escamas era para ele uma espécie de brincadeira: em vez de concha, bastava-lhe às vezes meter sob as escamas a mão nua, ou apenas um dedo. Não agia ordenadamente, mas em pontos isolados, deslocando-se aos saltos de um ponto para o outro, como se quisesse pregar peças à Lua, causar-lhe surpresa ou mesmo provocar-lhe cócegas. E, onde quer que metesse a mão, o leite esguichava forte como das tetas de uma cabra. Tanto que nós não fazíamos outra coisa senão ficar por trás e recolher com nossas conchas a substância que ele, ora daqui ora dali, fazia esguichar; mas sempre como que por acaso, pois os itinerários do surdo não pareciam corresponder a nenhum claro propósito prático. Havia pontos que tocava, por exemplo, simplesmente pelo prazer de tocá-los: interstícios entre uma escama e outra, pregas lisas e tenras da polpa lunar. Às vezes, meu primo não as comprimia com os dedos da mão, e sim — num gesto bem calculado de seus pulos — com os artelhos (ele subia na Lua de pés descalços), e isso parecia para ele o máximo do divertimento, a julgar pelos ganidos que emitia sua úvula e pelos novos saltos que se seguiam.

 O solo da Lua não era uniformemente escamoso; ele apresentava zonas irregulares e nuas de uma escorregadia argila pálida. Esses espaços macios davam ao surdo a fantasia das cambalhotas ou quase voos de pássaros, como se quisesse imprimir na pasta lunar toda a sua figura. E foi assim avançando que a certo ponto o perdemos de vista. Na Lua havia extensas regiões que nunca nos despertaram a curiosidade ou nos deram motivo para explorá-las, e era ali precisamente que meu primo desaparecia; minha ideia era que todas aquelas cambalhotas e aqueles beliscões com que se comprazia aos nossos olhos não passavam de uma preparação, um prelúdio, de algo secreto que devia desenrolar-se nas zonas ocultas.

 Um estado de espírito todo especial nos invadia naquelas noites ao largo dos Escolhos de Zinco; um humor alegre, mas um tanto hesitante, como se dentro do crânio tivéssemos, em vez do cérebro, um peixe, que flutuasse atraído pela Lua. E assim navegávamos cantando e tocando instrumentos. A mulher do capitão tocava harpa; tinha braços muito compridos, que naquelas noites se mostravam prateados como enguias, e axilas escuras e misteriosas como ouriços-do-mar; e o som de sua harpa era tão doce e agudo, tão doce e agudo que quase não o podíamos suportar, e éramos obrigados a lançar longos gritos, não tanto para acompanhar a música, mas antes para proteger nossos ouvidos.

Medusas transparentes afloravam à superfície marinha, vibravam um pouco e levantavam voo para a Lua, ondulando. A pequena Xlthlx divertia-se em agarrá-las no ar, porém não era coisa fácil. Certa vez, estirando os bracinhos para apoderar-se de uma, deu um saltinho e encontrou-se, também ela, flutuando no ar. Magrinha como era, faltavam-lhe alguns gramas de peso para que a gravidade a trouxesse de volta para a Terra, vencendo a atração lunar; assim, ficou voando entre as medusas, suspensa sobre o mar. De repente, apavorou-se, começou a chorar, depois riu e se pôs a brincar, aparando no voo crustáceos e peixinhos, alguns dos quais levava à boca e mordiscava. Manejávamos a barca para nos mantermos por baixo dela; a Lua corria em sua elipse, arrastando atrás de si aquele enxame de fauna marinha pelo céu, e uma longa fileira de algas encaracoladas, com a menina suspensa em meio àquilo tudo. Tinha duas trancinhas finas, a Xlthlx, que pareciam voar por conta própria, retesadas para a Lua: mas ela, enquanto isso, escoiceava, agitava as canelas no ar, como se quisesse combater aquele influxo, e as meias — havia perdido as sandálias no voo — escorregavam-lhe dos pés e balançavam atraídas pela força terrestre. Em cima da escada, procurávamos agarrá-las.

Fora uma boa ideia a de se pôr a comer os animaizinhos suspensos; quanto mais Xlthlx ganhava peso, mais propendia para a Terra; além do mais, como entre todos aqueles corpos em suspensão o seu era o de maior massa, os moluscos, as algas e o plâncton começaram a gravitar em torno dela, e logo a menina ficou recoberta de minúsculas conchinhas silíceas, couraças quitinosas, carapaças e filamentos de ervas marinhas. E, quanto mais se perdia naquele emaranhado, mais ia se libertando do influxo lunar, até que aflorou a pele do mar e nele mergulhou.

Remamos rápido para socorrê-la e retirá-la da água: seu corpo permanecia imantado, e tivemos trabalho para despojá-la de tudo aquilo que a ela estava agarrado. Moles corais envolviam-lhe a cabeça, e dos cabelos choviam anchovas e camarõezinhos a cada passada de pente; os olhos estavam selados por conchas de moluscos que aderiam às pálpebras com suas ventosas; tentáculos de sépias enrolavam-se em torno de seus braços e do pescoço; e o vestidinho parecia inteiramente tecido de algas e de esponjas. Livramo-la do mais grosso; depois ela, por semanas inteiras, continuou a desprender de si mesma barbatanas e conchas; mas a pele, picotada por minúsculas diatomáceas, ficou para sempre com a aparência — para quem não a observasse bem — de estar coberta de um delicado pulverizar de pintas.

O interstício entre a Terra e a Lua era assim disputado por dois influxos que se equilibravam. Direi mais: um corpo que caía à Terra vindo do satélite permanecia algum tempo ainda carregado de força lunar e se opunha à atração do nosso planeta. Até eu, por grande e gordo que fosse, toda vez que ia lá em cima, custava a reabituar-me com os altos e baixos da Terra, e os companheiros tinham de me agarrar pelos braços e manter-me à força, amontoados sobre mim na barca ondulante, enquanto de cabeça para baixo eu continuava a levantar as pernas para o céu.

— Agarre-se! Agarre-se firme a nós! — gritavam para mim.

E eu, naquele agarrar-me às cegas, acabei certa vez por aferrar uma das mamas da sra. Vhd Vhd, que as tinha redondas e firmes, e esse contato me pareceu gostoso e seguro, exercendo sobre mim uma atração semelhante ou ainda mais forte que a da Lua, principalmente quando naquele mergulho de cabeça eu conseguia com o outro braço cingi-la pela cintura, e dessa maneira passava então de volta a este mundo, e caía de chofre no fundo da barca, até que o capitão Vhd Vhd, para reanimar-me, jogava sobre mim um balde de água.

Foi assim que começou a história de meu enamoramento pela mulher do capitão, e a de meus sofrimentos. Porque não demorei a perceber o que significavam os olhares mais obstinados daquela senhora: quando as mãos de meu primo pousavam seguras sobre o satélite, eu olhava fixo para ela e no seu olhar lia os pensamentos que aquela intimidade entre o surdo e a Lua nela suscitava, e, quando ele desaparecia em suas misteriosas explorações lunares, via-a mostrar-se inquieta, como se estivesse pisando em brasas, e logo tudo me pareceu claro, que a sra. Vhd Vhd estava ficando com ciúmes da Lua e eu com ciúmes de meu primo. Tinha olhos de diamante, aquela sra. Vhd Vhd; faiscavam, quando olhava para a Lua, quase num desafio, como se dissesse: "Não o terás!". E eu me sentia excluído.

Quem menos se dava conta de toda essa história era o próprio surdo. Quando o ajudávamos na descida, puxando-o — como já lhes expliquei — pelas pernas, a sra. Vhd Vhd perdia toda a reserva esforçando-se para fazê-lo tombar sobre sua própria pessoa, envolvendo-o com seus longos braços argênteos; eu sentia um aperto no coração (nas vezes em que me agarrava a ela, seu corpo era dócil e gentil, mas não se lançava para a frente como no caso de meu primo), enquanto ele permanecia indiferente, perdido ainda em seu êxtase lunar.

Eu reparava no capitão, perguntando a mim mesmo se também ele se dava conta do comportamento da esposa; mas nenhuma expressão se estampava jamais naquele rosto avermelhado pela salsugem, sulcado de rugas alcatroadas. Como o surdo era sempre o último a se desprender da Lua, sua descida era o sinal para que as barcas partissem. Então, com um gesto insolitamente delicado, Vhd Vhd recolhia a harpa do fundo da barca e a estendia à mulher. Ela era obrigada a tomá-la e arrancar-lhe algumas notas. Nada a podia afastar mais do surdo que o som da harpa. Eu ficava cantarolando aquela canção melancólica, que diz: "Todo peixe brilhante vem à tona, vem à tona, e todo peixe sombrio vai ao fundo, vai ao fundo...", e todos, com exceção do surdo, me faziam coro.

Todos os meses, assim que o satélite passava por nós, o surdo reentrava em seu isolado desprezo pelas coisas do mundo; só o aproximar-se do plenilúnio o despertava. Daquela vez eu arranjei as coisas de modo a não estar no grupo dos que subiriam à Lua, a fim de poder ficar na barca junto à mulher do capitão. E eis que, mal meu primo pôs o pé na escada, a sra. Vhd Vhd falou:

— Hoje eu também quero ir lá em cima!

Jamais havia acontecido de a mulher do capitão subir à Lua. Mas Vhd Vhd não se opôs, ao contrário, quase mesmo a empurrou para a escada, exclamando:

— Pois vá!

E todos nos pusemos a ajudá-la e eu a segurava por trás, e a sentia nos meus braços roliça e macia, e para sustentá-la apoiava contra ela as palmas das mãos e o rosto; quando a senti elevar-se à esfera lunar, invadiu-me uma ansiedade por aquele contato perdido, tanto que comecei a correr atrás dela, dizendo:

— Subo eu também para ajudá-la!

Fui contido como se por uma mordaça.

— Você fica quieto aí, pois temos muito o que fazer — ordenou-me o capitão Vhd Vhd sem erguer o tom de voz.

Naquele momento, já as intenções de cada um estavam claras. Contudo, eu nada concluí, e até hoje não estou seguro de haver interpretado tudo com exatidão. Sem dúvida a mulher do capitão havia por muito tempo acalentado o desejo de isolar-se lá em cima com meu primo (ou pelo menos de não deixar que ele se apartasse sozinho com a Lua), mas é possível que seu plano tivesse um objetivo mais ambicioso, talvez mesmo arquitetado em comum acordo com o surdo: esconderem-se os dois lá em cima e permanecerem na Lua um mês inteiro. Pode ser também que meu primo, surdo como era, não tivesse compreendido nada do que ela tentara lhe explicar, ou, melhor ainda, nem mesmo se desse conta de ser objeto dos desejos da senhora. E o capitão? Não esperava outra coisa senão livrar-se da esposa, tanto é verdade que, tão logo a mulher se confinou no espaço, vimo-lo imediatamente entregar-se às suas inclinações e mergulhar no vício, e agora compreendemos por que nada fizera para impedi-la. Mas saberia ele, desde o início, que a órbita da Lua estava se alargando?

Nenhum de nós poderia suspeitar. O surdo, talvez apenas o surdo: da maneira larval com que sabia das coisas, havia pressentido que lhe tocava aquela noite dar adeus à Lua. Por isso, escondeu-se em seus lugares secretos e só reapareceu para voltar a bordo. E a mulher do capitão perdeu tempo em segui-lo: vimo-la atravessar várias vezes a extensão escamosa, para cima e para baixo, e houve um momento em que se deteve a olhar para nós que ficáramos na barca, quase a ponto de nos perguntar se o tínhamos visto.

Sem dúvida havia algo de insólito naquela noite. A superfície do mar, embora tensa como sempre quando era lua cheia, quase arqueada para o céu, parecia manter-se afastada, frouxa, como se o ímã lunar não exercesse sobre ela toda a sua força. Além disso, não se podia dizer que a luz fosse a mesma dos outros plenilúnios, e havia como que um espessamento das trevas noturnas. Os companheiros que estavam lá em cima também deviam dar-se conta do que estava acontecendo, pois lançaram para nós olhares espavoridos. E de suas bocas e das nossas, no mesmo instante, saiu um grito:

— A Lua está se afastando!

Não havia ainda se dissipado o som daquele grito, quando na Lua apareceu meu primo, correndo. Não parecia amedrontado, nem mesmo surpreso: apoiou as mãos no solo na manobra da sua cambalhota de sempre, mas desta vez, depois de haver se lançado no ar, lá ficou, suspenso, como já havia acontecido com a menina Xlthlx; então rodopiou um momento entre a Terra e a Lua, ficou de cabeça para baixo e, com um esforço dos braços como alguém que ao nadar tivesse de vencer a correnteza, dirigiu-se, com insólita lentidão, para o nosso planeta.

Na Lua, os outros marinheiros se apressaram em seguir seu exemplo. Ninguém estava mais pensando em fazer chegar à barca o leite lunar recolhido, nem o capitão os recriminava por isso. Já haviam esperado demais, a distância se tornara difícil de atravessar; embora tentassem imitar o voo e o nado de meu primo, lá ficaram a bracejar, suspensos em meio ao céu.

— Ajuntem-se! Imbecis! Ajuntem-se! — gritou o capitão.

À sua ordem, os marinheiros tentaram agrupar-se, fazer um bolo, a fim de se lançarem juntos para alcançar a zona de atração da Terra: até que em certo ponto uma cascata de corpos precipitou-se no mar num baque surdo.

Os barqueiros remavam então para recolhê-los.

— Esperem! Está faltando a senhora! — gritei.

A mulher do capitão havia tentado igualmente o salto, mas permanecera flutuando a poucos metros da Lua, e movia molemente no ar seus longos braços argênteos. Trepei na pequena escada e, no vão intento de lhe oferecer um ponto de apoio, estendi a harpa em sua direção.

— Não chega lá! Precisamos ir buscá-la! — E fiz um gesto para lançar-me, brandindo a harpa.

Acima de mim, o enorme disco lunar já não parecia o mesmo de antes, tanto havia diminuído, e olhem que ia até se contraindo cada vez mais como se fosse o meu olhar que o atirasse para longe, e o céu vazio se arreganhasse como um abismo no fundo do qual as estrelas andavam se multiplicando, e a noite derramava sobre mim um rio de vácuo, submergindo-me na ansiedade e na vertigem.

"Tenho medo!", pensei. "Tenho medo demais para atirar-me! Sou um covarde!", e naquele momento mesmo me atirei. Nadava pelo céu furiosamente, e estendia a harpa para ela, mas, em vez de vir ao meu encontro, ela se revolvia, ora me mostrando a face impassível, ora o dorso.

— Vamos nos abraçar! — gritei, e já a alcançava, para agarrá-la para sempre, enlaçando os meus membros nos seus. — Vamos nos abraçar para cairmos juntos!

E concentrava minhas forças em me unir o mais estreitamente possível a ela, e minhas sensações no desfrutar a totalidade daquele abraço. Tanto que custei a dar-me conta de que estava em vez disso arrebatando-a de seu estado de libração para fazê-la recair na Lua. Não me dera conta? Ou talvez fosse essa desde o princípio a minha verdadeira intenção? Não havia ainda conseguido formular o pensamento, quando já um grito irrompeu da minha garganta:

— Eu é que vou ficar um mês junto com você! — E até mesmo: — Em cima de você! — gritava, na minha excitação: — Eu em cima de você um mês inteiro! — E naquele momento a queda sobre o solo lunar havia desfeito o nosso abraço, e roláramos eu para um lado e ela para o meio das frias escamas.

Ergui os olhos como fazia sempre que tocava a crosta da Lua, seguro de encontrar acima de mim o mar natal como um teto infinito, e o vi, sim, o vi ainda esta vez, mas muito mais alto, e muito exiguamente limitado por seus contornos de costas, promontórios e escolhos, e como me pareceram pequeninas as barcas e irreconhecíveis os vultos dos companheiros e débeis os seus gritos! Um som chegou-me de pouca distância: a sra. Vhd Vhd havia encontrado a harpa e a acariciava, provocando um acorde triste como um pranto.

Começou um longo mês. A Lua girava lenta em torno da Terra. No globo suspenso já não víamos nossa praia familiar, mas uma sucessão de oceanos profundos como abismos, e desertos de seixos incandescentes, e continentes de gelo, e florestas borbulhantes de répteis, e os paredões rochosos das cadeias de montanhas talhados pela lâmina de rios precipitosos, e cidades palustres, e necrópoles de tufo, e impérios de argila e lama. A distância espalhava sobre todas as coisas uma cor uniforme: as perspectivas estranhas tornavam estranhas todas as imagens; bandos de elefantes e nuvens de gafanhotos percorriam as planícies tão igualmente vastas e densas e fechadas que não havia diferença.

Eu deveria estar feliz: como nos meus sonhos estava sozinho com ela, a intimidade com a Lua tantas vezes invejada a meu primo com a senhora Vhd Vhd era agora um privilégio exclusivo meu, um mês de dias e noites lunares estendia-se ininterrupto diante de nós, a crosta do satélite nos alimentava com seu leite de sabor acidulado e familiar, o nosso olhar se erguia para o mundo onde havíamos nascido, finalmente percorrido em toda a sua multiforme extensão, explorado nas paisagens jamais vistas pelos seres terrestres, ou então contemplava as estrelas que havia além da Lua, enormes como frutos de luz amadurecidos nos recurvos ramos do céu, e tudo ultrapassava as expectativas mais luminosas, mas, em vez disso, era o exílio.

Só pensava na Terra. Era a Terra que fazia com que alguém fosse de fato alguém e não outro qualquer; lá em cima, arrebatado da Terra, era como se eu não fosse mais eu mesmo, nem ela para mim aquela que foi. Estava ansioso por voltar à Terra, e tremia no temor de havê-la perdido. A extensão de meu sonho de amor havia durado apenas aquele instante em que havíamos rodado abraçados entre a Terra e a Lua; privada de seu terreno terrestre, minha paixão só provava a nostalgia lancinante daquilo que nos faltava: um onde, um em torno, um antes, um depois.

Isso era o que eu provava. Mas e ela? Ao me fazer tal pergunta, sentia-me dividido em meus temores. Porque, se ela também só pensasse na Terra, isso podia ser um bom sinal, o de um entendimento afinal alcançado, no entanto podia ser igualmente sinal de que tudo havia sido inútil, de que era ainda só para o surdo que se dirigiam todos os seus desejos. Mas não, nada disso. Ela jamais erguia o olhar para o velho planeta, pálida perambulava por aquelas landes, murmurando nênias e acariciando a harpa, como compenetrada de sua provisória (como eu achava) condição lunar. Significava isso que eu tinha vencido o meu rival? Não; que havia perdido; uma derrota desesperada. Porque ela havia compreendido que o amor de meu primo era apenas pela Lua, e tudo o que ela desejava então era transformar-se em Lua, assimilar-se ao objeto daquele amor extra-humano.

Tendo a Lua completado a sua volta do planeta, eis que nos encontramos de novo sobre os Escolhos de Zinco. Foi com desalento que os reconheci: nem mesmo em minhas mais negras previsões esperava vê-los tão apequenados na distância. Naquele charco de mar os companheiros tinham voltado a navegar, agora sem a escada portátil, que se tornara inútil; mas das barcas ergueu-se como uma selva de longas lanças; cada um deles brandia a sua, disposta em cima de um arpão ou gancho, talvez na esperança de arrancar ainda um pouco da última ricota lunar ou quem sabe para levar a nós pobres lá no alto algum auxílio. Porém, logo se tornou claro que elas não tinham comprimento suficiente para atingir a Lua; e tombavam, ridiculamente curtas, aviltadas, ficando a balouçar nas águas; e houve barcas que, naquela confusão, acabaram por virar. Mas eis que, então, de outra embarcação começou a erguer-se uma vara mais longa, arrastada até ali por sobre a superfície do mar: devia ser de bambu, de muitas e muitas varas de bambu, engastadas umas nas outras, e para erguê-la era preciso proceder com cautela a fim de que — leve como era — as oscilações não a quebrassem, e manobrá-la com muita força e perícia, para que todo aquele peso vertical não desequilibrasse a barca.

E aconteceu: estava claro que a ponta daquela haste havia tocado a Lua, e vimo-la roçar o solo escamoso, nele fazer pressão e apoiar-se um momento, dar quase um pequeno empurrão, e mesmo um forte empurrão que a fazia afastar-se de novo, e depois voltar a feri-la naquele mesmo ponto como em ricochete, e de novo afastar-se. E então reconheci, ou reconhecemos nós dois — eu e a senhora Vhd Vhd —, que era meu primo, não poderia ser outro, a fazer sua última brincadeira com a Lua, um truque dos seus, com a Lua na ponta da vara como se esta estivesse em equilíbrio. E percebemos que sua habilidade não visava a nada, não pretendia obter nenhum resultado prático, até mesmo poderíamos dizer que a estava empurrando mais ainda para longe, a Lua, que estava ajudando esse afastamento, que a queria acompanhar em sua órbita mais distante. E também isso era muito próprio dele: dele que não sabia conceber desejos em contraste com a natureza da Lua e seu curso e seu destino, e, se a Lua agora tendia a distanciar-se dele, pois então se rejubilava com esse afastamento como até agora se rejubilara com sua vizinhança.

Que devia fazer, diante daquilo, a sra. Vhd Vhd? Só naquele instante ela demonstrou até que ponto sua paixão pelo surdo não era um frívolo capricho, e sim um voto sem retorno. Se o que meu primo amava era a Lua distante, ela iria permanecer distante, na Lua. Isso intuí, vendo que ela não dava um só passo em direção ao bambu, apenas voltava a harpa em direção à

Terra, alta no céu, beliscando-lhe as cordas. Disse que a vi, mas na realidade foi só com o canto do olho que captei sua imagem, pois mal a haste havia tocado a crosta lunar, eu saltei para agarrar-me a ela, e rápido como uma serpente deslizava pelos nós do bambu, subia com movimentos dos braços e joelhos, leve no espaço rarefeito, como impelido por uma força natural a me ordenar que voltasse à Terra, esquecendo o motivo que me havia feito ir lá em cima, ou talvez mesmo mais consciente que nunca dele e de seu desfecho malogrado, e já a escalada pela haste ondulante chegava ao ponto em que não devia fazer mais esforço algum, apenas deixar-me escorregar de cabeça atraído pela Terra, até que naquela corrida a vara se rompeu em mil pedaços e caí no mar por entre as barcas.

Era o doce retorno, a volta à pátria, entretanto meu pensamento era só de dor por aquela que perdera, e meus olhos se dirigiam para a Lua para sempre inalcançável, procurando-a. E a vi. Estava lá onde a havia deixado, estendida numa praia situada exatamente acima de nossas cabeças, sem dizer nada. Estava da cor da Lua; segurava a harpa de lado e movia uma das mãos em lentos e raros arpejos. Distinguia-se bem a forma do peito, dos braços, dos flancos, assim como agora a recordo, agora que a Lua se tornou aquele círculo achatado e distante, e eu continuo sempre a buscá-la com o olhar mal se mostra no céu o primeiro crescente, e quanto mais vai crescendo, mais imagino vê-la, ela ou qualquer coisa dela, porém nada mais que ela, em cem em mil visões distintas, ela que faz da Lua a Lua e que faz a cada plenilúnio os cães ladrarem a noite inteira e eu com eles.

# AO
# NASCER
# DO
# DIA

*Os planetas do sistema solar, explica G. P. Kuiper, começaram a solidificar-se nas trevas pela condensação de uma fluida e informe nebulosa. Tudo era gelado e escuro. Mais tarde o Sol começou a concentrar-se até que se reduziu quase às suas dimensões atuais, e nesse esforço a temperatura subiu, elevou-se a milhares de graus e se pôs a emitir radiações no espaço.*

Uma escuridão danada, aquela, *confirmou o velho Qfwfq*, eu era ainda criança, mal me lembro. Lá estávamos, como de costume, com papai e mamãe, vovó Bb'b, uns tios que nos visitavam, o sr. Hnw, aquele que depois virou cavalo, e nós, os pequenos. Sobre a nebulosa, creio que já contei várias vezes, nos sentíamos como que deitados, estirados, parados, deixando-nos levar por onde elas se moviam. Não que ficássemos na parte externa, compreende?, na superfície da nébula; não, ali fazia muito frio; ficávamos embaixo, como que protegidos por uma matéria fluida e granulosa. Não tínhamos como calcular o tempo; todas as vezes que me punha a contar as voltas da nebulosa surgiam contestações, dado que no escuro não dispúnhamos de pontos de referência; e acabávamos brigando. Assim preferíamos deixar os séculos correrem como se fossem minutos; não nos restava senão esperar, mantermo-nos cobertos o maior tempo que pudéssemos, cochilar, trocar umas palavras de vez em quando para estarmos certos de que continuávamos ali; e — naturalmente — coçar-nos; porque, a bem dizer, todo aquele turbilhonar de partículas só fazia nos provocar um fastidioso prurido.

O que esperávamos, ninguém saberia dizê-lo; certo, vovó Bb'b se lembrava ainda de quando a matéria era uniformemente dispersa pelo espaço, e do calor e da luz; apesar de todos os exageros que sempre existem nas histórias dos antigos, os tempos deviam ser de certa forma melhores, ou pelo menos diversos; e para nós tratava-se de deixar passar aquela noite imensurável.

Em melhor situação que todos nós estava minha irmã G'd(w)$^n$ por seu caráter introvertido: era uma jovem esquiva, e gostava do escuro. G'd(w)$^n$ escolhia, para ficar, lugares um pouco afastados, na orla da nuvem; ela contemplava a escuridão, deixava escorrer em finas cascatas os grânulos de fina poeira, falava consigo mesma, com risinhos que eram como pequenas cascatas de fina poeira, cantarolava e se entregava — adormecida ou desperta — aos sonhos. Não eram sonhos como os nossos — na escuridão, sonhávamos com outra escuridão, pois era só isso que nos vinha à mente; ela sonhava — pelo que podíamos depreender de seu variar — com uma escuridão cem vezes mais profunda e vária e aveludada.

Foi meu pai o primeiro a perceber que alguma coisa estava se modificando. Eu estava cochilando e seu grito despertou-me:

— Atenção! Algo está nos tocando!

Embaixo de nós a matéria da nebulosa, fluida como sempre havia sido, começava a condensar-se.

Na verdade, minha mãe já havia algumas horas começara a virar-se e a revirar-se, dizendo:

— Ufa, não sei de que lado ficar deitada!

Em suma, se a tivéssemos compreendido, ela nos advertia assim de que uma alteração qualquer ocorria no local onde estava estendida: a fina poeira não era a mesma de antes, macia, elástica, uniforme, tanto que nela podíamos rolar à vontade sem deixar traços, mas agora começava a formar-se uma espécie de abaixamento ou depressão, principalmente no local em que ela costumava apoiar-se com todo o peso. E parecia-lhe sentir embaixo de si como que uma concentração de grânulos, um espessamento, umas bossas; que talvez estivessem sepultos a centenas de quilômetros abaixo, mas que se faziam sentir através de todas aquelas camadas de poeira finíssima. Não que de hábito déssemos muita trela àquelas premonições de minha mãe: pobrezinha, hipersensível como era e já bastante avançada em anos, a posição em que se encontrava não era das mais indicadas para os nervos.

Depois foi meu irmão Rwzfs, naquela época pequenino, a quem, num certo momento, vendo-o, como direi?, esbatendo-se, cavando, em suma, agitando-se, perguntei:

— Que está fazendo?

E ele respondeu:

— Brincando.

— Brincando? Com quê?

— Com alguma coisa — disse ele.

Compreendem? Era a primeira vez. Nunca tinha havido coisas com as quais pudéssemos brincar. E como queriam que brincássemos? Com aquela papa de matéria gasosa? Grande brincadeira — só poderia ocorrer à minha irmã G'd(w)$^n$. Se Rwzfs brincava, era sinal de que havia encontrado algo de novo, tanto que logo em seguida disse, com um de seus costumeiros exageros, que havia encontrado uma pedra. Certamente não era uma pedra, e sim um conglomerado de matéria mais sólida, ou — digamos — menos gasosa. Sobre esse ponto nunca se mostrou muito preciso, mas ficou a contar histórias, do modo como lhe vinham, e quando chegou a época em que se formou o níquel, e não se falava de outra coisa, ele disse:

— Isto mesmo: era níquel aquilo com que eu estava brincando! — O que lhe valeu o apelido de "Rwzfs de níquel".

(Não como dizem agora alguns que o chamávamos assim porque ficara sendo de níquel, não conseguindo, lerdo como era, avançar além do estágio mineral; as coisas se passaram diversamente, digo isso por amor à verdade, não porque se trate de meu irmão: ele sempre foi um tanto lerdo, não nego, mas não do tipo metálico, muito menos ainda do tipo coloidal; tanto que, muito jovem ainda, casou-se com uma alga, uma das primeiras, e não soubemos mais nada a seu respeito.)

Enfim, parece que todos haviam sentido alguma coisa; exceto eu. Talvez porque seja distraído. Senti — não me recordo se dormindo ou já desperto — a exclamação de nosso pai: "Algo está nos tocando!", uma expressão sem significado (dado que antes disso nada havia tocado em nada, podemos estar certos) mas que adquiriu um significado no instante exato em que foi dita, ou seja, significou a sensação que começávamos a experimentar, levemente nauseante, como uma lâmina de lodo que passasse por baixo de nós, plana, e sobre a qual parecêssemos quicar. E eu disse, como em tom de censura:

— Ah, vovó!

Perguntei-me reiteradas vezes em seguida por que motivo minha primeira reação foi a de recriminar nossa avó. Vovó Bb'b, por ter se mantido fiel aos seus hábitos dos tempos antigos, não raro fazia coisas fora de propósito: continuava a acreditar que a matéria estava em expansão uniforme e, por exemplo, que bastava deixar a imundície ali de qualquer maneira que ela iria rarefazer-se e desaparecer ao longe. Não lhe entrava na cabeça que o processo de condensação já tinha começado havia algum tempo, ou seja, que a sujeira se espessava sobre as partículas de tal forma que não se conseguia mais retirá-la dali. Foi assim que, inconscientemente, associei aquele fato novo do "algo está nos tocando!" com alguma coisa de errado que pudesse ter feito minha avó e por isso lancei aquela exclamação.

E então, vovó Bb'b:

— Que foi? Achou a rosca?

Essa rosca era um pequeno elipsoide de matéria galáctica que vovó havia desenfurnado quem sabe de onde nos primeiros cataclismos do universo e trazia sempre embaixo dela, para sentar-se em cima. A certo ponto, na grande noite, perdera-a, e minha avó me culpava dizendo que eu a havia escondido. Ora, é verdade que sempre odiara aquela rosca, tanto parecia absurda e deslocada em nossa nebulosa, mas, no máximo, poderiam reprovar-me apenas de não vigiá-la o tempo todo, como pretendia vovó.

Até meu pai, que sempre era muito respeitoso com ela, não pôde se conter de um dia observar-lhe:

— Escute aqui, mamãe, alguma coisa séria está para acontecer, e a senhora continua com essa história da rosca!

— Ah, bem que eu dizia que não estava conseguindo dormir! — disse minha mãe; também esta uma observação pouco apropriada às circunstâncias.

Nisso ouvimos um forte: "Puac! Uac! Sgrr!", e percebemos que algo estava ocorrendo ao sr. Hnw: ele cuspia e arrotava sem parar.

— Senhor Hnw! Senhor Hnw! Contenha-se! Onde irá acabar assim? — começou a dizer meu pai, e, naquelas trevas ainda sem claraboia, conseguimos às apalpadelas segurá-lo e erguê-lo à superfície da nebulosa, para que tomasse fôlego.

Estendemo-lo sobre aquele estrato externo que ainda estava adquirindo uma consistência escamosa e escorregadia.

— Uac! Te fecha em cima, esse troço! — procurava dizer o sr. Hnw, que, quanto à capacidade de exprimir-se, nunca fora dos mais bem-dotados. — A gente afunda, afunda, e engole! Scrach! — cuspia.

A novidade era esta: quem não estivesse atento à nebulosa afundava. Minha mãe, com o instinto das mães, foi a primeira a percebê-lo. E gritou:

— Os meninos, estão todos aí? Onde é que estão?

Na verdade estávamos um tanto distraídos e, embora antes, quando tudo girava regularmente pelos séculos, nos preocupássemos sempre em não nos dispersar, agora essa preocupação havia passado.

— Calma, calma. Que ninguém se afaste — disse meu pai. — G'd(w)$^n$! Onde você está? E os gêmeos? Quem foi que viu os gêmeos?

Ninguém respondeu.

— Ai! Ai! Eles se perderam! — gritou nossa mãe.

Meus irmãozinhos ainda não estavam em idade de saber comunicar qualquer mensagem, por isso se perdiam facilmente e viviam sempre vigiados.

— Vou procurá-los! — gritei.

— Isso, muito bem, Qfwfq! — disseram papai e mamãe,

e logo, arrependidos: — Mas não se afaste, senão você também se perde! Não saia de perto! Bom, vá, mas indique onde se encontra: assovie!

Comecei a caminhar no escuro, no pântano daquela condensação de nébula, emitindo um silvo contínuo. Digo: caminhar, quer dizer, uma forma de mover-se na superfície, o que era inconcebível até poucos minutos antes, e que agora era tudo o que se podia tentar, porque a matéria opunha tão pouca resistência que, não se estando atento, em vez de continuar avançando na superfície, arriscava-se a afundar obliquamente, ou mesmo na perpendicular, e lá ficar sepulto. Mas fosse qual fosse a direção em que andasse, ou o nível, as probabilidades de encontrar meus irmãozinhos eram iguais, quem sabe onde haviam se escondido os dois traquinas.

De repente tombei; como se me tivessem dado — como diríamos hoje — uma rasteira. Era a primeira vez que caía, não sabia nem mesmo o que era isso de "cair", mas estávamos ainda no macio e nada me aconteceu.

— Não pise aqui — disse uma voz —, Qfwfq, que não quero. — Era a voz de minha irmã G'd(w)$^n$.

— Por quê? Que tem aqui?

— Fiz umas coisas com as coisas... — disse.

Levei algum tempo para perceber, às apalpadelas, que minha irmã, triturando aquela espécie de lama, havia produzido um montinho cheio de pináculos, de serrilhas e de agulhas.

— Mas que andou fazendo?

G'd(w)$^n$ dava sempre respostas sem pé nem cabeça.

— Um fora com um dentro dentro. Tzlll, tzlll, tzlll...

Continuei meu caminho entre um trambolhão e outro. Tropecei também no indefectível sr. Hnw, que havia retornado finalmente à matéria em condensação, de cabeça para baixo.

— Levante-se, senhor Hnw, senhor Hnw! Impossível que não consiga ficar de pé! — E coube-me ajudá-lo novamente a sair daquela, desta vez com um empurrão de baixo para cima, porquanto também eu estava completamente imerso.

O sr. Hnw, tossindo, ofegando e espirrando (fazia um frio mais gelado do que nunca), aflorou à superfície exatamente no

lugar onde estava sentada vovó Bb'b. Esta voou no ar, e logo se emocionou:
— Os netinhos! Os netinhos voltaram!
— Não, mamãe, veja, é o senhor Hnw! — Não se entendia mais nada.
— E os netinhos?
— Estão aqui! — gritei. — E também achei a rosca!
Os gêmeos deviam ter feito há muito um esconderijo secreto no interior da nébula e foram eles que esconderam a rosca lá dentro, para brincar. Enquanto a matéria esteve fluida, flutuando em meio a ela podiam mesmo dar saltos mortais através da rosca, mas agora achavam-se prisioneiros de uma espécie de creme espumante: o buraco da rosca estava tapado, e eles próprios se sentiam comprimidos por todos os lados.
— Agarrem-se à rosca! — Tentei fazê-los compreender. — Que eu arranco vocês daí, seus tolos!
Puxei, puxei e em um certo ponto, antes que se dessem conta disso, já estavam dando cambalhotas na superfície, que agora se encontrava recoberta por uma película encrostada como clara de ovo. A rosca, ao contrário, mal emergira, havia se desfeito. Sabe-se lá que raios de fenômenos ocorriam então; e tente-se explicá-los à vovó Bb'b.
Agora mesmo, como se não tivessem conseguido escolher um momento mais propício, os tios se levantaram lentamente e disseram:
— Bom, está ficando tarde, nossos filhos, sabe-se lá o que estão fazendo, estamos um tanto preocupados, foi um prazer tê-los encontrado de novo, mas é melhor irmos andando.
Não se pode dizer que não tivessem razão, teria sido até mesmo o caso de terem se alarmado e saído correndo antes; mas aqueles tios, talvez pelo local contramão em que moravam, eram tipos um tanto embaraçados. Talvez estivessem se roendo por dentro até agora e não haviam ousado dizê-lo.
Meu pai falou:
— Se querem ir, não vou prendê-los mais; porém, reflitam bem se não é mais conveniente esperar que a situação se escla-

reça, pois como está não se sabe que tipo de perigo se vai enfrentar. — Enfim, esse tipo de discurso cheio de bom senso.
Mas eles:
— Não, não, muito obrigado pela atenção, foi uma bela conversa, mas já lhes causamos muito transtorno. — E outras basbaquices. Em suma, não que compreendêssemos muito, mas eles não se davam mesmo conta de nada.

Esses tios eram três, para ser preciso: uma tia e dois tios, todos os três muito compridos e praticamente idênticos; nunca se soube bem, entre eles, quem era marido ou irmão de quem, nem mesmo quais eram exatamente as relações de parentesco conosco; naqueles tempos muitas eram as coisas que permaneciam vagas.

Começaram a partir um de cada vez, os tios, cada qual numa direção distinta, rumando para o negro céu, e vez por outra, como para manter o contato entre si, faziam: "Oh! Oh!". Faziam tudo dessa maneira; não eram capazes de agir com um mínimo de método.

Mal haviam partido os três e já se ouviam seus "Oh! Oh!" que vinham de pontos longínquos, embora devessem estar ainda ali a poucos passos. E ouvíamos até mesmo algumas de suas exclamações, embora não soubéssemos o que queriam dizer: "Mas aqui é o vácuo?"; "Por aqui não se passa!"; "E por que não vem por aqui?"; "E onde você está?"; "Pule, então!"; "Ora, pular o quê?"; "Mas daqui temos que voltar!". Em suma, não se entendia nada, a não ser que entre nós e aqueles tios estavam se alargando enormes distâncias.

Foi a tia, que partira por último, a vociferar um discurso mais coerente:
— E agora estou em cima de um pedaço dessa coisa que se destacou...

E as vozes dos dois tios, apagadas agora pela distância, que repetiam:
— Idiota... Idiota... Idiota...

Estávamos escrutando aquela escuridão atravessada de vozes, quando ocorreu a mudança: a única verdadeiramente grande mudança que me foi dado presenciar, diante da qual o resto nada significa. Em suma: aquela coisa que começou no horizonte, aquela vibração que não se assemelhava ao que agora chamávamos de som, nem nada do gênero "algo está nos tocando!", ou outros mais; uma espécie de ebulição certamente distante e que ao mesmo tempo nos parecia próxima; enfim, de repente a escuridão se fez escura em contraste com algo que não era escuro, ou seja, a luz. Assim que pudemos fazer uma análise mais atenta de como estavam as coisas, percebemos que: primeiro, o céu estava escuro como sempre mas começando a não ser bem assim; segundo, a superfície sobre a qual nos encontrávamos, toda enrugada e cheia de crostas, feita de um gelo sujo de dar náuseas, estava se dissolvendo rápido porque a temperatura aumentava a todo vapor; e, terceiro, aquilo que depois iríamos chamar de fonte de luz, ou seja, uma massa que estava se tornando incandescente, separada de nós por um enorme espaço vazio, parecia começar a experimentar todas as cores, uma por uma, com sobressaltos cambiantes. E mais ainda: lá no meio do céu, entre nós e a massa incandescente, um par de ilhotas iluminadas e vagas, que revolviam no vácuo tendo em cima os nossos tios ou outras pessoas reduzidas a sombras longínquas que emitiam uma espécie de ganido.

    O mais difícil fora feito: o núcleo da nébula, contraindo-se, havia gerado calor e luz, e agora havia o Sol. Tudo o mais continuava a girar ali em torno dividido e aglomerado em vários pedaços, Mercúrio, Vênus, a Terra, e outros mais além, e todos os que lá estavam. E, acima de tudo, fazia um calor de matar.

    Nós, ali de boca aberta, empertigados, salvo o sr. Hnw, que continuava de cabeça baixa, por prudência. E minha avó, lá embaixo, a rir. Já disse: vovó Bb'b era dos tempos da luminosidade difusa, e durante toda a era da escuridão havia continuado a falar como se de um momento para o outro as coisas devessem voltar ao que eram antes. Então pareceu-lhe chegado o momento; a princípio, quis bancar a indiferente, a pessoa para quem tudo o que ocorre é perfeitamente natural; depois, como não lhe déssemos a devida atenção, começou a rir, e apostrofar-nos:

— Seus ignorantes... Ignorantões...

Não o fazia, contudo, inteiramente de boa-fé; a menos que sua memória então não a ajudasse tão bem. Meu pai, ainda que pouco entendesse do que estava se passando, disse-lhe, sempre com cautela:

— Mamãe, sei o que quer dizer, mas agora, vamos lá, parece que se trata de um fenômeno inteiramente diverso... — E apontando para o solo: — Olhe lá embaixo! — exclamou.

Baixamos os olhos. A Terra que nos sustinha era ainda um montão gelatinoso, diáfano, que se tornava cada vez mais sólido e opaco, a começar pelo centro onde estava se adensando uma espécie de gema de ovo; mas nossa vista ainda conseguia atravessá-la de um lado a outro, iluminada que estava por aquele primeiro Sol. E em meio àquela espécie de bola transparente víamos uma sombra que se movia como se estivesse nadando ou voando. E nossa mãe disse:

— Minha filha!

Todos reconhecemos $G'd(w)^n$: apavorada talvez pelo incêndio do Sol, num ímpeto de sua alma esquiva, havia se aprofundado na matéria da Terra em condensação, e agora procurava abrir uma passagem nas profundezas do planeta, e parecia uma borboleta de ouro e de prata, cada vez que passava por uma zona ainda iluminada e diáfana, ou então desaparecia na esfera de sombra que se alargava cada vez mais.

— $G'd(w)^n$! $G'd(w)^n$! — gritávamos, e nos atirávamos ao chão procurando também nós abrir uma via para chegar até ela.

Mas a superfície terrestre se coagulava cada vez mais num invólucro poroso, e meu irmão Rwzfs, que conseguira enfiar a cabeça numa greta, por pouco não acabou estrangulado.

Depois, não a vimos mais: a zona sólida ocupava agora toda a parte central do planeta. Minha irmã ficara do lado de lá e não se soube mais dela, se permanecera sepulta nas profundidades ou se conseguira salvar-se do outro lado, até que um dia, muito mais tarde, fui encontrá-la em Camberra, em 1912, casada com um certo Sullivan, ferroviário aposentado, tão mudada que quase não a reconheci.

Levantamo-nos. O sr. Hnw e vovó estavam à nossa frente, chorando, envoltos em chamas douradas e azuis.

— Rwzfs! Por que pôs fogo em sua avó? — começou a gritar nosso pai, mas, voltando-se para meu irmão, viu que também ele estava envolto em chamas.

E meu pai também, e minha mãe, e eu próprio, todos nós ardíamos no fogo. Ou melhor: não ardíamos, estávamos como que imersos numa floresta deslumbrante, as altas chamas se erguendo acima da superfície do planeta, numa atmosfera de fogo na qual podíamos correr e planar e voar, tanto que nos sentimos invadidos por uma nova alegria.

As radiações do Sol estavam queimando os invólucros dos planetas, feitos de hélio e hidrogênio; no céu, lá onde estavam nossos tios, volteavam globos incandescentes que arrastavam atrás de si longas barbas de ouro e de turquesa, como um cometa faz com sua cauda.

A escuridão retornou. Acreditamos que tudo o que poderia ocorrer já havia ocorrido, e:

— Agora sim é que é o fim — disse vovó —, é preciso dar crédito aos velhos.

Mas, em vez disso, a Terra tinha apenas dado uma de suas voltas habituais. Era a noite. Tudo estava apenas começando.

# UM SINAL NO ESPAÇO

*Situado na zona externa da Via Láctea, o Sol leva cerca de duzentos milhões de anos para realizar uma revolução completa da Galáxia.*

Exatamente, este é o tempo que leva, nada menos, *disse Qfwfq*; eu uma vez passando fiz um sinal num ponto do espaço, de propósito, para poder vir a reencontrá-lo duzentos milhões de anos depois, quando viéssemos a passar por ali na volta seguinte. Um sinal como? É difícil dizer porque, quando lhes digo sinal, pensarão imediatamente em alguma coisa que se distinga de outra, e ali não havia nada que pudesse distinguir-se de nada; pensarão logo num sinal marcado com um utensílio qualquer ou mesmo com as mãos; em seguida, que os utensílios e as mãos se vão mas que o sinal permanece; porém, naquele tempo ainda não havia utensílios, nem mesmo as mãos, ou dentes, ou narizes, tudo isso que veio em seguida, só que muito tempo depois. Quanto à forma que se dá ao sinal, acharão não ser problema porque, seja qual for a forma que tenha, basta que um sinal sirva de sinal, quer dizer, que seja diverso ou mesmo igual aos outros sinais: também aqui estarão a falar depressa demais, pois naquela época não havia exemplos aos quais referir-me para saber se o fazia igual ou diverso de outro, não havia coisas que se pudessem copiar, nem mesmo uma linha reta ou curva que fosse, não se sabia o que era, nem um ponto, uma saliência ou reentrância.

Tinha a intenção de fazer um sinal, isto sim, ou seja, tinha a intenção de considerar sinal uma coisa qualquer que me ocorresse fazer, donde tendo eu, naquele ponto do espaço e não em outro, feito algo com a intenção de fazer um sinal, resultou em verdade que acabei fazendo um sinal.

Em suma, por ter sido o primeiro sinal que se fazia no universo, ou pelo menos no circuito da Via Láctea, devo dizer que resultou muito bem. Visível? Sim, ora essa!, e quem tinha olhos para ver naqueles tempos? Nada havia jamais sido visto por alguém, isso nem se discutia. Que fosse reconhecível sem o risco de engano, isso sim; pelo fato de que todos os outros pontos do espaço eram iguais e indistinguíveis, ao passo que aquele tinha o sinal.

Assim, os planetas prosseguindo em seu giro, e o sistema solar no seu, bem logo deixei o sinal para trás, separado de mim por campos intermináveis de espaço. E já não conseguia impedir-me de pensar em quando voltaria a encontrá-lo, e como o reconheceria, e no prazer que me proporcionaria, naquela imensidão anônima, após cem mil anos-luz percorridos sem me confrontar com algo que me fosse familiar, nada ao longo de centenas de séculos, por milhares de milênios, voltar e encontrá-lo ali em seu lugar, tal como o havia deixado, nu e cru, mas com aquela marca — digamos — inconfundível que nele eu imprimira.

Lentamente a Via Láctea girava em redor de si mesma com suas franjas de constelações e planetas e nuvens, e o Sol com todo o resto, em direção ao bordo. Em todo aquele carrossel, só o sinal estava firme, num ponto qualquer, ao resguardo de todas as órbitas (para fazê-lo havia me inclinado para fora das margens da Galáxia, a fim de que ele ficasse ao largo e a rotação de todos aqueles mundos não lhe passasse por cima), num ponto qualquer que já não era qualquer a partir do momento em que era o único ponto a respeito do qual estávamos seguros de que se encontrava ali, e em relação ao qual se poderiam definir todos os outros pontos.

Pensava nisso dia e noite; mais ainda, não podia pensar em outra coisa, ou seja, era a primeira ocasião que tinha de pensar em alguma coisa; ou melhor, pensar em algo jamais havia sido possível, primeiro porque faltavam coisas em que se pudesse pensar, e segundo porque faltavam os sinais para pensá-las, mas, do momento em que havia o sinal, decorria a possibilidade de que ao pensar pensava-se num sinal, e portanto naquele, no sentido de que o sinal era a coisa em que se podia pensar e também o sinal da coisa pensada, ou seja, de si mesmo.

A situação era, portanto, esta: o sinal servia para assinalar um ponto, mas ao mesmo tempo assinalava que ali havia um sinal, algo ainda mais importante porquanto pontos havia muitos enquanto sinal só havia aquele, e ao mesmo tempo o sinal era o meu sinal, o sinal de mim, porque era o único sinal que eu já havia feito e eu o único desde sempre a fazer sinais. Era como um nome, o nome daquele ponto, e também o meu nome o que eu havia assinalado naquele ponto, enfim, era o único nome disponível por tudo quanto reclamasse um nome.

Transportado nos flancos da Galáxia, nosso mundo navegava além dos espaços longínquos, e o sinal lá estava onde o havia deixado para assinalar aquele ponto, e ao mesmo tempo assinalava a mim mesmo, trazia-o comigo, habitava-me, possuía-me inteiramente, intrometia-se entre mim e todas as coisas com as quais pudesse tentar relacionar-me. À espera de voltar a encontrá-lo, podia tentar dele extrair outros sinais ou combinações de sinais, séries de sinais iguais e contraposições de sinais diversos. Mas já haviam se passado dezenas e dezenas de milhares de milênios a partir do momento em que o havia traçado (ou antes: a partir dos poucos segundos em que o havia atirado ao contínuo movimento da Via Láctea) e exatamente agora, quando tinha necessidade de tê-lo presente em todos os seus particulares (a mínima incerteza sobre sua forma tornava incertas as possíveis distinções quanto a outros sinais eventuais), me dei conta de que, não obstante o tivesse em mente em seus contornos sumários, em sua aparência genérica, algo me escapava; em suma, se buscasse decompô-lo em seus vários elementos, já não me recordava se entre um elemento e outro era assim ou assado. Era preciso tê-lo ali na frente, estudá-lo, consultá-lo, mas em vez disso estava ainda não sabia quão longe, porque o fizera exatamente para saber o tempo que levaria para reencontrá-lo, e enquanto não o tivesse reencontrado não poderia saber. Além disso, todavia, não era o motivo por que o havia feito que me importava, mas como fora feito, e me pus a figurar hipóteses sobre esse como, e teorias segundo as quais um determinado sinal devia ser feito necessariamente de determinada maneira, ou procedendo por exclusões procurava eliminar todos os tipos de sinais menos prováveis para chegar àquele legítimo; no entanto, todos aqueles sinais imaginários desfaziam-se com uma facilidade inapreensível porque não havia aquele primitivo sinal a lhes servir de termo de comparação. Nesse atormentar-me (enquanto a Galáxia continuava a se revolver insone em seu leito de vácuo macio, como tomada pelo prurido de todos os mundos e átomos que se acendiam e irradiavam), compreendi que já havia perdido até aquela confusa noção do meu sinal e só conseguia conceber fragmentos de sinais intercambiáveis entre si, ou seja, sinais interiores ao sinal, e todas as mudanças desses sinais no interior do sinal transformavam o sinal num sinal completamente diverso, quer dizer, havia simplesmente esquecido como era o meu sinal e não havia modo de fazê-lo voltar-me à mente.

Desesperava-me? Não, o esquecimento era importuno, mas não irremediável. Fosse como fosse, sabia que o sinal estava lá a esperar-me, imóvel e silencioso. Quando chegasse, iria encontrá-lo e poderia retomar o fio dos meus raciocínios. Assim por alto, já devíamos ter chegado à metade do percurso de nossa revolução galáctica; tendo-se paciência, a segunda metade dá sempre a impressão de passar mais depressa. Agora não devia pensar em outra coisa senão em que o sinal existia e que eu iria passar por ele.

Um dia após outro, já agora devia estar próximo. Fremia de impaciência porque podia chocar-me com o sinal a cada instante. Era aqui, não, um pouco mais à frente, e agora conto até cem... E se não estivesse? Se já o tivesse passado? Nada. Meu sinal permanecia sabe-se lá onde, para trás, completamente fora de mão relativamente à órbita de revolução do nosso sistema. Não havia contado com as oscilações a que, mormente naqueles tempos, eram sujeitas as forças de gravidade dos corpos celestes e que os levavam a desenhar órbitas irregulares e recortadas como flores de dália. Por uma centena de milênios atormentei--me a refazer meus cálculos; decorreu que nosso percurso atingia aquele ponto não a cada ano galáctico, e sim apenas a cada três, ou seja, a cada seiscentos milhões de anos solares. Quem havia esperado duzentos milhões de anos bem podia esperar mais seiscentos; e esperei; o caminho era longo, mas enfim não o devia fazer a pé; na garupa da Galáxia percorria os anos-luz corcoveando sobre órbitas planetárias e estelares como na sela de um cavalo cujos cascos esguichassem centelhas; encontrava--me num estado de exaltação cada vez mais crescente; parecia avançar para a conquista da única coisa que contava para mim, sinal e reino e nome...

Fiz a segunda volta, a terceira. Lá estava eu. Lancei um grito. Num ponto que devia ser exatamente aquele ponto, em lugar de meu sinal havia um esfregaço informe, uma abrasão do espaço, deteriorada e carcomida. Perdera tudo: o sinal, o ponto, aquilo que fazia com que eu — sendo o autor daquele sinal naquele ponto — fosse de fato eu. O espaço, sem sinal, tornara-se uma voragem de vácuo sem princípio nem fim, nauseante, na qual tudo — eu inclusive — se perdia. (E não me venham dizer que, para assinalar um ponto, o meu sinal ou a obliteração de meu sinal davam na mesma: a obliteração era a negativa do sinal e, portanto, nada assinalava, ou seja, não servia para distinguir um ponto dos pontos precedentes ou subsequentes.)

O desalento tomou conta de mim e deixei-me arrastar durante muitos anos-luz como que privado de sentidos. Quando finalmente ergui os olhos (nesse ínterim, o sentido da visão havia começado em nosso mundo, e consequentemente também a vida), quando ergui os olhos vi ali algo que jamais esperava ver. Vi-o, o sinal, mas não aquele, um sinal semelhante, um sinal sem dúvida copiado do meu, mas que logo se percebia não poderia ser o meu, tosco que era, impreciso e absurdamente pretensioso, uma contrafação abjeta daquilo que eu havia pretendido assinalar com aquele sinal e cuja indizível pureza só agora conseguia — por contraste — revocar. Quem havia me pregado aquela peça? Não conseguia atinar com quem fosse. Por fim, uma corrente de vários milhões de induções levou-me à conclusão: num outro sistema planetário que realizava sua revolução galáctica em torno de nós, havia um certo sr. Kgwgk (o nome foi deduzido posteriormente, na época mais tardia dos nomes), tipo despeitado e roído pela inveja, que num impulso vandálico havia apagado meu sinal e depois tentara com grosseiro artifício fazer outro em seu lugar.

Estava claro que aquele sinal não assinalava outra coisa senão a intenção de Kgwgk de imitar o meu sinal, com o qual já não podia sequer compará-lo. Mas, naquele momento, o desejo de não admitir a vitória de meu rival prevaleceu em mim acima de qualquer outra consideração: quis logo traçar um novo sinal no espaço que representasse um verdadeiro sinal e fizesse Kgwgk morrer de inveja. Havia cerca de setecentos milhões de anos que já não experimentava mais fazer um sinal, desde aquele primeiro; voltei-me a isso com todo o afã. Mas já as coisas eram diversas, porque o mundo, como lhes havia mencionado, estava começando a dar uma imagem de si, e em cada coisa uma forma começava a corresponder a uma função, e acreditava-se que as tais formas teriam um longo futuro à sua frente (o que não era, no entanto, verdade: vejam — por exemplo, para citar um caso relativamente recente — os dinossauros), e, portanto, naquele meu novo sinal estavam sensíveis as influências de como eram vistas as coisas então, chamemo-lo o estilo, aquela maneira especial que cada coisa tinha de estar ali a seu modo. Devo dizer que me sentia satisfeito com isso, e já não me ocorria lamentar aquele primeiro sinal apagado, pois o novo me parecia imensamente mais belo.

Mas, já no decurso daquele ano galáctico, chegamos à compreensão de que até então as formas do mundo tinham sido provisórias e que iriam mudar uma por uma. E a esse entendimento seguiu-se um fastio pelas velhas imagens, de tal modo que não se podia nem mesmo suportar sua lembrança. E comecei a ser atormentado por um pensamento: tinha deixado aquele sinal no espaço, sinal que me parecera tão belo e original e adaptado à sua função, e que agora se me afigurava na memória em toda a sua pretensão despropositada, como sinal antes de mais nada de um modo antiquado de conceber os sinais, e de minha tola cumplicidade com uma ordem de coisas da qual deveria saber afastar-me a tempo. Em suma, envergonhava-me daquele sinal que continuava a ser abordado pelos mundos em voo, dando um ridículo espetáculo de si e de mim e daquela maneira provisória de ver as coisas. Quando me recordava dele (e me recordava continuamente), ondas de rubor me subiam ao rosto durante eras geológicas inteiras; para esconder minha vergonha, mergulhava nas crateras dos vulcões, afundava dentes de remorso nas calotas das glaciações que cobriam os continentes. Era invadido pela ideia de que Kgwgk, precedendo-me sempre no périplo da Via Láctea, tivesse visto o sinal antes que eu o pudesse apagar, e grosseirão como era me poria em ridículo e me arremedaria, repetindo para depreciá-lo o sinal em caricaturas toscas por todos os ângulos da esfera circungaláctica.

Desta vez, entretanto, a complexa relojoaria astral saiu-me favorável. A constelação de Kgwgk não encontrou o sinal, ao passo que nosso sistema solar a ele retornou pontualmente ao cabo da primeira volta, tão em cima que tive meios de apagar tudo com o máximo cuidado.

Agora não havia nem um sinal sequer dos meus no espaço. Podia pôr-me a traçar outro, mas a partir de então percebi que os sinais servem também para que se possam julgar aqueles que os traçam, e que no espaço de um ano galáctico os gostos e as ideias têm tempo de mudar, e a maneira de considerar aquilo que vem antes depende do que vem depois; em suma, tinha medo de que isto que ora me podia parecer um sinal perfeito, daqui a duzentos ou seiscentos milhões de anos viesse a fazer uma péssima figura. Ao contrário, para meu desespero, o primeiro sinal, vandalicamente apagado por Kgwgk, continuava insensível às mutações dos tempos, pois havia nascido antes do início de todas as formas e devia conter algo que sobreviveria a todas elas, ou seja, o fato de ser um sinal e pronto.

Fazer sinais que não fossem aquele sinal já não tinha interesse para mim; e aquele sinal, já o tinha esquecido havia milhares de anos. Assim, não podendo fazer sinais verdadeiros mas querendo de qualquer forma escarnecer de Kgwgk, pus-me a fazer falsos sinais, marcas no espaço, buracos, manchas, ardis que só um incompetente como Kgwgk poderia tomar como sinais. Contudo, ele se empenhava em fazê-los desaparecer sob suas rasuras (como observei nas voltas subsequentes), com uma determinação que lhe seria cansativa. (Eu então espalhava aqueles falsos sinais pelo espaço, para ver até que ponto chegava a sua patetice.)

Ora, observando aquelas rasuras uma volta após outra (as revoluções da Galáxia haviam se tornado para mim um navegar preguiçoso e aborrecido, sem objetivo nem expectativas), dei-me conta de uma coisa: com o passar dos anos galácticos as rasuras tendiam a desbotar-se no espaço, e sob elas reflorescia o que eu traçara naquele exato ponto, o meu — como dizia — pseudossinal. A descoberta, longe de me desgostar, reacendeu-me a esperança. Se as rasuras de Kgwgk também se obliteravam, a primeira que ele fizera, lá naquele ponto, devia ter desaparecido e o meu sinal voltado à sua primitiva evidência!

Assim a espera voltou a encher de ânsia os meus dias. A Galáxia revirava-se como uma omelete em sua panela abrasada, ela própria uma panela fervente e dourada fritura; e eu frigia com ela de impaciência.

Mas com o passar dos anos galácticos o espaço já não era aquela extensão uniformemente árida e pálida. A ideia de marcar com sinais os pontos por onde se passava, assim como tinha vindo a mim e a Kgwgk, viera a muitos outros, espalhados por milhares de planetas de outros sistemas solares, e continuamente me defrontava com um desses tais, ou um par deles, ou sem mais nem menos com uma dúzia, simples garatujas bidimensionais, ou às vezes sólidos em três dimensões (por exemplo, poliedros), e também até com coisas feitas com mais capricho, em quatro dimensões e tudo. A verdade é que chego ao lugar do meu sinal e ali encontro cinco, todos juntos. E não me vejo em condições de reconhecer o meu. É este, não, é aquele outro, qual!, este tem um ar demasiadamente moderno e, no entanto, poderia ser o mais antigo, aqui não reconheço a minha mão, imaginem se me viria à mente fazê-lo dessa forma... E enquanto isso a Galáxia corria pelo espaço deixando atrás de si os velhos sinais e os sinais novos, e eu ficava sem encontrar o meu.

Não exagero se disser que os anos galácticos que se seguiram foram os piores que já vivi. Avançava a buscar, e no espaço acumulavam-se sinais que vinham de todos os mundos, pois quem quer que tivesse agora a possibilidade não deixava de marcar seu traço no espaço de um modo ou de outro, e o nosso mundo, cada vez que retornava a ele, encontrava-o cada vez mais repleto, tanto que o mundo e o espaço pareciam ser o espelho um do outro, um e outro minuciosamente historiados de hieróglifos e ideogramas, cada qual podendo ser um sinal ou não: uma concreção calcária no basalto, uma crista erguida pelo vento na areia coagulada do deserto, a disposição dos olhos nas plumas do pavão (aos poucos o viver entre sinais nos levava a tomar por sinais as inumeráveis coisas que antes lá estavam sem assinalar senão sua própria presença, e as havia transformado no sinal de si mesmas e as ajuntara à série de sinais feitos de propósito por quem queria fazer um sinal), as estrias do fogo contra uma parede de rocha xistosa, a quadringentésima vigésima sétima canelura — um pouco de viés — da cornija do frontão de um mausoléu, uma sequência de estrias num vídeo durante uma tempestade magnética (a série de sinais se multiplicava na série de sinais dos sinais, de sinais repetidos inumeráveis vezes sempre iguais e sempre de certo modo diferentes porque ao sinal feito de propósito se somava outro sinal ali chegado por acaso), a perna mal estampada de um R que num exemplar de um jornal da tarde se encontrava com uma escória filamentosa do papel, uma entre as oitocentas mil escoriações de um paredão alcatroado num interstício das docas de Melbourne, a curva de uma estatística, uma freada no asfalto, um cromossomo... De vez em quando, um sobressalto: é aquele ali!, e por um segundo estava seguro de haver reencontrado meu sinal, na Terra ou no espaço, tanto fazia, porque através dos sinais se havia estabelecido uma continuidade já desprovida de contornos nítidos.

No universo já não havia um continente e um conteúdo, mas apenas uma espessura geral de sinais sobrepostos e aglutinados que ocupava todo o volume do espaço, um salpicado contínuo, extremamente minucioso, uma retícula de linhas, arranhões, relevos e incisões; o universo estava garatujado em todas as suas partes e em todas as suas dimensões. Não havia mais como fixar um ponto de referência: a Galáxia continuava a girar, mas eu não conseguia mais contar seus giros, e qualquer ponto podia ser o de partida, qualquer sinal acavalado nos outros podia ser o meu, porém de nada me serviria descobri-lo, tão claro estava que independentemente dos sinais o espaço não existia e talvez nunca tivesse existido.

# TUDO
# NUM
# PONTO

*Por meio dos cálculos iniciados por Edwin P. Hubble sobre a velocidade de afastamento das galáxias, pode--se estabelecer o momento em que toda a matéria do universo estava concentrada num único ponto, antes de começar a expandir-se no espaço. A "grande explosão" (big bang) de que se originou o universo teria ocorrido há cerca de quinze ou vinte bilhões de anos.*

Compreende-se que todos estivéssemos ali, *disse o velho Qfwfq*, e onde mais poderíamos estar? Ninguém sabia ainda que pudesse haver o espaço. O tempo, idem; que queriam que fizéssemos do tempo, estando ali espremidos como sardinha em lata?

Disse "como sardinha em lata" apenas para usar uma imagem literária; na verdade, não havia espaço nem mesmo para estar espremido. Cada ponto de cada um de nós coincidia com cada ponto de cada um dos outros em um único ponto, aquele onde todos estávamos. Em suma, nem sequer nos importávamos, a não ser no que respeita ao caráter, pois, quando não há espaço, ter sempre entre os pés alguém tão antipático quanto o sr. Pber$^t$ Pber$^d$ é a coisa mais desagradável que existe.

Quantos éramos? Bom, nunca pude dar-me conta nem sequer aproximadamente. Para poder contar, era preciso afastar-nos nem que fosse um pouquinho uns dos outros, ao passo que ocupávamos todos aquele mesmo ponto. Ao contrário do que possa parecer, não era uma situação que pudesse favorecer a sociabilidade;

sei que, por exemplo, em outras épocas os vizinhos costumavam frequentar-se; ali, ao contrário, pelo fato de sermos todos vizinhos, não nos dizíamos sequer bom-dia ou boa-noite.

Cada qual acabava se relacionando apenas com um número restrito de conhecidos. Os que recordo são principalmente a sra. Ph(i)Nk$_0$, seu amigo De XuaeauX, uma família de imigrantes, uns certos Z'zu, e o sr. Pber$^t$ Pber$^d$, a quem já me referi. Havia ainda uma mulher da limpeza — "encarregada da manutenção", como era chamada —, uma única para todo o universo, dada a pequenez do ambiente. Para dizer a verdade, não havia nada para fazer durante o dia todo, nem ao menos tirar o pó — dentro de um ponto não pode entrar nem mesmo um grão de poeira —, e ela se desabafava em mexericos e choradeiras constantes.

Com estes que enumerei já éramos bastantes para estarmos em superlotação; juntem a isso tudo quanto devíamos ter ali guardado: todo o material que depois iria servir para formar o universo, desmontado e concentrado de modo que não se podia distinguir o que em seguida iria fazer parte da astronomia (como a nebulosa Andrômeda) daquilo que era destinado à geografia (por exemplo, os Vosges) ou à química (como certos isótopos de berílio). Além disso, tropeçávamos sempre nos trastes da família Z'zu, catres, colchões, cestas; esses Z'zu, se não estávamos atentos, com a desculpa de que eram uma família numerosa, agiam como se no mundo existissem apenas eles: pretendiam até mesmo estirar cordas através do ponto para nelas estender a roupa branca.

Também os outros tinham lá sua implicância com os Z'zu, a começar por aquela definição de "imigrante", baseada na pretensão de que, enquanto estavam ali primeiro, eles haviam chegado depois. Que isso era um preconceito sem fundamento, a mim me parecia claro, dado que não existia nem antes nem depois nem lugar nenhum de onde imigrar, mas havia quem sustentasse que o conceito de "imigrantes" podia ser entendido em seu estado puro, ou seja, independentemente do espaço e do tempo.

Era uma mentalidade, digamos, restrita, a que tínhamos então, mesquinha. Culpa do ambiente em que nos havíamos formado. Uma mentalidade que permaneceu no fundo de todos nós, reparem: continua até hoje a aflorar, se por acaso dois de nós se encontram — na parada de ônibus, num cinema, num congresso internacional de dentistas — e se põem a recordar aqueles tempos. Cumprimentamo-nos — às vezes é alguém que me reconhece, outras sou eu que reconheço alguém —, e logo começamos a perguntar por um e por outro (mesmo se um se recorda apenas de alguns dos lembrados pelo outro), e assim voltamos a nos interessar pelas querelas dos tempos passados, as aleivosias, as difamações. Até o momento em que se menciona a sra. $Ph(i)Nk_o$ — todas as conversas acabam sempre chegando lá —, e então, de repente, todas as mesquinhezas são deixadas de lado, e nos sentimos elevados por uma comoção generosa e abençoada. A sra. $Ph(i)Nk_o$, a única que não foi jamais esquecida por nenhum de nós e de quem todos sentimos saudades. Onde andará? Há muito perdi as esperanças de encontrá-la: a sra. $Ph(i)Nk_o$, aqueles seios, aquelas ancas, seu robe alaranjado, jamais a encontraremos, nem neste nem em qualquer outro sistema de galáxias.

Fique bem claro que nunca me convenceu a teoria de que o universo, após atingir um extremo de rarefação, voltará a condensar-se, e que, portanto, iremos nos reencontrar naquele ponto único para depois recomeçarmos tudo de novo. E, no entanto, quantos dentre nós contam apenas com isso e continuam a fazer projetos para o dia em que estivermos todos novamente reunidos? No mês passado, entrei no café ali da esquina e quem é que encontro? O sr. Pber$^t$ Pber$^d$.

— Que anda fazendo? Que bons ventos o trazem?

Fico sabendo que tem uma firma de representação de material plástico, em Pavia. Continua o mesmo, com seu dente de prata e seus suspensórios floridos.

— Quando voltarmos para lá — ele me diz em voz baixa —, vamos ter de tomar cuidado para que desta vez certas pessoas fiquem de fora... Está me entendendo? Os Z'zu...

Deu-me vontade de dizer-lhe que já ouvira aquela história da boca de mais alguns de nós, que no fim acrescentavam: "Bem entendido... o senhor Pber$^t$ Pber$^d$...".

Para não me deixar levar por esse caminho, apressei-me em perguntar-lhe:

— E a senhora Ph(i)Nk$_o$, acha que voltaremos a encontrá-la?
— Ah, sim... Ela, sem dúvida... — fez ele enrubescendo.

Para todos nós, a esperança de retornar ao ponto inicial é principalmente a de nos encontrarmos de novo junto à sra. Ph(i)Nk$_o$. (Até mesmo para mim, que não creio nisso.) E naquele café, como acontece sempre, nos pusemos a revocá-la, comovidos, e mesmo a antipatia crônica do sr. Pber$^t$ Pber$^d$ se esvanecia diante de tais recordações.

O grande segredo da sra. Ph(i)Nk$_o$ é que nunca despertou ciúmes entre nós. Nem mesmo mexericos. Que ia para a cama com seu amigo, o sr. De XuaeauX, era mais do que notório. Mas num ponto, se há uma cama, essa ocupa todo o ponto: logo não se tratava de *ir* para a cama, mas de *estar* nela, pois quem quer que estivesse no ponto estava igualmente na cama. Em consequência, era inevitável que ela fosse para a cama também com todos nós. Se fosse outra pessoa, quem sabe quantas coisas lhe diriam pelas costas. A mulher da limpeza era sempre a primeira a dar livre curso às maledicências e os outros não se faziam de rogados para imitá-la. Sobre os Z'zu, já ao contrário, quantas coisas horríveis tínhamos de ouvir: pai filhas irmãos irmãs mãe tias, ninguém escapava às insinuações mais sórdidas. Com ela, entretanto, era diferente: a felicidade que dela me vinha era ao mesmo tempo a de ocultar-me puntiforme nela e a de protegê-la puntiforme em mim, numa contemplação viciosa (dada a promiscuidade do convergir puntiforme de todos para ela) e ao mesmo tempo casta (dada a impenetrabilidade puntiforme dela). Em suma, que eu poderia pedir mais?

E tudo isso, assim como era verdadeiro para mim, também o era para cada um dos demais. E para ela: continha e era contida com uma alegria igual, e nos acolhia, amava e coabitava com todos igualmente.

Se tudo estava tão bem assim, tão bem, é que qualquer coisa de extraordinário deveria acontecer. Bastou que a certo momento ela dissesse:

— Pessoal, se tivesse um pouco mais de espaço, como gostaria de preparar um tagliatelle!

E naquele momento todos pensamos no espaço que teriam ocupado os seus roliços braços movendo-se para a frente e para trás com o rolo a adelgaçar a massa, o grande volume do peito descendo sobre o grande monte de farinha e de ovos que atulhava a imensa travessa enquanto seus braços amassavam amassavam, brancos e untados de óleo até os cotovelos; pensamos no espaço que haveria de ocupar a farinha, e o grão para fazer a farinha, e os campos para cultivar o grão, e as montanhas das quais descia a água para irrigar os campos, e os pastos para os rebanhos de gado que forneceriam a carne para o molho; no espaço que seria necessário para que o Sol chegasse com seus raios e amadurecesse o grão; no espaço que seria necessário para que a partir das nuvens de gás estelares o Sol se condensasse e inflamasse; na quantidade de estrelas e galáxias e amontoados galácticos em fuga no espaço que teria sido necessária para manter suspensa cada galáxia cada nebulosa cada sol cada planeta, e no momento mesmo em que o pensávamos esse espaço começou, incontidamente, a se formar: no exato momento em que a sra. $Ph(i)Nk_o$ pronunciava aquelas palavras: "... um tagliatelle, hein, pessoal!", o ponto que a continha e a nós todos se expandia numa auréola de distâncias de anos-luz e séculos-luz e milhares de milênios-luz, e éramos projetados para os quatro cantos do universo (o sr. $Pber^t\ Pber^d$ foi bater em Pavia), e ela se dissolveu não sei em que espécie de energia luz calor, ela, a sra. $Ph(i)Nk_o$, aquela que em meio ao nosso fechado mundo mesquinho fora capaz de um impulso generoso, o primeiro "Ah, pessoal, que tagliatelle eu prepararia!", um verdadeiro impulso de amor geral, dando início no mesmo instante ao conceito de espaço, e ao espaço propriamente dito, e ao tempo, e à gravitação universal, e ao universo gravitante, tornando possíveis milhares e milhares de sóis, de planetas, de campos de trigo e de sras. $Ph(i)Nk_o$, esparsas pelos continentes dos planetas batendo a massa com seus braços enfarinhados, untuosos e generosos, enquanto ela se perdia a partir daquele instante, deixando-nos a recordá-la saudosos.

# SEM
# CORES

*Antes de formar sua atmosfera e seus oceanos, a Terra devia ter o aspecto de uma bola cinzenta a rolar pelo espaço. Igual ao que é hoje a Lua: ali onde os raios ultravioleta irradiados pelo Sol chegam sem anteparos, as cores se destroem; por isso, as rochas da superfície lunar, embora coloridas como as da Terra, são de um cinza morto e uniforme. Se a Terra apresenta uma face multicor, é graças à atmosfera, que filtra aquela luz mortífera.*

Um tanto monótono, *confirmou Qfwfq*, mas bastante repousante. Andava por milhas e milhas velocíssimo como se vai quando não existe ar de permeio, e tudo o que via era cinza sobre cinza. Nenhum contraste nítido: o branco inteiramente branco, se é que havia, estava no centro do Sol e não se podia sequer olhá-lo de perto; negro inteiramente negro não era nem mesmo o negror noturno, dado o grande número de estrelas sempre à vista. À minha frente abriam-se horizontes não interrompidos pela cadeias de montanhas que só agora começavam a despontar, cinzentas, ao redor de acinzentadas planuras de pedra; e embora atravessasse continentes e continentes jamais chegava a uma praia, porque os oceanos, os lagos e os rios jaziam sabe-se lá onde sob a terra.

Os encontros naquele tempo eram raros: éramos também tão poucos! Para poder resistir ao ultravioleta, era preciso contentar-se com pouco. Principalmente a ausência de atmosfera se fazia sentir de vários modos; vejam, por exemplo, os meteoros: granizavam de todos os pontos do espaço, porque faltava a estratosfera contra a qual agora se chocam como se fosse um anteparo, nela se desintegrando. Depois, o silêncio: não adiantava gritar! Sem o ar vibrando, éramos todos mudos e surdos. E a temperatura? Nada havia em volta que pudesse conservar o calor do Sol: com a noite vinha um frio de gelar. Por sorte a crosta terrestre escaldava embaixo de nós, com todos aqueles minerais em fusão que se comprimiam nas vísceras do planeta; as noites eram curtas (como os dias: a Terra girava sobre si mesma muito mais veloz que hoje); eu dormia abraçado a uma rocha muito quentinha; o frio seco ao redor era um prazer. Em suma, quanto ao clima, devo ser sincero, eu pessoalmente não me encontrava nada mal.

Em meio a tantas coisas indispensáveis que nos faltavam, bem pode-se compreender que a ausência de cores era um problema menor: mesmo que soubéssemos de sua existência, haveríamos de considerá-las um luxo despropositado. Único inconveniente, o esforço da vista, quando tínhamos de procurar alguma coisa ou alguém, porque sendo tudo igualmente incolor não havia forma que se distinguisse com clareza do que lhe estava por trás ou em torno. Com muito custo se conseguia distinguir o que se movia: o revoltear de um fragmento de meteorito, o serpentino abrir-se de uma voragem sísmica ou o esguicho dos lapíli.

Naquele dia eu estava correndo por um anfiteatro de rochas porosas como esponjas, todo perfurado de arcos atrás dos quais se abriam outros arcos, um lugar acidentado onde a ausência de cores se sarapintava de esfumaduras de sombras côncavas. E entre os pilares daqueles arcos vi, como um relâmpago incolor, correrem velozes, desaparecerem e reaparecerem mais além dois fulgores emparelhados que apareciam e desapareciam num átimo; ainda não me dera conta do que eram, e já corria apaixonado a perseguir os olhos de Ayl.

Embrenhei-me num deserto de areia: avançava afundando entre dunas de certa forma sempre diversas umas das outras e no entanto quase iguais. Conforme o ponto do qual fossem olhadas, as cristas das dunas pareciam relevos de corpos estendidos. Aqui parecia modelar-se um braço inclinado sobre um terno seio, com a palma estirando-se sobre uma face reclinada; além parecia surgir um jovem pé de airosos artelhos. Parado a observar aquelas possíveis analogias, deixei transcorrer um bom minuto antes de me dar conta de que sob os meus olhos não tinha um crinal de areia, mas o objeto de minha perseguição.

Jazia, incolor, vencida pelo sono, sobre a areia incolor. Sentei-me a seu lado. Estávamos na estação — agora sei — em que a era ultravioleta estava acabando em nosso planeta; uma forma de vida próxima do fim desfraldava o extremo máximo de sua beleza. Nada de mais belo havia percorrido a Terra, como o ser que eu tinha sob os olhos.

Ayl abriu os olhos. Viu-me. A princípio creio que não me distinguiu — como ocorrera comigo — do resto daquele mundo arenoso; depois, que reconheceu em mim a presença desconhecida que a havia seguido e se mostrou temerosa. Mas finalmente pareceu dar-se conta de nossa substância comum e teve um pestanejar entre tímido e sorridente que me fez lançar um uivo silente de felicidade.

Pus-me a conversar com ela, por meio de gestos. — Areia. Areia, não — disse-lhe indicando primeiro o que havia em torno e depois nós dois.

Fez sinal que sim, que havia compreendido. — Rocha. Rocha, não — falei, a fim de continuar a desenvolver aquele tema. Era uma época em que não dispúnhamos de muitos conceitos: designar, por exemplo, o que éramos nós dois, o que tínhamos de comum e de diverso, não era uma empresa fácil.

— Eu. Você, não eu — tentei explicar-lhe por gestos.

Ficou contrariada.

— Sim. Você é como eu, mas não de todo igual — corrigi.

Ficou um pouco mais tranquila, mas ainda duvidava.

— Eu, você, juntos, correr correr — tentei dizer-lhe.

Ela rompeu numa gargalhada e saiu correndo.

Corríamos sobre a crista de vulcões. No meridiano cinzento o voo dos cabelos de Ayl e as línguas de fogo que se erguiam das crateras se confundiam num bater de asas lânguido e idêntico.

— Fogo. Cabelos — disse-lhe. — Fogo igual cabelos.

Parecia convencida.

— Não é mesmo bonito? — perguntei.

— Bonito — respondeu.

O Sol já declinava num poente esbranquiçado. Num despenhadeiro de pedras opacas, os raios batendo de viés faziam brilhar algumas delas.

— Pedras ali nada iguais. Veja que bonito — disse.

— Não — respondeu e desviou o olhar.

— Pedras ali muito bonitas — insisti, indicando o cinzento luminoso das pedras.

— Não. — Recusava-se a olhar.

— Para você, eu, aquelas pedras lá! — ofereci-lhe.

— Não, pedras aqui! — respondeu Ayl e apanhou um punhado daquelas opacas. Mas eu já havia corrido na frente.

Voltei com as pedras luzentes que havia apanhado, mas tive de forçá-la para que as aceitasse.

— Bonito! — Procurava convencê-la.

— Não! — protestava, mas depois olhou-as; distantes agora daquele reflexo solar, eram pedras opacas como as outras; e só então disse: — Bonito!

Caiu a noite, a primeira que passei abraçado não a uma rocha, e talvez por isso me pareceu tão cruelmente curta. Se a cada momento a luz tendia a apagar Ayl, a pôr em dúvida a sua presença, a escuridão me dava a certeza de que ela estava ali.

Voltou o dia a tingir de cinza a Terra: e meu olhar girava em torno e não a via. Lancei um grito mudo:

— Ayl! Por que você fugiu?

Mas ela estava à minha frente e também à minha procura e, não me encontrando, silenciosamente gritou:

— Qfwfq! Onde estás?

Até que nossa vista se reabituou a sondar naquela luminosidade caliginosa e a reconhecer o relevo de uma sobrancelha, de um cotovelo ou de uma anca.

Gostaria então de encher Ayl de presentes, mas nada me parecia digno dela. Procurava tudo aquilo que se distinguia de certa forma da superfície uniforme do mundo, tudo quanto marcava algum relevo ou mancha. Porém, fui logo obrigado a reconhecer que Ayl e eu tínhamos gostos diferentes, para não dizer opostos: eu procurava um mundo diverso para além da pátina pálida que aprisionava todas as coisas e perscrutava o menor sinal, o mínimo indício (na verdade algo estava começando a mudar: em certos pontos a ausência de cores parecia percorrida por vislumbres cambiantes); Ayl, ao contrário, era uma habitante feliz do silêncio que reina ali onde se excluem todas as vibrações; para ela, tudo o que tendia a romper uma absoluta neutralidade visual era um destoamento estridente; para ela, ali onde o cinza havia afogado ainda que o mais remoto desejo de ser algo além de cinza, somente ali é que a beleza começava.

Como poderíamos nos entender? Nada naquele mundo que se apresentava ao nosso olhar era suficiente para exprimir o que sentíamos um pelo outro, mas, enquanto eu me impacientava por arrancar de cada coisa vibrações desconhecidas, ela queria reduzir cada coisa ao aquém incolor de sua última substância.

Um meteorito atravessou o céu, com uma trajetória que passou diante do Sol; seu invólucro fluido e flamejante por um átimo serviu de filtro aos raios solares, e de improviso o mundo ficou imerso numa luz jamais vista. Abismos violáceos abriam-se ao pé de penhascos alaranjados, e minhas mãos violeta indicavam o bólide verde flamejante enquanto um pensamento para o qual não existiam ainda palavras procurava irromper-me da garganta:

— Aquilo para você! De mim para você; agora sim, que é tão bonito!

Enquanto isso voltei-me de repente sobre mim mesmo, ansioso por ver como Ayl resplandeceria naquela transfiguração geral; mas não a vi, como se naquele repentino fragmentar-se do verniz incolor ela conseguisse um modo de esconder-se e escapar entre as fendas do mosaico.

— Ayl! Não tenha medo, Ayl! Vem pra cá e veja!

Contudo, o arco do meteorito já havia se afastado do Sol, e a Terra fora reconquistada pelo cinza de sempre, agora ainda mais cinza aos meus olhos ofuscados, e indistinto, e opaco, e Ayl não estava lá.

Havia desaparecido de fato. Procurei-a por um longo pulsar de dias e de noites. Era a época em que o mundo estava experimentando as formas que iria adquirir em seguida: experimentava-as com o material que havia disponível, mesmo que não fosse o mais adequado, ficando de tal forma entendido que nada ali era definitivo. Árvores de lava cor de fumaça estendiam ramificações contorcidas das quais pendiam finas folhas de ardósia. Borboletas de cinza sobrevoando prados de argila tatalavam sobre opacas margaridas de cristal. Ayl podia ser a sombra incolor que pendia de um ramo da floresta incolor, ou que se inclinava para colher das moitas cinzentas cogumelos cinzentos. Cem vezes acreditei havê-la descoberto e cem vezes voltei a perdê-la. Passei das landes desertas às regiões habitadas. Naquele tempo, prevendo as mutações que haveriam de vir, obscuros construtores modelavam imagens prematuras de um remoto futuro possível. Atravessei uma metrópole nurague toda torres de pedra; ultrapassei uma montanha completamente perfurada de galerias como uma tebaida; cheguei a um porto que se abria para um mar de lama; entrei num jardim em que platibandas de areia erguiam para o céu altos menires.

A pedra cinza dos menires era percorrida por um desenho de vênulas cinzentas apenas esboçadas. Parei. No meio daquele parque, Ayl brincava com suas companheiras. Jogavam para o alto uma bola de quartzo e a apanhavam no ar.

Num lance mais forte, a bola veio ter ao alcance de minhas mãos e me apoderei dela. As companheiras dispersaram-se à procura; quando vi Ayl sozinha, joguei a bola para cima e apanhei-a no ar. Ayl acorreu; ocultando-me, jogava a bola de quartzo para o alto atraindo Ayl para locais sempre mais afastados. Depois, mostrei-me; ela gritou; em seguida, riu; e assim, brincando, atravessamos regiões desconhecidas.

Naquele tempo as estratificações do planeta buscavam laboriosamente um equilíbrio à força de terremotos. Vez por outra um estremecimento soerguia o solo, e entre mim e Ayl abriam-se fendas por cima das quais continuávamos a jogar um para o outro a nossa bola de quartzo. Através desses abismos, os elementos comprimidos no coração da Terra encontravam um caminho para se libertarem, e ora víamos o emergir de esporões de rochas, ora o exalar de fluidas nuvens, ora o esguichar de jatos efervescentes.

Sempre brincando com Ayl, percebi que um espessamento gasoso vinha se estendendo pela crosta terrestre, como uma névoa rasteira que se erguesse pouco a pouco. A princípio mal nos chegava aos tornozelos e agora estávamos mergulhados nela até os joelhos, logo até a cintura... Nos olhos de Ayl aquela visão provocava uma sombra de incerteza e de temor; como não quisesse alarmá-la, prossegui com nossa brincadeira como se nada houvesse, mas eu também me sentia ansioso.

Era uma história como jamais se vira: uma imensa bola fluida andava a inflar-se em torno da Terra envolvendo-a inteiramente; logo iria nos cobrir dos pés à cabeça, sabe-se lá com que consequências.

Joguei a bola para Ayl por cima de uma fenda que se abria no solo, mas o arremesso mostrou-se inexplicavelmente mais curto do que estava projetado em minhas intenções, e eis que a bola caiu na falha, talvez porque de repente houvesse se tornado pesadíssima, ou não, o abismo é que se alargara enormemente; agora Ayl estava longe, muito longe de mim, para além de uma extensão líquida e ondulada que se abrira entre nós e espumejava contra a margem rochosa, e eu me inclinava sobre ela, gritando:

— Ayl! Ayl!

E minha voz, o som, o próprio som de minha voz se propagava mais forte do que algum dia eu tivesse podido imaginar, e as ondas rumorejavam ainda mais fortes que a minha voz. Em suma: não se compreendia mais nada de nada.

Levei as mãos aos ouvidos ensurdecidos, e naquele momento senti igualmente necessidade de tapar o nariz e a boca para não aspirar a forte mistura de oxigênio e azoto que me circundava, porém mais forte do que tudo foi o impulso de tapar os olhos que pareciam iam explodir.

A massa líquida que se estendia aos meus pés havia tomado de repente uma coloração inusitada, que me cegava, e prorrompi num urro inarticulado que dali por diante devia assumir um significado bem preciso:

— Ayl! O mar é azul!

A grande alteração havia tanto esperada tinha acontecido. Sobre a Terra havia agora ar e água. E sobre aquele mar azul, que acabara de nascer, o Sol estava se pondo colorido, também ele, e de uma cor absolutamente diversa e ainda mais violenta. Tanto que senti necessidade de continuar meus gritos insensatos, do tipo:

— Como o Sol é vermelho, Ayl! Ayl!, como é vermelho!

Caiu a noite. Até a escuridão era diferente. Eu corria procurando Ayl, a emitir sons sem pé nem cabeça nem cauda para exprimir tudo o que via:

— As estrelas são amarelas! Ayl! Ayl!

Não consegui encontrá-la aquela noite nem nos dias e noites que se seguiram. Em torno, o mundo alardeava cores sempre novas, nuvens róseas adensavam-se em cúmulos violeta que descarregavam raios dourados; após os temporais, longos arco-íris anunciavam os matizes que ainda não haviam sido vistos, em todas as combinações possíveis. E já a clorofila começava sua investida: musgos e avencas verdejavam nos vales atravessados por torrentes. Aquele era afinal o cenário digno da beleza de Ayl; mas ela não estava ali! E sem ela todo aquele fausto multicor me parecia inútil, desperdiçado.

Voltei a percorrer a Terra, revendo as coisas que havia conhecido acinzentadas, a cada vez espantado ao descobrir que o fogo era rubro, o gelo branco, o céu azul, a terra parda, e que os rubis eram cor de rubi, os topázios cor de topázio e cor de esmeralda as esmeraldas. E Ayl? Não conseguia com todo o meu devaneio imaginar como se teria apresentado ao meu olhar.

Encontrei novamente o jardim dos menires, agora verdejante de árvores e de ervas. Em tanques com repuxos nadavam peixes vermelhos e amarelos e azuis. As companheiras de Ayl saltitavam ainda pelos campos a brincar com a bola iridescente: mas como estavam mudadas! Uma era loura com a pele branca, outra morena com a pele olivácea, outra castanha com a pele rosada, outra ruiva toda pintalgada de inumeráveis e encantadoras sardas.

— E Ayl? — gritei. — E Ayl? Onde está? E como é ela? Por que não está com vocês?

Os lábios das companheiras eram rubros, e brancos os dentes e róseas a língua e as gengivas. Róseo ainda o bico de seus seios. Os olhos eram azuis água-marinha, negros marasca, avelã e amaranto.

— Ah... Ayl... — responderam. — Não está mais aqui... Não sabemos... — E continuaram a brincar.

Eu procurava imaginar a cabeleira e a pele de Ayl em todas as cores possíveis, mas não conseguia, e assim, procurando-a, explorava a superfície do globo.

"Se não está aqui em cima", pensei, "deve estar lá embaixo!", e no primeiro terremoto que ocorreu me lancei por um abismo, mergulhando em direção às vísceras da Terra.

— Ayl! Ayl! — chamava na escuridão. — Ayl! Venha, vamos ver como é bonito lá fora!

Rouco, calei-me. E naquele momento respondeu-me a voz de Ayl, submissa, quieta.

— Psiu. Estou aqui. Por que gritar tanto? O que você quer?

Não se via nada.

— Ayl! Saia comigo! Se você soubesse: lá fora...

— Lá fora não me agrada.

— Mas, antes, você...

— Antes era antes. Agora é diferente. Houve toda aquela confusão.

Menti:

— Não, não, foi só uma alteração momentânea da luz. Como aquela vez dos meteoritos! Já acabou. Tudo voltou a ser como antes. Venha, não tenha medo.

Se ela sai, pensei, passado o primeiro momento de confusão, logo se habituará às cores, ficará contente e compreenderá que menti para o seu bem.

— É verdade o que você diz?

— Por que haveria de dizer mentiras? Venha, deixe-me tirá-la daí.

— Não. Vá na frente. Eu o sigo.

— Mas estou impaciente para rever você.

— Só me verá de novo quando eu quiser. Vá na frente e não se volte.

Os abalos telúricos nos abriam caminho. Os estratos de rochas abriam-se em leques e avançávamos pelos interstícios. Sentia às minhas costas o passo leve de Ayl. Mais um terremoto e estaríamos do lado de fora. Corria entre degraus de basalto e de granito que se desfolhavam como páginas de um livro: já se entreabria ao fundo a brecha que nos reconduziria ao ar livre, já aparecia fora do respiradouro a crosta da Terra ensolarada e verde, já a luz descortinava uma passagem para nos vir ao encontro. Enfim: agora veria acenderem-se as cores até mesmo no rosto de Ayl... Voltei-me para olhá-la.

Ouvi um grito seu, enquanto ela se retraía para o escuro, e meus olhos ainda ofuscados pela luz de antes nada distinguiam; depois o trovão do terremoto se sobrepôs a tudo, e um paredão de rocha ergueu-se de repente, vertical, nos separando.

— Ayl! Onde está? Procure passar para este lado, depressa, antes que a rocha se condense! — E corria ao longo do paredão procurando um vão, mas a superfície lisa e cinza estendia-se compacta, sem nenhuma fissura.

Uma enorme cadeia de montanhas havia se formado naquele ponto. Enquanto eu fora projetado para o exterior, para o ar livre, Ayl permanecera por trás do paredão rochoso, trancada nas vísceras da Terra.

— Ayl! Onde está você, Ayl? Por que não veio para cá? — E girava o olhar sobre a paisagem que se alargava aos meus pés.

Então, repentinamente, aqueles prados verde-ervilha nos quais começavam a desabrochar as primeiras papoulas escarlates, aqueles campos amarelo-canário estriando as fulvas colinas que desciam para um mar cheio de cintilações turquesa, tudo me pareceu tão insosso, tão banal, tão falso, tão em contraste com a pessoa de Ayl, com o mundo de Ayl, com a ideia de beleza de Ayl, que compreendi por que seu lugar jamais poderia ser *aqui*. E me dei conta com espanto e dor de que eu permanecera *aqui*, de que jamais poderia fugir àquelas cintilações douradas e argênteas, àquelas nuvenzinhas que de azul-celeste se tornavam rosadas, àquela verde folhagem que amarelava a cada outono, e de que o mundo perfeito de Ayl estava perdido para sempre, tanto que já não podia sequer imaginá-lo, e nada mais restava que me pudesse recordá-lo ainda que de longe, nada a não ser aquele frio paredão de pedra cinza.

# JOGOS SEM FIM

*Se as galáxias se afastam, a rarefação do universo é compensada pela formação de novas galáxias compostas de matéria que se cria ex novo. Para manter estável a densidade média do universo, basta que se crie um átomo de hidrogênio a cada duzentos e cinquenta milhões de anos para cada quarenta centímetros cúbicos de espaço em expansão. (A essa teoria, chamada de "estado estacionário", se contrapõe outra hipótese segundo a qual o universo teria tido sua origem num momento preciso, após uma gigantesca explosão.)*

Eu era criança ainda e já me dava conta, narrou Qfwfq. Conhecia bem os átomos de hidrogênio, um por um, e quando saltava fora um novo eu logo percebia. No meu tempo de infância, para brincar, em todo o universo tínhamos somente átomos de hidrogênio, e passávamos o tempo todo a jogá-los um para o outro, eu e um menino da minha idade que se chamava Pfwfp.

Como era o nosso jogo? Já quase disse. Sendo o espaço curvo, fazíamos os átomos deslizarem ao longo de sua curva, como esferas, e quem mandasse mais longe o seu átomo ganhava. Ao dar o impulso ao átomo, era preciso calcular bem os efeitos, as trajetórias, saber aproveitar os campos magnéticos e os campos gravitacionais, senão a bolinha acabava saindo da pista e era eliminada do jogo.

As regras eram as de costume: com um átomo podia-se bater em outro átomo e mandá-lo mais para a frente, ou então expulsar o átomo do adversário. Naturalmente tinha-se o cuidado de não jogar com muita força porque, da colisão de dois átomos de hidrogênio, tic!, podia se originar um átomo de deutério, ou mesmo de hélio, e aqueles se tornavam átomos perdidos para a partida: além disso, se um deles era do adversário, devia-se ainda reembolsá-lo.

Vocês sabem como é feita a curvatura do espaço: uma bolinha gira gira e num belo instante resvala pelo declive e se distancia de tal modo que não se pode mais alcançá-la. Por isso, na continuidade do jogo, o número de átomos disponíveis diminuía sucessivamente, e quem ficasse primeiro sem átomos perdia a partida.

Mas eis que, exatamente no momento decisivo, começavam a surgir átomos novos. Entre um átomo novo e um usado sabe-se que há uma boa diferença: os novos eram lustrosos, claros, fresquíssimos, como que úmidos de orvalho. Estabelecemos novas regras: que um dos novos valia três dos velhos; que, mal os novos se formassem, deviam ser repartidos entre nós irmãmente.

Assim nosso jogo não terminava nunca, nem nos parecia cansativo, pois a cada vez que nos defrontávamos com átomos novos nos parecia que também o jogo era novo e aquela era nossa primeira partida.

Depois, com o correr do tempo, dá-lhe e dá-lhe, o jogo se tornou mais brando. Já não se viam átomos novos: os que se perdiam não eram mais substituídos, nossos lances foram ficando fracos, hesitantes, por medo de perder as poucas peças que nos restavam disponíveis, naquele espaço liso e nu.

Pfwfp também havia mudado: andava distraído, se perdia, não se apresentava quando era sua vez de jogar, eu o chamava e ele não respondia, só reaparecia cerca de meia hora depois.

— Então, é sua vez agora, que está fazendo, não quer jogar mais?

— Claro que quero, não se irrite, vou jogar.

— Escute, se você não está ligando para o jogo, vamos acabar com a partida.

— Ora, você cria casos porque está perdendo.

Era verdade: eu estava ficando sem átomos, enquanto Pfwfp, sabe-se lá como, sempre tinha um de sobra. Se não surgissem átomos novos para podermos dividi-los, eu não tinha mais esperanças de superar a vantagem.

Mal Pfwfp se afastou novamente, eu o segui na ponta dos pés. Enquanto estava em minha presença parecia vaguear distraído, assoviando; contudo, uma vez fora de meu raio de visão começava a trotar no espaço com um andar decidido, como alguém que tem em mente um programa bem definido. E qual era esse programa — esse seu ardil, como verão —, eu não tardei a descobrir: Pfwfp conhecia todos os lugares onde se formavam os átomos novos, e de vez em quando andava por ali para colhê-los *in loco*, assim que acabavam de se formar, e em seguida os escondia. Por isso, não lhe faltavam nunca átomos para jogar!

Mas antes de pô-los em jogo, trapaceiro contumaz que era, fazia-os passar por átomos antigos, esfregando um pouco a película dos elétrons até torná-la gasta e opaca, para dar-me a impressão de que se tratava de um átomo antigo seu encontrado no bolso por acaso.

Isso não era tudo: fiz um cálculo rápido dos átomos jogados e percebi que eram apenas uma pequena parte daqueles que ele roubava e escondia. Estava fazendo às escondidas uma reserva de hidrogênio? Para que fim? Que teria em mente? Uma suspeita ocorreu-me: Pfwfp queria construir um universo por conta própria, novinho em folha.

A partir daquele momento, não tive paz; devia pagar-lhe com a mesma moeda. Poderia imitá-lo: agora que sabia os lugares, chegar lá adiantado alguns minutos e apoderar-me dos átomos recém-nascidos, antes que Pfwfp viesse meter as mãos neles! Mas teria sido simples demais. Queria fazê-lo cair numa cilada digna de sua perfídia. Antes de mais nada, comecei a fabricar átomos falsos: enquanto ele estava empenhado em suas incursões predatórias, eu no meu esconderijo secreto moía, dosava e aglutinava todo o material de que dispunha. Na verdade, esse material era bastante limitado: radiações fotoelétricas, limalha de campos magnéticos, alguns neutrinos perdidos por ali; mas à força de amassar essas coisas, umedecendo-as com saliva, consegui fazê-las formar um todo. Em suma, preparei alguns corpúsculos que, se observados com atenção, via-se facilmente que não eram de fato de hidrogênio nem de outro elemento específico, mas para alguém que passasse às pressas como Pfwfp, agarrando-os e metendo-os no bolso com um movimento furtivo, podiam parecer hidrogênio autêntico e novinho em folha.

Assim, enquanto ele não suspeitava de nada ainda, precedi-o na busca. Havia marcado muito bem os lugares na mente.

O espaço é curvo em toda parte, porém há pontos em que é mais curvo que em outros: umas espécies de bolsões ou estrangulamentos ou nichos, em que o vácuo se enrola em si mesmo. É nesses nichos que, com um leve tilintar, a cada duzentos e cinquenta milhões de anos, se forma, como a pérola entre as conchas da ostra, um luzidio átomo de hidrogênio. Eu passava, guardava o átomo no bolso e em seu lugar depositava o falso. Pfwfp não percebia nada: predador, glutão, enchia os bolsos com aquelas varreduras, enquanto eu acumulava todos os tesouros que o universo andava incubando em seu seio.

A sorte mudou em nossas partidas: eu sempre tinha átomos novos para atirar, ao passo que os de Pfwfp falhavam. Por três vezes tentou atirá-los e por três vezes os átomos se esmigalharam como se achatados no espaço. Então Pfwfp procurava todas as desculpas para anular a partida.

— Vamos lá — eu o acossava —, se você não jogar, a partida é minha.

E ele:

— Não vale, quando um átomo se gasta a partida é anulada e é preciso recomeçar do princípio. — Era uma regra inventada por ele naquele momento.

Eu não lhe dava trégua, dançava ao seu redor, pulava a cavalo em suas costas e cantava:

— Joga joga agora
se não joga, fora!
pois se eu jogo é fogo
vou ganhar o jogo.
— Chega — disse Pfwfp —, vamos mudar de brincadeira.
— Pois bem! — disse eu. — Por que não brincamos de atirar galáxias para o alto?
— Atirar galáxias? — De repente Pfwfp iluminou-se de contentamento. — Eu bem que posso! Mas você... você não tem galáxia alguma!
— Tenho, sim.
— Eu também!
— Então vamos ver quem joga mais alto!
E todos os átomos novos que eu tinha escondido, atirei-os ao espaço. A princípio pareciam dispersar-se, depois se condensaram como numa nuvem tênue, e a nuvem cresceu, cresceu, e em seu interior se formaram condensações incandescentes que rodavam, rodavam e em certo ponto se transformaram numa espiral de constelações jamais vistas que se abria em esguicho e fugia, fugia, enquanto eu a segurava pela cauda correndo. Mas não era eu que fazia voar a galáxia, era a galáxia que me fazia voar, agarrado à sua cauda; ou seja, não havia mais alto nem baixo, só o espaço que se dilatava e a galáxia no meio a se dilatar também, e eu seguro ali a fazer caretas na direção de Pfwfp distante já milhares de anos-luz.

Pfwfp, ao meu primeiro movimento, apressou-se em tirar para fora todo o seu butim e a lançá-lo no espaço acompanhando-o de um movimento balanceado de quem espera ver se abrirem no céu as espirais de uma galáxia interminável. Em vez disso, nada. Houve um crepitar de radiações, um relampejar desordenado, e logo tudo se extinguiu.

— Só isso? — gritei a Pfwfp.
E ele, verde de raiva, replicou:
— Você vai ver, seu Qfwfq safado!
Mas enquanto isso eu e a minha galáxia voávamos entre milhares de outras galáxias, e a minha era a mais nova, inve-

jada por todo o firmamento, brilhante como era de hidrogênio jovem, de juveníssimo berílio e de carbono infante. As galáxias anciãs fugiam de nós devoradas de inveja, e nós saltitantes e soberbos delas fugíamos, ao vê-las assim tão antiquadas e graves. Naquela fuga recíproca, acabamos por atravessar espaços cada vez mais rarefeitos e desimpedidos: e eis que vi em meio ao vácuo despontar aqui e ali como que borrifos incertos de luz. Eram tantas outras galáxias, formadas de matéria que acabara de surgir, galáxias já mais novas que a minha. Depressa o espaço voltava a tornar-se apinhado e denso como a parreira antes da vindima, e voávamos em fuga, a minha galáxia fugindo das mais novas como das anciãs, jovens e anciãs fugindo de nós. E passamos a voar por céus vazios, que logo tornavam a se povoar, e assim por diante.

Num desses repovoamentos, eis que ouço:

— Qfwfq, agora você me paga, traidor!

E vejo uma galáxia novíssima voar em nosso encalço, e inclinado sobre a ponta da espiral, a esbravejar contra mim ameaças e insultos, meu antigo companheiro de jogos, Pfwfp.

Começou a perseguição. Ali onde o espaço apresentava uma subida, a galáxia de Pfwfp, jovem e ágil, ganhava terreno, mas onde no espaço havia uma descida a minha mais pesada recuperava a vantagem.

Na corrida, sabe-se qual é o segredo: tudo está na maneira de se fazerem as curvas. A galáxia de Pfwfp tendia a estreitá-las, ao passo que a minha as alargava. Alarga aqui, alarga ali, eis que acabamos por ser projetados para fora da margem do espaço, com Pfwfp atrás. Continuamos a corrida como se faz em casos semelhantes, ou seja, criando espaço à nossa frente à medida que avançávamos.

Assim à frente havia o nada e às minhas costas a cara horrenda de Pfwfp que me seguia: em ambas as partes uma vista nada agradável. Contudo, preferi olhar para a frente, e então o que vejo? Pfwfp, que meu olhar mal acabara de deixar para trás, corria em sua galáxia à minha frente.

— Ah! — gritei. — Agora é minha vez de persegui-lo!

— Como? — disse Pfwfp, não sei bem se atrás de mim ou à minha frente. — Eu é que estou perseguindo você!

Volto-me: lá estava Pfwfp sempre nos meus calcanhares. Torno a virar-me para a frente, e lá estava ele a escapar dando as costas para mim. Mas, observando melhor, vi que, diante daquela sua galáxia que me precedia, havia outra, e esta era a minha, tanto é verdade que eu estava montado nela, inconfundível ainda que visto de perfil. Voltei-me para Pfwfp que me seguia, e aguçando a vista vi que a sua galáxia era seguida por outra galáxia, a minha, comigo em cima tal e qual, e aquele eu naquele exato momento se virava para olhar para trás.

E, assim, por trás de cada Qfwfq havia um Pfwfp e atrás de cada Pfwfp um Qfwfq e cada Pfwfp seguia um Qfwfq e era por ele seguido e vice-versa. A distância entre nós ora se estreitava, ora se alongava, mas já estava claro que um jamais alcançaria o outro nem o outro o um. Havíamos perdido todo o gosto de brincar de perseguição e, além do mais, já não éramos crianças, porém doravante não nos restava outra coisa para fazer.

# O TIO AQUÁTICO

*Os primeiros vertebrados, que no Carbonífero deixaram a vida aquática pela vida terrestre, derivavam dos peixes ósseos pulmonados, cujas nadadeiras podiam ser roladas sob o corpo e usadas como patas sobre a terra.*

Agora já estava claro que os tempos aquáticos haviam terminado, *recordou o velho Qfwfq*, e aqueles que se decidiam a dar o grande passo eram sempre em número maior, não havendo família que não tivesse algum dos seus entes queridos lá no seco; todos contavam coisas extraordinárias sobre o que se podia fazer em terra firme, e chamavam os parentes. Então, os peixes jovens, já não era mais possível segurá-los; agitavam as nadadeiras nas margens lodosas para ver se funcionavam como patas, como conseguiram fazer os mais dotados. Porém, precisamente naqueles tempos se acentuavam as diferenças entre nós: existia a família que vivia em terra havia várias gerações e cujos jovens ostentavam maneiras que já não eram de anfíbios mas quase de répteis; e existiam aqueles que ainda insistiam em bancar o peixe e assim se tornavam ainda mais peixes do que quando se usava ser peixe.

Nossa família, devo dizer, a começar pelos avós, espernava pela praia *au grand complet*, como se não tivéssemos jamais conhecido outra vocação. Não fosse por obstinação de nosso tio-avô N'ba N'ga, os contatos com o mundo aquático havia muito já tinham se perdido.

Isso mesmo, tínhamos um tio-avô peixe, e precisamente da

parte de minha avó paterna, oriunda dos celacantinos do Devoniano (os do ramo da água doce — que depois se tornariam primos dos outros —, mas não quero alongar-me nesses graus de parentesco, mesmo porque não se consegue nunca deslindá-los). Vai daí que esse tio-avô morava em certas águas baixas e lodosas, entre raízes de protoconíferas, naquele braço de lagoa onde haviam nascido todos os nossos ancestrais. Não arredava pé dali: fosse qual fosse a estação, bastava avançar sobre as camadas de vegetação mais moles o máximo que se pudesse sem se aprofundar no banhado, e lá embaixo, a poucos palmos da margem, víamos a coluna de borbulhas que ele mandava para cima bufando, como fazem as pessoas de idade, ou a nuvenzinha de lodo que fazia levantar quando cavava com seu focinho pontudo, sempre ali rebuscando mais por hábito que para procurar alguma coisa.

— Tio N'ba N'ga! Viemos vê-lo! Estava nos esperando? — gritávamos chapinhando na água com as patas e as caudas para chamar sua atenção. — Nós lhe trouxemos novos insetos que crescem em nosso meio! Tio N'ba N'ga! O senhor já tinha visto baratas deste tamanho? Veja lá se gosta...

— Seria melhor que vocês arrancassem essas verrugas nojentas que têm na pele, com suas baratas fedidas! — A resposta do tio-avô era sempre uma frase desse gênero, ou mesmo algo ainda mais grosseiro: era assim que nos acolhia a cada vez, mas não lhe fazíamos caso porque sabíamos que logo depois ele acabaria por se abrandar, apreciar os presentes e conversar em tom mais cordial.

— Mas que verrugas, tio N'ba N'ga? Quando foi que o senhor nos viu com verrugas?

Essa história das verrugas era um preconceito dos velhos peixes: achavam que, ao virmos para o seco, arrebentavam verrugas por todo o nosso corpo, transudando uma substância líquida; o que era verdade, sim, mas apenas para os sapos, que nada tinham a ver conosco; ao contrário, nossa pele era lisa e escovada como jamais a tivera peixe algum; e o tio-avô bem que sabia disso, porém não renunciava a alinhavar seus discursos com todas aquelas calúnias e prevenções em meio às quais havia crescido.

Visitávamos o tio uma vez por ano, a família toda junta. Era igualmente uma oportunidade para nos reunirmos, espalhados como estávamos pelo continente, trocar nossas novidades e insetos comestíveis, e discutir velhos assuntos de interesse que permaneciam em suspenso.

O tio também intervinha nessas questões que estavam a quilômetros e quilômetros de terra seca longe dele, como, por exemplo, a partilha das zonas reservadas à caça das libélulas, dando razão a uns e a outros segundo critérios estritamente seus, que eram sempre os critérios aquáticos.

— Mas você não sabe que quem caça no fundo leva sempre vantagem sobre aquele que caça à tona? Por que então preocupar-se tanto com isso?

— Mas, tio, veja só, não é uma questão de tona ou de fundo; eu estou ao pé da colina e ele à meia altura... As colinas, o senhor sabe, meu tio...

E ele:

— Junto das pedras é que estão sempre os melhores camarões. — Não havia como fazê-lo aceitar uma realidade diversa da sua.

E, no entanto, suas opiniões continuavam exercendo uma autoridade sobre nós todos; acabávamos lhe pedindo conselhos sobre fatos de que nada entendia, embora soubéssemos que podia estar inteiramente errado. Talvez sua autoridade lhe viesse precisamente por ser um resíduo do passado, por usar maneiras antiquadas de dizer as coisas, do tipo: "Vamos lá, baixe um pouco as barbatanas!", das quais não compreendíamos bem nem sequer o significado.

Tentativas de levá-lo para a terra conosco já havíamos feito várias e continuávamos a fazer; também, a esse respeito jamais se serenaram as rivalidades entre os vários ramos da família, porquanto quem conseguisse levar o tio para casa iria se encontrar numa posição, digamos, proeminente em relação à parentada toda. Mas era uma rivalidade inútil, porque o tio nem sonhava abandonar a lagoa.

— Tio, na idade a que o senhor chegou, nem imagina o

quanto nos desagrada deixá-lo assim sempre sozinho, em meio a essa umidade... Sabe de uma coisa?, tivemos uma ideia... — atacávamos.

— Estava mesmo à espera de que a tivessem — interrompia o velho peixe —, agora que já perderam o gosto de chapinhar no seco, é justo que voltem a viver como seres normais. Aqui tem água para todos e, quanto à comida, a época das minhocas nunca foi tão boa. Metam-se logo na água com gosto e não se fala mais nisso.

— Não, não, tio N'ba N'ga, o senhor não entendeu. Queremos é levar o senhor para ficar conosco, num belo pradozinho... O senhor vai ficar bem acomodado, podemos cavar-lhe uma fossinha úmida, fresca: nela o senhor pode se revirar à vontade, como faz aqui; pode até mesmo tentar dar alguns passos em volta, vai ver que consegue. Depois, na sua idade, o clima da terra é mais indicado. Então, tio N'ba N'ga, não se faça de rogado, venha conosco.

— Não! — era a resposta seca do tio, e com uma focinhada na água desaparecia de nossa vista.

— Mas, por que não, tio?, que tem contra?, não compreendemos; logo o senhor, de tanta visão, ter esses preconceitos...

Com uma bufada na superfície da água, antes de mergulhar no abismo com um golpe ainda ágil de cauda, lá vinha a última resposta do tio-avô:

— Nada de barriga na lama quem tem pulgas nas escamas! — Devia ser um modo de dizer de seus tempos (do tipo do nosso provérbio atual, e muito mais ágil: "Quem tem sarna que se coce"), com aquela expressão "na lama" que ele continuava a usar em todas as ocasiões em que dizíamos "terra".

Foi nessa época que me enamorei. Passava os dias com Lll, brincando de pega-pega; ágil como ela eu nunca tinha visto; nas avencas, que naquele tempo eram altas como árvores, subia até em cima num só impulso e a haste se inclinava até quase o chão; aí ela saltava e recomeçava a correr; eu, com movimentos um tanto lerdos e desajeitados, procurava segui-la. Penetrávamos territórios do interior onde nenhuma pegada jamais havia marcado o solo seco e encrostado; às vezes parava aturdido por haver me afastado tanto da região das lagoas. Mas nada parecia tão distante da vida aquática quanto Lll: os desertos de areia e pedra, os prados, a densidão das florestas, os relevos rochosos, as montanhas de quartzo, este era seu mundo — um mundo que parecia feito de propósito para os seus olhos oblongos e para ser percorrido pelo seu andar saltitante. Olhando-se para a sua pele lisa, parecia que nunca tivera placas nem escamas.

Os parentes de Lll me davam um pouco de complexo: eram dessas famílias, que por terem se instalado em terra em época mais antiga, haviam acabado por se convencer de que ali estavam desde sempre; uma dessas famílias nas quais até mesmo os ovos eram postos em terra firme, protegidos por uma casca resistente; e Lll, ao vê-la saltitante, a partir como uma flecha, percebia-se que havia nascido tal qual agora, de um daqueles ovos quentes de areia e sol, pulando de pés juntos a fase natatória e indolente dos girinos, obrigatória ainda em nossas famílias menos evoluídas.

Chegara o momento de Lll conhecer os meus: e, sendo o tio N'ba N'ga o mais velho e venerável da família, não poderia deixar de lhe fazer uma visita para apresentar-lhe minha noiva. Mas, todas as vezes que surgia uma ocasião, eu protelava a apresentação cheio de embaraço: conhecendo os preconceitos dentro dos quais fora educada, não havia ainda ousado dizer-lhe que tinha um tio-avô peixe.

Um dia havíamos nos embrenhado por um desses promontórios alagados que rodeiam a lagoa, em que o solo é formado mais de um emaranhado de raízes e vegetações apodrecidas do que de areia propriamente. E Lll me propôs um de seus costumeiros desafios ou provas de coragem:

— Qfwfq, até onde você consegue manter o equilíbrio? Vamos ver quem corre mais próximo da beira! — E precipitou-se à frente com seu saltinho de terra firme, mas um tanto hesitante.

Desta vez me sentia não só a ponto de igualá-la, como mesmo de vencê-la, pois na umidade as minhas patas tinham mais aderência.

— Pela margem afora até não poder mais! — exclamei —, e quem sabe mesmo até mais além!

— Não diga tolices! — fez ela. — Como é possível correr além da margem? Correr na água?

Talvez tivesse chegado o momento oportuno para conduzir a conversa a respeito do tio.

— E como não? — disse-lhe. — Há os que correm do lado de cá da margem e os que correm lá.

— Você diz coisas sem pé nem cabeça!

— Pois digo que meu tio-avô N'ba N'ga vive na água como nós vivemos na terra, e dela nunca saiu!

— Bah! Queria conhecer esse N'ba N'ga!

Antes que ela acabasse de dizer isso, bolhinhas borbulharam na turva superfície da lagoa; ele turbilhonou um pouco e deixou aflorar um focinho todo recoberto de escamas espinhosas.

— Bem, aqui estou eu, que querem? — disse o tio fixando Lll com olhos redondos e inexpressivos como pedras e fazendo pulsar as brânquias que ladeavam a enorme goela. Nunca o tio-avô havia parecido tão diferente de nós: um verdadeiro monstro mesmo.

— Tio, se me permite, esta... queria ter a grande satisfação de lhe apresentar... a minha futura esposa, Lll. — E apontei para minha noiva que, sabe-se lá por quê, havia se erguido nas patas traseiras, num de seus gestos mais rebuscados e que certamente seria dos menos apreciados por aquele velho grosseirão.

— Com que então a senhorita veio se dar ao prazer de refrescar o rabo? — disse o tio numa tirada que em seus tempos talvez fosse até uma galanteria, mas que para nós soava absolutamente indecente.

Olhei para Lll, certo de vê-la voltar-se e sair correndo com um coaxo escandalizado. Mas não havia calculado bem a profundidade de uma educação que lhe ensinara a ignorar as vulgaridades do mundo circunstante.

— O senhor está vendo aquelas plantinhas ali? — disse, desenvolta, indicando certas juncáceas que cresciam gigantescas no meio da lagoa. — Então me diga uma coisa: até onde vão suas raízes?

Uma dessas perguntas que se fazem apenas para manter a conversa; imaginem, que poderiam importar a ela aquelas juncáceas! Contudo o tio parecia não esperar outra coisa para se meter a explicar o porquê e o como das raízes das árvores flutuantes e até como se podia nadar no meio delas: os melhores lugares para a caça estavam precisamente ali embaixo.

A explicação não tinha fim. Eu bufava, procurando interrompê-lo. Mas aquela impertinente, ao contrário, que faz? Não é que se põe a lhe dar corda?

— Ah! O senhor caça entre as raízes aquáticas? Que interessante!

Eu me afundava de vergonha.

E ele:

— Não pense que estou mentindo: as minhocas que há ali são de encher a barriga!

E, sem mais, mergulha. Um mergulho ágil como jamais o tinha visto dar; e também um salto no ar: pula mostrando fora da água todo o seu comprimento, inteiramente pintalgado nas escamas, escancarando os leques espinhosos de suas barbatanas; depois, tendo descrito no ar um belo semicírculo, volta a cair imergindo de cabeça a pino e desaparece rápido com uma espécie de movimento em espiral da cauda falciforme.

Diante desse espetáculo, o pequeno discurso que havia preparado para justificar-me às pressas perante Lll, aproveitando o afastamento do tio-avô — "Sabe, é preciso compreendê-lo; com essa ideia fixa de viver como peixe, acabou na verdade por se assemelhar a um peixe..."—, acabou me ficando na garganta. Nem mesmo eu algum dia me dera conta de até que ponto era peixe o irmão de minha avó. Disse apenas:

— Lll, é tarde, temos de ir... — E logo o tio reapareceu na superfície trazendo entre os beiços de esqualo um ramalhete de minhocas e algas lamacentas.

Nem acreditei quando nos despedimos; mas, trotando silencioso atrás de Lll, pensava que ela iria começar a fazer seus comentários, ou seja, que o pior para mim ainda estava por vir. E eis que Lll, sem se deter, apenas se volta para o meu lado e:

— Puxa, mas que simpático o seu tio! — Foi isso que disse e nada mais.

Diante de sua ironia, já havia me sentido desarmado mais de uma vez; porém, o gelo que me invadiu com aquela tirada foi tal que teria preferido não mais voltar a vê-la do que precisar enfrentar novamente o assunto.

Mas, em vez disso, continuamos a nos ver, a sair juntos, e não se falou mais no episódio da lagoa. Eu ainda estava inseguro: fazia tudo para me convencer de que ela havia esquecido o caso; entretanto, às vezes tomava-me a suspeita de que se calava para poder envergonhar-me de alguma forma clamorosa diante dos seus, ou antes — e esta era para mim uma hipótese ainda pior —, de que só por compaixão se esforçava por falar de outra coisa. Até que, de supetão, um dia acabou por dizer:

— Mas então, não me leva mais para visitar seu tio?

Com um fio de voz indaguei:

— ... Você está brincando?

Qual!: falava a sério, não via a hora de trocar quatro palavras com o velho N'ba N'ga. E fiquei sem entender mais nada.

Daquela vez a visita à lagoa foi mais longa. Estendemo-nos os três sobre uma das margens em declive: o tio mais para o lado da água, mas nós também a meio banho, de tal maneira que, se alguém nos visse de longe, estirados uns ao lado dos outros, não saberia dizer quem era terrestre e quem era aquático.

O peixe atacou um de seus refrãos preferidos: a superioridade da respiração na água sobre a respiração aérea, com todo o repertório de suas difamações. Agora Lll toma as dores e lhe dá o merecido troco!, pensei. No entanto, eis que se viu aquele dia que Lll usava outra tática: discutia com ardor, defendendo nossos pontos de vista, mas ao mesmo tempo levando muito a sério os argumentos do velho N'ba N'ga.

As terras emersas, segundo o tio, eram um fenômeno limitado: iriam desaparecer assim como vieram à tona, ou, de qualquer forma, ficariam sujeitas a mutações sucessivas: vulcões, glaciações, terremotos, enrugamentos do terreno, mutações de clima e de vegetação. E nossa vida nesse meio devia enfrentar transformações contínuas, mediante as quais populações inteiras iriam desaparecer, e só haveria de sobreviver quem estivesse disposto a modificar de tal modo a base de sua existência que as razões anteriormente passíveis de tornar a vida bela de viver seriam completamente transformadas e esquecidas.

Era uma perspectiva que se chocava de frente com o otimismo em que nós, os filhos da costa, havíamos sido criados; e a qual eu rebatia com protestos escandalizados. Mas para mim a verdadeira, a viva refutação daqueles argumentos era Lll: via nela a forma perfeita, definitiva, nascida da conquista dos territórios emersos, a soma de novas e ilimitadas capacidades que se abriam. Como pretenderia, o tio, negar a realidade encarnada de Lll? Eu flamejava paixão polêmica, e a mim parecia que minha companheira se mostrava demasiado paciente e compreensiva para com nosso contendor.

É verdade que, mesmo para mim — habituado que estava a ouvir da boca do tio apenas resmungos e impropérios —, aquele argumento tão bem conduzido soava como algo novo, ainda que recheado de expressões antiquadas e enfáticas, e tornado cômico por sua cadência característica. Espantava-me também de ouvi-lo dar provas de uma competência minuciosa — não obstante inteiramente superficial — das terras continentais.

Mas Lll, com suas perguntas, procurava deixá-lo falar o mais possível da vida subaquática; e não havia dúvida de que nesse campo o discurso do tio se fazia mais denso e por vezes comovente. Em oposição às incertezas da terra e do ar, as lagoas, os mares e os oceanos representavam um porvir de segurança. Neles as mudanças iriam ser mínimas, os espaços e as provisões sem limites, a temperatura haveria sempre de encontrar seu equilíbrio; em suma, a vida conservar-se-ia tal como se desenvolvera até ali, em suas formas plenas e perfeitas, sem metamorfoses ou adições de êxito duvidoso, na qual cada um poderia aprofundar sua própria natureza, chegando à essência de si mesmo e de cada uma das coisas. Titio falava do futuro aquático sem embelezamentos ou ilusões, não nos escondendo os problemas mesmo graves que haveriam de se apresentar (o mais preocupante de todos, o aumento da salinidade); mas eram problemas que não iriam abalar os valores e as proporções em que acreditava.

— Mas nós agora galopamos pelos vales e montanhas, tio! — exclamei, em meu nome e principalmente no de Lll, que, no entanto, permanecia muda.

— Vamos lá, girino, basta você tomar banho para voltar para casa! — interrompeu-me, retomando o tom que sempre o ouvira usar conosco.

— O senhor não acha, tio, que se quiséssemos aprender agora a respirar embaixo da água seria tarde demais? — perguntou Lll séria, e eu não sabia se me sentia lisonjeado por ela ter chamado o meu velho parente de tio ou desorientado porque certas perguntas (pelo menos era assim que eu estava habituado a pensar) não se faziam nem de brincadeira.

— Se você quiser mesmo, minha estrela — disse o peixe —, eu lhe ensino num minuto!

Lll saiu com uma risada estranha e finalmente se pôs a correr, a correr tanto que eu não pude segui-la.

Procurei-a pelas planícies e colinas, subi num esporão de basalto que dominava em torno a paisagem de desertos e florestas circundados pelas águas. Lll estava lá. Era certamente isto que queria me dizer — eu bem que compreendia! — ouvindo N'ba N'ga e depois escapando, refugiando-se à distância: que precisava estar em nosso mundo com a mesma força com que o velho peixe estava no seu.

— Eu estarei neste como o tio está no dele — gritei um pouco gaguejante. Mas logo me corrigi: — Nós dois estaremos, juntos! — Porque era verdade que sem ela não me sentia seguro.

E Lll então, que foi que me respondeu? Até hoje me ruborizo ao recordá-lo, passadas que foram tantas eras geológicas. Respondeu:

— Vamos lá, girino, é preciso ter peito!

E não soube se ela queria imitar o tio-avô, para nos gozar a ambos, ou se na verdade havia feito seu o comportamento daquele velho caduco para com seu sobrinho-neto, e tanto uma como a outra hipótese eram igualmente desencorajadoras porque significavam que me considerava alguém a meio caminho, alguém que não estava nem em seu mundo nem em outro.

Será que a havia perdido? Na dúvida, apressei-me em reconquistá-la. Comecei a executar proezas: na caça aos insetos voadores, no salto, no escavar de tocas, na luta com os mais fortes dos nossos. Estava orgulhoso de mim mesmo, mas infelizmente, toda vez que fazia alguma coisa de notável, ela não estava ali para me ver: desaparecia continuamente, não se sabe onde andava escondida.

Por fim compreendi: ia para a lagoa, onde o tio lhe ensinava a nadar embaixo da água. Vi-os aflorando à tona juntos: avançavam à mesma velocidade, como se fossem irmão e irmã.

— Sabe — disse ela alegre, vendo-me —, as patas funcionam perfeitamente como barbatanas!

— Muito bem: que grande passo avante — não pude deixar de comentar, com sarcasmo.

Era uma brincadeira, para ela, eu entendia. Mas uma brincadeira que não me agradava em nada. Devia chamá-la de volta à realidade, ao futuro que nos aguardava.

Um dia esperei-a no meio de um bosque de altas avencas que se inclinavam sobre as águas.

— Lll, preciso falar com você — disse-lhe mal a vi —, agora que já se divertiu bastante. Temos coisas mais importantes à nossa frente. Descobri uma passagem na cadeia de montanhas: a partir dali estende-se uma imensa planura de pedra, há pouco abandonada pelas águas. Seremos os primeiros a nos instalar lá, povoaremos os territórios vizinhos, nós e nossos filhos.

— O mar, ele é infinito — disse Lll.

— Pare de repetir as parvoíces daquele velho senil. O mundo é de quem tem pernas, não dos peixes, você sabe.

— Só que ele é um peixe que é alguém — disse Lll.

— E eu?

— Não há ninguém com pernas que seja igual a ele.

— E a sua família?

— Brigamos. Não conseguem mais compreender nada.

— Você está é doida! Não se pode voltar atrás!

— Eu posso.
— E o que vai fazer, sozinha com um peixe velho?
— Casar com ele. Tornar-me peixe como ele. E pôr no mundo outros peixinhos. Adeus.

E, com uma daquelas suas arrancadas, subiu até o alto da última folha de avenca, inclinou-se para a lagoa e lançou-se num mergulho. Voltou à tona, mas não estava sozinha: a robusta cauda falciforme do tio N'ba N'ga aflorou ao lado da sua e juntos fenderam as águas.

Foi um golpe duro para mim. Mas, enfim, o que fazer? Continuei meu caminho, em meio às transformações do mundo, eu próprio me transformando. Vez por outra, entre as variadas formas dos seres vivos, encontrava um que era "mais alguém" do que eu: um que prenunciava o futuro, o ornitorrinco que amamentava o filhote saído do ovo, a girafa esgalgada em meio à vegetação ainda baixa; ou outro que testemunhava um passado sem retorno, um dinossauro sobrevivente depois de haver começado o Cenozoico, ou então — crocodilo — um passado que havia encontrado um modo de conservar-se imóvel pelos séculos. Todos tinham algo, bem sei, que os tornava de alguma forma superiores a mim, sublimes, e que me tornava, em relação a eles, medíocre. E, no entanto, eu não me trocaria por nenhum deles.

# APOSTAMOS QUANTO

*A lógica da cibernética, aplicada à história do universo, está a ponto de demonstrar como as galáxias, o sistema solar, a Terra, a célula viva não poderiam deixar de existir. Segundo a cibernética, o universo se forma por meio de uma série de "retroações" positivas e negativas, a princípio pela força da gravidade que concentra massa de hidrogênio na nuvem primitiva, depois pela força nuclear e a força centrífuga que se equilibram com a primeira. A partir do momento em que o processo se põe em movimento, ele só pode seguir a lógica dessas "retroações" em cadeia.*

É verdade, mas a princípio não o sabíamos — *comentou Qfwfq* —, ou seja, era possível mesmo prevê-lo, mas assim, com um pouco de orelhada, na base da adivinhação. Eu, não é para me gabar disso, desde o início apostava que o universo havia de existir, e não deu outra, e também porque sabia como ele haveria de ser acabei por ganhar inúmeras apostas com o decano (k)yK.

Quando começamos a apostar, não havia ainda nada que pudesse fazer prever alguma coisa, exceto certas partículas que giravam, elétrons andando ao deus-dará, e prótons que iam para cima e para baixo cada qual por sua conta. De repente senti uma coisa, como se o tempo estivesse para mudar (na verdade ficara um pouco mais frio), e disse:

— Vamos apostar que hoje vai haver átomos?

E o decano (k)yK:

— Ah, faça-me o favor: átomos! Pois aposto que não, o que você quiser.

E eu:

— Quer apostar até xis?

E o decano:

— Xis elevado a ene!

Mal acabara de dizer isso, e já em torno de cada próton começava a girar seu elétron, zumbindo. Uma nuvem enorme de hidrogênio estava se condensando no espaço.

— Viu? Átomos em quantidade!

— Átomos iguais a esses, bah, grande coisa! — fazia (k)yK, porque tinha o mau hábito de se sair com histórias em vez de reconhecer que havia perdido a aposta.

Andávamos sempre apostando, eu e o decano, porque não havia mesmo mais nada para fazer, e também porque a única prova de que eu existia era o fato de que apostava com ele, e a única prova da existência dele era que apostava comigo. Apostávamos em acontecimentos que haveriam ou não de advir; a escolha era praticamente ilimitada, dado que até aquele momento não havia acontecido absolutamente nada. Mas assim como não havia tampouco um modo de imaginar como poderia ser um acontecimento, nós o designávamos de maneira convencional: acontecimento A, acontecimento B, acontecimento C etc., apenas para distingui-los. Ou seja: uma vez que então não existia alfabeto ou outras séries de sinais convencionais, apostávamos primeiro como haveria de ser uma série de sinais e depois associávamos esses possíveis sinais a possíveis acontecimentos, a fim de poder assinalar com suficiente precisão assuntos sobre os quais não sabíamos patavina.

Quanto ao montante ou natureza da aposta, igualmente ignorávamos qual fosse, pois nada havia que pudesse servir de referência, daí jogarmos na base da palavra, cada qual guardando o quanto havia ganhado para depois fazermos as contas. Operações todas elas muito difíceis, pois não havia ainda os números, nem sequer possuíamos o conceito de número, para começar a contar, já que não se conseguia separar coisa alguma do nada.

A situação começou a mudar quando nas protogaláxias andaram se condensando as protoestrelas; logo percebi o que iria acontecer, com aquela temperatura que aumentava, e disse:
— Elas vão se acender.
— Balela! — disse o decano.
— Vamos apostar? — perguntei.
— Quanto quiser — disse ele, e pof!, a escuridão foi rompida por inumeráveis glóbulos incandescentes que se dilatavam.
— Alto lá!, acender não é bem isso que aconteceu... — começava (k)yK, com seu velho hábito de deslocar o problema para as palavras.
Eu agora tinha o meu, digamos, sistema de fazê-lo calar:
— Ah, não?, e então o que vem a ser, na sua teoria?
Ele ficava calado: pobre de imaginação como era, mal uma palavra começava a ter um significado, ele não conseguia atinar que pudesse ter outro.
O decano (k)yK, depois de algum tempo de convívio, era um tipo bastante desagradável, isento de recursos, sem nada de novo para contar. Tampouco eu, aliás, teria muito para contar, já que os fatos dignos de serem mencionados não haviam acontecido ainda, ou pelo menos assim nos parecia. A única possibilidade era fazer hipóteses, ou antes fazer hipóteses sobre a possibilidade de fazer hipóteses. Ora, no que toca a fazer hipóteses de hipóteses eu tinha muito mais imaginação do que o decano, e isso era ao mesmo tempo uma vantagem e uma desvantagem, porque me levava a fazer apostas sempre mais arriscadas, de modo que se podia dizer que eram iguais as possibilidades de vitória.
Em geral, eu jogava na possibilidade de que um dado acontecimento pudesse ocorrer, ao passo que o decano apostava quase sempre o contrário. Tinha um sentido estático da realidade, esse (k)yK, se é que assim me posso exprimir, visto que entre estático e dinâmico naquela época não havia a diferença que há agora, ou pelo menos era preciso estar atento para perceber tal diferença.
Por exemplo, as estrelas aumentavam de volume, e eu:
— De quanto? — pergunto. Procurava conduzir o prognóstico para os números, pois assim ele tinha menos o que discutir.

Naquele tempo, só havia dois números: o número *e* e o número *pi*. O decano fez um cálculo por alto e respondeu:

— Aumenta de *e* elevado a *pi*.

Grande velhaco! Até aí chegamos todos. As coisas não eram assim tão simples, como eu percebia.

— Vamos apostar que num certo ponto se detém.

— Aposta feita. E quando é que deve se deter?

E eu, descaradamente, lhe disparo meu *pi*. Foi tiro e queda. O decano ficou tonto.

A partir daí começamos a apostar à base de *e* e de *pi*.

— *Pi!* — gritava o decano, em meio à escuridão salpicada de fulgores. Mas, ao contrário, era a vez em que era *e*.

Fazíamos isso para nos divertir, está claro, porque como lucro não seria de proveito algum. Quando os elementos começaram a formar-se, passamos a avaliar os pontos ganhos por átomos dos elementos mais raros, e nisso cometi um erro. Tinha visto que o mais raro de todos era o tecnécio, e comecei a apostar tecnécios, e a vencer, e a receber: acumulei grandes capitais de tecnécio. O que não previ é que se tratava de um elemento instável e que se desfazia todo em radiações: tive de recomeçar do zero.

Não há dúvida de que eu também às vezes errava no golpe, mas depois readquiria a vantagem e podia permitir-me alguns prognósticos arriscados.

— Agora vai surgir um isótopo de bismuto! — precipitei-me a dizer assim que vi os elementos recém-nascidos que saltavam do cadinho de uma estrela "supernova". — Vamos apostar?

Mas, qual!: era um átomo de polônio, purinho.

Nesses casos (k)yK começava a guinchar, a guinchar, como se as suas vitórias fossem um grande mérito, quando na verdade não passavam de uma manobra arriscada demais de minha parte que o havia favorecido. Mas, por outro lado, quanto mais eu avançava, mais compreendia o mecanismo, e diante de cada novo fenômeno, após alguns tateios ao acaso, calculava meus prognósticos com conhecimento de causa. A regra segundo a qual uma galáxia se estabilizava a tantos milhões de anos-luz de uma outra, nem mais nem menos, era coisa que eu chegava a compreender sempre muito antes dele. Depois de algum tempo, isso se tornava tão fácil que já não me dava nenhuma satisfação.

Assim, conforme os dados de que eu dispunha, tentava deduzir mentalmente outros dados, e desses, outros ainda, até que consegui propor eventualidades que aparentemente não tinham nada a ver com o assunto que estávamos discutindo. E jogava a coisa, como quem não quer nada.

Por exemplo, quando fazíamos prognósticos sobre a curvatura das espirais galácticas, num determinado momento eu me saí com esta:

— Escute aqui, (k)yK, você acha que os assírios vão invadir a Mesopotâmia?

Ele ficou desorientado.

— O quê?... Como disse? Quando?

Calculei às pressas e disparei uma data, naturalmente não em anos nem em séculos, porque então as unidades de medida do tempo não eram apreciáveis em grandezas desse tipo, e para indicar uma data precisa devíamos recorrer a fórmulas tão complexas que para escrevê-las teria de recobrir todo um quadro-negro.

— E como iremos saber...?

— Vamos, rápido, (k)yK, vão invadir ou não? Eu acho que vão, você acha o contrário. Está feito? Nada de subterfúgios.

Estávamos ainda no vácuo sem limites, estriado aqui e ali por uns traços de hidrogênio em torno dos vórtices das primeiras constelações. Admito que eram necessárias deduções muito complicadas para prever as planícies da Mesopotâmia enegrecidas de homens, cavalos, flechas e trombetas, mas, não havendo outra coisa para fazer, acabávamos conseguindo.

Em tais casos, o decano optava sempre pelo não, e não por pensar que os assírios não iriam fazê-lo, mas simplesmente porque excluía a possibilidade de virem a existir assírios e Mesopotâmia, a Terra e o gênero humano.

Essas apostas, compreende-se, eram de mais longa duração que as outras; não como em certos casos, cujo resultado se sabia imediatamente.

— Está vendo aquele Sol ali que se forma com um elipsoide à sua volta? Depressa, antes da formação dos planetas, diga a que distância estarão as órbitas umas das outras...

Mal havíamos acabado de dizê-lo e eis que no curso de oito ou nove, que digo?, de seis ou sete centenas de milhões de anos, os planetas se puseram a girar cada qual em sua órbita, nem mais estreita nem mais larga.

Satisfação muito maior me davam em vez disso as apostas de que nos devíamos lembrar por milhares e milhares de anos, sem esquecer nem o objeto nem o montante daquilo que havíamos apostado, sendo que ao mesmo tempo devíamos nos lembrar de apostas com prazos muito mais curtos, e do número (havia começado a época dos números inteiros, e isso complicava um pouco as coisas) das apostas ganhas por um e por outro, e do montante das quantias apostadas (minha vantagem sobre o decano crescia cada vez mais e ele estava endividado até o pescoço). E além de tudo isso devíamos imaginar novas apostas, sempre mais avançadas na cadeia das deduções,

— No dia 8 de fevereiro de 1926, em Santhià, província de Vercelli, correto?, na rua Garibaldi, número 18, está me acompanhando?, a senhorita Giuseppina Pensotti, de vinte e dois anos, sai de casa às cinco e quarenta e cinco da tarde: ela segue para a esquerda ou para a direita?

— Eeeh... — fazia (k)yK.

— Vamos, depressa. Eu digo que vai seguir pela direita.

E através das névoas de fina poeira sulcadas pelas órbitas das constelações já via elevar-se a neblina da tarde pelas ruas de Santhià, acender-se um fraco lampião que chegava apenas a assinalar a linha da calçada sob a neve, e iluminada por um instante a sombra esguia de Giuseppina Pensotti que virava a esquina seguindo para a balança do posto fiscal, e não se podia mais vê-la.

Sobre o que devia acontecer aos corpos celestes, podia deixar de fazer novas apostas e esperar tranquilamente, então embolsar as paradas de (k)yK à medida que as minhas previsões se realizavam. Mas a paixão pelo jogo me levava, a partir de acontecimentos possíveis, a prever as séries intermináveis de acontecimentos que se seguiriam, até os mais marginais e aleatórios. Comecei a emparelhar prognósticos sobre fatos que eram imediatos e facilmente calculáveis com outros que requeriam operações extremamente complexas para imaginar.

— Depressa, veja como os planetas se condensam; diga lá: sobre qual deles se formará uma atmosfera — Mercúrio? Vênus? Terra? Marte? Vamos, diga logo; e depois, já que estamos nisto, calcule o índice de crescimento demográfico da península indiana durante a dominação inglesa. Em que está pensando tanto aí? Desembuche.

Eu havia descoberto um caminho, uma saída para além da qual os acontecimentos fervilhavam com multiplicada densidade, podendo colhê-los a mancheias e atirá-los na cara de meu competidor, que de sua existência nem de longe suspeitava. Eis que me surgiu a oportunidade de deixar cair quase distraidamente a pergunta:

— Arsenal e Real Madrid, em semifinal, Arsenal jogando em casa. Quem vence a partida?

Num átimo compreendi que com aquilo que parecia um casual amontoado de palavras eu havia atingido uma reserva infinita de novas combinações de cujos signos a realidade compacta, opaca e uniforme iria servir-se para mascarar sua monotonia, e talvez a corrida para o futuro, aquela corrida que eu fora o primeiro a prever e auspiciar, tenderia apenas, através do tempo e do espaço, a uma trituração de alternativas desse gênero, para enfim se dissolver numa geometria de invisíveis triângulos e ricochetes como o percurso da bola entre as linhas brancas do campo do modo que eu procurava imaginá-las traçadas no fundo de um turbilhão luminoso do sistema planetário, decifrando os números inscritos sobre o peito e as costas de jogadores noturnos irreconhecíveis na distância.

Eu havia me atirado nessa nova área do possível, nela apostando todas as minhas vitórias precedentes. O que poderia me deter? A habitual e perplexa incredulidade do decano só servia para incitar-me a novos riscos. Quando percebi que estava enredado numa armadilha já era tarde demais. Tive ainda a satisfação — magra satisfação, desta vez — de ser o primeiro a dar-me conta disto: (k)yK não parecia perceber que a sorte se voltava para o seu lado, mas eu contava as suas risadas, anteriormente raras, e cuja frequência agora aumentava, aumentava...

— Qfwfq, você viu que o faraó Amenotep IV não teve filhos homens? Pois ganhei eu!

— Qfwfq, você viu que Pompeu não derrotou César? Não lhe disse?!

Contudo, eu tinha verificado meus cálculos dos pés à cabeça, sem descuidar do mínimo detalhe. Mesmo que tivesse de voltar ao princípio, teria procedido como antes.

— Qfwfq, durante o império de Justiniano foi o bicho-da-seda que levaram da China a Constantinopla, e não a pólvora... Ou eu é que estou errado?

— Não, você está certo, você ganhou...

Era evidente que havia me deixado levar pelos prognósticos de acontecimentos fugazes, impalpáveis, e fizera muitos, muitíssimos mesmo, e agora não podia mais voltar atrás, não podia me corrigir. Além do mais, corrigir-me como? Com base em quê?

— Veja só, Balzac não faz Lucien Rubempré se suicidar no fim de *Ilusões perdidas* — dizia o decano com o tom de voz triunfante que adquirira de certo tempo para cá —; ele o deixa salvar-se por Carlos Herrera, aliás, Vautrin, você sabe, aquele que já havia aparecido no *Père Goriot*... Diga lá, Qfwfq, a quanto estamos?

Minha vantagem diminuía. Tinha posto meus ganhos, convertidos em moeda valorizada, em lugar seguro, num banco suíço, mas devia retirar continuamente grandes somas para fazer face às perdas. Não que perdesse sempre. Ganhava ainda algumas apostas, e mesmo algumas gordas, porém as coisas haviam mudado; quando ganhava, não estava seguro de que não fora por acaso, e de que a próxima jogada não traria aos meus cálculos um novo desmentido.

No ponto a que havíamos chegado, era necessária uma biblioteca de obras de consulta, assinatura de revistas especializadas, além de um equipamento de calculadoras para as nossas contas: conjunto, como sabem, posto à nossa disposição por uma Research Foundation, à qual, por estarmos estabelecidos sobre este planeta, havíamos recorrido para subvencionar nossos estudos. Naturalmente, as apostas aparecem como simples brincadeira entre nós e ninguém suspeita das grandes somas nelas envolvidas. Oficialmente sobrevivemos com nosso modesto salário mensal de pesquisadores do Centro de Previsões Eletrônicas, acrescido, no caso de (k)yK, da comissão a que faz jus pelo cargo de decano, o qual conseguiu obter graças à sua faculdade de não mover uma palha. (Sua predileção pela estase continuou se agravando, a ponto de se apresentar como um paralítico em cadeira de rodas.) Esse título de decano, diga-se de passagem, nada tem a ver com ancianidade, pois senão eu também teria direito a ele, só que não tenho.

Assim chegamos a esta situação. O decano (k)yK, do terraço de sua residência, sentado em sua cadeira de rodas, com as pernas recobertas por uma colcha de jornais de todo o mundo vindos pelo correio da manhã, grita de forma a ser ouvido de um a outro extremo do campus:

— Qfwfq, o tratado atômico entre a Turquia e o Japão não foi assinado hoje, nem sequer iniciadas as tratativas, está ouvindo? Qfwfq, o uxoricida de Termini Imerese foi condenado a três anos, como eu dizia, e não a trabalhos forçados!

E desfralda as páginas dos jornais, brancas e negras como o espaço quando andavam se formando as galáxias, e salpicadas — como agora o espaço — de corpúsculos isolados, circundados de vácuos, privados em si de destinação e de sentido. E penso como era belo então, através daquele vácuo, traçar retas e parábolas, individuar o ponto exato, a interseção entre espaço e tempo em que deveria espoucar o acontecimento, incontestável no relevo de seu fulgor; agora os acontecimentos fluem ininterruptos, como uma corrida de cimento, uns por cima dos outros, uns incrustados nos outros, separados por títulos negros e incongruentes, legíveis à vontade mas intrinsecamente ilegíveis, uma pasta de acontecimentos sem forma nem direção, que circunda submerge tritura qualquer raciocínio.

— Sabe, Qfwfq? As cotações de hoje no fechamento de Wall Street baixaram dois por cento e não seis! E, mais, o imóvel construído abusivamente na via Cássia é de doze andares e não de nove! Nearco IV venceu em Longchamps por dois corpos de luz. A quanto estamos, Qfwfq?

# OS
# DINOSSAUROS

*Permanecem misteriosas as causas da extinção dos dinossauros, que tinham evoluído e crescido durante todo o Triássico e o Jurássico, e foram por cento e cinquenta milhões de anos os dominadores incontestáveis dos continentes. Talvez fossem incapazes de se adaptar às grandes alterações do clima e das vegetações que ocorreram no Cretáceo. No fim daquela era haviam todos desaparecido.*

Todos menos eu, *esclareceu Qfwfq*, porque fui também, em certo período, dinossauro — digamos, durante uns cinquenta milhões de anos; e não me arrependo: ser dinossauro naquela época era ter a consciência de ser justo, fazendo-se respeitar.

Depois a situação mudou, é inútil que lhes conte as particularidades; começaram os aborrecimentos de toda espécie, desconfianças, erros, dúvidas, traições, pestilências. Uma nova população crescia na Terra, e era nossa inimiga. Caíam-nos em cima vindos de todos os lados e não havia modo de escapar. Andam a dizer agora que o gosto do declínio, a paixão de sermos destruídos faziam parte do nosso espírito de dinossauros desde o princípio. Não sei: eu nunca provei tal sentimento; se os outros o tinham, é porque já se sentiam perdidos.

Prefiro não deixar a memória voltar à época da grande mortandade. Nunca pensei que dela pudesse escapar. A longa migração que me pôs a salvo, eu a realizei através de um cemitério de carcaças descarnadas, em cujo solo um cocuruto, ou um chifre, ou uma lâmina da couraça, ou um frangalho de pele toda escamada lembrava o antigo esplendor do ser vivente. E ao lado desses restos trabalhavam os bicos, as presas, as patas, as ventosas dos novos senhores do planeta. Quando não vi mais traços nem de vivos nem de mortos, parei.

Naqueles altiplanos desertos passei muitos e muitos anos. Tinha sobrevivido às emboscadas, às epidemias, à inanição, ao gelo, mas estava só. Não podia continuar lá no alto para sempre. Pus-me a caminho para descer.

O mundo havia mudado: já não reconhecia nem os montes nem os rios nem as plantas. A primeira vez que pressenti seres humanos me ocultei; era um bando dos novos, indivíduos pequenos mas potentes.

— Você aí!

Tinham me avistado e de repente aquela maneira familiar de se dirigirem a mim me estarreceu. Fugi; perseguiram-me. Estava habituado havia milênios a provocar o terror à minha volta e me aterrorizar com as reações dos outros diante do terror que neles suscitava. Agora, nada:

— Você aí! — Aproximaram-se de mim como se nada houvesse, nem hostis nem amedrontados. — Por que fugiu? O que lhe passa pela cabeça?

Queriam apenas que lhes indicasse o caminho certo para irem não sei aonde. Balbuciei que não era do lugar.

— Que foi que lhe deu para sair assim correndo? — disse um deles. — Parecia até que você tinha visto... um dinossauro!

E os outros riram. Mas naquela risada senti pela primeira vez um acento de apreensão. Um riso meio amarelo. E um deles se fez grave e acrescentou:

— Não diga isso nem de brincadeira. Você não sabe o que são...

Portanto, o terror dos dinossauros ainda continuava entre os novos, mas talvez havia várias gerações não os tinham mais visto e não sabiam reconhecê-los. Continuei meu caminho, cauteloso porém um tanto impaciente para repetir minha experiência. Numa fonte bebia uma jovem dos novos; estava sozinha. Aproximei-me devagarinho, estiquei o pescoço para beber ao lado dela; já pressentia o grito desesperado que daria tão logo me visse e sua fuga estrepitosa. E, assim que desse o alarme, os novos viriam caçar-me a toda velocidade... No mesmo instante, já estava arrependido de meu gesto; se quisesse salvar-me, devia devorá-la imediatamente: recomeçar...

A jovem virou-se para mim e disse:

— Boa esta água, não é mesmo?

Pôs-se a conversar amavelmente, com frases um tanto circunstanciais, como fazemos em relação aos estrangeiros, perguntando-me se eu vinha de longe e se havia encontrado chuva ou bom tempo no caminho. Jamais podia imaginar que se pudesse falar assim, com os não dinossauros, e me mantinha muito tenso e quase mudo.

— Venho sempre beber aqui — disse ela —, no Dinossauro...

Tive um sobressalto, abri bem os olhos.

— É assim mesmo que a chamamos, a Fonte do Dinossauro, desde os tempos antigos. Dizem que uma vez um deles se escondeu neste lugar, um dos últimos, e aquele que viesse beber aqui era atacado e devorado por ele, Deus meu!

Tinha vontade de sumir. Agora já sabe quem sou, pensava comigo, está me observando melhor para me reconhecer!, e, como faz quem não quer ser visto, eu mantinha os olhos baixos e enrodilhava o rabo como que para escondê-lo. A tensão nervosa era tanta que, quando ela, toda sorridente, se despediu de mim e seguiu o seu caminho, senti-me exausto como se tivesse enfrentado uma batalha, daquelas dos tempos em que nos defendíamos com as unhas e os dentes. Dei-me conta de que não havia sequer respondido ao seu bom-dia.

Cheguei à margem de um rio, onde os novos tinham suas choças, e viviam da pesca. Para criar um remanso no rio onde a água menos rápida retivesse os peixes, haviam construído um dique com troncos. Mal me viram, ergueram a cabeça do trabalho e ficaram parados; olharam para mim, olharam-se entre si, como se interrogando, sempre em silêncio. Agora chegou o momento, pensei, só me resta vender cara a pele, e me preparei para a investida.

Por sorte soube parar a tempo. Aqueles pescadores não tinham nada contra mim: vendo-me robusto, queriam perguntar-me se podia morar uns tempos com eles, para ajudá-los no transporte da madeira.

— Este aqui é um lugar seguro — insistiram, diante de meu ar perplexo. — Dinossauro é coisa que não se vê mais desde os tempos dos avós de nossos avós...

A ninguém vinha a suspeita de que eu pudesse ser um deles. Fiquei ali. O clima era bom, a comida não tanto para o nosso gosto mas passável, e o trabalho não era assim tão pesado, considerando a minha força. Chamavam-me por um apelido: "o Bruto", porque era diferente deles, e mais nada. Esses novos, não sei por que raios de nomes vocês os chamavam, pantotérios ou qualquer coisa assim, eram uma espécie ainda um tanto informe, da qual na verdade depois se originaram todas as demais, e já naquele tempo, de indivíduo para indivíduo, presenciavam-se neles as mais variadas semelhanças e dessemelhanças possíveis; por isso eu, embora de tipo diverso, acabei me convencendo de que, fosse como fosse, não causava tanto transtorno assim.

Não que me habituasse inteiramente a essa ideia: sentia-me sempre um dinossauro em meio aos inimigos, e toda noite, quando começavam a contar histórias de dinossauros, transmitidas de geração a geração, eu me punha na retaguarda, na sombra, os nervos tensos.

Eram histórias aterradoras. Os ouvintes, pálidos, irrompendo vez por outra em gritos de espanto, ficavam presos aos lábios do narrador, cuja voz, por sua vez, traía uma emoção não menos forte. Logo tive a certeza de que aquelas histórias já eram conhecidas de todos (embora constituíssem um repertório deveras copioso), mas ao ouvi-las o pavor a cada vez se renovava. Os dinossauros apareciam nelas como verdadeiros monstros, descritos com particularidades que eu jamais poderia reconhecer como nossas, empenhados unicamente em causar danos aos novos, como se os novos fossem desde o princípio os mais importantes habitantes da Terra, e nós não tivéssemos outra coisa para fazer senão andar no encalço deles de manhã à noite.

Para mim, no entanto, pensar em nós, dinossauros, era deixar a memória voltar a uma longa série de travessias, de agonias, de lutas; as histórias que os novos contavam a nosso respeito estavam tão distantes da minha experiência que deviam deixar-me indiferente, como se falassem de estrangeiros, de desconhecidos. Contudo, ouvindo-as, percebi que nunca me dera conta de como devíamos parecer aos outros, e que apesar de haver muito embuste naquelas histórias, em determinados detalhes e de seu ponto de vista particular, incidiam no certo. Em minha mente as histórias do terror que nós lhes infligimos se confundiam com minhas lembranças do terror que havíamos sofrido: tanto mais sabia o quanto fizemos tremer, mais eu tremia. Cada qual contava uma história, a seu turno, e a certo ponto:

— E o Bruto, o que diz? — perguntaram. — Você não tem também alguma história para contar? Na sua família não houve nunca aventuras com os dinossauros?

— Houve, mas... — gaguejei — já se passou tanto tempo... ah, se vocês soubessem...

Quem vinha em meu socorro naqueles apuros era Flor de Avenca, a jovem da fonte.

— Ora, deixem-no em paz... É um forasteiro, ainda não se ambientou, fala mal a nossa língua...

Acabavam mudando de assunto. Eu suspirava de alívio.

Entre mim e Flor de Avenca se estabelecera uma espécie de cumplicidade. Nada de muito íntimo: jamais ousara tocá-la. Mas conversávamos longamente. Quer dizer, era ela que me contava muitas coisas de sua vida; eu, com receio de trair-me, de que ela levantasse suspeitas sobre a minha identidade, mantinha-me sempre no genérico. Flor de Avenca me contava seus sonhos:

— Esta noite vi um dinossauro enorme, pavoroso, que soltava fogo pelas ventas. Chega perto de mim, me segura pela nuca, me carrega, quer me comer viva. Era um sonho terrível, terrível, mas eu, que estranho, não estava nada amedrontada, nada mesmo, como explicar?, até achava bom...

Muita coisa devia aprender com aquele sonho, principalmente uma: que Flor de Avenca não queria outra coisa senão ser agredida. Era o momento, para mim, de abraçá-la. Mas o dinossauro que eles imaginavam era muito diferente do dinossauro que eu era, e esse pensamento me fazia ainda mais diferente e mais tímido. Em suma, perdi uma boa oportunidade. Depois, o irmão de Flor de Avenca voltou da temporada de pesca na planície, a jovem passou a ser muito mais vigiada e as nossas conversas se tornaram menos frequentes.

Esse irmão, Zahn, desde o primeiro momento que me viu tomou uns ares de suspeita.

— E esse aí? De onde veio? — perguntou aos outros indicando-me.

— É o Bruto, um forasteiro que trabalha no transporte de troncos — disseram-lhe. — Por quê? Que tem ele de estranho?

— Gostaria de perguntar a ele — disse Zahn com ares sinistros. — Você aí, que tem você de estranho?

Que devia responder?

— Eu? Nada...

— Porque você, para você, não tem nada de estranho, não é? — E riu.

Dessa vez a coisa acabou ali, mas eu não esperava que viesse nada de bom em seguida.

Esse Zahn era um dos tipos mais resolutos da aldeia. Havia percorrido o mundo e demonstrava saber muito mais coisas que os outros. Quando ouvia as costumeiras referências aos dinossauros, era tomado de uma espécie de impaciência.

— Balelas — disse uma vez —, estão contando balelas. Queria ver se aparecesse um dinossauro verdadeiro aqui.

— Mas faz muito tempo que eles já não existem... — interveio um pescador.

— Não faz tanto tempo assim... — escarneceu Zahn — e não se pode afirmar que não exista ainda algum bando que ande aí pelos campos... Nas terras baixas, os nossos montam sentinela dia e noite. Mas lá podem confiar uns nos outros, pois não aceitam a companhia de tipos que não conhecem... — E fixou o olhar em mim, intencionalmente.

Era inútil prolongar a coisa: melhor parar de engolir sapo. Dei um passo à frente.

— O que você tem contra mim? — perguntei.

— O que tenho contra aqueles que não sabemos onde nasceram nem de onde vieram, e que pretendem comer o que é nosso e cortejar nossas irmãs...

Um dos pescadores tomou minha defesa:

— O Bruto faz jus ao que come: é um dos que trabalham duro...

— Que seja capaz de carregar troncos nas costas, não o nego — insistiu Zahn —, mas num momento de perigo, quando tivermos que nos defender com unhas e dentes, quem pode garantir que ele se comportará como se deve?

Começou uma discussão geral. Era estranho que jamais se considerasse a possibilidade de eu ser um dinossauro; a culpa que me era imputada permanecia a de ser um Estranho, um Estrangeiro, logo um Infiel; e o ponto controverso era o quanto a minha presença poderia aumentar o perigo de um eventual retorno dos dinossauros.

— Queria vê-lo num combate, com aquela boquinha de lagarto... — Zahn continuou a me provocar, desprezivo.

Parti para cima dele, brusco, cara a cara.

— Pode ver agora mesmo, se não fugir.

Com essa ele não contava. Olhou em volta. Os outros fizeram um círculo. Agora só nos restava brigar.

Avancei, evitei que me mordesse o pescoço desviando-o, dei-lhe de imediato uma patada que o botou de barriga para cima e subi nele. Era uma manobra errada: como se não soubesse disso, como se já não tivesse visto morrerem os dinossauros com unhadas e mordidas no peito e no ventre, enquanto pensavam ter imobilizado o inimigo. Mas eu ainda sabia usar a cauda para manter-me firme; não queria me deixar derrubar; fazia força, mas sentia que estava para ceder...

Foi então que alguém do público gritou:

— Dá-lhe, força, dinossauro!

Perceber que haviam me desmascarado e dar-lhes o troco

na hora foi uma só coisa: perdido por perdido, tanto fazia agora que voltassem a sentir o antigo pavor. E golpeei Zahn uma, duas, três vezes...

Separaram-nos.

— Zahn, nós o prevenimos: o Bruto é musculoso. Não se deve brincar com o Bruto!

E riam congratulando-se comigo, dando-me patadinhas no ombro.

Eu, que pensava ter sido finalmente descoberto, não estava entendendo nada; só mais tarde percebi que "dinossauro" era um modo de dizer, uma expressão que usavam para encorajar os contendores, alguma coisa assim como: "Mostre a sua força!", e não estava nem claro se a haviam gritado para mim ou para Zahn.

A partir desse dia fui mais respeitado por todos. Até Zahn me encorajava, sempre por trás de mim, presenciando minhas novas demonstrações de força. Devo dizer que mesmo seus habituais discursos sobre os dinossauros mudaram um pouco, como acontece quando nos cansamos de fazer sempre os mesmos julgamentos e a moda começa a tender para outro lado. Agora, quando queriam criticar alguma coisa na aldeia, habituaram-se a dizer que entre os dinossauros certas coisas não teriam acontecido, que os dinossauros em certas coisas podiam dar o exemplo, que não havia o que criticar no comportamento dos dinossauros nesta ou naquela situação (por exemplo, na vida privada), e assim por diante. Em suma, parece até que havia surgido quase uma admiração por aqueles dinossauros sobre os quais ninguém sabia nada de preciso.

Ocorreu-me dizer certa vez:

— Não exageremos: e como vocês acham que eram afinal os dinossauros?

Deram-me logo o troco: — Ora essa, e você, que nunca os viu?

Talvez fosse o momento exato de botar o preto no branco.

— Vocês é que acham que nunca os vi — exclamei —, mas se quiserem posso até lhes descrever como eram!

Não acreditaram em mim; pensavam que eu queria brincar com eles. Para mim, aquela nova maneira que tinham de falar dos dinossauros era quase tão insuportável quanto a anterior. Pois — à parte a dor que sentia pelo cruel destino que havia atingido a minha espécie — eu conhecia a vida de dinossauro no íntimo, sabia a que ponto dominava entre nós uma mentalidade acanhada, cheia de preconceitos, incapaz de se adaptar às novas situações. E agora devia ver os novos tomarem por modelo aquele nosso mundo estreito e tão restrito, tão — digamos — chato! Devia deixar que logo eles me impusessem uma espécie de sacro respeito pela minha espécie, que eu jamais tinha provado! Mas no fundo era justo que assim fosse: os novos, que tinham eles de tão diverso dos dinossauros dos bons tempos? Sentindo-se seguros em suas aldeias com diques e pesqueiros, também eles haviam adquirido uma bazófia, uma presunção... Acontecia-me provar em relação a eles a mesma intolerância que tivera em relação ao meu ambiente, e quanto mais os sentia admirar os dinossauros, mais detestava os dinossauros, e também a eles.

— Sabe, esta noite sonhei que um dinossauro ia passar em frente à minha casa — disse-me Flor de Avenca —, um dinossauro magnífico, um príncipe ou um rei dos dinossauros. Eu me embelezava toda, punha uma fita em volta da cabeça e me debruçava na janela. Procurava atrair a atenção do dinossauro, fazia-lhe uma reverência, mas ele nem sequer parecia me notar, não se dignava ao menos a me lançar um olhar...

Esse sonho me deu uma nova chave para compreender o estado de ânimo de Flor de Avenca em relação a mim: a jovem devia ter tomado minha timidez por desdenhosa soberba. Agora, refletindo, percebo que me teria bastado insistir mais um pouco naquela atitude, ostentar uma orgulhosa distância, para tê-la definitivamente conquistado. Mas em vez disso a revelação me comoveu tanto que me lancei a seus pés com lágrimas nos olhos, dizendo:

— Não, não, Flor de Avenca, não é como você pensa, você é melhor do que qualquer dinossauro, cem vezes melhor, e me sinto muito inferior a você...

Flor de Avenca empertigou-se e deu um passo para trás.

— Mas que está dizendo?

Não era aquilo que ela esperava: estava desconcertada e achava a cena um tanto desagradável. Só o compreendi tarde demais; tentei recompor-me às pressas, mas uma atmosfera de embaraço pesava agora entre nós.

Não houve tempo para reexaminarmos o assunto, com tudo o que ocorreu pouco depois. Mensageiros ofegantes vieram ter à aldeia.

— Os dinossauros estão de volta!

Um bando de monstros desconhecidos fora avistado correndo enfurecido na savana. Se continuassem naquele passo, estariam invadindo a aldeia na madrugada seguinte. O alarme foi dado.

Imaginem a pletora de sentimentos que irrompeu em meu peito a essa notícia: a minha espécie não estava extinta, podia me reunir com meus irmãos, recomeçar a minha antiga vida! Mas a recordação daquela vida antiga que me voltava à mente era a série interminável de derrotas, de fugas, de perigos; recomeçar significava talvez apenas um suplemento temporário àquela agonia, o retorno a uma fase que eu tivera a ilusão de já haver se encerrado. Eu havia adquirido, ali na aldeia, uma espécie de nova tranquilidade e não queria perdê-la.

O ânimo dos novos estava igualmente dividido em sentimentos vários. De um lado o pânico, de outro o desejo de triunfar sobre o velho inimigo, de outro ainda a ideia de que, se os dinossauros tinham sobrevivido e avançavam para a desforra, era sinal de que ninguém podia detê-los e não se podia excluir que uma vitória deles, por impiedosa que fosse, viesse a constituir um bem para todos. Em suma, os novos queriam ao mesmo tempo defender-se, fugir, exterminar o inimigo, ser vencidos por ele; e essa incerteza refletia-se na desordem de seus preparativos de defesa.

— Um momento! — gritou Zahn. — Só há um dentre nós em condições de assumir o comando! O mais forte de todos, o Bruto!

— Isso mesmo! O Bruto é quem deve nos comandar! — fizeram coro os outros. — Que o Bruto seja o comandante! — E se puseram às minhas ordens.

— Ah, não, como querem que eu, um estrangeiro, não estou à altura... — defendi-me. Não houve meio de convencê-los.

O que devia fazer? Naquela noite não pude cerrar os olhos. A voz do sangue impunha minha deserção para me reunir aos de meu sangue; a lealdade para com os novos que haviam me acolhido e hospedado e confiado em mim exigia, ao contrário, que eu me considerasse de seu lado; além do mais, sabia que nem os dinossauros nem os novos mereciam que se movesse uma palha por eles. Se os dinossauros procuravam restabelecer seu domínio com invasões e massacres, era sinal de que não haviam aprendido nada com a experiência, que sobreviveram apenas por engano. E era claro que os novos, por me darem o comando, haviam encontrado a solução mais cômoda: deixar toda a responsabilidade a um estrangeiro, que poderia ser tanto o seu salvador quanto, em caso de derrota, um bode expiatório que seria entregue ao inimigo para agradá-lo, ou ainda um traidor que, pondo-os nas mãos do inimigo, realizasse seu sonho inconfessável de serem dominados pelos dinossauros. Enfim, eu não queria saber nem de uns nem de outros; que se esganassem mutuamente!, não me importava com nenhum deles. Devia escapar o mais rápido possível, deixar que se arrumassem sozinhos, eu não tinha nada a ver com aquelas velhas histórias.

Naquela mesma noite, esgueirando-me na escuridão, abandonei a aldeia. Meu primeiro impulso era afastar-me do campo de batalha tanto quanto pudesse, voltar para os meus refúgios secretos; mas a curiosidade foi mais forte: rever meus semelhantes, saber que tinham vencido. Ocultei-me no alto de umas rochas que dominavam a curva do rio e esperei o amanhecer.

Com a luz, apareceram figuras no horizonte. Avançavam em passo de guerra. Antes mesmo de distingui-los bem, podia excluir que fossem dinossauros, pois jamais os vira correr com tanta falta de graça. Quando os reconheci, não sabia se devia rir ou envergonhar-me. Rinocerontes, um bando, dos primitivos, enormes e pesados e grosseiros, cheios de protuberâncias de matéria córnea, mas substancialmente inofensivos, mais propensos a mordiscar ervinhas: eis o que haviam tomado pelos antigos Reis da Terra!

O bando de rinocerontes galopou com um rumor de trovão, parou para lamber alguns arbustos e voltou a correr em direção ao horizonte sem sequer se dar conta da existência dos pescadores.

Voltei a correr para a aldeia.

— Vocês estão enganados! Não se trata de dinossauros! — anunciei. — Eram apenas rinocerontes! Já foram embora! O perigo passou! — E acrescentei, para justificar minha deserção noturna: — Saí para fazer um reconhecimento! Ver como eram e depois contar-lhes!

— Podemos não ter percebido que não eram dinossauros — disse, calmo, Zahn —, mas percebemos que você também não é um herói. — E me virou as costas.

Sem dúvida, ficaram desiludidos: com os dinossauros, e comigo. Então suas histórias de dinossauros passaram a ser anedotas, em que os terríveis monstros apareciam como personagens ridículas. Eu não me sentia mais tocado por aquele espírito mesquinho dos novos. Reconhecia a grandeza de ânimo que nos havia feito optar pela extinção em vez de continuar habitando um mundo que já não era mais para nós. Se eu sobrevivia, era apenas para que um dinossauro continuasse a sentir-se como tal em meio àquela gentinha que mascarava com cantilenas banais o medo que ainda a dominava. E que outra escolha podia apresentar-se aos novos senão a derrisão ou o medo?

Flor de Avenca revelou-me uma atitude diferente ao me contar um sonho:

— Havia um dinossauro, grotesco, verde verde, e todos se divertiam com ele, puxando-lhe a cauda. Então eu me adiantei, o protegi, levei-o comigo, acariciei-o. E percebi que, embora ridículo, era a mais triste das criaturas, e de seus olhos amarelos e vermelhos escorria um rio de lágrimas.

O que se apossou de mim, diante daquelas palavras? Uma

repulsa em me identificar com a imagem do sonho, a refutação de um sentimento que parecia ter se transformado em piedade, a cólera diante da ideia depreciativa que todos faziam da dignidade dinossáurica? Tive um impulso de orgulho, empertiguei-me e lhe atirei na cara umas poucas frases cheias de desprezo:

— Por que me aborrecer com esses sonhos cada vez mais infantis? Não sabe sonhar outra coisa senão essas baboseiras?

Flor de Avenca rompeu em lágrimas. Eu me afastei com um dar de ombros.

Isso aconteceu perto do dique; não estávamos a sós; os pescadores não tinham ouvido nosso diálogo, mas perceberam minha irritação e as lágrimas da jovem.

Zahn sentiu-se no dever de intervir.

— Quem você pensa que é — disse com voz amarga — para faltar com o respeito à minha irmã?

Parei e não respondi. Se queria brigar comigo, eu estava pronto. Mas a aldeia nos últimos tempos havia mudado: levavam tudo na brincadeira. Do grupo de pescadores partiu um gritinho em falsete:

— Sossega, dinossauro!

Era, eu bem sabia, uma expressão gaiata que havia entrado ultimamente em uso para dizer: "Vamos com calma, nada de exageros", e assim por diante. Mas ela mexeu com meu sangue.

— Pois sou mesmo, se querem saber — gritei —, um dinossauro, de verdade! Se nunca viram um dinossauro, aqui estou, olhem para mim!

Explodiu uma gargalhada geral.

— Eu vi um ontem — disse um velho —, ele saiu da neve. — Em torno dele fez-se um súbito silêncio.

O velho estava voltando de uma viagem nas montanhas. O degelo havia fundido uma antiga geleira e um esqueleto de dinossauro viera à luz.

A notícia propagou-se pela aldeia.

— Vamos ver o dinossauro! — Todos correram para a montanha, e eu com eles.

Depois de passarmos por uma moraina de seixos, troncos

arrancados do chão, lama e carcaças de pássaros, demos com um pequeno vale em formato de concha. Um primeiro véu de liquens esverdeava as rochas libertadas do gelo. Ao meio, estendido como se dormisse, com o pescoço alongado pelo intervalo das vértebras, a cauda disseminada numa longa linha sinuosa, jazia o esqueleto de um dinossauro gigantesco. A caixa torácica arqueava-se como uma vela e quando o vento batia no listel achatado das costelas parecia que ainda pulsava lá dentro um coração invisível. O crânio estava virado numa posição estranha, a boca aberta como num extremo grito.

Os novos correram para lá gritando de alegria: diante do crânio sentiram-se fixados pelos olhos vazios; permaneceram a alguns passos de distância, silenciosos; depois se voltaram e recomeçaram suas tolas gritarias. Bastava que um deles passasse com o olhar do esqueleto para mim, enquanto estava ali parado a contemplá-lo, para perceber que éramos idênticos. Mas ninguém o fez. Aqueles ossos, aquelas patas, aqueles membros exterminadores, falavam uma linguagem agora ilegível, não diziam mais nada a ninguém, a não ser aquele vago nome que permanecia sem ligação com as experiências do presente.

Eu continuava a fitar o esqueleto, o Pai, o Irmão, o meu igual, eu mesmo; reconhecia meus membros descarnados, meus traços gravados na rocha, tudo aquilo que havíamos sido e já não éramos, nossa majestade, nossos erros, nossa ruína.

Aqueles despojos serviriam aos novos e distraídos ocupantes do planeta para assinalar um ponto da paisagem, seguiriam o destino do nome "dinossauro", que se tornara um som opaco e sem sentido. Não devia permiti-lo. Tudo aquilo que dizia respeito à verdadeira natureza dos dinossauros devia permanecer oculto. Durante a noite, enquanto os novos dormiam em torno do esqueleto embandeirado, tirei dali o meu Morto e o sepultei vértebra por vértebra.

De manhã os novos não encontraram mais traços do esqueleto. Não se preocuparam muito com isso. Era um novo mistério que se acrescentava aos outros tantos mistérios relativos aos dinossauros. Logo o varreram de suas mentes.

Mas a aparição do esqueleto deixou um traço, na medida em que para todos eles a ideia dos dinossauros permaneceu ligada à de um triste fim, e nas histórias que contavam prevalecia agora um acento de comiseração, de pena pelos nossos sofrimentos. Com essa piedade, eu não sabia o que fazer. Piedade de quê? Se alguma espécie tivera uma evolução completa e rica, um reinado longo e feliz, fora a nossa. Nossa extinção fora um epílogo grandioso, digno de nosso passado. Como aqueles tolos poderiam compreender isso? Cada vez que os ouvia tecendo sentimentalismos sobre os pobres dinossauros, dava vontade de mistificá-los, contando-lhes histórias inventadas e inverossímeis. Tanto que dali em diante a verdade sobre os dinossauros não seria mais compreendida por ninguém, era um segredo que eu guardava só para mim.

Uma caravana de nômades veio ter à aldeia. Entre eles havia uma jovem. Estremeci ao vê-la. Se meus olhos não se enganavam, ela não tinha nas veias somente o sangue dos novos: era uma mulata, uma mulata dinossáuria. Saberia disso? Certamente não, a julgar por sua desenvoltura. Talvez não um dos genitores, mas um dos avós ou bisavós ou trisavôs havia sido dinossauro, e os caracteres, as expressões de nossa progênie voltavam a manifestar-se nela com uma presença quase imprudente, porém irreconhecível para todos, inclusive para ela. Era uma criatura graciosa e alegre; angariou logo um grupo de cortejadores a seu redor, e entre eles o mais assíduo e enamorado era Zahn.

Começava o verão. A juventude dava uma festa no rio.

— Venha conosco! — convidou-me Zahn, que depois de tantas rixas procurava cativar minha amizade; então ele continuou a nadar ao lado da mulata.

Aproximei-me de Flor de Avenca. Talvez fosse o momento de conversarmos, de buscar um entendimento.

— O que foi que você sonhou esta noite? — perguntei para puxar conversa.

Ela permaneceu de cabeça baixa.

— Vi um dinossauro ferido que se contorcia agonizante. Inclinava a cabeça nobre e delicada, e sofria, sofria... Eu olhava para ele, não conseguia tirar os olhos dele, e percebi que sentia um prazer sutil ao vê-lo sofrer...

Os lábios de Flor de Avenca estavam tensos, numa ruga má que jamais havia notado nela. Queria demonstrar-lhe apenas que naquele seu jogo de sentimentos ambíguos e obscuros eu não entrava: era alguém que gozava a vida, herdeiro de uma estirpe feliz. Comecei a dançar em volta dela, a esguichar a água do rio sobre seu corpo agitando a cauda.

— Você só sabe dizer coisas tristes! — disse frívolo. — Pare com isso, vamos dançar!

Ela não me entendeu. Fez uma careta.

— E, se não quer dançar comigo, vou dançar com outra! — exclamei.

Tomei a mulata por uma das patas, arrebatando-a sob as barbas de Zahn, que a princípio a viu afastar-se sem compreender, tão absorto estava em sua contemplação amorosa; depois foi tomado por uma onda de ciúmes. Tarde demais: eu e a mulata já havíamos mergulhado no rio e nadávamos em direção à outra margem, para nos escondermos nos arbustos.

Talvez quisesse apenas dar a Flor de Avenca uma prova de quem eu era verdadeiramente, desmentir as ideias sempre falsas que ela fazia de mim. E talvez fosse também movido por um velho rancor em relação a Zahn, quisesse ostensivamente repudiar sua nova oferta de amizade. Ou ainda, eram acima de tudo as formas familiares embora insólitas da mulata que me davam o desejo de um relacionamento natural, direto, sem pensamentos ocultos, sem recordações.

A caravana dos nômades deveria prosseguir viagem na manhã seguinte. A mulata concordou em passar a noite nos arbustos. Fiquei de amores com ela até o amanhecer.

Estes não passavam de episódios efêmeros de uma vida, aliás, tranquila e pobre de acontecimentos. Havia deixado mergulhar no silêncio a verdade a meu respeito e sobre a era de nosso reinado. Sobre os dinossauros quase mais não se falava; talvez ninguém acreditasse mesmo que tivessem existido. Até Flor de Avenca havia parado de sonhar com eles.

Quando me contou: "Sonhei que numa caverna havia o último sobrevivente de uma espécie de cujo nome ninguém se recordava mais, e fui perguntar a ele, e estava escuro, e eu sabia que ele estava lá, mas não o via, e sabia bem quem era e como era feito, porém não saberia dizê-lo, e não compreendia se era ele que respondia às minhas perguntas ou eu às suas...", foi para mim o sinal de que havia finalmente começado um entendimento amoroso entre nós, como desejara que tivesse sido desde a primeira vez que parei na fonte e ainda não sabia se me era dado sobreviver.

A partir de então aprendi muitas coisas, e principalmente o modo como os dinossauros vencem. Antes, acreditava que a extinção da espécie fosse para os meus irmãos a magnânima aceitação de uma derrota; agora sabia que os dinossauros, quanto mais desaparecem, tanto mais estendem seu domínio, e sobre florestas bem mais ilimitadas que as que cobrem os continentes: no intrincado do pensamento de quem resta. Das sombras do medo e da dúvida das gerações ora ignaras, continuavam a surgir estendendo o pescoço, erguendo as patas munidas de garras e, quando a última sombra de sua imagem se apagava, seu nome ainda se sobrepunha a todos os significados, perpetuando sua presença nas relações entre os seres vivos. Agora que até o nome havia se apagado, o que os esperava era tornar-se uma coisa só com os moldes mudos e anônimos do pensamento, por meio dos quais tomam forma e substância as coisas pensadas: pelos novos, e por aqueles que viriam depois deles, e por aqueles que haveriam de vir depois ainda.

Olhei em torno de mim: a aldeia que tinha me visto chegar como estrangeiro, agora bem que podia considerá-la minha, e considerar minha igualmente Flor de Avenca: da maneira como um dinossauro pode entendê-lo. Por isso, com um gesto silencioso de adeus despedi-me de Flor de Avenca, deixei a aldeia e fui-me embora para sempre.

Pelo caminho olhava as árvores, os rios e os montes e não sabia mais distinguir os que eram dos tempos dos dinossauros daqueles que surgiram depois. Os nômades haviam acampado em torno de algumas choças. Reconheci de longe a mulata, sempre desejável, apenas um pouco mais gordinha. Para não ser visto, ocultei-me no bosque e a espiei. Seguia-a um filhote apenas em idade de correr com pernas ainda bambas. Havia quanto tempo que não via um filhote de dinossauro tão perfeito, tão cheio da essência própria do dinossauro e tão ignorante do que significa o nome "dinossauro"?

Esperei-o numa clareira do bosque para vê-lo brincar, perseguir uma borboleta, esmagar uma pinha contra uma pedra para extrair-lhe os pinhões. Aproximei-me dele. Era de fato meu filho. Olhou para mim curioso.

— Quem é você? — perguntou.

— Ninguém — respondi. — E você, sabe quem é?

— Ora essa! Todo mundo sabe: sou um novo! — disse.

Era isso mesmo que eu esperava que ele me dissesse. Acariciei sua cabeça e lhe disse:

— Isso mesmo. — E fui-me embora.

Percorri vales e planícies. Cheguei a uma estação, tomei o trem, perdi-me na multidão.

# A FORMA DO ESPAÇO

*As equações do campo gravitacional que relacionam a curvatura do espaço à distribuição da matéria já estão começando a fazer parte do raciocínio comum.*

Cair no vácuo como eu caía, nenhum de vocês sabe o que isso quer dizer. Para vocês, cair significa tombar, por exemplo, do vigésimo andar de um arranha-céu, ou de um avião que se avaria em voo: precipitar-se de cabeça para baixo, bracejar um pouco no ar, e logo a terra vem se aproximando e levamos um grande tombo. Pois lhes falo, ao contrário, de um tempo em que não havia embaixo nenhuma terra nem coisa alguma de sólido, nem mesmo um corpo celeste na distância que pudesse nos atrair para a sua órbita. Caía-se assim, indefinidamente, por um tempo indefinido. Afundava no vazio até o limite extremo em cujo fundo é imaginável que se possa afundar, e lá chegando via que esse limite extremo devia ser muito, mas muito mesmo mais abaixo, extremamente longe dali, e continuava a cair para alcançá-lo. Não havendo pontos de referência, não tinha ideia se a minha queda era precipitada ou lenta. Pensando bem, não havia provas sequer de que estivesse de fato caindo: quem sabe estava permanentemente imóvel no mesmo lugar, ou me movia no sentido ascendente; visto que não havia nem em cima nem embaixo, tudo não passava de questões nominais e dava no mesmo continuar pensando que caía, como era natural que pensasse.

Admitindo-se, portanto, que caíssemos, caíamos todos com a mesma velocidade sem nenhum impedimento; de fato estávamos sempre a bem dizer na mesma altura, eu, Úrsula H'x, o tenente Fenimore. Eu não tirava os olhos de cima de Úrsula H'x porque era muito bonita de se ver, e mantinha na queda uma atitude ágil e descontraída: esperava conseguir alguma vez interceptar o seu olhar, mas Úrsula H'x, ao cair, estava sempre ocupada em lixar e polir as unhas ou em passar o pente nos cabelos longos e lisos, e jamais voltava o olhar para mim. Para o tenente Fenimore tampouco, devo dizer, muito embora ele fizesse tudo para atrair sua atenção.

Uma vez o surpreendi — pensava que eu não estivesse vendo — a fazer sinais para Úrsula H'x: primeiro batia os dois indicadores estendidos um contra o outro, depois fazia um gesto giratório com uma das mãos, em seguida apontava para baixo. Em suma, parecia aludir a um entendimento com ela, a um encontro para mais tarde, em alguma localidade lá embaixo onde iriam se reunir. Tudo história, sabia muito bem: não havia encontros possíveis entre nós, porque nossas quedas eram paralelas e entre nós mantinha-se sempre a mesma distância. Mas o fato de que o tenente Fenimore metesse na cabeça ideias desse gênero — e procurasse metê-las na cabeça de Úrsula H'x — me enervava, embora ela não lhe desse atenção e até trombeteasse levemente com os lábios, voltando-se — me parecia não haver dúvidas — para ele. (Úrsula H'x caía revolvendo-se sobre si mesma com movimentos indolentes, como se se espreguiçasse no leito; e era difícil dizer se um gesto seu se dirigia mais a um que a outro, ou se estava gracejando consigo mesma como de costume.)

Eu também, naturalmente, não sonhava outra coisa senão encontrar-me com Úrsula H'x, mas, dado que em minha queda seguia uma reta absolutamente paralela à sua, pareceu-me fora de propósito manifestar um desejo irrealizável. Decerto, querendo bancar o otimista, sempre restava a possibilidade de, continuando as nossas duas paralelas até o infinito, chegar o momento em que elas haveriam de se tocar. Essa eventualidade bastava para me dar alguma esperança e até mesmo me manter em contínua excitação. Direi que um encontro de nossas paralelas era algo com que eu havia sonhado tanto, em todas as suas particularidades, que já fazia parte de minha experiência como se o tivesse vivido antes. Tudo aconteceria de um momento para o outro, com simplicidade e naturalidade: depois de tanto andarmos separados sem podermos nos aproximar um palmo que fosse, depois de tanto havê-la sentido estranha, prisioneira de seu trajeto paralelo, eis que a consistência do espaço, de impalpável que sempre havia sido, se tornaria mais tensa e ao mesmo tempo mais mole, um espessamento do vazio que pareceria vir não de fora mas de dentro de nós, e nos estreitaria juntos eu e Úrsula H'x (já me bastava fechar os olhos para vê-la à minha frente, num gesto que sabia seu mesmo se diferente de todos os seus gestos habituais: os braços estendidos para baixo, ao longo do corpo, torcendo os pulsos como se se espreguiçasse e ao mesmo tempo indicando uma contorção que era também uma forma quase sinuosa de se oferecer), e eis que a linha invisível que eu percorria e a percorrida por ela se tornariam uma linha única, ocupada por uma mistura de mim e dela, na qual tudo o que nela era macio e secreto acabava penetrado por mim, ou melhor, envolvia e, quase direi, sugava tudo aquilo que em mim até ali sofrera a tensão de estar sozinho e separado e enxuto.

Acontece aos sonhos mais belos transformarem-se de repente em íncubos e assim me vinha amiúde à mente que o ponto de encontro de nossas duas paralelas podia ser aquele em que se encontravam todas as paralelas existentes no espaço, e desse modo iria assinalar não apenas o encontro entre mim e Úrsula H'x, como igualmente — perspectiva execrável! — o do tenente Fenimore. No momento exato em que Úrsula deixasse de me ser estranha, um estranho com seus bigodinhos finos e negros se veria compartilhando nossa intimidade numa forma inextricável; esse pensamento bastava para me atirar no mais torturante ciúme: ouvia o grito que nosso encontro — meu e dela — nos arrancava fundir-se num uníssono espasmodicamente jubiloso e eis que — gelava só de pensar! — de tudo isso se destacava o grito de Úrsula violentada — assim imaginava em minha invejosa parcialidade — pelas costas, e ao mesmo tempo o grito de vulgar triunfo do tenente, mas talvez — e aqui meu ciúme atingia o delírio — esses gritos — dele e dela — podiam também não ser tão diferentes e dissonantes, somar-se num único grito de perfeito prazer, distinguindo-se do grito desfeito e desesperado que brotaria de meus lábios.

Nesse alternar de esperanças e apreensões prosseguia eu em minha queda, sem, no entanto, deixar de escrutar as profundidades do espaço para ver se alguma coisa anunciava uma alteração, atual ou futura, de nossas condições. Uma ou duas vezes consegui avistar um universo, mas era muito distante e se mostrava minúsculo, pequeníssimo, muito distante à esquerda ou à direita; tive tempo apenas de distinguir um certo número de galáxias como pontinhos luminosos agrupadas em amontoados sobrepostos que giravam com um débil zumbido, e já tudo havia se desvanecido da forma como surgira, para cima ou para o lado, a ponto de ficar em dúvida se não teria sido uma ilusão da vista.

— Olhe lá! Olhe! Lá está um universo! Olhe só! Ali tem alguma coisa! — gritava a Úrsula H'x fazendo um sinal naquela direção, mas ela, a língua serrada entre os dentes, estava toda entregue a acariciar a pele lisa e lustrosa das pernas à procura de raríssimos e quase imperceptíveis pelos supérfluos que erradicava com um seco arrancar das unhas em pinça, e a única indicação de que tivesse compreendido o meu sinal era a maneira com que estendia uma das pernas para cima, como para desfrutar — poderia dizer-se — com sua metódica inspeção um pouco da luz que reverberava daquele longínquo firmamento.

Inútil citar o desdém que o tenente ostentava naqueles casos em relação ao que eu podia ter descoberto: dava de ombros — o que lhe ocasionava um sobressair das dragonas, do talabarte e das condecorações de que estava inutilmente arreado — e virava-se para o lado oposto rindo à socapa. Ao passo que em outras vezes (quando estava certo de que eu olhava para o outro lado) era ele que, para despertar a curiosidade de Úrsula (e então era minha vez de rir, vendo que ela, como resposta, revolvia-se sobre si mesma numa espécie de cabriola virando para ele o traseiro: um gesto indubitavelmente pouco respeitoso embora belo de se ver, tanto que eu, depois de me alegrar vendo nisso uma humilhação para o meu rival, me surpreendia a invejá-lo como se se tratasse de um privilégio), indicava um esmaecido ponto que fugia pelo espaço, gritando:

— Veja lá! Um universo! Enorme! Eu vi! É mesmo um universo!

Não digo que mentia: afirmações do gênero, pelo que sei, podiam ser tanto verdadeiras quanto falsas. Que vez por outra passávamos ao largo de um universo, estava provado (ou antes, que um universo passava ao largo em relação a nós), mas não se podia dizer que havia vários universos espalhados pelo espaço ou se era sempre o mesmo universo com o qual continuávamos a cruzar girando numa misteriosa trajetória, ou se, ao contrário, não havia universo algum e aquilo que acreditávamos ver era a miragem de um universo que talvez tivesse um dia existido e cuja imagem ainda ricocheteava pelas paredes do espaço como o ribombar de um eco. Mas podia ser também que os universos sempre estivessem ali, fixos em torno de nós, e nem sonhassem mover-se, e nós tampouco nos movíamos, e tudo estava parado para sempre, sem tempo, numa escuridão pontilhada apenas de súbitas cintilações quando alguma coisa ou alguém conseguia por um momento destacar-se daquela morna ausência e esboçar a aparência de um movimento.

Hipóteses todas dignas de serem levadas em consideração, e que me interessavam apenas naquilo que diziam respeito à nossa queda e à possibilidade de ao menos conseguir tocar Úrsula H'x. Em resumo, ninguém sabia nada. E então, por que aquele presunçoso Fenimore assumia às vezes uns ares de superioridade, como se estivesse certo de seu ponto de vista? Havia percebido que o método mais seguro de me irritar era fingir que tinha com Úrsula H'x uma familiaridade de longa data. Em certo ponto Úrsula se punha a descer requebrando, com os joelhos juntos, deslocando o peso do corpo ora para lá ora para cá, como se ondulando num zigue-zague cada vez mais amplo: tudo para espantar o tédio daquela queda interminável. O tenente então punha-se também ele a ondular, procurando acompanhar o ritmo dela, como se seguisse a mesma pista invisível, até como se dançasse ao som de uma mesma música só audível pelos dois, que ele ia até o ponto de fingir que assoviava, e pondo nisso, ele apenas, uma espécie de subentendido, de alusão a uma brincadeira entre velhos companheiros de boêmia. Era tudo um blefe, imaginem se eu não sabia, mas bastava-me meter na cabeça que um encontro entre Úrsula H'x e o tenente Fenimore já pudesse ter ocorrido, quem sabe quanto tempo antes, na origem de suas trajetórias, para que tal ideia me provocasse um travo doloroso, como uma injustiça cometida contra mim. Refletindo-se, porém: se Úrsula e o tenente tivessem em alguma época ocupado o mesmo ponto do espaço, era indício de que suas respectivas linhas de queda se puseram a distanciar-se e presumivelmente continuavam se distanciando. Ora, naquele lento mas contínuo distanciar-se do tenente, nada mais fácil que Úrsula se aproximasse de mim; portanto, o tenente tinha poucas razões para se envaidecer de suas antigas interseções: era para mim que o futuro sorria.

O raciocínio que me levava a essa conclusão não bastava para tranquilizar-me interiormente: a eventualidade de que Úrsula H'x já tivesse encontrado o tenente era em si uma ofensa que, se me tivesse sido feita, jamais poderia ser resgatada. Devo acrescentar que passado e futuro eram para mim termos vagos, entre os quais não conseguia fazer distinção: minha memória não ia além do presente interminável de nossa queda paralela, e o que podia ter acontecido antes, dado que não se podia recordar, pertencia ao mesmo mundo imaginário do futuro, e com o futuro se confundia. Assim eu podia também supor que, se alguma vez duas paralelas haviam partido do mesmo ponto, estas teriam de ser as linhas que seguíamos eu e Úrsula H'x (neste caso era a nostalgia de uma identidade perdida que nutria o meu ansioso desejo de encontrá-la); entretanto eu relutava em dar crédito a tais hipóteses, porque podiam implicar um distanciamento progressivo entre nós e talvez um aproamento nos braços engalanados do tenente Fenimore, mas sobretudo porque só sabia sair do presente imaginando um presente diverso, e nada além disso me importava.

Talvez fosse este o segredo: identificar-se tanto no próprio estado da queda a ponto de conseguir compreender que a linha que se seguia ao cair não era aquela que parecia ser mas outra, ou seja, conseguir mudar aquela linha da única forma como poderia ser mudada, quer dizer, fazendo-a tornar-se a que verdadeiramente sempre havia sido. Mas não foi me concentrando em mim mesmo que me veio essa ideia, e sim observando quanto Úrsula H'x era bela mesmo vista por detrás, e notando, no momento em que passávamos à vista de um sistema de constelações extremamente distante, um arqueamento da coluna e uma espécie de estremecimento do traseiro, não tanto do traseiro em si, mas um deslizamento externo que parecia comprimi-lo provocando uma reação não desfavorável do próprio traseiro. Bastou essa fugaz impressão para me fazer encarar a situação de uma maneira nova: se era verdade que o espaço com algo dentro era diferente do espaço vazio porque a matéria provoca nele uma curvatura ou tensão que obriga todas as linhas nele contidas a se estenderem ou a se curvarem, então a linha que cada um de nós seguia era uma reta apenas no modo em que uma reta pode ser uma reta, ou seja, deformando-se na medida em que a límpida harmonia do vazio global se deforma pelo incômodo da matéria, isto é, enroscando-se em torno daquele nódulo ou verruga ou excrescência que é o universo no meio do espaço.

Meu ponto de referência era sempre Úrsula e de fato uma certa maneira de avançar como que voltejando podia tornar mais familiar a ideia de que nossa queda era um aparafusar e desaparafusar numa espécie de espiral que às vezes se contraía, às vezes se alargava. Mas Úrsula tomava essas debandadas — olhando-se bem — ora num sentido ora noutro, e assim o desenho que traçávamos era mais complicado. O universo era, pois, considerado não uma intumescência grosseira ali plantada como um nabo, e sim uma figura angulosa e pontiaguda em que a cada reentrância ou saliência ou facetamento correspondiam cavidades e bossagens e denteações do espaço e das linhas por nós percorridas. Esta era, no entanto, ainda uma imagem esquemática, como se tivéssemos de lidar com um sólido de paredes lisas, uma compenetração de poliedros, um agregado de cristais; na verdade, o espaço no qual nos movíamos era todo ameado e perfurado, com agulhas e pináculos que se irradiavam de todas as partes, com cúpulas e balaústres e peristilos, com bíforas e trifórios e rosáceas, e nós, embora tivéssemos a impressão de cair sempre e direto para baixo, na realidade escorríamos nas bordas de modinaturas e frisos invisíveis, como formigas que para atravessar uma cidade seguem não os percursos traçados sobre o pavimento das ruas mas ao longo das paredes e tetos e das cornijas e lustres. Ora, falar em cidade é ter ainda em mente figuras de qualquer forma regulares, com ângulos retos e proporções simétricas, ao passo que em vez disso devemos ter sempre presente como o espaço se recorta em torno de cada cerejeira e de cada folha de cada ramo que se move ao vento, e de cada borda serrilhada de cada folha, e mesmo como se modela em torno das nervuras de cada folha, e da rede de nervuras no interior de cada folha e sobre os ferimentos de que as flechas de luz as crivam a cada instante, tudo se imprimindo em negativo na pasta do vazio, de modo que não existe nada que não tenha deixado lá seu vestígio, todos os vestígios possíveis de todas as coisas possíveis e, juntamente, cada transformação desses vestígios instante por instante, de sorte que a verruguinha que cresce embaixo do nariz de um califa ou a bolha de sabão que pousa sobre o seio de uma lavadeira modificam a forma geral do espaço em todas as suas dimensões.

Bastou-me compreender que o espaço era feito dessa maneira para me dar conta de que nele se formavam certas cavidades macias e acolhedoras como redes onde eu poderia me encontrar unido a Úrsula H'x e balançar-me junto dela mordendo-nos mutuamente pelo corpo inteiro. As propriedades do espaço eram tais que uma paralela prendia de um lado e outra de outro; eu, por exemplo, me precipitava dentro de uma caverna tortuosa, enquanto Úrsula H'x era sugada por um subterrâneo que se comunicava com aquela mesma caverna; era por isso que nos encontrávamos a rolar juntos sobre um tapete de algas numa espécie de ilha subespacial enlaçando-nos em todas as posturas e cambalhotas possíveis, até que em determinado momento nossas duas trajetórias retomavam sua direção retilínea e prosseguiam cada uma por si como se nada tivesse acontecido.

A granulosidade do espaço era porosa e acidentada, com fendas e dunas. Atentando bem, eu podia perceber quanto o percurso do tenente Fenimore passava pelo fundo de um cânion estreito e tortuoso; então me posicionei no alto de um barranco e no momento exato me atirei em cima dele, tratando de atingi--lo com todo o meu peso sobre as vértebras cervicais. O fundo desses precipícios do vácuo era pedregoso como o leito de um rio seco, e o tenente Fenimore, ao cair, ficou com a cabeça engastada entre dois aguilhões de rocha que afloravam e eu já lhe comprimia um joelho contra o estômago enquanto ele estava a ponto de me esmagar os dedos nos espinhos de um cacto — ou no dorso de um porco-espinho? (em todo o caso, espinhos que correspondem a certas contrações agudas do espaço) — para que eu não conseguisse me apoderar da pistola que o havia feito derrubar com um chute. Não sei como fui me encontrar um instante depois com a cabeça afundada na granulosidade sufocante dos estratos onde o espaço cede desmanchando-se como areia; cuspi, aturdido e ofuscado. Fenimore havia conseguido recuperar a pistola; uma bala assoviou em meu ouvido, desviada por uma proliferação do vácuo que se elevava em forma de formigueiro. E eu já estava em cima dele com as mãos em sua garganta para estrangulá-lo, quando as mãos se bateram uma contra a outra com um plaf!: nossas vias voltavam a ser paralelas e eu e o tenente Fenimore descíamos mantendo nossa distância habitual e voltando as costas um para o outro como duas pessoas que fingem jamais se terem visto ou conhecido.

O que podíamos considerar apenas como linhas retas unidimensionais eram de fato semelhantes a linhas de uma escrita cursiva traçadas numa página branca por uma pena que transfere palavras e trechos de frase de uma linha para outra com inserções e remissões na pressa de terminar uma exposição conduzida mediante aproximações sucessivas e sempre insatisfatórias, e assim seguíamos, eu e o tenente Fenimore, escondendo-nos por trás dos ilhoses dos "l", principalmente os "l" de "paralelas", para atirar ou proteger-nos das balas, e eu me fingia de morto e esperava que Fenimore passasse para dar-lhe uma rasteira e arrastá-lo pelos pés fazendo-o bater o queixo contra o fundo dos "v" e dos "u" e dos "m" e dos "n" que, escritos em cursivo todo igual, tornavam-se um sacolejante suceder-se de buracos no pavimento — como, por exemplo, na expressão "universo unidimensional" —, para depois abandoná-lo estendido num ponto todo riscado de rasuras e dali erguer-me inteiramente manchado de tinta para correr em direção a Úrsula H'x, que queria bancar a esperta infiltrando-se entre as franjas dos "f" que se afinavam até se tornarem filiformes, mas eu a agarrei pelos cabelos e a preguei num "d" ou num "t" como agora os escrevo na pressa, tão inclinados que se pode deitar em cima deles, depois escavamos um nicho no "g" de "gruta", uma toca subterrânea que podemos adaptar à vontade às nossas dimensões ou tornar ainda mais recolhida e quase invisível ou até colocar em sentido horizontal para nos deitarmos mais confortavelmente. Embora naturalmente essas mesmas linhas, em vez de sucessões de letras e de palavras, possam muito bem ser desenroladas em seu fio negro e tecidas em linhas retas contínuas paralelas que não significam outra coisa senão elas mesmas em seu incessante escorrer sem encontrar-se jamais assim como jamais nos encontraremos em nossa queda contínua, Úrsula H'x, eu, o tenente Fenimore, e todos os demais.

# OS ANOS- -LUZ

> *Quanto mais distante de nós esteja uma galáxia, tanto mais velozmente ela se afasta. Uma galáxia que se encontrasse a dez bilhões de anos-luz de nós teria uma velocidade de fuga igual à da luz, ou seja, trezentos mil quilômetros por segundo. Já as "quase-estrelas" (quasars) recentemente descobertas estariam próximas desse limite.*

Uma noite, como de costume, eu observava o céu com meu telescópio. Notei que de uma galáxia a cem milhões de anos-luz de distância destacava-se um cartaz. Nele estava escrito: EU TE VI. Fiz rapidamente o cálculo: a luz da galáxia tinha levado cem milhões de anos para chegar a mim, e, como lá de cima viam o que sucedia aqui com cem milhões de anos de retarde, o momento em que tinham me visto devia remontar a duzentos milhões de anos passados.

Antes mesmo de consultar minha agenda para saber o que havia feito naquele dia, fui tomado por um pressentimento angustiante: exatamente duzentos milhões de anos antes, nem um dia a mais nem um dia a menos, acontecera comigo alguma coisa que eu sempre procurara esconder. Esperava que com o tempo o episódio fosse de todo esquecido; ele contrastava nitidamente — pelo menos assim me parecia — com meu comportamento habitual anterior e posterior a tal data: desse modo, se alguma vez alguém houvesse tentado repisar aquela história, eu me sentiria muito à vontade para desmenti-lo, não só porque lhe seria impossível apresentar provas, como ainda porque um fato determinado por circunstâncias tão excepcionais — mesmo se se tivesse efetivamente verificado — permaneceria improvável a ponto de poder de plena boa-fé ser considerado falso inclusive por mim. Mas não é que de um longínquo corpo celeste alguém tinha me visto e a história voltava à baila exatamente agora?

Naturalmente eu estava em condições de explicar tudo o que havia ocorrido, ou como pudera acontecer, e de tornar compreensível, se não de todo justificável, o meu modo de agir. Pensei responder de imediato também com um cartaz, empregando uma fórmula defensiva como DEIXE-ME EXPLICAR ou, antes, QUERIA VER VOCÊ NO MEU LUGAR, mas isso não teria bastado e a explicação a dar seria certamente muito longa para uma escrita sintética que se mantivesse legível a tamanha distância. E acima de tudo, devia estar atento para não pisar em falso, ou seja, não sublinhar com uma admissão explícita de minha parte aquilo a que o EU TE VI se limitava a aludir. Em suma, antes de me entregar a uma declaração qualquer devia saber exatamente o que tinham e o que não tinham visto lá da galáxia, e para isso bastava perguntar-lhes com um cartaz do tipo: MAS VIU TUDO MESMO OU SÓ UMA PARTE? Ou, antes, VAMOS VER SE ESTÁ DIZENDO A VERDADE: QUE FOI QUE EU FIZ?, depois esperar o tempo que fosse preciso para que de lá vissem o meu escrito, e o tempo de igual forma longo para que eu visse a resposta deles e pudesse proceder às retificações necessárias. O conjunto iria levar outros duzentos milhões de anos, até alguns milhões de anos a mais, visto que as imagens iam e vinham com a velocidade da luz, enquanto as galáxias continuavam a se afastar entre si, e desse modo também aquela constelação já não estava mais ali onde eu a via e sim mais para além, e a imagem do meu cartaz devia correr em seu encalço. Era um processo lento, que me obrigaria a rediscutir, mais de quatrocentos milhões de anos após o sucedido, acontecimentos que eu gostaria fossem esquecidos o mais breve possível.

A melhor linha de conduta que se me oferecia era fingir que nada havia acontecido, minimizar o alcance daquilo que poderiam ter vindo a saber. Por isso, apressei-me em expor bem à vista um cartaz no qual havia escrito simplesmente: E DAÍ? Se esse sujeito da galáxia estava pensando que iria me causar embaraço com seu EU TE VI, minha calma iria desconcertá--lo e ele acabaria se convencendo de que não era o caso de se deter naquele episódio. Se, no entanto, não tivesse em mãos muitos elementos que me pudessem ser desfavoráveis, uma expressão indeterminada como E DAÍ? poderia servir para uma cauta sondagem sobre a extensão a dar à sua afirmação EU TE VI. A distância que nos separava (do seu cais dos cem milhões de anos-luz a galáxia já tinha zarpado havia um milhão de séculos, mergulhando na escuridão) teria tornado talvez menos evidente que o meu E DAÍ? era uma resposta ao seu EU TE VI de duzentos milhões de anos antes, mas não me pareceu oportuno inserir no cartaz referências mais explícitas, pois, se a lembrança daquele dia, passados três milhões de séculos, tivesse se apagado aos poucos, não haveria mesmo de ser eu a refrescá-la.

No fundo, a opinião que podiam ter de mim naquela ocasião singular não devia me preocupar excessivamente. Os fatos de minha vida, os que se seguiram a partir daquele dia pelos anos, séculos e milênios afora, depunham — pelo menos em sua grande maioria — a meu favor; portanto, não precisava mais que deixar os fatos falarem. Se daquele longínquo corpo celeste tinham visto algo que eu fizera havia duzentos milhões de anos passados, teriam igualmente me visto no dia seguinte e nos dias subsequentes, e no dia seguinte e nos dias subsequentes teriam modificado pouco a pouco a opinião negativa que de mim pudessem ter formado julgando-me apressadamente com base num episódio isolado. Além disso, bastava pensar no número de anos que já haviam passado do EU TE VI para me convencer de que aquela má impressão já fora havia muito apagada pelo tempo e substituída por uma valorização provavelmente positiva e em consequência mais de acordo com a realidade. Mas essa certeza racional não era suficiente para me dar algum alívio: enquanto não tivesse a prova de uma mudança de opinião a meu favor, haveria de permanecer sob o incômodo de ter sido surpreendido numa situação embaraçosa e identificado com ela, preso ali.

Podem bem dizer que eu não devia ligar para o que pensavam aqueles desconhecidos habitantes de uma constelação isolada. Na verdade, o que me preocupava não era a opinião circunscrita ao âmbito deste ou daquele corpo celeste, mas a suspeita de que as consequências de ter sido visto por eles pudessem não ter limites. Em torno daquela galáxia havia muitas outras, algumas num raio mais curto de cem milhões de anos-luz, com observadores que mantinham os olhos bem abertos: o cartaz EU TE VI, antes que eu conseguisse avistá-lo, tinha sido decerto lido por habitantes de outros corpos celestes, e o mesmo pode-se dizer em seguida das constelações mais e mais distantes. Ainda que ninguém pudesse saber com precisão a qual situação específica aquele EU TE VI se referia, tal indeterminação não teria absolutamente concorrido a meu favor. Até mesmo, duma vez que as pessoas estão sempre dispostas a dar crédito às conjecturas mais desagradáveis, o que de fato poderiam ter visto de mim, havia cem milhões de anos-luz de distância, era no fundo algo insignificante em relação a tudo quanto se podia imaginar ter se visto por aí. A má impressão que podia ter deixado durante aquela momentânea leviandade de dois milhões de séculos passados achava-se, portanto, aumentada e multiplicada repercutindo através de todas as galáxias do universo, não me sendo possível desmenti-la sem piorar a situação, visto que, não sabendo a que extremas e caluniosas deduções podiam ter chegado aqueles que não tinham me visto diretamente, não fazia ideia de onde começar e onde terminar meus desmentidos.

Nesse estado de ânimo, continuava todas as noites a observar em torno com o telescópio. E após duas noites percebi que também numa galáxia distante cem milhões de anos e um dia-luz haviam posto um cartaz com o EU TE VI. Não havia dúvida de que eles se referiam ao mesmo episódio: aquilo que eu sempre tratara de esconder fora descoberto não apenas por um corpo celeste mas ainda por outro situado numa zona diversa do espaço. E por outros mais: nas noites que se seguiram pude ver novos cartazes com o EU TE VI aparecerem em outras novas constelações. Calculando os anos-luz, descobri que a ocasião em que tinham me visto era sempre a mesma. A cada um daqueles EU TE VI, eu respondia com cartazes nos quais escrevia com desdenhosa indiferença algo como É MESMO? ou PARABÉNS! ou ainda NÃO DOU A MÍNIMA, ou às vezes uma arrogância quase provocadora do tipo TANTO FAZ, ou ainda OI, SOU EU!, mas sempre ficando na minha.

Embora a lógica dos fatos me levasse a encarar o futuro com razoável otimismo, a convergência de todos aqueles EU TE VI sobre um único ponto de minha vida, convergência certamente fortuita, devida a condições particulares de visibilidade interestelar (uma só exceção, um corpo celeste no qual, sempre em correspondência com aquela data, apareceu um cartaz com um NÃO SE VÊ PATAVINA), me mantinha aflito.

Era como se no espaço que continha todas as galáxias a imagem daquilo que eu havia feito aquele dia se projetasse no interior de uma esfera que se dilatava continuamente à velocidade da luz: os observadores dos corpos celestes que aos poucos se encontravam no raio da esfera iam se capacitando para ver o que havia sucedido. Por sua vez, qualquer um daqueles observadores podia estar no centro de uma esfera que também se dilatava à velocidade da luz projetando à sua volta a frase EU TE VI de seus cartazes. Ao mesmo tempo, todos aqueles corpos celestes faziam parte de galáxias que se afastavam umas das outras no espaço com velocidade proporcional à distância, e cada observador que dava sinais de ter recebido uma mensagem, antes de poder receber a segunda, já havia se distanciado no espaço a uma velocidade sempre maior. A certo ponto as galáxias mais afastadas que tinham me visto (ou que tinham visto o cartaz EU TE VI de uma galáxia mais próxima de nós, ou o cartaz EU VI O EU TE VI de uma um pouco mais distante) atingiriam o limiar dos dez bilhões de anos-luz e, ultrapassando-o, teriam se afastado a trezentos mil quilômetros por segundo, tão velozes quanto a luz, e nenhuma imagem poderia, portanto, alcançá-las. Havia por isso o risco de que permanecessem com sua provisória opinião errônea a meu respeito, que a partir daquele momento se tornaria definitiva, impossível de ser retificada, inapelável, e consequentemente, a certo ponto, justa, ou seja, correspondente à verdade.

Era, portanto, indispensável que o equívoco fosse esclarecido o mais depressa possível. E, para esclarecê-lo, só podia esperar uma coisa: que, depois daquela vez, eu tivesse sido visto outras, nas quais desse de mim uma imagem totalmente diversa, ou seja — não tinha dúvidas a esse respeito —, a verdadeira imagem que deviam conservar de mim. Oportunidades, no curso desses últimos duzentos milhões de anos, não faltaram, e de minha parte bastaria uma única, muito clara, para não criar confusões. Por exemplo, recordava-me de um dia durante o qual tinha sido verdadeiramente eu mesmo, ou seja, eu mesmo da maneira como queria que os outros me vissem. Esse dia — calculei rapidamente — fora nem mais nem menos havia cem milhões de anos. Assim, estavam me vendo agora da galáxia distante cem milhões de anos naquela situação bastante lisonjeira para o meu prestígio, e a opinião deles a meu respeito estava com certeza se modificando, corrigindo-se e até desfazendo aquela primeira e fugaz impressão. Exatamente agora, ou ainda há pouco: porque agora a distância que nos separava não devia ser mais de cem milhões de anos-luz, e sim, pelo menos, de cento e um; em todo caso, eu só teria de esperar um número igual de anos para que desse tempo de a luz de lá chegar aqui (a data exata em que chegaria foi logo calculada, levando em consideração ainda a "constante de Hubble") e me daria conta de sua reação.

Quem tinha conseguido me ver no momento $x$, maior razão teria de me ver no momento $y$, e, dado que a minha imagem em $y$ era muito mais persuasiva do que a imagem em $x$ — direi mesmo: sugestiva, a ponto de, uma vez vista, jamais ser esquecida —, em $y$ é que seria recordado, enquanto aquilo que de mim fora visto em $x$ seria imediatamente esquecido, cancelado, talvez logo após ter voltado fugazmente à memória, à guisa de adeus, como quem diz: vejam só, pode acontecer de alguém que é como *y* ser visto como *x* e levar a supor que seja propriamente como *x* quando é claro que é exatamente como *y*.

Quase me alegrava com a quantidade dos EU TE VI que apareciam em circulação, porque era sinal de que a atenção em relação a mim continuava desperta e, portanto, não lhes escaparia a minha situação mais luminosa. Esta estaria alcançando — ou seja, já teria alcançado, sem que eu soubesse ainda — uma ressonância bem mais ampla do que aquela — limitada a um determinado ambiente, ademais, devo admiti-lo, bastante periférico — que eu então na minha modéstia podia esperar.

É necessário considerar ainda aqueles corpos celestes em que — por desatenção ou por mau posicionamento — eu não fora visto mas apenas o cartaz EU TE VI das vizinhanças, e que igualmente expuseram seus cartazes que diziam: PARECE QUE TE VIRAM, ou então: ELES BEM QUE TE VIRAM! (expressões em que sentia ressoar ora a curiosidade ora o sarcasmo); lá também havia olhos apontados para mim, os quais, precisamente por terem perdido uma ocasião, não deixariam escapar uma segunda, e tendo tido de *x* apenas uma notícia indireta e conjectural, deviam estar mais prontos a aceitar *y* como a única realidade verdadeira que me diria respeito.

Assim, o eco do momento *y* se propagaria através do tempo e do espaço, alcançaria as galáxias mais distantes e mais velozes, estas ficariam a salvo de qualquer imagem ulterior, correndo como a luz a trezentos mil quilômetros por segundo e levando de mim aquela imagem agora definitiva, para além do tempo e do espaço, tornada a verdade que contém em sua esfera de raio ilimitado todas as outras esferas de verdades parciais e contraditórias.

Uma centena de milhões de séculos não chega a ser uma eternidade, no entanto eu achava que nunca iria passar. Finalmente surge a noite propícia: o telescópio já havia algum tempo estava apontado na direção das galáxias da primeira vez. Aproximo um olho do ocular, mantendo a pálpebra cerrada, e a vou abrindo bem devagarinho; lá está a constelação perfeitamente enquadrada, com um cartaz plantado bem no meio, o qual não se lê muito bem, corrijo o foco... E está escrito: TRA-LÁ-LÁ-LÁ. Apenas isto: TRA-LÁ-LÁ-LÁ. No momento em que havia expressado a essência de minha personalidade, com evidência palmar e sem risco de equívocos, no momento em que dera a chave para interpretarem todos os gestos de minha vida passada e futura e para dela extraírem um juízo global e equânime, quem tinha não só a possibilidade mas ainda a obrigação moral de observar o quanto eu fazia e tomar nota disso, o que havia afinal observado? Nada que valesse a pena, não se dera conta de coisa alguma, não havia notado nada de particular. Descobrir que tão grande parte de minha reputação estava à mercê de um tipo tão pouco consciencioso me deixou prostrado. A prova de quem eu era, a qual por muitas circunstâncias favoráveis que a haviam acompanhado podia ser considerada impossível de se repetir, tinha passado assim, inobservada, desprezada, definitivamente perdida para toda uma zona do universo, só porque aquele indivíduo se permitira cinco minutos de distração, de divertimento, digamos mesmo de irresponsabilidade, de nariz para o ar como um pateta, quem sabe na euforia de quem tivesse bebido uns tragos a mais, e em seu cartaz não havia encontrado nada melhor para escrever do que aqueles signos isentos de sentido, quem sabe mesmo o fátuo temazinho que estava assoviando, esquecido de suas funções, TRA-LÁ-LÁ-LÁ.

Um único pensamento me trazia algum conforto: que nas outras galáxias não teriam faltado observadores mais diligentes. Nunca sentira tanta satisfação, como naquele momento, pelo grande número de espectadores que o velho episódio incômodo havia atraído e que estariam prontos agora a revelar a novidade da situação. Pus-me de novo ao telescópio, todas as noites. Uma galáxia a uma boa distância apareceu poucas noites depois em todo o seu esplendor. Nela havia um cartaz, no qual estava escrita esta frase: ESTÁ COM O SUÉTER DE LÃ.

Com lágrimas nos olhos, me sentia atordoado para encontrar uma explicação. Talvez naquele posto de observação, com o passar dos anos, tivessem aperfeiçoado de tal forma os telescópios, que se divertiam a observar as particularidades mais insignificantes, o suéter que alguém estava vestindo, se era de lã ou de algodão, e todo o resto não lhes importava em nada, não lhe davam a mínima atenção. E da minha respeitável ação, de minha ação — digamos — magnânima e generosa, não guardaram outro elemento senão o meu suéter, de excelente lã, não resta a menor dúvida, talvez num momento mais propício não me teria desagradado que o notassem, mas não agora, exatamente agora.

Em todo caso, havia muitas outras testemunhas à minha espera; era natural que num grande número alguma viesse a decepcionar, porém não sou daqueles que perdem a calma por tão pouco. De fato, de uma galáxia um pouco mais distante, tive afinal a prova de que alguém tinha visto perfeitamente como eu havia me comportado e a isso dera a valorização adequada, ou seja, entusiástica. Com efeito no cartaz estava escrito: ESSE SUJEITO SIM É LEGAL. Eu me inteirava disso com plena satisfação — uma satisfação que, analisando bem, servia apenas para confirmar a minha esperança, e mesmo a minha certeza de ter sido reconhecido em meus justos méritos —, quando a expressão ESSE SUJEITO atraiu minha atenção. Por que me chamavam de ESSE SUJEITO, se já tinham me visto, ainda que somente naquela circunstância desfavorável? Mas, fosse como fosse, não podia ser para eles um desconhecido. Com certa precaução, melhorei a focagem de meu telescópio e descobri na parte de baixo do cartaz uma linha escrita em caracteres menores: QUEM SERÁ? SÓ DEUS SABE. Pode-se imaginar infelicidade maior? Os que tinham em mãos os elementos para compreender quem eu era verdadeiramente não me reconheceram. Não relacionaram este episódio louvável com aquele repreensível ocorrido duzentos milhões de anos antes, de modo que o episódio repreensível continuava a ser atribuído a mim, ao passo que este, não, este permanecia uma ocorrência impessoal, anônima, que não chegava a fazer parte da história de ninguém.

Meu primeiro impulso foi o de hastear um cartaz: MAS SOU EU! Renunciei: de que serviria? Eles o tinham visto havia mais de cem milhões de anos, e com outros trezentos e tantos que haviam se passado a partir do momento $x$, já estávamos chegando ao meio bilhão de anos; para estar certo de me fazer compreender, teria de especificar, trazer de novo à baila aquela velha história, ou seja, exatamente aquilo que tanto queria evitar.

Além do mais, já não estava tão seguro de mim mesmo. Temia que também das outras galáxias não iria receber maiores satisfações. Aqueles que tinham me visto, viram-me de um modo parcial, fragmentário, descuidado, ou tinham compreendido somente até certo ponto o que havia acontecido, sem captar o essencial, sem analisar os elementos de minha personalidade que adquiriam realce de um caso para o outro. Um só cartaz dizia aquilo que eu verdadeiramente esperava: SABE QUE VOCÊ É MESMO LEGAL? Corri a folhear minha agenda para ver que reações tinham provindo daquela galáxia no momento $x$. Como por acaso, fora exatamente ali que aparecera o cartaz NÃO SE VÊ PATAVINA. Naquela zona do universo, eu gozava da melhor consideração, não posso negar, devia afinal me alegrar por isso, mas, ao contrário, não me sentia nem um pouco satisfeito. Dei-me conta de que, assim como aqueles meus admiradores não estavam entre os que primeiro podiam ter feito de mim uma ideia errônea, não me importava com eles de maneira alguma. A prova de que o momento $y$ desmentiria ou apagaria o momento $x$ não podia me ser dada por eles, e o meu desconforto continuava, agravado pela longa duração e por não saber se as causas seriam ou não removidas.

Naturalmente, para os observadores espalhados pelo universo, o momento $x$ e o momento $y$ eram apenas dois entre os inúmeros momentos observáveis, e de fato a cada noite nas constelações situadas nas mais variadas distâncias apareciam cartazes que se referiam a outros episódios, cartazes que diziam VÁ ASSIM QUE VOCÊ VAI BEM, VOCÊ CONTINUA AÍ, HEIN?, VEJA SÓ O QUE FAZ, EU NÃO TINHA DITO? Para cada um deles eu podia fazer o cálculo, os anos-luz daqui até lá, os anos-luz de lá para cá, e estabelecer a que episódio se referiam: todos os gestos de minha vida, todas as vezes que tinha posto o dedo no nariz, todas as vezes que conseguira saltar do bonde andando, continuavam ali a viajar de uma galáxia para outra, levados em consideração, comentados, apreciados. Comentários e apreciações que não eram sempre pertinentes: a inscrição TZZ, TZZ correspondia à ocasião em que eu dera um terço de meu salário para uma obra beneficente; a inscrição DESTA VEZ ME AGRADOU, àquela que esqueci no trem o manuscrito do ensaio que havia me custado tantos anos de estudo; minha famosa preleção na Universidade de Göttingen era comentada com a inscrição: CUIDADO COM AS CORRENTES DE AR.

Num certo sentido, podia ficar tranquilo: nada daquilo que eu fazia, de bem ou de mal, se perdia completamente. Sempre um eco se salvava, até mesmo vários ecos, que variavam de um extremo a outro do universo, naquela esfera que se dilatava e gerava outras esferas, mas eram notícias descontínuas, desarmônicas, não essenciais, das quais não resultava nenhum nexo para as minhas ações, e uma nova ação não conseguia explicar ou corrigir uma outra, com sentido positivo ou negativo, como num polinômio demasiado extenso que não é possível reduzir a uma expressão mais simples.

O que podia fazer, a este ponto? Continuar me ocupando do passado era inútil; até então a coisa havia andado como havia andado; devia arranjar um jeito para que andasse melhor dali para a frente. O importante era que, de tudo quanto fazia, ficasse claro o que era essencial, onde recaía a ênfase, o que se devia e o que não se devia notar. Arranjei um enorme cartaz com um sinal indicador de direção, daqueles com o indicador de uma mão apontando. Quando executava uma ação para a qual queria chamar a atenção, tudo o que precisava era erguer o cartaz, procurando fazer com que o indicador apontasse para a particularidade mais importante da cena. Para os momentos em que preferia, ao contrário, passar inobservado, fiz outro cartaz, com um indicador apontando para a direção oposta àquela em que me encontrava, de modo a desviar a atenção.

Bastava levar aqueles cartazes comigo para onde fosse e erguer ora um ora outro de acordo com a ocasião. Tratava-se de uma operação a longo prazo, naturalmente: os observadores à distância de centenas de milhares de milênios-luz levariam centenas de milhares de milênios para perceber os sinais que eu fazia aqui, e eu levaria outras centenas de milhares de milênios para ler as suas reações. Mas era uma demora inevitável; além do mais, havia outro inconveniente que não previra: o que fazer quando percebesse que tinha erguido o cartaz errado?

Por exemplo, a um certo momento em que me sentia seguro de estar a ponto de executar algo que me traria dignidade e prestígio, corria a empunhar o cartaz com o indicador apontado para mim; e exatamente naquele momento eu trocava os pés pelas mãos, cometia uma gafe imperdoável, numa demonstração da miséria humana capaz de nos fazer afundar na terra de vergonha. Mas o jogo já estava feito: aquela imagem com o indicador apontado para ela navegava pelo espaço, ninguém podia mais detê-la, devorava os anos-luz, propagava-se pelas galáxias, suscitava nos milhões de séculos futuros comentários e risos e arreganhos de nariz, os quais do fundo dos milênios haveriam de voltar a mim e me obrigariam a explicações ainda mais desastrosas, a tentativas de retificação mais embaraçadas...

Um outro dia, ao contrário, deveria enfrentar uma situação desagradável, um desses momentos da vida pelos quais somos obrigados a passar sabendo de antemão que, seja como for que se passem as coisas, não há maneira de nos sairmos bem. Escudei-me por trás do quadro com o indicador que apontava para a direção oposta, e lá me fui. Inesperadamente, naquela situação tão delicada e espinhosa, dei prova de uma agilidade de espírito, de um equilíbrio, uma elegância, um caráter resoluto em tomar decisões que ninguém — muito menos eu próprio — teria suspeitado em mim: esbanjei ao acaso uma reserva de dotes que supunham uma longa maturação da personalidade; e, no entanto, o cartaz distraía os olhares dos observadores fazendo-os convergir sobre um vaso de peônias próximo dali.

Casos como estes, que a princípio considerava apenas exceções e frutos da inexperiência, ocorriam sempre mais frequentemente. Percebi tarde demais que devia ter mostrado aquilo que não queria que vissem, e escondido aquilo que mostrei: não havia meio de chegar antes da imagem e avisar-lhes que não deviam fazer caso do cartaz.

Tentei fazer um terceiro cartaz com a inscrição NÃO VALE para erguer quando quisesse desmentir o cartaz precedente, mas em todas as galáxias essa imagem só seria vista depois daquela que eu queria corrigir, e o mal já estava feito e só podia acrescentar-lhe uma figura ridícula a mais, para a neutralização da qual um novo cartaz NÃO VALE O NÃO VALE haveria de resultar igualmente inútil.

Continuava a viver esperando o momento remoto em que das galáxias chegassem os comentários sobre os novos episódios carregados para mim de embaraço e mal-estar a fim de que eu pudesse me contrapor a eles lançando-lhes minhas mensagens de resposta, que já estudava, graduadas segundo a situação. Entretanto, as galáxias com as quais estava mais comprometido já estavam girando para além do limiar dos bilhões de anos-luz, a velocidades tais que, para alcançá-las, as mensagens deviam esbaforir-se através do espaço agarrando-se à sua aceleração de fuga: eis que iriam desaparecer uma após outra do horizonte último dos dez bilhões de anos-luz para além do qual nenhum objeto visível pode ser mais visto, levando consigo um julgamento para sempre irrevogável.

E pensando nesse julgamento que eu não poderia alterar, veio-me ainda há pouco uma espécie de alívio, como se eu pudesse encontrar a paz apenas a partir do momento em que não houvesse mais nada que se pudesse acrescentar ou subtrair àquele arbitrário registro de mal-entendidos, e as galáxias que pouco a pouco se reduziam à última cauda de um raio luminoso exposto fora da esfera de escuridão pareciam levar consigo a única verdade possível sobre mim mesmo, e não via a hora em que uma por uma todas seguissem aquele caminho.

# A ESPIRAL

*Para a maioria dos moluscos, a forma orgânica visível não tem muita importância na vida dos membros da espécie, dado que esses não podem ver-se uns aos outros ou têm apenas uma vaga percepção dos outros indivíduos e do ambiente. O que não impede que estriamentos de cores vivas e formas que se mostram belíssimas ao nosso olhar (como em muitas conchas dos gastrópodes) existam independentemente de qualquer relação com a vista.*

1

Como eu quando estava agarrado àquele rochedo, querem dizer?, *perguntou Qfwfq*, com as ondas que subiam e desciam, e eu ali firme, agarradinho, sugando o que era para sugar e pensando sobretudo no tempo? Se é sobre esse tempo que querem saber, posso lhes dizer alguma coisa. Forma eu não tinha, ou seja, não sabia que tinha, quer dizer, não sabia que se pudesse ter uma. Crescia um pouco por todos os lados, ao acaso; se é isso que vocês chamam de simetria radiada, então eu tinha uma simetria radiada, mas para dizer a verdade nunca lhe dei a menor atenção. Por que haveria de crescer mais de um lado que de outro? Não tinha olhos nem cabeça nem parte alguma do corpo que fosse diferente de qualquer outra parte; agora querem me convencer de que dos dois orifícios que tinha um era a boca e o outro o ânus, e que, portanto, já tinha então a minha simetria bilateral, nem mais nem menos, como os trilobites e todos vocês, mas na minha lembrança eu não os distinguia em nada, fazendo passar o alimento por onde me desse vontade, de fora para dentro e de dentro para fora era o mesmo, as diferenças e suscetibilidades só vieram muito tempo depois. O tempo todo eu me entregava à fantasia, isso sim; por exemplo, que me coçava embaixo do braço ou que cruzava as pernas, e uma vez até que havia deixado crescer um bigode à escovinha. Uso essas palavras aqui com vocês, para explicar-me: àquela altura não podia prever tais particularidades; tinha células, praticamente todas iguais, que executavam sempre o mesmo movimento, encolhe e estica. Mas, visto que não tinha forma, me sentia dentro de todas as formas possíveis, e de todos os gestos e caretas e das possibilidades de fazer rumores, mesmo inconvenientes. Em suma, não tinham limites os meus pensamentos, que nem eram pensamentos porque não tinha cérebro que os pudesse pensar, e cada célula pensava por conta própria todo o pensável tudo de uma vez, não por meio de imagens, que não as tínhamos à disposição fossem de que gênero fossem, mas simplesmente daquele modo indeterminado de nos sentirmos ali que não excluía nenhum outro modo de nos sentirmos ali.

Era uma condição rica, livre e satisfeita, aquela, ao contrário do que poderiam pensar. Era solteiro (o sistema de reprodução de então não requeria acoplamentos nem mesmo temporários), sadio, sem muitas pretensões. Quando se é jovem, tem-se diante de si a evolução inteira com todos os caminhos abertos, e ao mesmo tempo se pode desfrutar de estar ali sobre o rochedo, polpa de molusco achatada, úmida e feliz. Se compararmos com as limitações que viriam depois, se pensarmos que o fato de ter uma forma exclui o de ter todas as outras, se virmos a rotina sem imprevistos dentro da qual a um certo ponto acabamos por nos sentir metidos, posso lhes dizer, sim, que a vida era mesmo boa.

Claro, vivia um pouco concentrado em mim mesmo, isso é verdade, não existe comparação com a vida de relacionamentos que se leva agora; e admito até mesmo ter sido — um pouco por causa da idade, um pouco por influência do ambiente —, como se diz, levemente narcisista; em suma, estava ali a me observar o tempo todo, vendo em mim todas as qualidades e todos os defeitos, e me comprazia, tanto com uns como com os outros; não havia termos de comparação, é preciso que se leve em conta também isso.

Mas não era assim tão retrógrado que não soubesse que além de mim existia algo: o rochedo sobre o qual estava agarrado, vê-se logo, e também a água que chegava até mim com cada onda, mas ainda outra coisa mais além, vale dizer, o mundo. A água era um meio de informação preciso e fidedigno: trazia-me substâncias comestíveis que eu sorvia através de toda a minha superfície, e outras intragáveis que, no entanto, me davam uma ideia do que estava à minha volta. O processo era o seguinte: vinha a onda, e eu, que estava agarrado ao rochedo, me erguia um tantinho, porém imperceptível, pois bastava relaxar um pouco a pressão e slaft!, a água passava por baixo de mim cheia de substâncias e sensações e estímulos. Não sabia nunca como iriam funcionar esses estímulos: às vezes era uma coceguinha de matar de rir, às vezes um arrepio, um ardor, um prurido, de modo que era uma contínua alternância de divertimentos e emoções. Não pensem contudo que eu ficava ali passivo, aceitando de boca aberta tudo o que me vinha: com pouco havia feito minhas experiências e era hábil em analisar que raça de coisa estava chegando até mim e decidir como devia me comportar, para aproveitá-la da melhor maneira ou para evitar as consequências mais desagradáveis. Tudo estava no jogo das contrações de cada uma das células que eu tinha, ou no seu relaxamento no momento exato: assim podia fazer a minha escolha, recusar, atrair e até mesmo cuspir fora.

Fiquei sabendo assim que havia *os outros*, o elemento que me circundava era infestado de seus traços, *outros* hostilmente diversos de mim ou quem sabe repugnantemente semelhantes. Não, agora estou lhes dando a impressão de ser um caráter escorbútico, o que não é verdade; sem dúvida cada qual continuava a cuidar de sua vida, mas a presença daqueles *outros* me tranquilizava, descrevia em torno de mim um espaço habitado, libertava-me da suspeita de constituir uma exceção alarmante, que a mim somente tivesse tocado o fato de existir, como uma espécie de exílio.

E havia *as outras*. A água transmitia uma vibração especial, como um frin frin frin, recordo como me dei conta disso pela primeira vez, ou seja, não a primeira, recordo como me dei conta de que me dava conta daquilo como se de algo que eu sempre tivesse sabido. A descoberta de sua existência provocou em mim uma grande curiosidade, não tanto de vê-las, e muito menos de fazer com que elas me vissem — dado que, em primeiro lugar, não tínhamos vista, e, segundo, os sentidos não eram ainda diferenciados, cada indivíduo era idêntico ao outro e ao olhar um outro ou uma outra provaria o mesmo gosto que se olhasse para mim mesmo —, e sim uma curiosidade de saber se entre mim e elas aconteceria alguma coisa. Tomou-me uma ansiedade, não de fazer alguma coisa especial, o que não seria o caso, sabendo-se que não havia mesmo nada de especial para fazer, e de não especial ainda menos, mas, de qualquer modo, de responder àquela vibração com uma vibração correspondente, ou melhor dizendo: uma vibração minha, pessoal, porque ali, sim, havia algo que não era exatamente a mesma coisa, ou seja, agora vocês podem dizer que era uma questão de hormônios, mas para mim era de fato muito gostoso.

Eis em suma que uma delas, sflif sflif sflif, emitia seus ovos, e eu, sfluf sfluf sfluf, os fecundava: tudo dentro do mar, misturado, na água tépida sob o sol, não lhes havia dito ainda que eu sentia o sol, que ele aquecia o mar e escaldava a rocha.

Uma delas, eu disse. Porque, entre todas aquelas mensagens femininas que o mar lançava em cima de mim, a princípio como uma sopa indiferenciada em que tudo para mim era bom e eu as afocinhava sem me preocupar quem era uma quem era outra, eis que a certo ponto percebi qual era a que melhor correspondia aos meus gostos, gostos, bem entendido, que não conhecia senão a partir daquele momento. Em resumo, estava enamorado. Vale dizer: havia começado a reconhecer, a isolar os sinais de uma daquelas dos sinais das outras; até os esperava, aqueles sinais que havia começado a reconhecer, provocava-os, até respondia a àqueles sinais que esperava com outros sinais que eu próprio emitia, quer dizer, eu estava apaixonado por ela e ela por mim, que se poderia desejar mais da vida?

Hoje em dia os costumes mudaram, e lhes parecerá inconcebível que se possa enamorar assim de uma qualquer, sem ter convivido com ela. No entanto, graças àquela solução inconfundivelmente sua que permanecia na água marinha e que as ondas punham à minha disposição, recebia uma quantidade de informações sobre ela que vocês nem podem imaginar! Não as informações superficiais e genéricas que agora se obtém ao ver, ao cheirar, ao tocar ou ao ouvir a voz, mas informações sobre o essencial, com as quais podia depois trabalhar demoradamente usando a imaginação. Podia imaginá-la com uma precisão minuciosa, e não tanto pensar em como era feita, o que seria um modo banal e grosseiro de imaginá-la, mas imaginar como, não tendo forma, ela seria se, transformada, adquirisse uma das infinitas formas possíveis, permanecendo, porém, sempre ela mesma. Ou seja, não que imaginasse as formas que ela teria podido adquirir, antes imaginava a qualidade particular que ela, adquirindo-a, teria lhes dado.

Conhecia-a bem, em suma. E não confiava nela. Era assaltado ora por suspeitas, ora por ansiedades, ora por aflições. Não deixava transpirar nada, vocês conhecem meu caráter, mas sob aquela máscara de impassibilidade passavam suposições que nem mesmo agora me arrisco a confessar. Mais de uma vez suspeitei que ela me traía, que dirigia mensagens não apenas a mim mas igualmente a outros, mais de uma vez julguei havê-las interceptado ou haver descoberto em alguma dirigida a mim inflexões que não eram sinceras. Era ciumento, posso dizê-lo, ciumento não tanto por desconfiança em relação a ela, e sim porque inseguro de mim mesmo: quem me garantia que ela compreendera bem quem eu era?, ou mesmo que eu existia? Essa relação que se estabelecia entre nós dois por meio da água marinha — uma relação plena, completa, o que mais poderia dizer? — era para mim absolutamente pessoal, entre duas individualidades únicas e distintas; mas e para ela? Quem me garantia que tudo quanto pudesse encontrar em mim não encontraria também em outro, ou em outros dois ou três ou dez ou cem iguais a mim? O que me assegurava que aquela entrega com que participava de nosso relacionamento não seria uma entrega indiscriminada, descuidada, uma orgia — "de quem é a vez?" — coletiva?

Que tais suspeitas não correspondessem à realidade, confirmava-me a vibração submissa, particular, com instantes ainda trepidantes de pudor que tinham os nossos entendimentos mútuos; mas e se precisamente por timidez e inexperiência ela não desse a devida atenção às minhas características e disso se aproveitassem outros para se intrometer?, e ela, caloura, pensasse que era sempre eu, não distinguisse um do outro, e dessa forma as nossas brincadeiras mais íntimas acabassem se estendendo a um círculo de desconhecidos...?

Foi então que comecei a secretar material calcário. Queria fazer algo que marcasse a minha presença de modo inequívoco, para que ela, essa minha presença individual, a defendesse da labilidade indiferenciada de todo o resto. Agora é inútil tentar explicar acumulando palavras a novidade daquela minha intenção, já a primeira palavra que disse basta e vai além: *fazer*, queria *fazer*, e, considerando que nunca havia feito nada nem pensado que se pudesse fazer alguma coisa, isso já era em si um grande acontecimento. Assim comecei a fazer a primeira coisa que me ocorreu, e era uma concha. Da orla daquele manto carnoso que tinha sobre o corpo, mediante a ação de certas glândulas, comecei a expelir secreções que tomavam uma curva bem pronunciada, até me cobrir de um escudo duro e variegado, áspero por fora e liso e brilhante por dentro. Naturalmente não tinha como controlar que forma que assumiria aquilo que eu estava fazendo: estava sempre ali acocorado sobre mim mesmo, calado e pachorrento, e secretando. Continuei mesmo depois de a concha haver recoberto todo o meu corpo, e assim comecei outra volta, acabando por formar uma dessas conchas toda enrodilhada em espirais, que vocês, ao vê-las, acham muito difíceis de fazer, mas que na realidade basta insistir e continuar excretando devagarinho e sem parar o mesmo material, que as dobras vão se formando uma após a outra.

    Quando passou a existir, a concha tornou-se um lugar necessário e indispensável para estar dentro, uma defesa para a minha sobrevivência, que ai de mim se não fosse ela, mas no momento em que a fazia não cogitava fazê-la para que me servisse, e sim, ao contrário, como alguém que lança uma exclamação que poderia perfeitamente não ter lançado e a lança assim mesmo, como alguém que diz "bah!" ou antes "ora!", assim eu fazia a minha concha, ou seja, só para me exprimir. E naquela ânsia de expressão colocava todos os pensamentos que tinha em relação a tal, o desabafo da raiva que me provocava, a maneira amorosa de concebê-la, a vontade de existir para ela, de ser um eu que fosse de fato eu, e que ela fosse ela, e o amor de mim mesmo que punha no amor que por ela sentia, todas as coisas que podiam ser ditas apenas naquela casca de concha retorcida em espiral.

    A intervalos regulares, a substância calcária que secretava me surgia colorida, de modo que se formaram belas estrias que continuavam ao longo das espirais, e aquela concha era uma coisa diferente de mim mas igualmente a parte mais verdadeira de mim mesmo, a explicação do que era eu, meu retrato traduzido num sistema rítmico de volumes e estrias e cores e substância dura, sendo igualmente o retrato dela traduzido no mesmo sistema, e também o verdadeiro e idêntico retrato dela tal como era, porque ao mesmo tempo ela estava fabricando uma concha para si idêntica à minha e eu sem saber estava copiando aquilo que ela fazia e ela sem saber copiava o que eu fazia, e todos os outros estavam copiando todos os outros e construindo para si conchas todas iguais, de sorte que teríamos voltado ao ponto de partida não fosse o fato de que se pode à primeira vista achar tais conchas perfeitamente iguais, contudo, quando observadas de perto, descobrem-se muitas pequenas diferenças que poderiam a seguir tornar-se relevantes.

    Posso dizer, portanto, que minha concha se fazia por si mesma, sem que eu aplicasse uma atenção especial em fazê-la acabar sendo mais de uma forma que de outra, mas isso não quer dizer que entrementes eu ficasse distraído, de espírito livre; ao contrário, aplicava-me naquele ato de secretar sem me distrair um segundo, sem jamais pensar em outra coisa, ou antes pensando sempre em outra coisa, dado que na concha não sabia pensar, como de resto não sabia pensar também em outra coisa, mas acompanhando o esforço de fazer a concha com o esforço de pensar em fazer alguma coisa, ou seja, qualquer coisa, ou seja, todas as coisas que teria sido possível fazer. Mesmo assim, não era um trabalho monótono, porque o esforço do pensamento que o acompanhava se diversificava em inumeráveis tipos de ações que podiam servir para fazer cada qual inumeráveis coisas, e o fazer cada uma delas estava implícito no fazer crescer a concha, volta após volta...

2

(*Tanto que agora, passados quinhentos milhões de anos, olho à minha volta e vejo acima do rochedo a ferrovia escarpada e o trem que passa por ela com uma comitiva de jovens holandesas debruçadas nas janelas e no último vagão um viajante sozinho que lê Heródoto numa edição bilíngue, e desaparece no túnel acima do qual corre a estrada de rodagem, onde há um cartaz publicitário "Voe pela Egyptair" com a imagem das pirâmides, e um furgão de sorvetes que tenta ultrapassar um caminhão carregado de exemplares do fascículo "Rh-Stijl" de uma enciclopédia em fascículos, mas depois freia e volta à sua mão porque a visibilidade foi prejudicada por uma nuvem de abelhas que atravessava a estrada proveniente de uma fileira de colmeias situadas num campo das quais certamente uma abelha-rainha saiu voando em frente carregando atrás de si todo um enxame no sentido contrário à fumaça do trem que reapareceu na outra extremidade do túnel, de modo que agora não se vê mais nada através desse estrato nebuloso de abelhas e fumo de carvão, a não ser alguns metros mais acima um homem do campo que rasga a terra a golpes de enxada e sem se dar conta disso arranca da terra e torna a enterrar um fragmento de enxada neolítica semelhante à sua, num jardim que circunda um observatório astronômico com seus telescópios apontados para o céu e sob cujo portal a filha do porteiro está sentada lendo os horóscopos de um semanário que tem na capa o rosto da protagonista do filme Cleópatra, vejo tudo isso e não acho nada de extraordinário, porque fazer a concha implicava também fazer o mel no favo de cera e o carvão e os telescópios e o reino de Cleópatra e o filme sobre Cleópatra e as pirâmides e o desenho do zodíaco dos astrólogos caldeus e a guerra e os impérios de que fala Heródoto e as palavras escritas por Heródoto e as obras escritas em todas as línguas inclusive a de Spinoza em holandês e seu resumo em catorze linhas no fascículo "Rh-Stijl" da enciclopédia do caminhão que ia ser ultrapassado pelo furgão de sorvetes e assim ao fazer a concha me parece haver feito igualmente o resto.*

*Olho à minha volta e o que procuro?, é sempre ela que procuro apaixonado há quinhentos milhões de anos e vejo na praia uma holandesa de maiô a quem um banhista com seu cordãozinho de ouro mostra para assustá-la o enxame de abelhas no céu, e a reconheço, é ela, reconheço-a pelo modo inconfundível de erguer o ombro até quase encostá-lo no rosto, estou quase seguro, diria até absolutamente seguro se não fosse por uma certa semelhança que encontro igualmente na filha do porteiro do observatório astronômico, e na fotografia da atriz caracterizada de Cleópatra, ou talvez a própria Cleópatra como era verdadeiramente em pessoa, por tudo aquilo da verdadeira Cleópatra que sobrevive em cada representação de Cleópatra, ou na abelha-rainha que voa à frente do enxame pelo arrojo inflexível com que avança, ou na mulher da gravura recortada e colada no para-brisa de plástico do furgão de sorvetes num traje de banho igual ao da banhista que está na praia e que agora ouve num radiotransistor a voz de uma mulher que canta, a mesma voz que ouve em seu rádio o motorista do caminhão das enciclopédias, e a mesma que eu agora estou seguro de ter ouvido durante quinhentos milhões de anos, é certamente ela que estou ouvindo cantar e cuja imagem procuro a meu redor e não vejo senão gaivotas que plainam na superfície do mar onde aflora a cintilação de um banco de enchovas e por um momento estou convencido de havê-la reconhecido numa gaivota e no momento seguinte fico na dúvida se não seria uma enchova, mas po-*

deria ser igualmente uma rainha qualquer ou uma escrava mencionada por Heródoto ou apenas subentendida nas páginas do volume posto sobre o assento para guardar o lugar do leitor que saiu para o corredor do trem para puxar conversa com as turistas holandesas, ou mesmo uma qualquer dessas turistas holandesas, de qualquer uma delas posso dizer-me enamorado e ao mesmo tempo seguro de estar sempre apaixonado por ela apenas.

E, quanto mais me atormento por amar a cada uma delas, menos me decido a dizer-lhes: "Sou eu!", temendo enganar-me e mais ainda temendo que seja ela a se enganar, a me tomar por algum outro, por alguém que pelo pouco que ela sabe de mim poderia ser confundido comigo, por exemplo, um banhista com seu cordãozinho de ouro, ou o diretor do observatório astronômico, ou uma gaivota macho, ou uma enchova macho, ou o leitor de Heródoto, ou Heródoto em pessoa, ou o vendedor de sorvetes mecanizado que agora desce para a praia por uma estradinha empoeirada em meio aos figos-da-índia e é rodeado pelas turistas holandesas em trajes de banho, ou Spinoza, ou o motorista de caminhão que tem a seu cargo a vida e a obra de Spinoza resumida e reproduzida duas mil vezes, ou um dos zangões que agonizam no fundo da colmeia depois de haver realizado seu ato de continuidade da espécie.)

3

... Isso não impediu que a concha fosse sobretudo concha, com sua forma particular, que não podia ser diversa porque era exatamente a forma que lhe dera, ou seja, a única que eu sabia ou queria dar-lhe. Tendo a concha uma forma, também a forma do mundo havia mudado, no sentido que agora compreendo a forma do mundo como era sem a concha mais a forma da concha.

E isso tinha grandes consequências: porque as vibrações ondulatórias da luz, atingindo os corpos, provocavam neles efeitos especiais, a cor antes de tudo, ou seja, aquela substância que eu usava para fazer as estrias e que vibrava de maneira diversa do resto, mas ainda o fato de que um volume assume uma relação especial de volume com os outros volumes, todos fenômenos de que eu não podia me dar conta e que, no entanto, existiam.

A concha estava assim em condições de produzir imagens visuais de conchas, que são coisas muito semelhantes — pelo quanto se sabe — à própria concha, só que, enquanto a concha está aqui, as imagens se formam em outra parte, possivelmente numa retina. Uma imagem pressupõe, portanto, uma retina, que por seu turno pressupõe um sistema complexo que está ligado a um encéfalo. Ou seja, eu produzindo a concha produzia também a imagem — e inclusive não só uma, porém muitíssimas porque com uma concha apenas podem-se fazer quantas imagens de conchas se quiser —, mas só imagens potenciais porque para se formar uma imagem requer-se todo o necessário, como dizia a princípio: um encéfalo com seus respectivos gânglios óticos, e um nervo ótico que leve as vibrações do exterior lá para dentro, nervo ótico que, na outra extremidade, termina por algo que foi feito especialmente para ver o que está lá fora, e que seria o olho. Ora, é ridículo pensar que alguém que tenha um encéfalo ramifique dele um nervo como se fosse uma sonda que se atirasse na escuridão e que, enquanto não tiver olhos, não poderá saber se lá fora há alguma coisa para se ver ou não. Eu não tinha nada desse material, portanto era o menos autorizado a falar a respeito; no entanto, havia tido uma ideia pessoal, ou seja, que o importante era construir imagens visuais, e os olhos viriam depois em consequência. Assim me concentrava em fazer com que tudo de mim que estivesse fora (e também tudo o que em meu interior condicionava o exterior) pudesse dar lugar a uma imagem, e até mesmo àquela que em seguida seria considerada uma bela imagem (em comparação com outras imagens definidas como menos belas, feiosas ou horríveis de dar medo).

Um corpo que consegue emitir ou refletir vibrações luminosas numa ordem distinta e reconhecível — pensava eu —, o que faz com essas vibrações?, mete-as no bolso?, não, descarrega--as em cima do primeiro que passa pela sua frente. E como se comportará aquele diante de vibrações que não pode utilizar e que recebidas assim podem quem sabe causar um certo incômodo?, meterá a cabeça num buraco?, não, vai virá-la naquela direção até que o ponto mais exposto às vibrações óticas se sensibilize e desenvolva um dispositivo para fruí-las sob a forma de imagens. Em suma, a conexão olho-encéfalo, eu a concebia como um túnel escavado de fora para dentro, pela força daquilo que estava pronto para se tornar imagem, mais do que de dentro para fora, ou seja, da intenção de captar uma imagem qualquer.

E não me enganava: ainda hoje estou seguro de que o projeto — em linhas gerais — era correto. Mas meu erro estava em pensar que adquiriríamos a visão, eu e ela. Elaborava uma imagem harmoniosa e colorida de mim mesmo para poder entrar na receptividade visual dela, ocupar-lhe o centro, aí me estabilizar, a fim de que ela pudesse usufruir-me continuamente, não apenas com a vista, mas ainda com o sonho, com a recordação e com a ideia. E sentia que ao mesmo tempo ela irradiava uma imagem de si mesma tão perfeita que se imporia aos meus sentidos nebulosos e lerdos, desenvolvendo em mim um campo visual interior onde ela resplandeceria definitivamente.

Assim nossos esforços nos levavam a tornar-nos os objetos perfeitos de um sentido que não se sabia ainda bem o que era e que depois se tornou perfeito precisamente em função da perfeição de seu objeto que era precisamente nós. Digo, a vista, digo, os olhos; só não tinha previsto uma coisa: os olhos que finalmente se abriram para nos ver não eram nossos, mas de outros.

Seres informes, incolores, sacos de vísceras organizados da melhor maneira possível povoavam o meio ambiente, sem a menor preocupação com o que fariam de si mesmos, de como iriam exprimir-se e representar-se de uma forma estável e realizada e capaz de enriquecer as possibilidades visuais de quem quer que os visse. Vão e vêm, ora afundam, ora emergem, naquele espaço entre o ar e a água e os rochedos, giram distraídos, dão voltas; e nós, no entanto, eu e ela e todos aqueles que estávamos aplicados em exprimir uma forma de nós mesmos, lá estávamos a nos esfalfar em nossa obscura tarefa. Por mérito nosso, aquele espaço mal diferenciado se torna um campo visual: e quem se aproveita disso?, esses intrusos, esses que nunca tinham pensado antes na possibilidade da vista (porque, feios como eram, vendo-se uns aos outros não teriam ganhado nada), esses que haviam sido os menos sensíveis à vocação da forma. Enquanto nós estávamos inclinados a digerir o grosso do trabalho, ou seja, a fazer com que houvesse alguma coisa para se ver, eles caladinhos se ocupavam da parte mais cômoda: adaptar seus órgãos preguiçosos e embrionários ao que havia para receber, ou seja, nossas imagens. E não me venham dizer que foi um trabalho laborioso também o deles: daquela papa mucilaginosa de que suas cabeças estavam cheias tudo poderia sair, e um dispositivo fotossensível não é um bicho-de-sete-cabeças. Mas aperfeiçoá-lo, isso é que eu quero ver! Como fazer quando não se têm objetos visíveis para ver, nem mesmo vistosos, nem capazes de se impor à vista? Em suma, os olhos foram feitos à nossa custa.

Assim a vista, a *nossa* vista, que obscuramente esperávamos, foi a vista que em realidade os outros tiveram de nós. De um modo ou de outro, a grande revolução havia chegado; de repente à nossa volta abriram-se olhos e córneas e íris e pupilas: olhos túmidos e desbotados de polvos e sépias, olhos atônitos e gelatinosos de dourados e salmonetes, olhos saltados e pedunculares de lagostas e camarões, olhos inchados e facetados de moscas e formigas. Uma foca negra e luzidia se aproxima piscando os olhos pequeninos como cabeças de alfinete. Uma lesma expõe seus olhos globulosos no alto de longas antenas. Os olhos inexpressivos de uma gaivota escrutam a superfície das águas. Lá embaixo os olhos franzidos pela máscara de vidro de um pescador submarino exploram o fundo. Por trás das lentes de uma luneta os olhos de um capitão de longo curso e por trás dos óculos escuros os olhos de uma banhista convergem seus olhares para a minha concha, depois seus olhares se cruzam, esquecendo-me. Enquadrado por olhos míopes, sinto-me sob a observação míope de um zoólogo que procura me enquadrar no olho de uma Rolleiflex. Naquele instante, um banco de minúsculas enchovas recém-nascidas passa diante de mim, tão minúsculas que só parece haver lugar em cada um daqueles peixinhos brancos para o pontinho negro dos olhos, e é um salpico de olhos que atravessa o mar.

Todos esses olhos eram os meus. Eu os havia tornado possíveis, eu tivera a parte ativa; eu lhes fornecera a matéria-prima, a imagem. Com os olhos viera todo o resto, logo tudo o que os outros, que tinham olhos, haviam se tornado, em todas as suas formas e funções, e a quantidade de coisas que por terem olhos conseguiram fazer, em todas as suas formas e funções, decorria daquilo que eu havia feito. Não era por nada que estavam implícitos no meu estar ali, no meu ter relações com os outros e com as outras etc., no meu me pôr a fazer a concha etc. Em suma, tinha previsto mesmo tudo.

E no fundo de cada um daqueles olhos eu habitava, ou seja, habitava um outro eu, uma das imagens de mim, e se encontrava com a imagem dela, no ultramundo que se abre atravessando a esfera semilíquida das íris, o negror das pupilas, o palácio de espelhos das retinas, em nosso verdadeiro elemento que se estende sem margens nem confins.

$T = 0$

# PRIMEIRA PARTE:

## OUTROS QFWFQ

# A
# LUA
# MOLE

*Segundo os cálculos de H. Gerstenkorn, desenvolvidos por H. Alfven, os continentes terrestres nada mais seriam do que fragmentos da Lua caídos em nosso planeta. Originariamente, também a Lua teria sido um planeta gravitante ao redor do Sol, até o momento em que a proximidade da Terra fez com que ela descarrilasse de sua órbita. Capturada pela gravitação terrestre, a Lua foi se aproximando cada vez mais, estreitando sua órbita à nossa volta. A certa altura, a atração recíproca começou a deformar a superfície dos dois corpos celestes, levantando ondas altíssimas das quais se despregavam fragmentos de matéria lunar que acabavam por cair sobre a Terra. Em seguida, por influência das nossas marés, a Lua foi impelida a afastar-se novamente, até alcançar sua órbita atual. Mas uma parte da massa lunar, talvez a metade, ficara na Terra, formando os continentes.*

Aproximava-se, *lembrou Qfwfq*, percebi enquanto estava voltando para casa, ao erguer o olhar por entre os muros de vidro e aço, e a vi, não mais uma luz como há tantas que brilham à noite: as que se acendem na Terra quando a certa hora na central abaixam uma alavanca, e aquelas do céu, mais distantes mas não muito diferentes, ou que, de todo modo, não destoam do estilo de tudo mais — falo no presente, mas me refiro sempre àqueles tempos remotos —, vi que se destacava de todas as outras luzes celestes e da rua, e adquiria relevo no mapa côncavo da escuridão, ocupando não mais um ponto, grande que fosse, tipo Marte e Vênus, como um esburacamento do qual a luz se irradia, e sim uma verdadeira porção de espaço, e tomava forma, uma forma que não se podia definir direito, porque os olhos ainda não haviam se acostumado a defini-la, mas também porque os contornos não eram precisos o bastante para delimitar uma figura regular, enfim, vi que se tornava uma coisa.

E me deu nojo. Porque era uma coisa que, por mais que não se pudesse entender do que era feita, ou talvez exatamente porque não se podia entender, parecia diferente de todas as coisas da nossa vida, das nossas boas coisas de plástico, de náilon, de aço cromado, de suvinil, de resinas sintéticas, de plexiglas, de alumínio, de sinteco, de fórmica, de zinco, de asfalto, de amianto, de cimento, as velhas coisas no meio das quais nascêramos e crescêramos. Era alguma coisa incompatível, estranha. Eu a via se aproximar como se estivesse para atingir frontalmente os arranha-céus da Madison Avenue (falo daquela da época, incomparável com a Madison Avenue de agora), naquele corredor de céu noturno marcado por um halo de luz para além da linha segmentada dos beirais; e se dilatava impondo sobre essa nossa paisagem familiar não somente sua luz de cor inconveniente, mas também seu volume, seu peso, sua essência incongruente. E então, por toda face da Terra — superfícies de chapa de metal, armaduras de ferro, pisos de borracha, cúpulas de cristal —, por tudo aquilo que de nós estava exposto em direção ao exterior, senti a passagem de um arrepio.

Tão rápido quanto o trânsito me permitia, tomei o túnel, dirigi rumo ao observatório. Sibyl estava lá, de olho aplicado sobre o telescópio. Em geral, não gostava que eu fosse visitá-la durante o expediente, e assim que me via seu rosto assumia uma expressão contrariada; naquela noite não, nem levantou o rosto, era óbvio que esperava minha visita. "Você viu?" teria sido uma pergunta boba, mas precisei morder minha língua para não dizer aquilo, de tão impaciente que estava para saber o que ela achava.

— Sim, o planeta Lua se aproximou ainda mais — disse Sibyl antes que eu tivesse perguntado alguma coisa —, é um fenômeno previsto.

Eu me senti um tanto aliviado. — Está previsto também que voltará a se afastar? — perguntei.

Sibyl continuava a entreabrir uma pálpebra e a perscrutar no telescópio. — Não — disse —, não se afastará mais.

Não compreendia. — Quer dizer que Terra e Lua se tornaram planetas gêmeos?

— Quero dizer que Lua já não é um planeta e que a Terra tem uma lua.

Sibyl tinha um jeito de lançar as questões que sempre conseguia me irritar. — Mas que jeito de raciocinar é esse? — reclamei. — Cada planeta é planeta tanto quanto os demais, não é?

— E você chamaria isso de planeta? Quero dizer: um planeta assim como a Terra é planeta? Olhe só! — e Sibyl desgrudou do telescópio fazendo sinal para que eu me aproximasse. — Lua nunca teria conseguido se tornar um planeta como o nosso.

Eu não ouvia sua explicação: a Lua, no aumento do telescópio, surgia em todos os detalhes, ou seja, se apresentavam muitos detalhes ao mesmo tempo, tão misturados que quanto mais a observava menos tinha certeza de como era, e só podia testemunhar o efeito que aquela visão provocava em mim, um efeito de desgosto deslumbrado. Primeiramente poderia falar dos veios verdes que a percorriam, mais densos em certas regiões, como um reticulado, mas esse, para dizer a verdade, era o detalhe mais insignificante, o que menos dava na vista, porque as que eram, digamos, as suas propriedades gerais escapavam a uma captura do olhar, talvez pelo cintilar meio viscoso que transpirava de uma miríade de poros, digamos, ou opérculos, e em certos pontos também por extensas tumefações da superfície, como pústulas ou ventosas. Eis que torno a me fixar nos detalhes, método de descrição mais sugestivo na aparência, porém na realidade de eficácia limitada, porque é só ao considerá-los em todo seu conjunto — como seria o inchaço da polpa sublunar que estendia os pálidos tecidos exteriores, mas também os fazia dobrar sobre si próprios em curvas ou reentrâncias com o aspecto de cicatrizes (de modo que essa Lua até poderia ser composta de pedaços comprimidos juntos e mal grudados) —, é, digo, em todo seu conjunto, como que doente das vísceras, em que todos os detalhes devem ser levados em conta: por exemplo, uma mata fechada como de pelo preto que se sobressai de um furo.

— Parece-lhe justo ela continuar a girar ao redor do Sol como nós, em pé de igualdade? — dizia Sibyl. — A Terra é muito mais forte: acabará deslocando a Lua da sua órbita, fazendo-a girar à sua volta. Teremos um satélite.

Cuidei para não expressar a angústia que eu sentia. Sabia como Sibyl reagia em casos assim: ostentando uma postura de superioridade, quando não de cinismo, como quem nunca se espanta com nada. Agia desse modo para me provocar, eu acho (aliás, espero; claro que sentiria mais angústia ainda se pensasse que o fazia por verdadeira indiferença).

— E... e... — comecei a dizer, esforçando-me para formular uma pergunta que não manifestasse nada mais do que uma curiosidade objetiva e que ainda assim obrigasse Sibyl a me dizer algo para aplacar minha ansiedade (portanto, ainda esperava isso dela, ainda pretendia que sua calma me tranquilizasse) — e sempre estará assim, à nossa vista?

— Isso não é nada — respondeu. — Vai se aproximar ainda mais. — E, pela primeira vez, sorriu. — Você não gosta? Ao vê-la aí, tão diferente, tão distante de toda forma conhecida, sabendo que é nossa, que a Terra a capturou e a mantém ali, sei lá, eu gosto, parece-me bonita.

A essa altura, já não me preocupava em esconder meu estado de espírito. — Mas será que não há perigo, para nós? — perguntei.

Sibyl esticou os lábios, uma expressão sua de que eu menos gostava. — Estamos na Terra, a Terra tem uma força que pode manter ao seu redor alguns planetas por conta própria, assim como o Sol. O que a Lua pode contrapor em termos de massa, campo gravitacional, estabilidade de órbita, consistência? Não vai querer comparar, não é? Lua é molinha, a Terra é dura, sólida, a Terra aguenta.

— E a Lua, se não aguentar?

— Oh, a força da Terra fará com que ela fique em seu lugar.

Esperei que Sibyl terminasse seu turno no observatório para levá-la para casa. Assim que se sai da cidade, há aquele nó em que as rodovias se ramificam lançando-se sobre pontes que se galgam uma à outra com percursos todos em espiral sustentados no alto por pilastras de cimento de diversas alturas e nunca se sabe em que direção se está virando ao acompanhar as setas brancas pintadas no asfalto, e aos intervalos a cidade que você está deixando para trás reaparece à sua frente, aproximando-se, esquadrinhada de luzes entre as pilastras e as volutas da espiral. A Lua estava ali, bem em cima; e a cidade pareceu-me frágil, suspensa como uma teia de aranha, com todos os seus vidrinhos tilintantes, seus filiformes bordados de luz, sob aquela excrescência que inchava o céu.

Agora usei a palavra *excrescência* para designar a Lua, mas já tenho que recorrer à mesma palavra para indicar a novidade que descobri naquele momento, isto é, que uma excrescência estava despontando daquela Lua-excrescência, e estava se esticando em direção à Terra, como um derretimento de vela.

— O que é aquilo? O que está acontecendo? — perguntei, mas já uma nova curva tinha tornado a levar nosso carro a sua viagem rumo à escuridão.

— É a atração terrestre que provoca marés sólidas sobre a superfície lunar — disse Sibyl. — Como lhe disse: boa consistência!

O anel viário fez com que mais uma vez déssemos com a Lua à nossa frente, e aquele derretimento tinha se alongado ainda mais sobre a Terra, encaracolando-se em ponta, feito um bigode, depois afinando a juntura como em um pedúnculo, dando-lhe quase o aspecto de um cogumelo.

Morávamos em um cottage, alinhado com os demais ao longo de uma das inúmeras alamedas de um imenso Cinturão Verde. Sentamo-nos como sempre nas cadeiras de balanço da varanda que dava para o *backyard*, mas desta vez não olhávamos para o meio acre de azulejos vitrificados que constituíam nosso lote de espaço verde; os olhos permaneciam cravados no alto, imantados por aquela espécie de polvo sobranceiro. Porque agora os derretimentos da Lua eram muitos, e se estendiam rumo à Terra como tentáculos viscosos, e cada um deles parecia a ponto de derreter-se, por sua vez, em matéria feita de gelatina e pelo e mofo e baba.

— Veja, só se pode desagregar assim, um corpo celeste? — insistia Sibyl. — Agora você vai se dar conta da superioridade do nosso planeta. Que venha a Lua, pode vir: vai chegar a hora em que vai parar. O campo gravitacional da Terra tem essa força: depois de ter atraído o planeta Lua até quase em cima de nós, de repente o detém, levando-o de volta a uma distância correta e o mantendo no alto, fazendo-o girar, comprimindo-o numa bola compacta. Lua poderá nos agradecer, se não se espapaçar!

Achava convincentes os raciocínios de Sibyl, pois a mim também a Lua parecia algo inferior e repugnante; mas eles não conseguiam acalmar minha apreensão. Via as ramificações lunares se contorcerem no céu com movimentos sinuosos, como que buscando alcançar ou envolver alguma coisa: havia a cidade, ali embaixo, em correspondência com um halo de luz que víamos aparecer no horizonte dentilhado de sombra do *skyline*. A Lua pararia em tempo, como dizia Sibyl, antes que um dos seus tentáculos chegasse a agarrar o coruchéu de um espigão? E se, antes ainda, uma daquelas estalactites que continuavam a alongar-se e afunilar-se se destacasse, chovendo em cima da gente?

— Pode ser que alguma coisa caia — admitiu Sibyl, sem esperar uma pergunta minha. — Mas quem liga? A Terra é toda revestida de materiais impermeáveis, indeformáveis, laváveis; mesmo que um pouco dessa gororoba lunar respingue em cima de nós, limpamos em um instantinho.

Como se o apaziguamento de Sibyl tivesse me deixado em condições de ver alguma coisa que com certeza estava se verificando havia pouco, exclamei: — Aí está, tem coisa descendo! — e ergui o braço para indicar uma suspensão de densas gotas de uma papa cremosa no ar. Mas precisamente no mesmo instante partiu da Terra uma vibração, um tilintar: e através do céu, em direção oposta aos estratos de secreção planetária que desciam, levantou-se um voo sutilíssimo de fragmentos sólidos, as lascas da couraça terrestre se esmigalhando: vidros inquebráveis e chapas de aço e revestimentos de material isolante, aspirados pela atração da Lua como num turbilhão de grãozinhos de areia.

— Danos mínimos — disse Sibyl —, e só na superfície. Poderemos consertar os buracos em pouco tempo. Que a captura de um satélite implique alguma perda, é lógico, mas vale a pena, não há dúvida!

Foi então que ouvimos o primeiro estalido de meteorito lunar caindo na Terra: um "splash!" altíssimo, um estrondo ensurdecedor e ao mesmo tempo desgostosamente mole, que não ficou isolado; ele foi seguido por uma série como de esborrachamentos explosivos, de chicoteadas adocicadas que estavam caindo por todos os lados. Antes que os olhos se acostumassem a discernir o que estava caindo, passou um pouco de tempo; para dizer a verdade, fui eu que demorei porque esperava que os pedaços de Lua também eles fossem luminosos; enquanto Sibyl já os via, e comentava com seu tom de desprezo, mas ao mesmo tempo com uma indulgência insólita: — Meteoritos moles, agora pergunto se já se viu uma coisa dessas, é realmente coisa de Lua... Interessante, porém, a seu modo...

Um deles ficou pendurado na rede metálica da sebe, que se encarquilhou parcialmente sob o peso, transbordando no terreno e logo empastando-se com ele, e comecei a perceber de que se tratava, ou seja, comecei a coletar sensações que me permitiriam formar uma imagem do que eu tinha à minha frente, então percebi outras manchas menores disseminadas por todo piso de azulejos: alguma coisa como um lamaceiro de muco ácido que penetrava nas camadas terrestres, ou melhor, como um parasita vegetal que absorvia tudo em que tocava incorporando-o em sua polpa mucilaginosa, ou então como um soro no qual estavam aglomeradas colônias de microrganismos turbilhonantes e extremamente vorazes, ou então um pâncreas cortado em pedaços propenso a soldar-se novamente abrindo em ventosa as células das bordas cortadas, ou então...

Teria preferido fechar os olhos e não podia; entretanto, quando ouvi a voz de Sibyl dizendo: — Claro, isso também me enoja, mas, se pensarmos que finalmente se estabeleceu que a Terra é diferente e superior e que estamos deste lado, acho que por um instante podemos até tomar gosto em afundar nisso, porque afinal, depois... —, voltei-me de repente na sua direção. Sua boca estava aberta em um sorriso que eu nunca vira antes: um sorriso úmido, um tanto animal...

A sensação que tive ao vê-la assim confundiu-se com o pavor provocado, quase no mesmo instante, pela queda do grande fragmento lunar, aquele que submergiu e destruiu nosso cottage e toda alameda e subúrbio residencial e grande parte do condado, em um único atordoamento quente e meloso. Cavando na matéria lunar a noite toda, conseguimos rever a luz. Era o amanhecer; a tempestade dos meteoritos havia terminado; a Terra à nossa volta estava irreconhecível, recoberta por uma altíssima camada de lama empastada de proliferações verdes e de organismos escafedentes. Das nossas antigas matérias terrestres já não se via rastro. A Lua estava se afastando no céu, pálida, irreconhecível, ela também: aguçando a vista era possível entrevê-la salpicada de uma densa camada de cacos e lascas e fragmentos, brilhantes, cortantes, limpos.

A continuação todos conhecem. Após centenas de milhares de séculos, estamos procurando devolver à Terra o seu aspecto natural de outrora, reconstruindo a primitiva crosta terrestre de plástico e cimento e chapas e vidro e esmalte e curvim. Mas estamos tão longe ainda! Sabe-se lá por quanto tempo seremos condenados a afundar na dejeção lunar, podre de clorofila e sucos gástricos e orvalho e gorduras azotadas e chantili e lágrimas. Quanto ainda nos falta antes de soldar as lâminas lisas e exatas do escudo terrestre primigênio de modo a apagar — ou ao menos esconder — as contribuições estranhas e hostis? E com os materiais de agora, afinal, arremedados como dá, produtos de uma Terra corrompida, que em vão procuram imitar as primeiras substâncias inigualáveis.

Os materiais verdadeiros, os de então, diz-se que agora só podem ser encontrados na Lua, inutilizados e jogados ali de qualquer jeito, e que só por isto valeria a pena ir até lá: para recuperá-

-los. Eu não gostaria de bancar aquele que sempre chega para dizer coisas desagradáveis, mas a Lua, todos sabem em que estado se encontra, exposta às tempestades cósmicas, esburacada, corroída, puída. Se fôssemos até lá, teríamos apenas a decepção de ficar sabendo que até nosso material daquela época — a grande razão e prova da superioridade terrestre — era coisa de segunda, de vida curta, que já não serve nem como sucata. Em outros tempos, esse tipo de suspeita eu nem sequer mencionaria a Sibyl. Mas agora — gorda, despenteada, preguiçosa, ávida por bombas de creme —, o que Sibyl ainda teria a me dizer?

# A ORIGEM DAS AVES

*O aparecimento das Aves é relativamente tardio na história da evolução, posterior ao de todas as outras classes do reino animal. O progenitor das Aves — ou ao menos o primeiro de quem os paleontologistas encontraram algum rastro —, o Archaeopteryx (ainda dotado de algumas características dos Répteis, dos quais descende), remonta ao Jurássico, dezenas de milhões de anos após os primeiros Mamíferos. Essa é a única exceção ao aparecimento posterior de grupos de animais cada vez mais evoluídos na escala zoológica.*

Eram dias em que já não esperávamos surpresas, contou Qfwfq, estava claro o rumo que as coisas tomariam. Quem já estava lá, estava, teríamos que resolver entre nós: quem chegaria mais longe, quem ficaria ali onde estava, quem não conseguiria sobreviver. A escolha era entre um número de possibilidades limitadas.

No entanto, certa manhã ouço um canto, de fora, que nunca tinha ouvido. Ou melhor (já que ainda não se sabia o que fosse o canto): ouço uma voz que ninguém nunca ouvira antes. Abro a janela. Vejo um animal desconhecido cantando sobre um ramo. Tinha asas patas rabo unhas esporões penas plumas barbatanas acúleos bico dentes papo chifres crista barbilhos e uma estrela na testa. Era uma ave; vocês já tinham entendido; eu não; nunca se vira uma. Cantou: "Coaxpf... Coaxpf... Coaaaccch...", bateu as asas listadas de cores iridescentes, levantou voo, tornou a pousar pouco adiante, retomou seu canto.

Agora, essas histórias se contam melhor com histórias em quadrinhos do que com um conto de frases uma depois da outra. Mas para desenhar a vinheta com a ave no ramo e eu debruçado e todos os outros de nariz para o alto, teria que lembrar melhor como eram tantas coisas que esqueci há certo tempo: primeiro, o que hoje chamo de ave, segundo, o que hoje chamo "eu", terceiro, o ramo, quarto, o lugar em que me debruçava, quinto, todos os outros. Desses elementos, lembro-me apenas de que eram muito diferentes de como os representaríamos atualmente. É melhor que vocês mesmos procurem imaginar a série de vinhetas com todas as figurinhas das personagens em seu lugar, sobre um fundo tracejado com eficácia, mas procurando, ao mesmo tempo, não imaginar as figurinhas, tampouco o fundo. Toda figurinha terá sua nuvenzinha com as palavras que diz, ou com os ruídos que faz, mas não é necessário que leiam letra por letra tudo o que está escrito, basta terem uma ideia geral conforme lhes direi.

Para começar, podem ler inúmeros pontos exclamativos e pontos interrogativos que esguicham de nossas cabeças, e isso significa que estávamos olhando para a ave cheios de admiração — festiva admiração, vontade, nós também, de cantar, de imitar aquele primeiro gorjeio, e de pular ao vê-la levantar voo —, mas também cheios de perplexidade, porque a existência das aves mandava pelos ares a maneira de raciocinar com a qual tínhamos crescido.

Na tirinha de quadrinhos seguinte, vê-se o mais sábio de todos nós, o velho U(h), separando-se do grupo dos demais e dizendo: — Não olhem! É um erro! — e alargando as mãos como se quisesse vedar os olhos dos presentes. — Agora vou apagá-la! — diz ou pensa, e para representar esse seu desejo poderíamos fazê-lo tracejar uma linha em diagonal cruzando a tirinha. A ave bate as asas, esquiva-se da diagonal e se põe a salvo no canto oposto. U(h) alegra-se porque com aquela diagonal no meio já não a vê. A ave dá uma bicada contra a linha, quebrando-a, e voa para cima do velho U(h). O velho U(h), para apagá-la, procura assinalar sobre ela dois riscos cruzados. No ponto em que as duas linhas se cruzam, a ave pousa para botar um ovo. O velho U(h) arranca os ovos debaixo dela, o ovo cai, a ave voa para longe. Há uma vinheta toda emporcalhada de gema de ovo.

Contar em quadrinhos não me agrada muito, mas precisaria alternar tirinhas de ação com tirinhas ideológicas, e explicar, por exemplo, essa obstinação de U(h) em não querer admitir a existência da ave. Imaginem então um quadrinho daqueles escritos por inteiro, que servem para informar sinteticamente os antecedentes da ação: *Após o malogro dos Pterossauros, há milhões e milhões de anos se perdera qualquer rastro de animais com asas.* ("Com exceção dos Insetos", pode especificar uma nota de rodapé.)

O das aves já era considerado um capítulo encerrado. Porventura não se dissera e repetira que tudo o que poderia ter nascido dos Répteis já havia nascido? No decorrer de milhões de anos não havia forma de ser vivo que não tivesse tido oportunidade de aparecer, de povoar a terra, e depois — noventa e nove casos sobre cem — de decair e desaparecer. Sobre isso todos concordávamos: as espécies que permaneceram eram as únicas merecedoras, destinadas a dar vida a gerações cada vez mais selecionadas e adequadas ao ambiente. Fôramos por muito tempo atormentados pela dúvida sobre quem era monstro e quem não era, porém havia muito tempo ela podia se dizer resolvida: não monstros somos todos nós que existimos, ao passo que são monstros todos os que poderiam existir mas não existem, porque a sucessão das causas e dos efeitos favoreceu claramente a nós, os não monstros, e não a eles.

Mas, se agora fôssemos recomeçar com os animais estranhos, se os Répteis, antiquados como eram, recomeçassem a expelir artelhos e tegumentos dos quais nunca antes se sentira necessidade, mas se enfim uma criatura impossível por definição como uma ave era, antes, possível (e além do mais poderia ser uma ave bela como essa, agradável para a visão quando pairava sobre as folhas de samambaia, e ao ouvido quando lançava seus gorjeios), então a barreira entre monstros e não monstros iria pelos ares e tudo passaria a ser novamente possível.

A ave voou para longe. (Na tirinha vemos uma sombra preta contra as nuvens do céu; não porque a ave seja preta, mas porque é assim que se representam aves distantes.) E fui atrás dela. (Lá estou eu, de costas, me aventurando por uma infindável paisagem de montanhas e matas.) O velho U(h) grita atrás de mim: — Volte, Qfwfq!

Cruzei regiões desconhecidas. Mais de uma vez achei que estivesse perdido (no quadrinho, basta representar isso uma vez), mas ouvia um "Coaxpf..." e erguendo os olhos via a ave parada sobre uma planta, como se estivesse à minha espera.

Assim, seguindo-a, cheguei a um ponto em que as moitas impediam minha visão. Abri uma passagem: sob os meus pés vi o vazio. A terra acabava ali; eu estava em equilíbrio na borda. (A linha espiralada que se ergue da minha cabeça representa a vertigem.) Embaixo não se vislumbrava nada; algumas nuvens. E naquele vazio a ave se afastava em voo, e de vez em quando virava o pescoço na minha direção, como se me convidasse a segui-la. Segui-la para onde, se mais adiante não havia nada?

E eis que da distância branca apareceu uma sombra, como um horizonte de neblina, que aos poucos ia se desenhando com contornos cada vez mais precisos. Era um continente vindo adiante no vazio: percebiam-se suas orlas, os vales, as alturas, e já a ave as sobrevoava. Mas que ave? Já não estava sozinha, o céu inteiro, lá no alto, era um bater de asas de todas as cores e de todos os formatos.

Debruçando-me da borda da nossa terra, eu observava o continente à deriva se aproximando. — Está vindo para cima de nós! — gritei, e naquele momento o chão estremeceu. (Um "bangue!" escrito em letras garrafais.) Os dois mundos, depois de terem se tocado, tornaram a se afastar por ricocheteio e a se unir mais uma vez, e a se separar novamente. Em um desses choques, dei por mim sendo lançado para o outro lado, enquanto o abismo vazio tornava a se escancarar e a me separar do meu mundo.

Olhei em volta: não reconhecia nada. Árvores, cristais, animais, ervas, tudo era diferente. Não só as aves povoavam os ramos, como peixes (digo assim só por dizer) com patas de aranha ou (digamos) vermes com penas. Agora, não é que eu queira descrever como eram as formas de vida, lá longe; podem imaginá-las como der, mais estranhas ou menos estranhas, pouco importa. O que importa é que ao meu redor se desdobravam todas as formas que o mundo poderia ter tomado em suas transformações, mas que não tinha tomado, por algum motivo fortuito, ou por incompatibilidade de fundo: as formas descartadas, irrecuperáveis, perdidas.

(Para dar uma boa ideia, seria necessário que essa tirinha fosse desenhada em negativo: com figuras não dessemelhantes das outras, mas em branco no preto; ou então de ponta-cabeça — admitindo que se possa decidir, em qualquer uma dessas figuras, que lado é o de cima e que lado é o de baixo.)

O espanto gelava meus ossos (no desenho, gotas de suor frio jorram da minha figura) ao ver aquelas imagens sempre de algum modo familiares e sempre de algum modo conturbadas nas proporções ou nas combinações (minha figura em branco, muito pequena, sobreposta a sombras pretas que tomam o quadrinho todo), mas não me impedia de explorar avidamente em volta. Dir-se-ia que o meu olhar, em vez de evitar aqueles monstros, os procurasse, como para se convencer de que não eram inteiramente monstros, e que a certa altura o horror cedesse o lugar a uma sensação não desagradável (representada no desenho por raios luminosos que atravessam o fundo negro): a beleza que também existia ali no meio, era só saber reconhecê-la.

Essa curiosidade fez com que eu me afastasse do litoral e me embrenhasse por entre colinas espinhosas como enormes ouriços marinhos. Já estava perdido no coração do continente desconhecido. (A pequena figura que me representa tornou-se minúscula.) As aves que, havia pouco, eram para mim a visão mais estranha já estavam se tornando as presenças mais familiares. Eram tantas que formavam ao meu redor como uma cúpula, levantando e abaixando as asas todas juntas (desenho apinhado de aves; minha silhueta mal se entrevê. Outras estavam pousadas no solo, empoleiradas nos arbustos, e, à medida que eu avançava, elas se deslocavam. Era prisioneiro delas? Voltei-me para escapar, mas estava cercado por paredes de aves que não me deixavam a menor passagem, a não ser em uma direção. Estavam me empurrando para onde elas queriam, todos os seus movimentos levavam para um ponto. O que havia, lá longe? Não conseguia entrever outra coisa a não ser uma espécie de enorme ovo deitado de comprido, que se entreabria lentamente, como uma concha.

De repente, escancarou-se. Sorri. Pela emoção meus olhos se encheram de lágrimas. (Sou representado sozinho, de perfil; o que vejo fica de fora do desenho.) Tinha diante de mim uma criatura de beleza jamais vista. Uma beleza *diferente*, sem a menor possibilidade de comparação com todas as formas com que entre nós a beleza fora reconhecida (no quadrinho continua a estar situada de modo que quem a tem diante de si sou apenas eu, o leitor nunca), e, no entanto, *nossa*, o que havia de mais *nosso* do nosso mundo (no quadrinho poderíamos recorrer a uma representação simbólica, uma mão feminina, ou um pé, ou um seio, despontando de um grande manto de plumas), e tal que sem ela ao nosso mundo sempre faltara alguma coisa. Sentia ter chegado ao ponto em que tudo convergia (um olho, poderia se desenhar um olho de longos cílios rajados transformando-se num turbilhão) e em que estava para ser engolido (ou uma boca, o entreabrir-se de dois lábios finamente desenhados, tão altos quanto eu, e eu voando aspirado pela língua que aflora no escuro).

Ao redor, aves: bater de bicos, asas que se alvoroçam, artelhos estendidos, e o grito: "Coaxpf... Coaxpf... Coaaaccch...".

— Quem é você? — perguntei.

Uma legenda explica: *Qfwjq diante da bela Org-Onir-Ornit--Or*, e torna minha pergunta inútil; à nuvenzinha que a contém sobrepõe-se outra, também saída da minha boca, com as palavras: — Te amo! —, afirmação igualmente supérflua, logo seguida por outra nuvenzinha, contendo a pergunta: — Você é prisioneira? —, para a qual não espero resposta, e em uma quarta nuvenzinha que abre seu caminho em cima das outras, acrescento: — Vou te salvar. Esta noite fugiremos juntos.

A tirinha que segue é inteiramente dedicada aos preparativos de fuga, ao sono das aves e dos monstros, em uma noite aclarada por um firmamento desconhecido. Um quadrinho escuro, e minha voz: — Está me seguindo? — A voz de Or responde: — Sim.

Aqui podem imaginar uma série de tirinhas aventurosas: *Qfwfq e Or atravessam em fuga o Continente das Aves*. Alarmes, perseguições, perigos: deixo com vocês. Para narrar, eu deveria de alguma forma descrever como era Or; e não posso fazer isso. Imaginem uma figura de algum modo sobranceira à minha, mas que, de algum modo, escondo e protejo.

Chegamos à beira do precipício. Era o alvorecer. O sol se erguia, pálido, e descobria à distância o nosso continente. Como alcançá-lo? Voltei-me na direção de Or, que abriu as asas. (Não haviam percebido que as tinha, nas tirinhas anteriores; duas asas tão amplas como velas.) Agarrei-me ao seu manto. Or voou.

Nas figuras que se seguem, vê-se Or voando entre as nuvens, com minha cabeça despontando do seu colo. Depois, num triângulo de triangulinhos negros no céu: é uma revoada de aves nos seguindo. Estamos ainda no meio do vazio, nosso continente se aproxima, mas a revoada é mais veloz. São aves de rapina, com bicos curvados, olhos de fogo. Se Or for rápida para alcançar a terra, estaremos entre os nossos, antes que as aves de rapina nos ataquem. Força, Or, mais alguns golpes de asas: na próxima tirinha estaremos a salvo.

Que nada: a revoada nos cercou. Or voa no meio das aves de rapina (um triangulinho branco inscrito em outro triângulo cheio de triangulozinhos pretos). Estamos sobrevoando o meu país: bastaria que Or fechasse as asas e se deixasse cair, e estaríamos livres. Mas Or continua voando alto, junto das aves. Gritei: — Or, abaixe-se! — Ela entreabriu o manto e me soltou. ("Slaff!") A revoada, com Or no meio, gira no céu, volta para trás, apequenitando no horizonte. Dei por mim esticado no chão, sozinho.

(Legenda: *Durante a ausência de Qfwfq, muitas mudanças haviam acontecido.*) Desde que se descobrira a existência das aves, as ideias que regulavam nosso mundo entraram em crise. O que antes todos acreditavam compreender, a maneira simples e regular pela qual as coisas eram como eram, não valia mais; ou seja, ela nada mais era do que uma das inúmeras possibilidades; ninguém excluía que as coisas poderiam ter rumos completamente diferentes. Dir-se-ia que cada um se envergonhava de ser como esperávamos que fosse, e se esforçava para ostentar um aspecto irregular, imprevisto: um aspecto um pouco de ave, ou, se não precisamente de ave, tal que não fizesse feio diante da estranheza das aves. Os meus vizinhos, eu já não os reconhecia. Não que tivessem mudado muito; mas quem apresentava alguma peculiaridade inexplicável, se antes procurava escondê-la, agora a punha à mostra. E todos tinham o ar de quem espera alguma coisa de um momento para o outro: não o suceder pontual de causas e efeitos, como outrora, mas o inesperado.

Eu não me reconhecia naquilo. Os demais me consideravam alguém que ficara com as velhas ideias, da época de antes das aves; não compreendiam que a mim suas veleidades orníticas só me faziam rir: vira coisas bem diferentes, visitara o mundo das coisas que poderiam ter sido, e não conseguia tirá-lo de minha cabeça. E tinha conhecido a beleza prisioneira no coração daquele mundo, a beleza perdida para mim e para todos nós, e tinha me apaixonado por ela.

Passava os dias no alto de uma montanha, a perscrutar o céu caso uma ave o atravessasse em voo. E no cocuruto de outro monte próximo, estava o velho U(h), ele também olhando o céu. O velho U(h) ainda era considerado o mais sábio de todos nós, mas sua atitude em relação às aves tinha mudado. Acreditava que elas já não fossem o erro, e sim a verdade, a única verdade do mundo. Tinha começado a interpretar o voo das aves, nele procurava ler o futuro.

— Não viu nada? — gritava para mim, do seu monte.

— Nada à vista — dizia eu.

— Lá está uma! — às vezes gritávamos, eu ou ele.

— De onde vinha? Não deu tempo de ver de que lado do céu apareceu. Diga-me: de onde? — perguntava ele, todo esbaforido. Da proveniência do voo, U(h) conseguia seus auspícios.

Ou então era eu que perguntava: — Em que direção voava? Não vi! Desapareceu por aqui ou por lá? — porque eu esperava que as aves me mostrassem o caminho para alcançar Or.

Não adianta eu relatar detalhadamente a astúcia com a qual consegui voltar para o Continente das Aves. Nos quadrinhos deveria ser contada com um daqueles truques que só dão certo desenhando. (O quadrinho está vazio. Chego eu. Espalho cola no canto do alto à direita. Sento-me no canto de baixo à esquerda. Entra uma ave, voando, no alto à esquerda. Ao sair do quadrinho fica colada pela cauda. Continua voando e arrasta atrás de si todo quadrinho grudado à cauda, comigo sentado no fundo e me deixando transportar. Assim chego ao País das Aves. Se não gostam dessa, podem imaginar outra história; o importante é fazer com que eu chegue lá.)

Cheguei e senti meus braços e pernas serem artelhados. Estava cercado de aves, uma tinha pousado na minha cabeça, uma outra bicava o meu pescoço. — Qfwfq, você está preso! Pegamos você, finalmente! — Fui trancado numa cela.

— Vão me matar? — perguntei à ave carcereira.

— Amanhã você será julgado e ficará sabendo — disse ela, empoleirada nas grades.

— Quem vai me julgar?

— A Rainha das Aves.

No dia seguinte fui levado à sala do trono. Mas eu já tinha visto aquele enorme ovo-concha se entreabrindo. Estremeci.

— Então você não é prisioneira das aves! — exclamei.

Uma bicada atingiu meu pescoço. — Dobre-se diante da rainha Org-Onir-Ornit-Or!

Or fez um sinal. Todas as aves pararam. (No desenho vemos uma mão fina, cheia de anéis, erguendo-se de um troféu de penas.)

— Case-se comigo e estará salvo — disse Or.

Celebrou-se o casamento. Disso tampouco posso contar alguma coisa: tudo o que ficou em minha memória foi um plumejar de imagens cambiantes. Talvez estivesse pagando a felicidade com a renúncia à compreensão do que vivia.

Perguntei isso a Or.

— Gostaria de entender.

— O quê?

— Tudo, tudo isso — acenei em volta.
— Vai entender quando tiver esquecido o que compreendia antes.
A noite caiu. A concha-ovo servia de trono e de leito nupcial.
— Esqueceu?
— Sim. O quê? Não sei o quê, não me lembro de nada.
(Quadrinho com o pensamento de Qfwfq: *Não, ainda me lembro, estou para esquecer tudo, mas me esforço para lembrar!*)
— Venha.
Deitamo-nos juntos.
(Quadrinho com o pensamento de Qfwfq: *Esqueço... É bom esquecer... Não, quero lembrar... Quero esquecer e lembrar ao mesmo tempo... Mais um segundo e sinto que terei esquecido... Espere... Oh!* Um relâmpago assinalado com a palavra *Flash!*, ou então *Eureca!* em maiúsculas.)
Por uma fração de segundo entre a perda de tudo o que sabia antes e a aquisição de tudo o que saberia depois, consegui abraçar em um único pensamento o mundo das coisas como eram e das coisas como poderiam ter sido, e percebi que um único sistema compreendia tudo. O mundo das aves, dos monstros, da beleza de Or era o mesmo em que sempre tinha vivido e que nenhum de nós tinha entendido até o fim.
— Or! Entendi! Você! Que bom! Viva! — exclamei e me ergui na cama.
Minha esposa lançou um grito.
— Agora vou explicar! — disse, exultante. — Agora vou explicar tudo a todos!
— Cale-se! — gritou Or. — Você precisa se calar!
— O mundo é um e o que há não se explica sem... — eu proclamava.
Or estava sobre mim, procurava sufocar-me (no desenho: um seio que me esmaga): — Cale-se! Cale-se!
Centenas de bicos e artelhos dilaceravam o dossel do leito nupcial. As aves baixavam sobre mim, mas para além das suas asas reconhecia minha paisagem natal que ia se fundindo com o continente estranho.

— Não há diferença! Monstros e não monstros sempre estiveram perto! O que não foi continua sendo... — e falava não somente às aves e aos monstros, mas também aos que sempre conhecera e que acorriam de todas as partes.

— Qfwfq! Você me perdeu! Aves! É com vocês! — e a rainha me rejeitou.

Demasiado tarde percebi como os bicos das aves estavam entretidos em separar os dois mundos que a minha revelação reunira. — Não, Or, espere, não se separe, nós dois juntos, Or, onde você está? — mas estava rolando no vazio entre pedaços de papel e penas.

(As aves rasgavam com bicadas e arranhões a página dos quadrinhos. Voavam para longe, cada uma com um retalho de papel impresso no bico. A página que está embaixo também é desenhada em quadrinhos; ali está representado o mundo como era antes do aparecimento das aves e seus sucessivos e previsíveis desenvolvimentos. No céu continua havendo aves, mas ninguém mais repara nisso.)

Do que eu tinha entendido então, esqueci tudo. O que contei a vocês é o que consigo reconstituir, com a ajuda de conjeturas nos trechos lacunosos. Nunca deixei de esperar que as aves, um dia, me levem de volta à rainha Or. Mas serão as aves verdadeiras, essas que ficaram entre nós? Quanto mais as observo, menos me lembram o que eu gostaria de lembrar. (A última tira dos quadrinhos é inteira de fotografias: uma ave, a mesma ave em primeiro plano, a cabeça de uma ave ampliada, um detalhe da cabeça, o olho...)

# OS CRISTAIS

*Se as substâncias que constituíam o globo terrestre no estado incandescente tivessem tido à disposição tempo suficientemente longo para esfriar e liberdade de movimento suficiente, cada uma delas teria se separado das demais em um único enorme cristal.*

Poderia ter sido diferente, eu sei, *comentou Qfwfq*, vão dizer isso logo para mim; acreditei tanto naquele mundo de cristal que iria aparecer, a ponto de não mais me conformar a viver neste, amorfo e esmigalhado e gomoso, que no entanto nos coube. Também corro, como todos fazemos, tomo o trem toda manhã (moro em Nova Jersey) para me enfiar no aglomerado de prismas que vejo surgir do outro lado do Hudson, com suas pontas aguçadas; passo meus dias lá dentro, para cá e para lá pelos eixos horizontais e verticais que atravessam aquele sólido compacto, ou ao longo dos percursos obrigatórios que renteiam os cantos e as quinas. Mas não caio na armadilha: sei que me fazem correr entre lisas paredes transparentes e entre ângulos simétricos para que eu acredite estar dentro de um cristal, para que reconheça ali uma forma regular, um eixo de rotação, uma constância nos diedros, ao passo que nada disso existe. Existe o contrário: o vidro, são sólidos de vidro, não de cristal, que ladeiam as ruas, é uma pasta de moléculas desordenadas que invadiram e cimentaram o mundo, uma camada de lava que resfriou de repente, enrijeceu em formas impostas do exterior, enquanto do lado de dentro há o magma, igualzinho como nos tempos da Terra incandescente.

Não sinto falta, claro, daqueles tempos: se ao me ouvirem descontente das coisas como são, vocês esperam que eu recorde o passado com saudade, estão enganados. A Terra sem crosta era horrível, um eterno inverno incandescente, um pântano mineral, com jorros negros de ferro e níquel escorrendo para baixo de toda fenda, em direção ao centro do globo, e esguichos de mercúrio que manavam em jatos altíssimos. Abríamos nosso caminho por entre uma neblina fervente, Vug e eu, e nunca conseguíamos tocar um ponto sólido. Uma barreira de rochas líquidas que tínhamos à nossa frente evaporava repentinamente diante de nós, desfazendo-se em uma nuvem ácida; nós nos lançávamos para superá-la, e já a sentíamos se condensar e nos abalroar como uma tormenta de chuva metálica que inchava as ondas cerradas de um oceano de alumínio. A essência das coisas mudava à nossa volta de minuto em minuto, ou seja, os átomos de um estado de desordem passavam a outro estado de desordem e depois a outro ainda, isto é, na prática, tudo sempre permanecia igual. A única verdadeira transformação teria sido a disposição dos átomos em uma ordem qualquer: era isso que Vug e eu procurávamos ao nos movermos na mistura dos elementos sem pontos de referência, sem um antes nem um depois.

Agora a situação é diferente, admito: tenho um relógio de pulso, comparo o ângulo dos seus ponteiros com o de todos os ponteiros que vejo; tenho uma agenda na qual está marcado o horário dos meus compromissos de trabalho; tenho um talão de cheques em cuja parte fixa subtraio e adiciono números. Na Penn Station desço do trem, tomo o *subway*, fico em pé segurando-me com uma das mãos na barra de apoio e com a outra erguendo o jornal dobrado no qual diviso os números das cotações da bolsa: aceito as regras do jogo, enfim, do jogo de fingir uma ordem na poeira, uma regularidade no sistema, ou uma compenetração de sistemas diferentes mas de todo modo mensuráveis ainda que incongruentes, a ponto de fazer encaixar em toda granularidade da desordem a faceta de uma ordem que imediatamente se esmigalha.

Antes era pior, claro. O mundo era uma solução de substâncias nas quais tudo estava dissolvido em tudo e solvente de tudo. Vug e eu continuávamos a nos perder ali no meio, a nos perder de perdidos que éramos, de perdidos que sempre havíamos sido, sem ter ideia do que poderíamos encontrar (ou do que poderia nos encontrar) para não sermos mais perdidos.

Percebemos de repente. Vug disse: — Ali!

Apontava, no meio de uma efusão de lava, alguma coisa que estava tomando forma. Era um sólido de faces regulares e lisas e arestas cortantes, e essas faces e arestas iam aumentando lentamente, como em detrimento da matéria ao redor, e também a forma do sólido mudava, mas sempre mantendo proporções simétricas... E não era somente a forma que se distinguia de tudo mais; também era a maneira como a luz entrava lá dentro, atravessando-a e refrangendo-se. Vug disse: — Brilham! Muitos!

Não era o único, de fato. Na extensão incandescente em que outrora afloravam apenas efêmeras bolhas de gás expulsas pelas vísceras terrestres, vinham à tona cubos, octaedros, prismas, figuras diáfanas a ponto de parecerem quase aéreas, vazias por dentro, e que, no entanto, como logo se viu, concentravam em si uma incrível compacidade e dureza. O faiscar dessa angulosa florescência invadia a Terra, e Vug disse: — É primavera! — Eu a beijei.

Agora compreenderam: se gosto da ordem, isso não é, como para tantos outros, sinal de um caráter submisso a uma disciplina interior, a uma repressão dos instintos. Em mim, a ideia de um mundo absolutamente regular, simétrico, metódico, associa-se a esse primeiro ímpeto e vigor da natureza, à tensão amorosa, ao que vocês chamam de eros, ao passo que todas as suas outras imagens, as que na sua opinião associam a paixão e a desordem, o amor e o transbordar exagerado — rio fogo vórtice vulcão —, para mim são as recordações do nada e da inapetência e do tédio.

Era um erro meu, não levei muito tempo para entender. Eis que estamos no ponto de chegada: Vug está perdida; do eros de diamante só resta o pó; o suposto cristal que me aprisiona agora é reles vidro. Sigo as setas no asfalto, enfileiro-me no farol e torno a partir (hoje vim para Nova York de carro) quando fica verde (como toda quarta-feira porque costumo levar) engatando a primeira (Dorothy ao psicanalista), procuro manter uma velocidade constante que me permita passar sempre com o verde na Second Avenue. Isso que vocês chamam de ordem é um remendo desfiado da desagregação; encontrei um lugar no estacionamento, mas daqui a duas horas terei de descer para colocar outra moeda no parquímetro; se eu esquecer, levam o carro com um guincho.

Sonhei um mundo de cristal naquela época; não o sonhei, o vi, uma indestrutível gélida primavera de quartzo. Cresciam poliedros altos como montanhas, diáfanos: através do seu esplendor transparecia a sombra de quem estava do outro lado. — Vug, é você! — Para alcançá-la, lançava-me sobre paredes lisas como espelhos; escorregava de volta; agarrava-me às arestas, ferindo-me; corria ao longo de perímetros enganosos, e a cada virada era uma luz diferente — irradiante, leitosa, opaca — que a montanha continha.

— Onde você está?
— No bosque!

Os cristais de prata eram árvores filiformes, com ramificações em ângulo reto. Esqueléticas folhagens de estanho e de chumbo adensavam a floresta com uma vegetação geométrica.

Ali no meio corria Vug. — Qfwfq! Do outro lado é diferente! — gritou. — Ouro, verde, azul!

Um vale de berilo abria-se ao ar livre, cercado por cumeadas de toda cor, de água-marinha à esmeralda. Eu seguia Vug com a alma dividida entre felicidade e receio: felicidade de ver como toda substância que compunha o mundo encontrava uma forma própria, definitiva e firme, e receio ainda indeterminado de que esse triunfo da ordem em formas tão variadas pudesse reproduzir em outra escala a desordem que acabávamos de deixar para trás. Um cristal total, eu sonhava, um topázio-mundo, que não deixasse nada de fora: impacientava-me que nossa Terra se separasse da roda de gás e poeira em que turbilhonam todos os corpos celestes, fosse a primeira a escapar daquela dispersão que é o universo.

Claro, querendo, alguém pode até meter na cabeça que vai encontrar uma ordem nas estrelas, nas galáxias, uma ordem nas janelas iluminadas dos arranha-céus vazios em que o pessoal da limpeza entra às nove horas e à meia-noite encera os escritórios. Justificar, o grande trabalho é este, justifiquem se não quiserem que tudo se arrebente. Hoje à noite jantaremos na cidade, em um restaurante no terraço de um vigésimo quarto andar. É um jantar de negócios; seremos seis; Dorothy também vai estar lá, e a mulher de Dick Bemberg. Eu como ostras, olho uma estrela que se chama (se for ela) Betelgeuse. Conversamos: nós, de produção; as senhoras, de consumo. Aliás, ver o firmamento é difícil: as luzes de Manhattan se dilatam num halo que se mescla com a luminosidade do céu.

A maravilha dos cristais é o retículo dos átomos que se repete continuamente; isso era o que Vug não queria entender. O que ela gostava — logo compreendi — era de descobrir no cristal diferenças até mínimas, irregularidades, imperfeições.

— Mas o que acha que vale um átomo fora do lugar, uma clivagem meio torta — dizia eu —, num sólido destinado a aumentar infinitamente segundo um esquema regular? Tendemos ao cristal único, ao cristal gigante...

— Gosto quando há muitos dos pequenos — dizia. Para me contradizer, claro, mas também porque era verdade que os cristais despontavam aos milhares ao mesmo tempo e se entranhavam uns nos outros detendo o seu crescimento lá onde entravam em contato, e nunca chegavam a se apropriar inteiramente da rocha líquida da qual tomavam forma: o mundo não tendia a se compor em uma figura cada vez mais simples, e sim se coalhava numa massa vidrosa na qual prismas e octaedros e cubos pareciam lutar para se libertar e conseguir para si toda matéria...

Explodiu uma cratera: uma cascata de diamantes transbordou.

— Olhe! Como são grandes! — exclamou Vug.

De todos os lados eram erupções de vulcões: um continente de diamante refrangia a luz do sol num mosaico de lascas de arco-íris.

— Mas você não disse que quanto menores mais você gostava? — lembrei-lhe.

— Não! Aqueles! Enormes! Eu quero! — E se arremessou.

— Há bem maiores! — disse eu, apontando para o alto. A cintilação cegava: eu já via uma montanha-diamante, uma cadeia facetada e iridescente, uma gema-planalto, um Himalaia-Ko-i-nor.

— O que vou fazer com aquilo? Gosto daqueles que podem ser apanhados! Quero tê-los! — e em Vug já era a obsessão da posse.

— O diamante é que vai nos possuir: ele é o mais forte! — disse.

Estava errado, como sempre: o diamante foi possuído, não por nós. Quando passo diante da Tiffany's, paro e fico olhando as vitrines, contemplo os diamantes prisioneiros, lascas do nosso reino perdido. Jazem em féretros de veludo, acorrentados com prata e platina; com a imaginação e a memória os agiganto, devolvo-lhes dimensões de rocha, de jardim, de lago, imagino a sombra azuladinha de Vug se espelhando. Não a imagino: é precisamente Vug aquela que agora avança entre os diamantes. Volto-me: é a moça observando a vitrine às minhas costas, sob os cabelos oblíquos.

— Vug! — digo. — Nossos diamantes!

Ri.

— É você mesma? — pergunto. — O seu nome?

Ela me dá seu telefone.

Estamos entre lajes de vidro: vivo na ordem fingida, gostaria de lhes dizer, tenho um escritório em East-Side, moro em Nova Jersey, para o *weekend* Dorothy convidou os Bemberg, contra a ordem fingida nada pode a fingida desordem, seria necessário o diamante, não para que o tivéssemos, mas para que o diamante nos tivesse, o livre diamante no qual andávamos livres, Vug e eu...

— Vou te ligar — digo-lhe, e é apenas pela vontade de recomeçar a brigar com ela.

Onde num cristal de alumínio o acaso dispersa átomos de cromo, ali a transparência se colore de um vermelho-escuro: assim, sob nossos passos, floresciam os rubis.

— Viu só? — dizia Vug. — Não são bonitos?

Não podíamos percorrer um vale de rubis sem recomeçarmos a brigar.

— Sim — dizia eu —, porque a regularidade do hexágono...

— Caramba! — dizia ela. — Diga-me se sem a intrusão de átomos estranhos haveria rubis!

Eu me aborrecia. Mais bonito ou menos bonito, poderíamos discutir ao infinito. Mas o único fato incontestável era que a Terra estava indo ao encontro das preferências de Vug. O mundo de Vug eram as fissuras, as fendas pelas quais a lava sai derretendo a rocha e mesclando os minerais em concreções imprevisíveis. Ao vê-la acariciar paredes de granito, eu sentia saudades do que, naquela rocha, se perdera em termos de precisão dos feldspatos, das micas, dos quartzos. Vug parecia deleitar-se apenas com a diversificação ínfima com que a face do mundo se apresentava. Como nos entender? Para mim só valia o que era acréscimo homogêneo, incindibilidade, sossego alcançado; para ela, o que era separação e mistura, uma coisa ou a outra, ou as duas juntas. Nós também precisávamos adquirir um aspecto (ainda não possuíamos nem forma nem futuro): eu imaginava uma lenta expansão uniforme, no exemplo dos cristais, até o ponto em que o cristal-eu teria se entranhado e fundido com o cristal-ela e talvez juntos nos tornássemos uma só coisa com o cristal-mundo; ela já parecia saber que a lei da matéria viva seria separar-se e reunir-se ao infinito. Era Vug então quem tinha razão?

É segunda-feira; ligo para ela. Já é quase verão. Passamos juntos o dia, em Staten Island, deitados na praia. Vug sempre observa os grãos de areia escorrendo entre os dedos.

— Vários cristais minúsculos... — diz.

O mundo fragmentado que nos cerca sempre é para ela o de então, aquele que esperávamos que nascesse do mundo incandescente. Claro, os cristais ainda dão forma ao mundo, quebrando-se, reduzindo-se em fragmentos quase imperceptíveis rolados pelas ondas, incrustados de todos os elementos dissolvidos no mar, que torna a misturá-los em rochas íngremes, em costeiras de arenito, cem vezes dissolvidas e recompostas, em xistos, ardósias, mármores de liso candor, simulacros do que poderiam ter sido e nunca mais poderão ser.

E volta a mim a obstinação de quando começou a ficar claro que a partida estava perdida, que a crosta da Terra estava se tornando um amontoado de formas disparatadas, e eu não queria me resignar, e a cada descontinuidade do pórfiro que Vug, radiante, apontava para mim, a cada vidrosidade que aflorava do basalto, queria me convencer de que eram apenas irregularidades aparentes, que todas faziam parte de uma estrutura regular muito mais vasta, em que a cada assimetria que acreditávamos observar respondia, na realidade, uma rede de simetrias complicada a ponto de não podermos nos dar conta, e procurava calcular quantos bilhões de lados e de ângulos diedros havia de ter esse cristal labiríntico, esse hipercristal que compreendia em si cristais e não cristais.

Vug carregou para a praia um pequeno rádio transistor.

— Tudo provém do cristal — digo —, também a música que ouvimos. — Mas sei bem que o do transistor é um cristal lacunoso, poluído, atravessado por impurezas, por rasgos da malha de átomos.

Ela diz: — Você é um obcecado. — E a nossa velha briga continua: ela quer que eu admita que a verdadeira ordem é aquela que carrega dentro de si a impureza, a destruição.

O barquinho aproa na Battery; é de noite, do retículo iluminado dos prismas-arranha-céus agora observo apenas os desalinhavos escuros, as brechas. Levo Vug para casa; subo. Mora em Dowtown, tem um estúdio fotográfico. Olhando em volta, só vejo perturbações na ordem dos átomos: os tubos luminescentes, o vídeo, a mínima condensação de cristais de prata nas chapas fotográficas. Abro a geladeira, apanho gelo para o uísque. Do transistor provém um som de saxofone. O cristal que conseguiu ser o mundo, a tornar o mundo transparente para si mesmo, a refrangê-lo em infinitas imagens espectrais, não é o meu: é um cristal corroído, manchado, misturado. A vitória dos cristais (e de Vug) foi a mesma coisa que a sua derrota (e que a minha). Agora espero que termine o disco de Thelonious Monk e vou lhe dizer.

# O SANGUE, O MAR

*As condições da época em que a vida ainda não havia saído dos oceanos não se transformaram muito para as células do corpo humano, banhadas pela onda primordial que continua escorrendo nas artérias. Nosso sangue, de fato, tem uma composição química parecida com a do mar das origens, de onde as primeiras células vivas e os primeiros seres pluricelulares tiravam oxigênio e outros elementos necessários à vida. Com a evolução de organismos mais complexos, o problema de manter o número máximo de células em contato com o ambiente líquido não pôde mais ser resolvido apenas por meio da expansão da superfície exterior; foram favorecidos os organismos dotados de estruturas ocas dentro das quais a água marinha podia fluir. Mas foi somente com a ramificação dessas cavidades num sistema de circulação sanguínea que a distribuição do oxigênio passou a ser garantida para o conjunto de células, tornando assim possível a vida terrestre. O mar, no qual outrora os seres vivos estavam submersos, está agora encerrado em seus corpos.*

No fundo não mudou muita coisa: nado, continuo a nadar no mesmo mar quente, *disse Qfwfq*, ou seja, não mudou o dentro, o que antes era o fora no qual nadava, sob o sol, e no qual nado, na escuridão, mesmo agora que está dentro; o que mudou foi o fora, o fora de agora que antes era o dentro de antes, esse sim mudou, mas isso pouco importa. Disse pouco importa e vocês imediatamente: como assim, o fora pouco importa? Queria dizer que, observando bem, do ponto de vista do fora de antes, isto é, do dentro de agora, o fora de agora é o quê? É ali onde permanece seco, nada mais do que aquilo, ali aonde não chegam nem fluxo nem refluxo, e importar é claro que também importa, uma vez que é fora, desde que é fora, desde que aquele fora aí é fora, e acredita-se ser mais digno de consideração do que o dentro, mas afinal de contas mesmo quando era dentro importava, ainda que em um âmbito — assim parecia então — mais restrito, era isso que eu queria dizer, menos digno de consideração. Em suma, logo vamos passar a falar dos outros, isto é, daqueles que não sou eu, isto é, do próximo, já que vocês formulam o problema nesses termos: o próximo, nós sabemos que existe porque está fora, concordamos, fora como o fora de agora, mas antes, quando o fora era aquilo em que se nadava, o oceano densíssimo e quentíssimo, mesmo então os outros existiam, chispantes, naquele fora de antes, e então dizemos que se pode chegar a saber que os outros existem também por meio de um fora como o fora de antes, isto é, como o dentro de agora, e assim agora que nos revezamos na direção, eu e o dr. Cècere, no posto de gasolina de Codogno, e na frente, a seu lado, sentou-se Jenny Fumagalli, e fiquei atrás com Zylphia, o fora, o que é o fora? Um ambiente seco, escasso de significados, um tanto esmagado (somos quatro em um Fusca), em que tudo é indiferente e substituível, Jenny Fumagalli, Codogno, o dr. Cècere, o posto de gasolina, e quanto a Zylphia, no momento em que pus uma mão, a mais ou menos quinze quilômetros de Casalpusterlengo, no seu joelho, ou foi ela que começou a me tocar, não me lembro, de qualquer modo os fatos de fora tendem a se confundir, o que senti, digo, a sensação que vinha de fora era realmente uma coisa pobre em comparação com o que me passava pelo sangue e que tinha sentido desde então, desde o tempo que nadávamos juntos no mesmo oceano tórrido e flamejante, Zylphia e eu.

As profundezas submarinas eram de um vermelho como aquele que agora só vemos no interior das pálpebras, e os raios do sol chegavam a esclarecê-las em labaredas ou então em clarões. Flutuávamos sem o sentido de direção, arrastados por uma correnteza soturna mas leve a ponto de parecer até mesmo impalpável e ao mesmo tempo forte para nos erguer em ondas altíssimas e baixar em sorvedouros. Zylphia afundava a pico abaixo de mim em um turbilhão violeta, quase negro, ora me sobrevoava tornando a subir em direção a estriamentos mais escarlates, que corriam sob a abóbada luminosa. Tudo isso sentíamos através das camadas de nossa superfície dilatadas para manter o contato mais extenso possível com aquele mar substancial, porque a cada para cima e para baixo das ondas eram todas as coisas que passavam de fora para dentro de nós, tudo substância de todas as qualidades, até ferro, enfim, coisas sadias, tanto que nunca me senti tão bem como então. Ou, melhor dizendo, sentia-me bem à medida que, ao dilatar, minha superfície aumentava as possibilidades de contato entre mim e esse fora de mim tão precioso, mas ao mesmo tempo, conforme as regiões do meu corpo encharcadas de solução marinha se estendiam, meu volume também crescia, e uma zona cada vez mais volumosa dentro de mim mesmo se tornava inalcançável pelo elemento de fora, árida, surda, e o peso dessa espessura seca e entorpecida que carregava por dentro era a única sombra na minha felicidade, na nossa felicidade, de Zylphia e minha, porque, quanto mais ela ocupava esplendidamente lugar no mar, tanto mais nela também crescia uma espessura inerte e opaca, não renteada nem renteável, perdida para o fluxo vital, não alcançado pelas mensagens que eu lhe transmitia por meio da vibração das ondas. Eis que eu poderia dizer que agora estou melhor do que antes, agora que as camadas da superfície, então desdobradas para o exterior, se derramaram para dentro como se vira do avesso uma luva, agora que todo exterior se virou para dentro de nós e começou a nos invadir por meio de ramificações filiformes, sim, bem que eu poderia dizer isso, não fosse o fato de que a zona surda se projetou para fora, dilatou-se quanto a distância entre meu terno de *tweed* e a paisagem fugidia da planície Lodigiana, e me cerca, túmida de presenças não desejadas como a do dr. Cècere, com toda espessura que antes o dr. Cècere encerraria dentro de si — em sua maneira tola de dilatar-se uniformemente como uma bola —, agora desdobrado diante de mim numa superfície injustificadamente irregular e minuciosa, sobretudo na nuca cheinha e salpicada de espinhas, tensa no colarinho semirrígido no momento em que, dizendo: — Hei, hei, vocês dois, lá atrás! —, deslocou ligeiramente o espelhinho retrovisor e decerto apreendeu o que estão fazendo nossas mãos, as minhas e as de Zylphia, nossas exíguas mãos externas, nossas exiguamente sensíveis mãos que perseguem a recordação de nós nadando, ou seja, a recordação que nos nada, ou seja, a presença do tanto que de mim e de Zylphia continua nadando ou a ser nadado, juntos, como então.

Essa é uma distinção que poderia servir de introdução para dar uma ideia melhor do antes e do agora: antes nadávamos e agora somos nadados, mas pensando melhor prefiro deixar pra lá, porque na realidade também quando o mar estava fora eu nadava ali da mesma maneira que agora, sem que a minha vontade interviesse, isto é, era nadado mesmo então, nem mais nem menos do que agora, havia uma correnteza que me envolvia, que me levava para cá e para lá, um fluido doce e macio, no qual Zylphia e eu nos deliciávamos revolvendo-nos, pairando sobre abismos de transparências da cor do rubi, escondendo-nos entre os filamentos de cor turquesa que se desdobravam do fundo, mas essas sensações de movimento eram apenas — esperem que explico — eram apenas devidas a quê? Eram devidas a uma espécie de pulsação geral, não, não gostaria de fazer confusão com o modo como é agora, porque desde que o mar, desde que o temos fechado dentro de nós, é natural que ao se mover dê esse efeito de êmbolo, porém naquela época não se podia decerto falar de êmbolo, porque precisaríamos ter imaginado um êmbolo sem paredes, uma câmara de explosão de volume infinito, como nos parecia infinito o mar aliás oceano em que estávamos mergulhados, ao passo que agora tudo é pulsação e batimento e zumbido e estampidos, dentro das artérias e fora, o mar dentro das artérias que acelera sua corrida assim que sinto a mão de Zylphia me procurar, ou melhor, assim que percebo a aceleração da corrida nas artérias de Zylphia, que sente minha mão procurando-a (as duas corridas que ainda são a mesma corrida de um mesmo mar e que se reúnem além do contato das polpas dos dedos sedentas); e também fora, o opaco sedento fora que procura surdamente imitar o batimento e o zumbido e estampidos de dentro, e vibra no acelerador sob o pé do dr. Cècere, e toda fileira de carros parados na saída da rodovia procura repetir a pulsação do oceano agora sepultado dentro de nós, do oceano vermelho outrora sem margem sob o sol.

É uma sensação finita de movimento que essa fileira de carros agora parada transmite, crepitando; depois se move e é a mesma coisa que se estivesse parada, o movimento é falso, só repete cartazes e faixas brancas e calçamento; e toda viagem nada mais foi do que um falso movimento na imobilidade e indiferença de tudo o que está fora. Apenas o mar se movia e se move, fora ou dentro, só naquele movimento Zylphia e eu percebíamos um a presença do outro, embora naquela época nem sequer nos tocássemos, embora flutuássemos eu para cá e ela para lá, mas bastava que o mar acelerasse seu ritmo e eu percebia a presença de Zylphia, a presença dela, diferente, por exemplo, daquela do dr. Cècere, o qual porém também estava lá, também então, e o percebia sentindo uma aceleração do mesmo tipo daquela outra mas de carga contrária, isto é, a aceleração do mar (e agora do sangue) em função de Zylphia era (é) como nadar ao seu encontro, ou então como um nadador correndo atrás de nós por brincadeira, ao passo que a aceleração (do mar e agora do sangue) em função do dr. Cècere era (e é) como nadar para longe para evitá-lo, ou como nadar contra ele para fazê-lo fugir, tudo isso sem que nada mude na relação entre nossas distâncias.

Agora é o dr. Cècere quem acelera (as palavras que se usam são sempre as mesmas, mas os significados mudam) e supera um automóvel esporte Flaminia na curva, e é em função de Zylphia que acelera, para distraí-la com uma manobra arriscada, uma falsa manobra arriscada, do verdadeiro nadar que iguala a ela e a mim: falsa, digo, como manobra, não como arriscada, porque talvez o risco seja verdadeiro, isto é, diz respeito ao dentro de nós, que em um choque poderia esguichar para fora; ao passo que como manobra não muda nada de nada, as distâncias entre carro esporte Flaminia, curva e Volkswagen podem assumir valores e relações diferentes e não acontece nada de essencial, assim como nada de essencial acontece em Zylphia, que não está nem aí com as ultrapassagens do dr. Cècere, no máximo será Fumagalli Jenny quem vai exultar: — Céus, como voa esse carrinho! —, e o seu exultar, presumindo que as bravatas automobilísticas do dr. Cècere sejam para ela, é duplamente injustificado, primeiro porque o interior dela não lhe transmite nada que justifique exultação, segundo porque erra quanto às intenções do dr. Cècere, o qual por sua vez erra acreditando fazer sabe-se lá o que bancando o valentão, assim como errava antes, a Fumagalli Jenny, quanto às minhas intenções, quando eu estava na direção e ela ao meu lado, e ali atrás sentado com Zylphia também o dr. Cècere errava, ambos concentrados — Fumagalli e ele — no falso dispor das camadas de espessura enxuta, desconhecendo — crescidos em forma de esfera assim como eles haviam crescido — que só acontece de verdade o que acontece ao nadar daquela porção de nós que está submersa; e assim essa história tola de ultrapassagens que nada significam como uma superação de objetos fixos imóveis pregados continua se sobrepondo à história do nosso livre e verdadeiro nadar, em busca de um significado que nela interfira, e no único e tolo modo que sabe, do risco quanto ao sangue, da possibilidade de nosso sangue tornar a ser mar de sangue, de um falso retorno a um mar de sangue que não seria mais nem sangue nem mar.

Nesta altura é preciso especificar rapidamente, antes que com uma ultrapassagem incauta de caminhão com reboque o dr. Cècere torne toda especificação vã, a maneira como o comum e antigo sangue-mar era comum e ao mesmo tempo individual a cada um de nós e como podemos continuar a nadar nele como tal e como, ao contrário, não podemos: um discurso que não sei se dará certo desenvolver rapidamente porque, como sempre, quando falamos dessa essência geral o discurso não pode ser feito em termos gerais, e sim variar conforme a relação que há entre um e os outros, e dá na mesma recomeçar tudo desde o início. Então, essa história de ter em comum o elemento vital era uma coisa boa porque a separação entre mim e Zylphia era, por assim dizer, preenchida, e podíamos nos sentir ao mesmo tempo dois indivíduos distintos e um todo único, o que sempre tem suas vantagens, mas quando sabemos que esse todo único compreendia também presenças absolutamente insossas como Fumagalli Jenny, ou, pior, insuportáveis como o dr. Cècere, então muito obrigado, a coisa perde boa parte de seu interesse. E é nessa altura que entra em jogo o instinto de reprodução: dava vontade, a Zylphia e a mim, ou ao menos a mim dava vontade, e acho que a ela também porque ela topava, de multiplicar nossa presença no mar-sangue de modo que fôssemos cada vez mais nós a tirar proveito e cada vez menos o dr. Cècere, e como as células reprodutoras as tínhamos para isso mesmo, procedíamos com grande empenho à fecundação, isto é, eu fecundava tudo o que nela podia ser fecundado, a fim de que nossa presença aumentasse em cifras absolutas e em porcentagem, e o dr. Cècere — embora ele também desengonçadamente se azafamasse para se reproduzir — ficasse em minoria, numa — esse era o sonho, o quase-delírio que tomava conta de mim — minoria cada vez mais exígua, insignificante, zero vírgula zero zero et cetera por cento, até desaparecer de nossa progênie como num bando de enchovas muito vorazes e fulmíneas que o devorariam pedacinho por pedacinho, sepultando-o no meio das nossas secas camadas internas, pedacinho por pedacinho, ali onde a corrente marinha não o alcançaria mais, e então o mar-sangue se tornaria uma só coisa conosco, isto é, todo sangue finalmente seria o nosso sangue.

 Esse é, justamente, o desejo secreto que sinto ao olhar o cangote do dr. Cècere ali na frente: fazê-lo desaparecer, comê-

-lo, ou seja, não comê-lo eu, porque me dá certa repulsa (devido às berebas), mas emitir, projetar fora de mim (fora do conjunto Zylphia-eu) um bando de enchovas extremamente vorazes (de eu--sardinhas, de Zylphia-eu-sardinhas) e devorar o dr. Cècere, privá--lo da utilização de um sistema sanguíneo (além da de um motor de explosão, além de uma ilusória utilização de um motor estultamente de explosão), e já que começamos a devorar também aquela chata da Fumagalli, que só porque antes eu estava sentado ao seu lado meteu na cabeça que lhe dispensei sabe-se lá que galanterias, logo eu que nem reparei nela, e agora diz com aquela vozinha: — Cuidado, Zylphia... — (só para semear maldade) —, o moço ali, eu o conheço... — tudo para fazer acreditar que eu agora com Zylphia como antes com ela, mas o que ela pode saber do que acontece realmente entre Zylphia e mim, de como eu e Zylphia continuamos nosso antigo nado nos abismos escarlates?

Retomo o fio da meada porque tenho a impressão de que se criou um pouco de confusão: devorar o dr. Cècere, ingurgitá-lo, era a melhor maneira de separá-lo do sangue-mar quando precisamente o sangue era mar, quando o dentro de agora era fora e o fora dentro; mas agora, na realidade, o meu desejo secreto é fazer o dr. Cècere se tornar um puro fora, privá-lo do dentro de que goza abusivamente, fazer-lhe expulsar o mar perdido por dentro da sua pleonástica pessoa, enfim, meu sonho é emitir contra ele nem tanto um bando de eu-enchovas, e sim uma rajada de eu-projéteis, um rá-tá-tá que o craveje da cabeça aos pés, fazendo jorrar seu sangue preto até a última gota, o que também se liga à ideia de me reproduzir com Zylphia, nossa circulação sanguínea em um pelotão ou batalhão de descendentes vingadores armados de fuzis automáticos para cravejar o dr. Cècere, isso precisamente agora me sugere o instinto sanguinário (em total segredo devido à minha constante conduta de pessoa civilizada e educada, assim como vocês), o instinto sanguinário ligado ao sentido do sangue como "o nosso sangue" que carrego dentro de mim assim como vocês, educada e civilizadamente.

Até aqui pode parecer que tudo esteja claro: vocês precisam considerar, porém, que para tornar isso claro simplifiquei a tal ponto as coisas que não tenho certeza se o passo adiante que dei seria realmente um passo adiante. Porque a partir do momento em que o sangue se torna "o nosso sangue", a relação entre nós e o sangue muda, isto é, o que conta é o sangue, uma vez que é "nosso" e todo o resto, inclusive nós, conta menos. De modo que em meu impulso em relação a Zylphia, além do estímulo de ter todo oceano para nós, havia também o estímulo de perdê-lo, o oceano, de nos anularmos no oceano, de nos destruirmos, de nos dilacerarmos, ou seja — para começar —, de dilacerá-la, ela Zylphia minha amada, fazê-la aos pedacinhos, comê-la. E ela, a mesma coisa: o que ela queria era me dilacerar, devorar-me, engolir-me, e não outra coisa. A mancha laranja do solo vista das profundezas submarinas ondeava como uma medusa, e Zylphia chispava por entre os filamentos luminosos devorada pelo desejo de me devorar, e eu me contorcia entre as maranhas de escuridão que se estendiam do fundo feito longas algas encaracoladas com seus reflexos de índigo, impacientando-me de vontade de mordê-la. E finalmente ali, no assento de trás do Volkswagen, durante uma guinada brusca fui parar em cima dela e afundei os dentes em sua pele ali onde o corte "à americana" das mangas deixa os ombros descobertos, e ela cravou suas unhas pontudas entre os botões da camisa, e esse continua sendo o impulso de antes, o que tendia a subtraí-la (ou subtrair-me) à cidadania marinha e agora, ao contrário, tende a subtrair o mar dela, de mim, seja lá como for, a realizar a passagem do elemento flamejante da vida àquele pálido e opaco que é a ausência de nós do oceano ou do oceano de nós.

O mesmo impulso age, portanto, com fúria amorosa entre mim e ela e com fúria hostil contra o dr. Cècere; para cada um de nós não há outra maneira de entrar em relação com os outros, quero dizer: sempre é esse impulso o que alimenta a própria relação com os outros nas formas mais diferentes e irreconhecíveis, como quando o dr. Cècere ultrapassa carros de cilindrada superior ao seu, até um Porsche, por intenções de domínio em relação a esses carros superiores e por intenções temerariamente amorosas para com Zylphia e ao mesmo tempo vingativas para comigo e ao mesmo tempo autodestrutivas para consigo mesmo. Assim, por meio do risco, a insignificância do fora consegue interferir no elemento essencial, no mar em que eu e Zylphia continuamos cumprindo nossos voos nupciais de fecundação e destruição: enquanto o risco aponta diretamente para o sangue, para o nosso sangue, que se porventura se tratasse apenas do sangue do dr. Cècere (motorista que, além do mais, não respeita as leis de trânsito) haveria de desejar-lhe ao menos que saísse da pista, mas com efeito se trata de todos nós, do risco do possível retorno do nosso sangue da escuridão ao sol, do dividido ao misturado, falso retorno, como todos nós em nosso ambíguo jogo fingimos esquecer, porque o dentro de agora, uma vez derramado, se torna o fora de agora, e não pode mais tornar a ser o fora de então.

Assim Zylphia e eu, jogando-nos um para cima do outro nas curvas, brincamos de provocar vibrações no sangue, isto é, de permitir que os falsos arrepios do insosso fora se somem aos que vibram do fundo dos milênios e dos abismos marinhos, e então o dr. Cècere disse: — Vamos tomar um minestrone frio na cantina dos caminhoneiros —, disfarçando de generoso amor pela vida sua constante e torpe violência, e Jenny Fumagalli interveio, espertinha: — Mas é preciso que você chegue até o minestrone antes dos caminhoneiros, senão não vai sobrar nada — espertinha e sempre trabalhando a serviço da mais negra destruição, e o negro caminhão de placa UDINE 38 96 21 estava ali adiante roncando seus sessenta por hora na estrada só curvas, e o dr. Cècere pensou (e talvez tenha dito): "Consigo", e se deslocou para a esquerda, e todos nós pensamos (e não dissemos): "Não consegue, não", e, de fato, escondido atrás da curva já vinha a toda o Dê-Esse, e para se esquivar o Volkswagen renteou a mureta e em ricocheteio ralou a lateral no para-choque curvo e cromado e ainda, de ricochete, o plátano, depois o giro sobre si mesmo para baixo no precipício, e o mar de sangue comum que alaga a lataria amassada não é o sangue-mar das origens mas somente um infinitésimo detalhe do fora, do insignificante e árido fora, um número para a estatística dos acidentes de fim de semana.

# SEGUNDA PARTE:

## PRISCILLA

*Na reprodução assexuada, aquele simplérrimo ser que é a célula a certa altura de seu crescimento se divide. Forma dois núcleos, e de um único ser resultam dois. Mas não podemos dizer que um ser deu vida a um segundo ser. Os dois novos seres são, para todos os efeitos, produtos do primeiro. O primeiro desapareceu. Podemos dizer que morreu, já que não sobrevive em nenhum dos dois seres que produziu. Não se decompõe, como acontece com os animais sexuados quando morrem, mas deixa de ser. Deixa de ser porque é ser descontínuo. A continuidade só aconteceu em determinado ponto da reprodução. Existe um ponto em que o um primitivo se tornou dois. A partir do momento em que existem os dois, há novamente a descontinuidade de cada um dos seres. Mas a passagem implica um instante de continuidade entre os dois. O primeiro morre, mas em sua morte se manifesta um instante fundamental de continuidade.*

George Bataille, *O erotismo* (introdução)

*As células germinais são imortais, as células somáticas têm apenas uma vida limitada em sua duração. Por meio da linha das duas células germinais, os organismos de hoje se religam às mais antigas formas de vida, cujos corpos estão mortos.* [...] *As divisões precoces das células germinais — oogônios e espermatogônios — acontecem por meio de divisões cariocinéticas comuns. Nessa fase, toda célula contém o duplo enxoval de cromossomos, e a cada divisão cada cromossomo se reparte longitudinalmente em duas partes iguais, que se separam e passam para as células-filhas. Após determinado número de divisões ordinárias, elas seguem ao encontro de duas divisões particulares, e numa delas o número de cromossomos se divide pela metade. São as chamadas divisões de maturação ou meiose, em contraposição à mitose ou processo ordinário de divisão.* [...] *Imediatamente antes da divisão de maturação das células espermáticas, reaparecem os cromossomos como finos filamentos que se distendem no núcleo volumoso; alguns deles têm formato de laçada, outros de bastonete. Eles se colam uns nos outros no sentido longitudinal, parecem fundir-se, mas a experiência genética demonstra que não se fundem. É provável que nesse estágio, ou nos óvulos ou nos espermatozoides ou em ambos, os cromossomos troquem fragmentos de partes perfeitamente equivalentes entre si. O processo é chamado de* crossing over. [...] *Durante as divisões de maturação, tanto nos óvulos como nas células espermáticas se dá uma recombinação dos cromossomos de origem paterna e materna.*

T. H. Morgan, Embryology and Genetics (cap. 3)

[...] *au milieu des Enées qui portent sur le dos leurs Anchises, je passe d'une rive à l'autre seul et détestant ces géniteurs invisibles à cheval sur leurs fils pour toute la vie...*

J.-P. Sartre, Les Mots

*Mas de que modo um componente da célula, um ácido nucleico, constrói outro, uma proteína, tão totalmente diferente em estrutura e função? A descoberta de Avery, que poderia ser simbolizada em* DNA = *informação hereditária, foi uma revolução na biologia* [...] *Antes que a célula se divida, ela tem que dobrar seu conteúdo de* DNA *de modo que as duas células-filhas contenham duas cópias exatas do conjunto do material genético. Um* DNA *constituído por duas hélices idênticas soldadas entre si por "ligações de hidrogênio" fornece um modelo ideal para essa duplicação. Quando os dois filamentos se separam como as duas metades de um zíper, e cada espiral serve como modelo para que se forme uma espiral complementar, garante-se a duplicação exata do* DNA *e, portanto, do gene.*

Ernest Borek, *The Code of Life*

*Tout nous appelle à la mort; la nature, comme si elle était presque envieuse du bien qu'elle nous a fait, nous déclare souvent et nous fait signifier qu'elle ne peut pas nous laisser longtemps ce peu de matière qu'elle nous prête, qui ne doit pas demeurer dans les mêmes mains, et qui doit être eternellement dans le commerce: elle en a besoin pour d'autres formes, elle le redemande pour d'autres ouvrages.*

Bossuet, *Sermon sur la mort*

*Não precisamos quebrar a cabeça sobre como um autômato desse tipo pode produzir outros, maiores e mais complexos do que ele. Nesse caso, as maiores dimensões e a mais elevada complexidade do objeto a ser construído se refletirão numa amplitude presumivelmente até maior do que as instruções I que é preciso fornecer.* [...] *Em seguida, todos os autômatos construídos por um autômato do tipo A comparti-*

*lharão com A essa propriedade. Eles todos terão um lugar em que se pode inserir uma instrução I. [...] Está bem claro que a instrução I cumpre, grosso modo, as funções de um gene. Também está claro que o mecanismo de cópia B cumpre o ato fundamental da reprodução, a duplicação do material genético, que evidentemente é a operação fundamental na multiplicação das células vivas.*

Johann von Neumann, *The General and Logical Theory of Automata*

*Esses que exaltam tanto a incorruptibilidade, a inalterabilidade, acho que se reduzem a dizer essas coisas pelo grande desejo de viver muito, e pelo terror que têm da morte. E não consideram que, se os homens fossem imortais, a eles não teria cabido vir ao mundo. Mereceriam encontrar-se em uma cabeça de Medusa, que os transformasse em estátuas de jaspe ou de diamante, para se tornarem mais perfeitos do que são. [...] E não há a menor dúvida de que a Terra é muito mais perfeita sendo assim como é, alterável, mutável, do que se ela fosse uma massa de pedra; mesmo que fosse um diamante inteiro duríssimo e impassível.*

Galileu Galilei, *Dialogo sopra i due massimi sistemi* (jornada I)

# I.
# MITOSE

... E quando digo "louco de apaixonado", *prosseguiu Qfwfq*, quero dizer alguma coisa da qual vocês não têm ideia, vocês que pensam que se apaixonar significa forçosamente se apaixonar por outra pessoa, ou coisa, ou coisa diabo, enfim, estou aqui e aquilo pelo qual estou apaixonado está lá, isto é, uma relação ligada à vida de relação, e ao contrário lhes falo de antes de travar relação com alguma coisa, havia uma célula e aquela célula lá era eu, e basta, não vamos considerar se ali em volta havia outras também, não importa, havia aquela célula lá que era eu e já é muita coisa, uma coisa dessas dá e sobra para encher a vida, e é justamente dessa sensação de plenitude que eu queria falar, plenitude não digo por causa do protoplasma que tinha, que mesmo tendo crescido em proporções notáveis não era, de todo modo, algo extraordinário, é sabido que as células são cheias de protoplasma, se não fosse assim do que estariam cheias, estou falando de uma sensação de plenitude digamos, se permitem a palavra, abrir aspas espiritual fechar aspas, isto é, o fato da consciência de que aquela célula era eu, a plenitude era essa consciência, algo que não o deixa dormir à noite, algo que não se consegue aguentar, não conseguir segurar, ou seja, precisamente a situação de que falava antes, do "louco de apaixonado".

Agora já sei que vão invocar porque um enamoramento pressupõe não só a consciência de si, como também do outro et cetera et cetera, e respondo não digam até aí eu também sei disso, mas se não tiverem um pouco de paciência não adianta eu tentar lhes explicar, e sobretudo precisam esquecer por um instante a maneira como vocês se apaixonam agora, a maneira como agora eu também, se me permitem fazer confidências desse tipo, me apaixono, digo confidências porque sei que se eu lhes contasse de uma paixão minha de agora vocês poderiam dizer que me falta discrição, ao passo que de quando eu era um organismo unicelular posso falar sem escrúpulos, ou seja, falar disso como se diz objetivamente, porque já são águas passadas, e para mim também, já é muito se me lembro disso, e todavia o que lembro já basta para agitar-me da cabeça aos pés, portanto se dizia objetivamente dizia assim por dizer, como acontece quando dizemos objetivamente e depois vai que vai sempre acabamos dando no subjetivo, e assim essa conversa que quero ter com vocês é difícil para mim justamente porque tudo acaba dando no subjetivo, no subjetivo de então que por pouco que eu lembre é alguma coisa que agita da cabeça aos pés, assim como o subjetivo de agora, e por isso usei expressões que terão a desvantagem de criar confusão com aquilo que agora existe de diferente mas também a vantagem de esclarecer o que há de comum.

 Primeiramente preciso ser mais específico sobre o que dizia quanto a lembrar pouco, ou seja, perceber que, se algumas partes da minha narrativa serão desenvolvidas menos amplamente do que outras, não significa que sejam menos importantes, mas apenas que estão menos firmes em minha memória, pois do que me lembro bem é da fase, digamos, inicial da minha história de amor, diria quase a fase anterior, isto é, no melhor ponto da história de amor a memória se desmancha e se desfia e se picota e não há mais como recordar o que acontece depois, digo isso não para prevenir o ataque pretendendo fazer-lhes ouvir uma história de amor da qual nem me lembro, e sim para esclarecer o fato de que não me lembrar dela a certa altura é necessário para que a história seja esta e não outra, isto é, se habitualmente uma história consiste na lembrança que temos dela, aqui não recordar a história se torna a própria história.

 Portanto, falo de uma fase inicial de história de amor que em seguida provavelmente torna a repetir-se numa multiplicação interminável de fases iniciais iguais à primeira e que se identificam com a primeira, uma multiplicação ou melhor uma elevação ao quadrado, um aumento exponencial de histórias que sempre é como se fosse a mesma história, mas disso tudo não tenho bem certeza, presumo, assim como vocês podem presumir, eu me refiro a uma fase inicial que precede as outras fases iniciais, uma primeira fase que há de ter existido, primeiramente porque é lógico esperar que tenha existido e, segundo, porque me lembro dela muito bem, e quando digo que é a primeira não quero dizer a primeira em sentido absoluto, gostariam que eu quisesse dizer isso, mas não, digo primeira no sentido de qualquer uma dessas fases iniciais sempre iguais que podemos considerar a primeira, e aquela a que vou me referir é aquela de que me lembro, aquela de que me recordo como a primeira no sentido de que antes daquela não me lembro de nada, e a primeira em sentido absoluto vai saber afinal qual é, a mim não interessa.

    Comecemos então assim: há uma célula, e essa célula é um organismo unicelular, e esse organismo unicelular sou eu, e eu sei e estou contente por isso. Até aqui nada de mais. Agora tentemos representar essa situação no espaço e no tempo. Passa o tempo, e eu, cada vez mais contente por estar aí, e por ser eu, também estou cada vez mais contente que o tempo exista, e que no tempo exista eu, ou seja, que o tempo passe e que eu passe o tempo e o tempo me passe, isto é, contente por estar contido no tempo, por ser eu o conteúdo do tempo, aliás o recipiente, enfim, por marcar com o meu ser a passagem do tempo, e isso vocês hão de reconhecer que começa a nos dar o sentido da espera, de uma feliz e esperançosa espera, aliás, da impaciência, uma impaciência festiva, uma empolgada e festiva impaciência juvenil, e ao mesmo tempo uma ansiedade, uma ansiedade juvenil empolgada e no fundo dolorosa, uma dolorosa insustentável tensão de impaciência. É preciso, além do mais, considerar que existir significa também estar no espaço, e eu de fato era parido no espaço em minha largura, com o espaço em toda volta que, embora eu não tivesse noção, se entendia que continuava de todos os lados, o espaço que agora não importa ficar aí olhando o que mais continha, eu ficava fechado em mim mesmo e cuidava da minha vida, e nem sequer tinha um nariz para colocar o nariz para fora, ou um olho para me interessar no fora, no que havia e no que não havia, porém o sentido de ocupar espaço no espaço eu tinha, de lagartear ali no meio, de crescer com o meu protoplasma nas diversas direções, mas como dizia não quero insistir nesse aspecto quantitativo e material, quero falar sobretudo da satisfação e da obsessão de fazer alguma coisa com o espaço, de ter tempo para gozar o espaço, de ter espaço para fazer alguma coisa passar no passar do tempo.

Até aqui mantive separados tempo e espaço para que vocês pudessem me compreender melhor, ou melhor, para eu compreender melhor o que deveria fazer vocês compreenderem, mas naquela época eu não distinguia muito bem o que era um daquilo que era outro: existia eu, naquele ponto e naquele momento, está bem? E depois um fora, que me parecia como um vazio que eu poderia ocupar em outro momento ou ponto, em uma série de outros pontos ou momentos, enfim, uma projeção potencial de mim em que eu, no entanto, não estava, e portanto um vazio que enfim era o mundo e o futuro mas eu ainda não sabia, vazio porque a percepção ainda me era negada e como imaginação estava ainda mais para trás e como categorias mentais era um desastre, contudo tinha esse contentamento de que fora de mim houvesse esse vazio que não era eu, que talvez pudesse ter sido eu porque eu era a única palavra que conhecia, a única palavra que saberia declinar, um vazio que poderia ter sido eu, porém naquele momento não era e no fundo nunca seria, era a descoberta de algo mais que ainda não era alguma coisa, mas que, de todo modo, não era eu, ou melhor, não era eu naquele momento e naquele ponto e portanto era outra coisa e essa descoberta me dava um entusiasmo hilariante, não, dilacerante, uma dilaceração vertiginosa, a vertigem de um vazio que era todo o possível, todo o outro lugar a outra hora o de outro modo possível, o complemento daquele todo que era para mim o tudo, e eis que transbordava de amor por esse outro lugar outra hora outro modo mudo e vazio.

Vocês veem, portanto, que ao dizer "apaixonado" não estava dizendo algo tão inoportuno assim, vocês que estavam o tempo todo quase me interrompendo para dizer: "apaixonado por si mesmo, ah ah, apaixonado por si mesmo", foi bom eu não ligar para vocês e não usar nem deixar vocês usarem aquela expressão, pronto, estão vendo, que o enamoramento já então era uma paixão lancinante pelo fora de mim, era a desvinculação de quem almeja escapar para fora de si mesmo, assim como eu então andava rolando no tempo e no espaço louco de apaixonado.

Para contar direito como as coisas aconteceram, preciso recordar-lhes como eu era, uma massa de protoplasma que seria como uma espécie de nhoque de polpa com um núcleo no meio. Ora, não é para bancar o interessante, mas no núcleo eu tinha uma vida muito intensa. Fisicamente eu era um indivíduo em pleno vigor, e está bem, quanto a esse ponto não me parece discreto chamar a atenção: era jovem, sadio, estava no auge das minhas forças, mas com isso não quero negar que outro que estivesse em condições piores, com o citoplasma debilitado ou aguado, pudesse revelar dotes até maiores. O importante, para os fins do que desejo contar, é o quanto essa minha vida física se refletia no núcleo; digo física não porque houvesse uma distinção entre vida física e vida de algum outro modo, mas para fazer vocês compreenderem como a vida física tinha no núcleo seu ponto de maior concentração sensibilidade e tensão, de sorte que, enquanto talvez em toda volta eu estivesse tranquilo e satisfeito em minha polpa esbranquiçada, o núcleo participava dessa tranquilidade e beatitude citoplasmática à sua maneira nucleica, isto é, acentuando e adensando a emaranhada ranhura e salpicadura que a enfeitava, e eu portanto ocultava em mim toda uma intensa labuta nucleica que afinal correspondia a nada mais do que ao meu bem-estar exterior, de modo que, digamos, quanto mais contente eu estava de ser eu, tanto mais o meu núcleo se carregava de sua densa impaciência, e tudo o que eu era e tudo o que eu ia sendo aos poucos acabava resultando no núcleo e sendo absorvido registrado acumulado em um serpentino enrolamento de espirais, na maneira cada vez diferente em que elas iam se enovelando e desenrolando, de modo que poderia até dizer que tudo o que eu sabia, sabia no núcleo, não houvesse o perigo de fazer vocês acreditarem em uma função separada ou talvez contraposta do núcleo em relação ao resto, ao passo que, se há um organismo ágil e impulsivo no qual não se podem fazer tantas diferenciações, esse é o organismo unicelular, porém tampouco gostaria de exagerar no sentido oposto, quase lhes dando a ideia de uma homogeneidade química de gota inorgânica jogada ali, sabem melhor do que eu quantas diferenciações há no interior da célula e também no interior do núcleo, que eu tinha justamente todo salpicado, sardento, borrifado de filamentos ou palhinhas ou bastonetes, e cada um desses filamentos ou palhinhas ou bastonetes ou cromossomos tinha uma relação específica com alguma peculiaridade daquilo que eu era. Agora poderia tentar uma afirmação meio ousada, e dizer que eu era nada mais do que a soma daqueles filamentos ou palitos ou bastonetes, afirmação que pode ser contestada pelo fato de que eu era inteirinho e não uma parte de mim mesmo, mas que pode até ser sustentada especificando que aqueles bastonetes eram eu mesmo traduzido em bastonetes, isto é, aquilo que de mim era possível traduzir em bastonetes, para depois eventualmente tornar a traduzi-lo em mim. E, portanto, quando falo da intensa vida do núcleo, quero dizer nem tanto o cicio ou a crepitação de todos aqueles bastonetes no interior do núcleo quanto o nervosismo de um indivíduo que sabe ter todos aqueles bastonetes, ser todos aqueles bastonetes, mas sabe também que há alguma coisa que não pode ser representada por aqueles bastonetes, um vazio do qual aqueles bastonetes conseguem sentir somente o vazio. Isto é, aquela tensão para com o exterior o outro lugar o de outro modo, que afinal é o que se chama estado de desejo.

Sobre esse estado de desejo, é melhor ser mais específico: verifica-se um estado de desejo quando de um estado de satisfação se passa a um estado de crescente satisfação e portanto, logo depois, para um estado de insatisfatória satisfação, ou seja, de desejo. Não é verdade que o estado de desejo se dá quando falta alguma coisa; se falta alguma coisa, paciência, ficamos sem, e se for uma coisa indispensável, ao ficar sem ela ficamos sem exercitar alguma função vital, portanto se avança rapidamente em direção a uma extinção certeira. Quero dizer que sobre um estado de falta puro e simples não pode nascer nada, nada de bom e tampouco de ruim, somente outras faltas até a falta da vida, condição notoriamente nem boa nem ruim. No entanto, um estado de falta puro e simples não existe, que eu saiba, na natureza: o estado de falta sempre se experimenta em contraste com um estado anterior de satisfação, e é no estado de satisfação que cresce tudo o que pode crescer. E não é verdade que um estado de desejo pressupõe necessariamente um algo desejado; o algo desejado só começa a existir ao haver o estado de desejo; não porque antes aquele algo não fosse desejado, mas porque antes quem sabia que existia? Portanto, uma vez que há estado de desejo, é justamente o algo que começa a existir, algo que, se tudo correr bem, será o algo desejado, mas que poderia permanecer um algo e só por falta do desejante, o qual, ao desejar, poderia também deixar de ser, como no caso em questão do "louco de apaixonado", que ainda não sabemos como poderia terminar. Então, para voltar ao ponto onde havíamos ficado, direi que o meu estado de desejo tendia simplesmente a um outro lugar uma outra vez um de outro modo que até poderia conter algo (ou, digamos, o mundo) ou conter apenas eu mesmo, ou eu mesmo em relação com algo (ou com o mundo), ou algo (o mundo) já sem eu mesmo.

Para especificar esse ponto, percebo que voltei a falar em termos gerais, perdendo o território ganho com as especificações anteriores, coisa que acontece bastante nas histórias de amor. Estava dando conta do que acontecia a mim por meio do que acontecia ao núcleo e particularmente aos cromossomos do núcleo, a consciência de que por meio deles se determinava em mim por um vazio além de mim e além deles, a consciência espasmódica de que por meio deles me obrigava a algo, um estado de desejo que, por pouco que possamos nos mexer, imediatamente se torna um movimento de desejo. Esse movimento de desejo continuava sendo, no fundo, um desejo de movimento, como acontece quando não podemos nos mexer em direção a algum lugar porque o mundo não existe ou não sabemos que existe, e nesses casos o desejo nos impele a fazer, a fazer alguma coisa, ou seja, a fazer qualquer coisa. Mas, quando não podemos fazer coisa nenhuma por falta do mundo exterior, o único fazer que podemos nos permitir dispondo de pouquíssimos meios é aquele tipo de fazer especial que é o dizer. Em suma, eu era impelido a dizer; o meu estado de desejo, meu estado-movimento-desejo de movimento-desejo-amor impelia-me a dizer, e já que a única coisa que eu tinha a dizer era eu mesmo, era impelido a dizer eu mesmo, isto é, a me expressar. Serei mais específico: antes, quando dizia que para dizer bastam pouquíssimos meios, não estava propriamente na verdade, e por isso me corrijo: para dizer é preciso ter uma linguagem, e vocês ainda acham pouco! Como linguagem, eu tinha todas aquelas bagatelas ou palitinhos chamados cromossomos, portanto bastava repetir aquelas bagatelas ou palitinhos para repetir a mim mesmo, claro, para repetir a mim mesmo como linguagem, que como veremos é o primeiro passo para repetir a mim mesmo como tal, que afinal como veremos não é repetir. Mas o que se verá é melhor que vejam na hora certa, porque se eu continuar a fazer especificações dentro de outras especificações não vou mais sair disso.

 É verdade que a esta altura é preciso prosseguir com muita atenção para não cair em inexatidões. Essa situação toda que tentei relatar, e que de início defini como "enamoramento", explicando em seguida como há de se entender essa palavra, tudo isso, enfim, se repercutia dentro do núcleo em um enriquecimento quantitativo e energético dos cromossomos, aliás, em sua radiante duplicação, porque cada um dos cromossomos se repetia em um segundo cromossomo. Ao falar do núcleo, é natural fazer dele uma só coisa com a consciência, o que é apenas uma simplificação um tanto grosseira, mas mesmo que as coisas fossem realmente assim, isso não implicaria a consciência de ter um número duplicado de bastonetes, porque, tendo cada bastonete uma função, sendo cada um, para voltar à metáfora da linguagem, uma palavra, o fato de uma mesma palavra figurar duas vezes ali não mudava o que eu era, já que eu consistia no sortimento ou vocabulário das palavras diferentes ou funções que tinha à disposição e o fato de haver algumas palavras duplas se fazia perceber naquela sensação de plenitude que antes chamei abrir aspas espiritual fechar aspas, e agora vemos como as aspas aludiam ao fato de que se tratava de uma questão no fundo totalmente material de filamentos ou bastõezinhos ou palitos, mas nem por isso menos radiante e energética.

Até aqui lembro muito bem, porque as recordações do núcleo, consciência ou não consciência que seja, guardam maior evidência. Mas essa tensão de que lhes falava, com o passar do tempo foi se transmitindo para o citoplasma: eu tinha sido tomado por uma necessidade de me esticar em toda minha largura, até uma espécie de enrijecimento espasmódico dos nervos que não tinha; e assim o citoplasma tinha se afinado como se as duas extremidades quisessem fugir uma da outra, num feixe de matéria fibrosa que tremia por inteiro, nem mais nem menos do que o núcleo. Aliás, distinguir ainda entre núcleo e citoplasma era difícil: o núcleo tinha como se dissolvido e os bastõezinhos tinham ficado pairando, ali, pela metade do fuso de fibras esticadas e espasmódicas, ainda que sem se dispersar, girando sobre si mesmos todos juntos como num carrossel.

Da eclosão do núcleo, para dizer a verdade, quase não tinha me dado conta: sentia ser todo eu mesmo de um modo mais do que nunca total, e ao mesmo tempo não sê-lo mais, que esse todo eu mesmo era um lugar em que havia de tudo menos eu mesmo, isto é, tinha a sensação de ser habitado, não: de habitar-me, não: de habitar um eu habitado por outros, não: tinha a sensação de que outro fosse habitado por outros. Ao contrário, aquilo de que me dei conta só então foi aquele fato da duplicação que antes, como dizia, não tinha visto com clareza: ali na hora me achei com um número de cromossomos exorbitante, já todos misturados porque os pares de cromossomos gêmeos haviam se desgrudado e eu não entendia mais nada. Ou seja, diante do vazio mudo desconhecido no qual fora amorosamente mergulhando aos poucos, tinha necessidade de dizer alguma coisa que restabelecesse minha presença, mas naquele momento as palavras que tinha à disposição pareciam ter se tornado muitíssimas, demasiadas, para que eu pudesse ordená-las numa coisa a dizer que ainda fosse eu mesmo, meu nome, meu novo nome.

Lembro ainda uma coisa: como desse estado de congestão caótica tendia a passar, na busca vã de um alívio, para uma congestão mais equilibrada e ordenada, isto é, fazendo com que um sortimento completo de cromossomos se dispusesse de um lado e outro do outro lado, de modo que o núcleo, ou seja, aquele carrossel de palhinhas que tinha tomado o lugar do núcleo eclodido, a certa altura acabou adquirindo um aspecto simétrico e especular, quase afastando as próprias forças para dominar a provocação do vazio mudo desconhecido, de maneira que a duplicação que antes dizia respeito aos bastõezinhos isoladamente, agora incluía o núcleo em seu conjunto, isto é, aquilo que eu continuava considerando ainda um núcleo único e como tal o fazia funcionar, embora fosse somente um turbilhão de coisas que estavam se separando em dois turbilhões distintos.

Aqui é preciso especificar que essa separação não significava cromossomos velhos de um lado e cromossomos novos do outro, porque se eu não lhes expliquei antes explico agora: cada bastãozinho, depois de ter engrossado, havia se dividido por todo seu comprimento, portanto eram todos igualmente velhos e igualmente novos. Isso é importante porque antes usei o verbo *repetir*, que como de costume era um tanto aproximativo e poderia dar a falsa ideia de haver um bastãozinho original e um bastãozinho cópia, e também o verbo *dizer* era bastante inoportuno, por mais que aquela frase do dizer eu mesmo me tenha saído particularmente bem, inoportuno uma vez que, para dizer, é necessário alguém que diga e que alguma coisa seja dita, e esse então não é mesmo o caso.

Difícil, em suma, definir em termos precisos a indeterminação dos estados de ânimo amorosos, que consistem em uma feliz impaciência de possuir um vazio, em uma gulosa expectativa do que poderá vir ao meu encontro do vazio, e todavia na dor de ainda ser privado daquilo pelo qual estou em impaciente gulosa expectativa, na dilacerante dor de me sentir já potencialmente duplicado por possuir potencialmente alguma coisa potencialmente minha, portanto potencialmente alheio ao que potencialmente estou possuindo. A dor de ter que suportar que o potencialmente meu seja potencialmente alheio, ou, pelo que sei, alheio talvez até de fato, essa gulosa ciosa dor é um estado de plenitude tal que faz acreditar que o enamoramento consista total e somente na dor, isto é, que a gulosa impaciência nada mais seja do que cioso desespero, e que o movimento da impaciência nada mais seja do que o movimento do desespero que se parafusa dentro de si mesmo tornando-se cada vez mais desesperado, com a faculdade que cada partícula tem de desespero de se duplicar e se dispor simetricamente à partícula análoga e de tender a sair do próprio estado para entrar em outro estado talvez pior, mas que despedace e dilacere este.

Nessa atracação entre os dois turbilhões, íamos formando um intervalo, e foi esse o momento em que o meu estado de duplicação começou a ficar claro para mim, de início como um afastamento da consciência, como uma espécie de estrabismo da presença, do sentido de presença de todo eu mesmo, porque não era somente o núcleo que estava envolvido por esses fenômenos, já sabem que tudo o que acontecia ali, nos bastõezinhos do núcleo, refletia-se naquilo que acontecia na extensão da minha afusada pessoa física, comandada, justamente, por aqueles bastõezinhos. Assim também minhas fibras de citoplasma iam se concentrando em duas direções opostas e afunilando no meio até o ponto de parecer que eu tinha dois corpos iguais, um de um lado e outro de outro lado, ligados por um gargalo que se afinava mais e mais até se tornar filiforme, e naquele instante tive pela primeira vez consciência da pluralidade, pela primeira e última vez porque já era tarde, senti a pluralidade em mim como imagem e destino da pluralidade do mundo, e a sensação de ser parte do mundo, de estar perdido no mundo inumerável, e ao mesmo tempo ainda a aguda sensação de ser eu, digo a sensação e não a consciência porque se combinamos chamar consciência o que eu sentia no núcleo, agora os núcleos eram dois, e cada qual rasgava as últimas fibras que o mantinham ligado ao outro, e já transmitia cada qual por conta própria, agora por minha conta, por minha conta de modo repetido cada um deles independente a consciência quase balbuciante arrancava as últimas fibras a memória as memórias.

Digo que a sensação de ser eu já não vinha dos núcleos, mas daquele pouco de plasma estrangulado e torcido ali no meio, e ainda era como um vértice filiforme de plenitude, como um delírio em que via todas as diversidades do mundo plural filiformemente rajadas por minha continuidade primeira e singular. E no mesmo instante percebia que meu sair de mim mesmo era uma saída sem retorno, sem restituição possível do eu que agora percebo estou jogando fora sem que alguma vez possa ser devolvido a mim, e então é a agonia a precipitar-se triunfal porque a vida já está em outro lugar, já deslumbramentos de memória alheia desdobrados não sobrepostos da célula alheia instauram a relação da célula novata, a relação consigo mesma novata e com o resto.

Todo o depois se perde na memória estilhaçada e multiplicada como a propagação e a repetição no mundo dos indivíduos desmemoriados e mortais, mas já um instante antes que começasse o depois compreendi tudo o que aconteceria, o futuro ou a solda de anel que agora ou já então acontece ou tende desesperadamente a acontecer, compreendi que este assumir para si e sair de si mesmo que é o nascimento-morte daria a volta, se transformaria de estrangulamento e fratura em compenetração e mistura de células assimétricas que somam as mensagens repetidas através de trilhões de trilhões de enamoramentos mortais, vi o meu mortal enamoramento voltar em busca da solda originária ou final, e todas as palavras que não eram exatas no relato da minha história de amor se tornarem exatas e no entanto seu sentido permanecer o sentido exato de antes, e os enamoramentos se acenderem na floresta da pluralidade dos sexos e dos indivíduos e das espécies, a vertigem vazia se encher da forma das espécies e dos indivíduos e dos sexos, e entretanto sempre repetir aquele rasgo de mim mesmo, aquele assumir para si e sair, assumir para mim e sair de mim mesmo, delírio daquele fazer impossível que leva a dizer, daquele dizer impossível que leva a dizer si mesmo, mesmo quando o si mesmo se dividirá num si mesmo que diz e num si mesmo que é dito, num si mesmo que diz e decerto morrerá e num si mesmo que é dito e que por vezes corre o risco de viver, em um si mesmo pluricelular e único que entre suas células guarda aquela que, ao se repetir, repete as palavras secretas do vocabulário que nós somos, e num si mesmo unicelular e inumeravelmente múltiplo que pode ser prodigalizado em inumeráveis células palavras das quais somente aquela que encontra a célula palavra complementar, ou seja, o outro si mesmo assimétrico, tentará prosseguir a história contínua e fragmentária, mas se não a encontrar não importa, aliás, no caso que estou para contar não era previsto que a encontrasse, aliás em princípio se procura evitar que aconteça, porque o que importa é a fase inicial aliás anterior que repete toda fase inicial aliás anterior, o encontro dos si mesmos apaixonados e mortais, no melhor dos casos apaixonados e em todo caso mortais, o que importa é o momento em que se arrancando de si mesmo se sente em um deslumbramento a união de passado e futuro, assim como eu no rasgo de mim mesmo que acabo de lhes contar nesse instante vi aquilo que deveria acontecer estando hoje apaixonado, em um hoje talvez do futuro talvez do passado, mas também certamente contemporâneo daquele último instante unicelular e contido nesse, vi que vinha ao meu encontro do vazio do outro lugar outra vez de outro modo com nome sobrenome endereço sobretudo vermelho botinhas pretas franjinha sardas: Priscilla Langwood, chez madame Lebras, cent-quatre-vingt-treize rue Vaugirard, Paris quinzième.

## II.
## MEIOSE

Contar as coisas como são significa contá-las desde o início, e mesmo que se comece a história de um ponto em que as personagens são organismos pluricelulares, por exemplo, a história da minha relação com Priscilla, é preciso começar definindo bem o que pretendo dizer quando digo eu, e o que entendo quando digo Priscilla, para depois passar a estabelecer quais foram essas relações. Direi então que Priscilla é um indivíduo da minha mesma espécie e de sexo oposto ao meu, pluricelular assim como agora também estou sendo; porém com isso ainda não disse nada, porque preciso especificar que por indivíduo pluricelular se entende um conjunto de cerca de cinquenta trilhões de células muito diferentes entre si, mas que se distinguem por certas cadeias de ácidos idênticas nos cromossomos de cada célula de cada indivíduo, ácidos que determinam diversos processos nas proteínas das próprias células.

Portanto, narrar a história que é minha e de Priscilla significa primeiramente definir as relações que se estabelecem entre as minhas proteínas e as proteínas de Priscilla, quer tomadas isoladamente quer em seu conjunto, comandadas, tanto as minhas como as dela, por cadeias de ácidos nucléicos dispostas em séries idênticas em cada uma das suas células e em cada uma das minhas. Então contar essa nossa história se torna ainda mais complicado do que quando se tratava de uma única célula, não só porque a descrição das relações precisa levar em consideração tantas coisas que acontecem ao mesmo tempo, mas sobretudo porque é necessário estabelecer quem tem relações com quem, antes de especificar de que relações se trata. Aliás, pensando bem, definir o tipo de relação não é assim tão importante como parece, porque dizer que temos relações mentais, por exemplo, ou então relações físicas, por exemplo, não muda muito, uma vez que uma relação mental é aquela que envolve alguns bilhões de células especiais chamadas neurônios, as quais funcionam recolhendo os estímulos de um número tão grande de outras células que então tanto faz considerar todos os trilhões de células do organismo como um todo, assim como quando falamos de uma relação física.

Ao dizer que é difícil estabelecer quem tem relações com quem, precisamos limpar o campo de um tema que aparece com certa frequência na conversa, isto é, que de momento em momento eu não sou mais o mesmo eu e Priscilla não é mais a mesma Priscilla, por causa da contínua renovação das moléculas de proteínas em nossas células através, por exemplo, da digestão, ou mesmo da respiração que fixa o oxigênio no sangue. Esse é o tipo de raciocínio que desvia completamente do caminho porque é verdade sim que as células se renovam, mas ao se renovarem continuam seguindo o programa estabelecido por aquelas que existiam antes e portanto, nesse caso, podemos afirmar perfeitamente que eu continuo a ser eu, e Priscilla Priscilla. O problema, em suma, não é aquele, mas talvez levantá-lo não tenha sido inútil porque serve para nos fazer compreender que as coisas não são simples como parecem e assim nos aproximamos lentamente do ponto em que compreenderemos o quanto são complicadas.

Então, quando digo: eu, ou digo: Priscilla, o que entendo? Entendo a configuração especial que as minhas células e as células dela adquirem devido a uma relação especial com o ambiente de um patrimônio genético especial que desde o princípio parecia posto ali propositadamente para fazer com que as minhas células fossem as minhas e as células de Priscilla as suas, de Priscilla. Seguindo adiante, veremos que não há nada feito de propósito, que ninguém pôs ali nada, que como somos eu e Priscilla na realidade não interessa nem um pouco a ninguém; tudo aquilo que um patrimônio genético tem a fazer é transmitir o que lhe foi transmitido transmitir, pouco ligando para como é recebido. Mas por enquanto nos limitemos a responder à pergunta se eu, entre aspas, e Priscilla, entre aspas, somos nosso patrimônio genético, entre aspas, ou nossa forma, entre aspas. E ao dizer forma entendo tanto a que se vê como aquela que não se vê, isto é, todo seu modo de ser Priscilla, o fato de que fique bem nela a cor fúcsia ou a cor laranja, o perfume que sua pele exala somente por ter nascido com uma constituição glandular capaz de emanar aquele perfume, mas também por causa de tudo o que ela comeu durante a sua vida e das marcas de sabonete que usou, isto é, por causa do que se diz, entre aspas, cultura, e assim o seu jeito de andar e de se sentar que deriva de como se moveu entre os que se movem nas cidades e casas e ruas onde viveu, tudo isso mas também as coisas que tem na memória, por tê-las visto talvez uma única vez e talvez apenas no cinema, e também as coisas esquecidas que ainda assim permanecem registradas em alguma parte na parte de trás dos neurônios à moda de todos os traumas psíquicos que alguém engole desde pequeno.

Ora, tanto na forma que se vê e que não se vê, tanto no patrimônio genético, eu e Priscilla temos elementos iguais idênticos — comuns aos dois, ou ao ambiente, ou à espécie — e elementos que estabelecem uma diferença. Começa aí a se apresentar o problema de a relação entre mim e Priscilla ser a relação apenas entre os elementos diferenciais, porque os comuns podem ser negligenciados de um lado e do outro, isto é, se por "Priscilla" temos que entender "o que há de peculiar em Priscilla em relação aos outros membros da espécie" ou se seria uma relação entre os elementos comuns, e então é preciso ver se se trata daqueles comuns à espécie ou ao ambiente ou a nós dois como distintos do restante da espécie e talvez mais bonitos do que os outros.

Observando bem, que indivíduos de sexo oposto entrem numa relação peculiar não somos nós a decidir, mas a espécie, aliás, mais do que a espécie a condição animal, aliás, a condição animal-vegetal dos animais-vegetais distintos em sexos distintos. Ora, na escolha que faço de Priscilla, para ter com ela relações que ainda não sei quais serão — e na escolha que Priscilla faz de mim admitindo-se que me escolha e que depois não mude de ideia em cima da hora —, não sabemos que ordem de prioridade joga em primeiro lugar, portanto não sabemos quantos eus haveria na origem daquilo que considero ser eu, e quantas Priscillas na origem da Priscilla em direção à qual acredito estar correndo.

    Enfim, quanto aos termos da questão, quanto mais os simplificamos mais tornam a complicar-se: uma vez estabelecido que o que chamo "eu" consiste em certo número de aminoácidos que se enfileiram de determinado modo, deriva daí que dentro dessas moléculas já estão previstas todas as possíveis relações e de fora chega somente a exclusão de algumas entre as possíveis relações sob forma de certas enzimas que bloqueiam certos processos. Podemos dizer portanto que tudo o que é possível é como se já me tivesse acontecido, mesmo a possibilidade de nada me acontecer: a partir do momento que sou eu, o jogo já está feito, disponho de um número finito de possibilidades e só, o que acontece fora conta para mim apenas se for se traduzir em operações já previstas pelos meus ácidos nucléicos, estou emparedado dentro de mim, acorrentado ao meu programa molecular; fora de mim não tenho nem terei relações com nada nem com ninguém. E Priscilla tampouco; estou dizendo a verdadeira Priscilla, pobrezinha. Se há ao meu redor e ao redor dela coisas que parecem ter relações com outras coisas, esse é um assunto que não nos diz respeito; na realidade, para mim e para ela nada substancial pode acontecer.

    Situação, portanto, nada alegre; e não porque esperasse ter uma individualidade mais complexa do que aquela que me coube, partindo de uma disposição especial de um ácido e de quatro substâncias básicas que por sua vez comandam a disposição de uns vinte aminoácidos nos quarenta e seis cromossomos de cada célula que tenho; mas porque essa individualidade repetida em cada uma das minhas células é uma individualidade minha, pode-se dizer, já que em quarenta e seis cromossomos vinte e três provêm do meu pai e vinte e três da minha mãe, isto é, continuo carregando comigo os pais em todas as minhas células, e nunca poderei me libertar desse fardo.

O que os pais me disseram para ser no princípio, é isso que sou; e nada mais. E nas instruções dos pais estão contidas as instruções dos pais dos pais por sua vez legadas de pai em pai numa interminável cadeia de obediência. A história que eu queria contar, portanto, é impossível não só de ser contada, mas antes de tudo de ser vivida, porque já está toda ali, contida em um passado que não se pode contar já que, por sua vez, está incluído no próprio passado, nos inúmeros passados individuais que não sabemos até que ponto não seriam, ao contrário, o passado da espécie e do que havia antes da espécie, um passado geral ao qual todos os passados individuais retornam, mas que por mais que se recue não existe senão sob a forma de casos individuais como seríamos eu e Priscilla, entre os quais, porém, não acontece nada nem de individual nem de geral.

O que realmente cada um de nós é e tem é o passado; tudo aquilo que somos e temos é o catálogo das possibilidades não malogradas, algumas provas prontas a se repetirem. Não existe um presente, prosseguimos cegos rumo ao fora e ao depois, desenvolvendo um programa estabelecido com materiais que fabricamos para nós, sempre iguais. Não tendemos a futuro nenhum, não há nada que nos espere, estamos trancados entre as engrenagens de uma memória que não prevê nenhum outro trabalho a não ser o de lembrar a si mesma. O que agora leva a mim e a Priscilla a nos buscarmos não é um impulso rumo ao depois, é o último ato do passado que se cumpre por meio de nós. Priscilla, adeus, o encontro, o abraço são inúteis, permanecemos distantes, ou já próximos de uma vez por todas, isto é, inalcançáveis.

A separação, a impossibilidade de nos encontrarmos já está em nós desde o princípio. Nascemos não de uma fusão, mas de uma justaposição de corpos diferentes. Duas células passavam perto uma da outra: uma é preguiçosa e toda polpa, a outra é apenas uma cabeça e uma cauda ligeira. São o óvulo e o sêmen: sentem certa hesitação; depois se lançam — em suas diferentes velocidades — e se precipitam ao encontro. O sêmen entra no óvulo de cabeça; a cauda fica para fora; a cabeça — toda cheia de núcleo — vai em disparada contra o núcleo do óvulo; os dois núcleos se despedaçam: esperaríamos sabe-se lá que fusão ou mistura ou troca de si mesmos; ao contrário, o que estava escrito em um núcleo e no outro, aquelas linhas espaçadas, dispõem-se alinhadas umas com as outras no novo núcleo todinho impresso; as palavras de ambos os núcleos estão ali todas, inteirinhas e bem separadas. Em suma, ninguém se perdeu no outro, ninguém deu nem se deu; as duas células que se tornaram uma encontram-se ali empacotadas juntas, mas iguaizinhas ao que eram antes: a primeira coisa que sentem é certa decepção. Entrementes o núcleo duplo deu início à sequência de suas duplicações, imprimindo as mensagens acopladas do pai e da mãe em cada uma das células-filhas; perpetrando nem tanto a união mas a distância insanável que separa em cada par os dois companheiros, o malogro, o vazio que permanece no meio do casal mais bem-sucedido.

Claro que para cada ponto controvertido nossas células podem seguir as instruções de apenas um dos pais e assim se sentirem livres do mando do outro; mas o que pretendemos ser em nossa forma exterior sabemos que pouco conta em comparação com o programa secreto que carregamos impresso dentro de cada célula e onde continuam se enfrentando as ordens contraditórias do pai e da mãe. O que conta realmente é essa contenda inconciliável de pai e mãe que cada um carrega consigo, com o rancor de cada ponto em que um cônjuge teve de ceder ao outro que se faz perceber ainda mais forte do que a vitória do cônjuge dominante. Assim, os caracteres que determinam a minha forma interna e externa, quando não são a soma ou a média das ordens recebidas de pai e mãe juntos, são ordens desmentidas na profundidade das células, contrabalançadas por uma ordem diferente que permaneceu latente, minadas pela dúvida de que talvez a outra ordem fosse a melhor. Tanto que às vezes sou tomado pela incerteza se sou realmente a soma dos caracteres dominantes do passado, o resultado de uma série de operações que sempre davam um número maior do que zero, ou se, ao contrário, minha essência verdadeira não seria, antes, a que descende da sucessão de caracteres derrotados, o total dos termos com sinal negativo, de tudo o que na árvore das derivações permaneceu excluído sufocado interrompido: o peso daquilo que não foi me ameaça, e tão esmagador quanto daquilo que é e não poderia deixar de ser.

Vazio, separação e espera, é o que somos. E assim permanecemos também no dia em que o passado dentro de nós reencontra as formas originárias, a condensação em enxames de células-sementes ou a concentrada maturação das células-ovo, e finalmente as palavras escritas nos núcleos não são mais as mesmas de antes, mas tampouco são partes de nós, são uma mensagem para além de nós, que já não nos pertence. Em um ponto escondido de nós mesmos a série dupla das ordens do passado se divide em duas e as novas células se descobrem com um passado simples, não mais duplo, que lhes dá leveza e a ilusão de serem realmente novas, de ter um passado novo que parece quase um futuro.

Agora disse isso assim, meio depressa, no entanto é um processo complicado, ali na escuridão do núcleo, no fundo dos órgãos do sexo, uma sucessão de fases meio embaralhadas umas com as outras, mas das quais já não se pode voltar atrás. Primeiramente os pares de mensagens maternas e paternas que até o momento ficaram separadas parecem lembrar-se de que são pares, e se soldam de duas em duas, várias filaças fininhas se entrelaçando e se embaraçando; o desejo de me acasalar fora de mim eis que me leva a me acasalar dentro de mim, no fundo das extremas raízes da matéria da qual sou feito, a acasalar a recordação da antiga dupla que carrego dentro de mim, a primeira dupla, ou seja, tanto aquela que vem logo antes de mim, a mãe e o pai, como a primeira em absoluto, o casal das origens animais-vegetais do primeiro acasalamento da Terra, e assim os quarenta e seis filamentos que uma célula secreta e obscura carrega para o núcleo se enleiam de dois em dois, ainda que sem cessar seu velho dissídio, tanto que logo tentam se soltar mas ficam grudados em algum ponto do nó, de modo que, quando por fim conseguem, em um rasgo, se separarem — porque entrementes o mecanismo da separação tomou posse de toda célula retendo sua polpa —, cada cromossomo se descobre mudado também, marcado pelas trocas alternadas dos segmentos, e já duas células se destacam cada uma com vinte e três cromossomos, os de uma diferentes dos da outra, e diferentes dos que estavam na célula de antes, e no próximo desdobramento serão quatro as células totalmente diferentes com vinte e três cromossomos em cada uma delas, nas quais o que era do pai e da mãe, aliás, dos pais e das mães, está misturado.

Assim finalmente o encontro dos passados que nunca pode acontecer no presente dos que acreditam se encontrar, eis que se torna realidade como passado dos que vêm depois e não poderão vivê-lo no presente. Acreditamos caminhar em direção às nossas núpcias e ainda são as núpcias dos pais e das mães que se cumprem por meio da nossa espera e do nosso desejo. Essa que a nós parece a nossa felicidade talvez seja apenas a felicidade de uma história alheia que acaba ali onde acreditávamos começar a nossa.

E não adianta correr, Priscilla, para irmos ao encontro um do outro e perseguirmos um ao outro: o passado dispõe de nós com indiferença cega e, uma vez que tirou do lugar aqueles fragmentos de si e nossos, para ele não importa como os gastaremos. Nada mais éramos do que a preparação, o invólucro, para o encontro dos passados que se dá por meio de nós mas que já faz parte de outra história, da história do depois: os encontros acontecem sempre antes e depois de nós, e nisso agem os elementos do novo que nos são barrados: o acaso, o risco, o improvável.

Assim vivemos, não livres, cercados de liberdade, impelidos, movidos por essa onda contínua que é a combinação dos casos possíveis e que passa através daqueles pontos do espaço e do tempo em que a auréola dos passados se solda à auréola dos futuros. O mar primordial era uma sopa de moléculas encaracoladas percorrida a intervalos pelas mensagens do igual e do diferente que nos cercavam e impunham novas combinações. Assim a antiga maré se levanta a intervalo sem mim e em Priscilla seguindo o curso da Lua; assim as espécies sexuadas respondem ao velho condicionamento que prescreve idades e estações dos amores e também concede suplementos e adiamentos às idades e às estações e por vezes se atola em obstinações e coações e vícios.

Enfim, Priscilla e eu somos apenas lugares de encontro das mensagens do passado, isto é, não só das mensagens entre si, mas das mensagens com as respostas às mensagens. E assim como os diferentes elementos e moléculas respondem às mensagens de maneira diferente — imperceptível ou desmedidamente diferente —, as mensagens não são as mesmas conforme o mundo que as acolhe e as interpreta, ou então, para permanecerem as mesmas, são obrigadas a mudar. Podemos dizer, portanto, que as mensagens não são mensagens, que não existe um passado a ser transmitido, e só existem inúmeros futuros que corrigem o curso do passado, que lhe dão forma, inventam.

A história que queria contar é o encontro de indivíduos que não existem, uma vez que só podem ser definidos em função de um passado ou de um futuro, passado e futuro cuja realidade é reciprocamente questionada. Ou então é uma história que não pode ser separada da história de tudo o mais que existe, e portanto da história que não existe e não existindo faz com que o que existe exista. Tudo o que podemos dizer é que em certos pontos e momentos aquele intervalo de vazio que é a nossa presença individual é renteada pela onda que continua renovando as combinações de moléculas e que as complica ou as apaga, e isso basta para nos dar a certeza de que alguém é "eu" e alguém é "Priscilla" na distribuição espacial e temporal das células vivas, que alguma coisa acontece ou aconteceu ou acontecerá que envolve diretamente e — ousaria dizer — felizmente, totalmente. Isso já basta, Priscilla, para me alegrar quando estico meu pescoço curvado sobre o seu e lhe dou uma leve mordida no pelo amarelo e você abre as narinas, arreganha os dentes, e se ajoelha na areia, baixando a corcunda até a altura do meu peito de maneira que posso me apoiar nela e empurrar você por trás fazendo força com as patas traseiras, ó que doçura aqueles poentes no oásis das lembranças quando soltam nossa carga da sela e a caravana se dispersa e nós camelos nos sentimos de repente leves e você arranca em disparada e eu trotando a alcanço no palmital.

# III.
# MORTE

O risco que corremos foi o de viver; viver sempre. A ameaça de continuar pesava desde o início sobre quem quer que por acaso começasse. A crosta que recobre a Terra é líquida: uma gota entre as inúmeras se torna espessa, cresce, aos poucos absorve as substâncias em volta, é uma gota-ilha, gelatinosa, que se contrai e se expande, que ocupa mais espaço a cada pulsação, é uma gota-continente que dilata suas linhagens sobre os oceanos, faz coalhar os polos, solda seus contornos verdes de muco no equador, se não parar a tempo engloba o globo. Será a gota a viver, somente ela, para sempre, uniforme e contínua no tempo e no espaço, uma esfera mucilaginosa com a Terra como caroço, uma gororoba que contém o material para a vida de todos nós, porque todos estamos travados nesta gota que não nos deixará nunca nascer nem morrer, assim a vida será dela e de mais ninguém.

Por sorte se despedaça. Cada fragmento é uma cadeia de moléculas dispostas em certa ordem, e só pelo fato de ter uma ordem, basta que boie no meio da substância desordenada e eis que ao seu lado se formam outras cadeias de moléculas dispostas em fileiras do mesmo modo. Toda cadeia propaga ordem ao seu redor, ou seja, repete a si mesma inúmeras vezes, e as cópias por sua vez se repetem, sempre nessa disposição geométrica. Uma solução de cristais vivos todos iguais recobre a face da Terra, nasce e morre a toda hora sem perceber, vive uma vida descontínua e perpétua e sempre idêntica a si mesma em um tempo e um espaço despedaçados. Qualquer outra forma fica excluída para sempre; a nossa também.

Até o momento em que o material necessário para se repetir parece começar a rarear e então cada cadeia de moléculas se põe a criar à sua volta como que uma reserva de substâncias, a guardá-la numa espécie de pacote contendo tudo de que necessita. Essa célula cresce; cresce até certo ponto; divide-se em duas; as duas células dividem-se em quatro; em oito, em dezesseis; as células multiplicadas em vez de flutuar cada qual por conta própria grudam-se uma sobre a outra como colônias ou bandos ou polvos. O mundo se cobre de uma floresta de esponjas; cada esponja multiplica as próprias células em um reticulado de cheios e vazios que dilata suas malhas e se agita às correntezas do mar. Cada célula vive por si e todas juntas vivem o conjunto de suas vidas. Ao gelo do inverno os tecidos da esponja se rasgam, mas as células mais novas permanecem ali e recomeçam a divisão, repetem a mesma esponja na primavera. Agora falta pouco e o jogo estará feito: um número finito de esponjas eternas terá o mundo; o mar será bebido por seus poros, escorrerá em suas copiosas galerias; viverão elas, para sempre, e não nós que esperamos inutilmente o momento de sermos gerados por elas.

Mas nos aglomerados monstruosos dos fundos marinhos, nos limosos viveiros de cogumelos que começam a despontar da crosta mole das terras emersas, nem todas as células continuam crescendo sobrepostas: de vez em quando um enxame se destaca, flutua, voa, pousa mais adiante, recomeça a dividir-se, repete aquela esponja ou polvo ou fungo do qual tinha partido. O tempo agora se repete em ciclos: alternam-se as fases, sempre iguais. O viveiro de cogumelos dispersa um pouco as suas esporas ao vento, um pouco cresce como perecedouro micélio, até o amadurecimento de outras esporas que morrerão, como tais, ao se abrirem. Começou a grande divisão dentro dos seres vivos: os fungos que não conhecem a morte duram um dia e renascem em um dia, porém entre a parte que transmite as ordens da reprodução e a parte que as executa abriu-se uma diferença irreparável.

Agora a luta já se trava entre os que existem e gostariam de ser eternos e nós que não existimos e gostaríamos de existir, mesmo que fosse por pouco tempo. Temendo que um erro casual abra o caminho para a diversidade, os que existem aumentam os dispositivos de controle: se as ordens de reprodução resultam do confronto de duas mensagens distintas e idênticas, os erros de transmissão são eliminados com maior facilidade. Assim o revezamento das fases se complica: dos ramos do polvo cravado no fundo marinho, destacam-se medusas transparentes, que boiam no meio da água; começam os amores entre as medusas, efêmero jogo e luxo da continuidade, por meio do qual os polvos se confirmarão eternos. Nas terras emersas, monstros vegetais abrem leques de folhas, estendem tapetes musgosos, arqueiam ramos nos quais desabrocham flores hermafroditas; assim esperam deixar para a morte apenas uma pequena e oculta parte de si, mas o jogo das mensagens cruzadas já invadiu o mundo: será essa a brecha por onde a multidão de nós que não somos fará seu ingresso transbordante.

O mar cobriu-se de um flutuar de óvulos; uma onda os ergue, os mistura com nuvens de sêmen. Todo ser nadador que escapa de um óvulo fecundado repete não um mas dois seres que estavam nadando ali antes dele; não será mais um ou outro dos dois, mas outro ainda, um terceiro; isto é, os dois primeiros pela primeira vez morrerão e o terceiro, pela primeira vez, nasceu.

Na invisível extensão das células-programa em que todas as combinações se formam ou desmancham dentro da espécie, escorre ainda a continuidade originária; contudo, entre uma combinação e outra o intervalo é ocupado por indivíduos mortais e sexuados e diferentes.

Os perigos da vida sem morte são evitados — dizem — para sempre. Não porque da lama dos pântanos ferventes não possa emergir mais uma vez o primeiro coágulo da vida indivisa, e sim porque agora ao redor estamos nós — sobretudo aqueles que entre nós funcionam como microrganismos e bactérias —, prontos a nos lançar sobre ele e a devorá-lo. Não porque as cadeias de vírus tenham deixado de se repetir com sua ordem exata e cristalina, e sim porque isso só pode acontecer dentro de nossos corpos e tecidos, de nós animais e vegetais mais complexos, isto é, o mundo dos eternos é englobado no mundo dos perecedouros, e sua imunidade da morte garante nossa condição mortal. Ainda passamos a nado sobre os fundos de corais e anêmonas marinhas, ainda andamos abrindo caminho por entre samambaias e musgos sob os ramos da floresta originária, mas a reprodução sexuada já passou, de algum modo, para o ciclo das espécies até mais antigas, o feitiço está quebrado, os eternos estão mortos, ninguém mais parece disposto a abrir mão do sexo, ainda que seja daquela pouca parte de sexo que lhe cabe, para reaver uma vida que repete interminavelmente a si mesma.

Os vencedores — por enquanto — somos nós, os descontínuos. O pântano-floresta derrotado ainda está à nossa volta; acabamos de abrir uma passagem com golpes de machado no cerrado das raízes de mangue; finalmente se alarga uma fresta de céu livre sobre as nossas cabeças; levantamos os olhos protegendo-os do sol: estende-se, sobranceiro, outro teto, a casca de palavras que continuamente segregamos. Assim que deixamos a comunidade da matéria primordial, somos soldados em um tecido conectivo que preenche o hiato entre nossas descontinuidades, entre nossas mortes e nascimentos, um conjunto de signos, sons articulados, ideogramas, morfemas, números, perfurações de fichas, magnetizações de fitas, tatuagens, um sistema de comunicação que inclui relações sociais, parentescos, instituições, mercadorias, cartazes publicitários, bombas de napalm, isto é, tudo o que é linguagem, em *lato sensu*. O perigo ainda não acabou. Estamos em alerta, na floresta que perde as folhas. Como uma duplicata da crosta terrestre, a calota está se soldando acima de nossas cabeças: será um invólucro inimigo, uma prisão, se não encontrarmos o ponto certo onde quebrá-la, impedindo-lhe a repetição perpétua de si mesma.

O teto que nos cobre é todo engrenagens de ferro salientes; é como o ventre de uma máquina sob o qual me arrastei para consertar uma avaria, mas não posso sair daqui porque, enquanto estou de costas no chão ali embaixo, a máquina se dilata, se estende para cobrir o mundo inteiro. Não há tempo a perder, preciso compreender o mecanismo, encontrar o ponto em que podemos pôr as mãos para deter esse processo descontrolado, fazer funcionar os comandos que regulam a passagem para a fase seguinte: a das máquinas que se autorreproduzem por meio de mensagens cruzadas masculinas e femininas, obrigando novas máquinas a nascer e as velhas máquinas a morrer.

Tudo, a certa altura, tende a cerrar-se sobre mim, também essa página em que minha história está procurando um final que não a dê por encerrada, uma rede de palavras em que um eu escrito e uma Priscilla escrita ao se encontrarem se multipliquem em outras palavras e outros pensamentos, ponham em marcha a reação em cadeia pela qual as coisas feitas ou usadas pelos homens, isto é, as partes da sua linguagem, também adquiram a palavra, as máquinas falem, troquem as palavras pelas quais são constituídas, as mensagens que as fazem movimentar. O circuito da informação vital que corre dos ácidos nucleicos à escrita se prolonga nas tiras perfuradas dos autômatos filhos de outros autômatos: gerações de máquinas talvez melhores do que nós continuarão vivendo e falando vidas e palavras que foram também nossas; e traduzidas em instruções eletrônicas a palavra *eu* e a palavra *Priscilla* ainda se encontrarão.

## TERCEIRA PARTE:

## T = 0

# T = 0

Tenho a impressão de que não é a primeira vez que dou por mim nesta situação: com o arco que acaba de se afrouxar na mão esquerda esticada para a frente, a mão direita contraída para trás, a flecha F suspensa no ar a cerca de um terço de sua trajetória, e, um tanto mais adiante, suspenso ele também no ar, e também ele a cerca de um terço de sua trajetória, o leão L no instante em que vai saltar para cima de mim com a goela escancarada e os artelhos esticados. Em um segundo saberei se a trajetória da flecha e a do leão coincidirão ou não num ponto $x$ cruzado tanto por L como por F no mesmo segundo $t_x$, isto é, se o leão vai se revirar no ar com um rugido sufocado pelo fluxo de sangue que inundará sua garganta negra transpassada pela flecha, ou se vai desabar incólume sobre mim aterrando-me com uma dupla patada que vai me dilacerar o tecido muscular dos ombros e do tórax, enquanto sua boca, tornando a se fechar com um simples impulso dos maxilares, vai arrancar minha cabeça do pescoço na altura da primeira vértebra.

Os fatores que condicionam o movimento parabólico quer das flechas quer dos felinos são inúmeros e tão complexos que não me permitem, por enquanto, avaliar qual das duas eventualidades é a mais provável. Portanto, me encontro em uma daquelas situações de incerteza e espera nas quais não sabemos realmente o que pensar. E o pensamento que me ocorre é este: parece-me que essa não é a primeira vez.

Não quero aqui aludir a outras experiências de caça: o arqueiro, assim que acredita ter conquistado uma experiência, está perdido; todo leão que encontramos em nossa breve vida é diferente de qualquer outro leão; ai de nós se pararmos para tecer comparações, para deduzir nossos movimentos de normas e pressupostos. Falo desse leão L e dessa flecha F que agora chegaram a aproximadamente um terço das respectivas trajetórias.

Tampouco posso ser incluído entre os que acreditam na existência de um leão primeiro e absoluto, de quem todos os diversos leões peculiares e aproximativos que pulam para cima de nós são apenas sombras ou aparências. Na nossa vida dura não há lugar nenhum que deixe de ser concreto e apreensível pelos sentidos.

Igualmente alheia é para mim a opinião de quem diz que desde o nascimento cada um de nós carrega em si uma lembrança de leão ameaçador em seus sonhos, herdada de pai para filho, e assim, quando vê um leão, logo lhe ocorre: vejam só, o leão! Poderia explicar por que e como cheguei a negar isso, mas este não me parece ser o momento mais apropriado.

Que seja suficiente dizer que por "leão" entendo apenas essa mancha amarela que pulou para fora de uma moita da savana, essa baforada rouca que exala cheiro de carne sanguinolenta, e o pelo branco do ventre e o rosado sob as patas e o ângulo agudo das garras retráteis assim como as vejo agora me dominando em uma mescla de sensações que chamo de "leão" só para lhe dar um nome, embora esteja claro que não tem nada a ver com a palavra *leão* nem sequer com a ideia de leão que poderíamos ter em outras circunstâncias.

Se afirmo que este instante que vivo agora não é a primeira vez que o vivo, é porque a sensação que tenho é a de um leve desdobramento de imagens, como se ao mesmo tempo eu visse não um leão ou uma flecha, e sim dois ou mais leões e duas ou mais flechas sobrepostas com uma defasagem pouco perceptível, de maneira que os contornos sinuosos da figura do leão e o segmento da flecha aparecem sublinhados, ou melhor, envoltos por um halo de linhas mais finas e de cor mais esfumaçada. O desdobramento, porém, poderia ser apenas uma ilusão com a qual represento para mim uma sensação de espessura de outro modo indefinível, pela qual leão flecha moita são alguma coisa a mais do que este leão esta flecha esta moita, isto é, a repetição interminável de leão flecha moita dispostos nessa precisa relação com uma interminável repetição de mim mesmo no momento em que acabei de afrouxar a corda do meu arco.

Não gostaria, no entanto, que essa sensação assim como a descrevi se parecesse demais com o reconhecimento de alguma coisa que já vi, flecha naquela posição e leão naquela outra e recíproca relação entre as posições da flecha e do leão e de mim plantado aqui de arco na mão; preferiria dizer que o que reconheci é apenas o espaço, o ponto do espaço em que se encontra a flecha e que não havendo a flecha estaria vazio, o espaço vazio que agora contém o leão e aquele que agora contém a mim, como se no vazio do espaço que ocupamos, ou melhor, atravessamos — isto é, que o mundo ocupa, ou melhor, atravessa —, alguns pontos tivessem se tornado para mim reconhecíveis em meio a todos os outros pontos igualmente vazios e igualmente atravessados pelo mundo. E, que fique bem claro, esse reconhecimento não se dá em relação, por exemplo, com a configuração do terreno, com a distância do rio ou da floresta: o espaço que nos cerca é um espaço sempre diferente, sei bem disso, sei que a Terra é um corpo celeste que se move no meio de outros corpos celestes que se movem, sei que nenhum sinal, nem na Terra nem no céu, pode me servir de ponto de referência absoluto, sempre recordo que as estrelas giram na roda da galáxia e as galáxias se afastam umas das outras com velocidades proporcionais à distância. Mas a suspeita que me acometeu é precisamente esta: a de que me descobri em um espaço que não é novo para mim, que voltei a um ponto em que já havíamos passado. E como não se trata apenas de mim, mas também de uma flecha e de um leão, não é o caso de pensar que seja um acaso: aqui se trata do tempo, que continua repercorrendo uma pista que já percorreu. Poderia, portanto, definir como tempo e não como espaço aquele vazio que tive a impressão de reconhecer ao atravessá-lo.

A pergunta que agora me faço é se um ponto do percurso do tempo poderia sobrepor-se a pontos de percursos anteriores. Nesse caso, a impressão de espessura das imagens poderia explicar-se pelo batimento repetido do tempo sobre um único instante. Poderia até se dar, em alguns pontos, uma pequena defasagem entre um percurso e o outro: imagens ligeiramente desdobradas ou desfocadas seriam portanto o indício de que o percurso do tempo está meio desgastado pelo uso e deixa uma fina margem de jogo em torno das suas passagens obrigatórias. Mas mesmo que só se tratasse de um efeito ótico momentâneo, restaria o acento como de uma cadência que me parece ouvir batendo no instante que estou vivendo. Não gostaria, no entanto, que o que eu disse fizesse esse instante parecer dotado de uma consistência temporal especial na série de instantes que o antecedem e o seguem: do ponto de vista do tempo, é propriamente um instante que dura tanto quanto os outros, indiferente a seu conteúdo, suspenso em sua corrida entre o passado e o futuro; o que penso ter descoberto é apenas sua recorrência pontual numa série que se repete a cada vez idêntica a si mesma.

Enfim, o problema todo, agora que a flecha transpassa o ar com um silvo e o leão se arqueia em seu salto e ainda não podemos prever se a ponta molhada no veneno de serpente transpassará o pelo avermelhado entre os olhos arregalados ou se então vai dar chabu abandonando minhas vísceras inermes ao rasgo que vai separá-las do chassi de osso ao qual ainda estão ancoradas e as arrastará dispersas pelo solo sanguinolento e poeirento até que antes da noite os urubus e os chacais tenham cancelado o último rastro, o problema todo para mim é saber se a série da qual esse segundo faz parte está aberta ou fechada. Porque se, como me parece ter ouvido afirmar às vezes, for uma série finita, isto é, se o tempo do universo começou a certa altura e continua numa explosão de estrelas e nebulosas cada vez mais rarefeitas até o momento em que a dispersão alcançará o limite extremo e as estrelas e as nebulosas vão recomeçar a concentrar-se, a consequência que devo extrair disso é que o tempo retornará sobre seus passos, que a cadeia dos minutos se desdobrará em sentido contrário, até chegarmos novamente ao começo, para depois recomeçar, tudo isso infinitas vezes — e não é certo então que tenha tido um começo; o universo não faz outra coisa senão pulsar entre dois momentos extremos, obrigado a se repetir desde sempre —, assim como infinitas vezes se repetiu e se repete este segundo em que agora me encontro.

Procuremos portanto enxergar direito: eu me acho num ponto espaciotemporal qualquer, intermediário de uma fase do universo; após centenas de milhões de bilhões de segundos, eis que a flecha e o leão e eu e a moita nos encontramos assim como nos encontramos agora, e esse segundo será imediatamente deglutido e sepultado na série das centenas de milhões de bilhões de segundos que continua, independentemente do resultado que terá daqui a um segundo o voo convergente ou defasado do leão e da flecha; depois, a certa altura, a corrida inverterá a sua direção, o universo vai repetir seu evento ao contrário, dos efeitos ressurgirão pontuais as causas, e também por esses efeitos que me esperam e que não conheço, por uma flecha que se finca no solo erguendo uma nuvem amarela de pó e lascas minúsculas de sílex ou então que transpassa o palato da fera como um novo dente monstruoso, retornaremos ao momento que estou vivendo agora, com a flecha voltando para o arco tensionado como sorvida num redemoinho, o leão voltando a cair atrás da moita sobre as patas traseiras contraídas como uma mola, e todo o depois será aos poucos apagado segundo por segundo pelo retorno do antes, será esquecido na decomposição de bilhões de combinações de neurônios dentro dos lóbulos dos cérebros, de modo que ninguém saberá que está vivendo no avesso do tempo como nem sequer eu agora estou certo de qual é o sentido em que se move o tempo em que me movo, e se o depois que espero não teria na realidade já acontecido há um segundo, levando consigo minha salvação ou minha morte.

O que me pergunto, já que não há como não retornar a esse ponto, é se não seria o caso de eu parar aqui, parar no espaço e no tempo enquanto a corda do arco que acaba de afrouxar se curva na direção oposta àquela em que foi anteriormente esticada, e enquanto o pé direito recém-aliviado do peso do corpo se ergue numa torção de noventa graus, e fica assim imóvel à espera que da escuridão do espaço-tempo o leão torne a sair e a se voltar contra mim com as quatro patas altas no ar, e a flecha torne a se inserir em sua trajetória no ponto exato em que está agora. Com efeito, de que adianta continuar se mais cedo ou mais tarde teremos que nos descobrir nessa situação? Dá na mesma eu me conceder um descanso de algumas dezenas de bilhões de anos e deixar o resto do universo continuar sua corrida espacial e temporal até o fim, e esperar a viagem de volta para saltar novamente para dentro e depois voltar atrás na história minha e do universo até as origens, e depois ainda recomeçar para me descobrir aqui novamente — ou então deixar que o tempo volte atrás por conta própria e depois ainda torne a se aproximar de mim enquanto continuo parado à espera —, e ver então se é uma boa oportunidade para eu me decidir a dar o outro passo, para ir dar uma olhada no que me acontecerá em um segundo, ou se não me conviria ficar definitivamente aqui. Por isso não é necessário que minhas partículas materiais sejam subtraídas a seu percurso espaciotemporal, da sanguinolenta efêmera vitória do caçador ou do leão: tenho certeza de que uma parte de nós continua de todo modo enroscada em cada interseção do tempo e do espaço, e que portanto bastaria não se separar dessa parte, identificar-se com ela, deixando o restante girar como tem de girar até o fim.

Concluindo, apresenta-se esta possibilidade para mim: constituir um ponto fixo nas fases oscilantes do universo. Preciso aproveitar a oportunidade ou é melhor deixar pra lá? Parar, talvez parasse não eu apenas, o que percebo teria pouco sentido, mas eu junto com o que é necessário para definir esse instante para mim, flecha leão arqueiro suspensos assim como estamos para sempre. Parece-me, com efeito, que se o leão soubesse claramente qual é a situação decerto ele também concordaria em ficar assim como está agora, a cerca de um terço da trajetória de seu salto furioso, e separar-se daquela proteção de si próprio que em um segundo irá ao encontro de rígidos sobressaltos da agonia ou da mastigação raivosa de um crânio humano ainda quente. Portanto, posso falar não apenas por mim, mas também em nome do leão. E em nome da flecha, porque uma flecha não pode querer nada além de ser flecha assim como é nesse rápido momento, e adiar o destino de destroço despontado que a espera, seja qual for o alvo que ela atingir.

Então, tendo estabelecido que a situação em que nos encontramos agora eu e leão e flecha nesse instante $t_0$ se dará duas vezes para cada vaivém do tempo, idêntica às outras vezes, e assim já tinha se repetido por quantas vezes o universo repetiu sua diástole e sua sístole no passado — ainda que tivesse sentido falar de passado e de futuro para a sucessão dessas fases, embora saibamos que no interior das fases não tem o menor sentido —, ainda resta, todavia, a incerteza sobre a situação nos segundos consecutivos $t_1$, $t_2$, $t_3$ et cetera, assim como parecia incerta nos anteriores $t_{-1}$, $t_{-2}$, $t_{-3}$ et cetera.

Observando bem, as alternativas são estas:

ou as linhas espaciotemporais que o universo acompanha nas fases de sua pulsação coincidem em todos os seus pontos;

ou então só coincidem em alguns pontos extraordinários, como o segundo que estou vivendo, para divergir depois nos outros.

Se essa última alternativa estiver correta, do ponto espaciotemporal em que me encontro parte um feixe de possibilidades que, quanto mais prosseguem no tempo, mais divergem em cone em direção a futuros completamente diferentes entre si, e a cada vez que me encontro aqui com a flecha e o leão pelo ar corresponde um diferente ponto x de interseção de suas trajetórias, a cada vez o leão é ferido de maneira diferente, tem uma agonia diferente ou em diversas medidas encontra novas forças para reagir, ou não é ferido e se lança sobre mim cada vez de maneira diferente, deixando-me ou não possibilidade de defesa, e minhas vitórias e minhas derrotas na luta com o leão se revelam potencialmente infinitas, e quanto mais vezes eu for dilacerado, mais probabilidades terei de atingir o alvo da próxima vez que me encontrar novamente aqui em bilhões e bilhões de anos, e sobre essa minha situação de agora não posso fazer nenhum julgamento porque, no caso de eu estar vivendo a fração de tempo imediatamente anterior à do arranhão da fera, este seria o último momento de uma época feliz, ao passo que, se o que me espera for o triunfo com o qual a tribo recepciona o caçador de leões vitorioso, isto que estou vivendo é o ápice da angústia, o ponto mais negro da descida ao inferno que tenho que atravessar para merecer a apoteose. Dessa situação, portanto, é conveniente fugir seja lá o que for que estiver à minha espera, porque se há um intervalo de tempo que não conta nada é precisamente este, que só pode ser definido em relação ao que o segue, isto é, esse segundo em si não existe, e não há, portanto, nenhuma possibilidade não só de eu me deter aqui como tampouco de atravessá-lo pela duração de um segundo, enfim, é um salto do tempo entre o momento em que o leão e a flecha se lançaram em voo e o momento em que um jorro de sangue irromperá para fora das veias, do leão ou das minhas.

Acrescente-se que, se desse segundo se ramificam em cone infinitas linhas de futuros possíveis, as mesmas linhas provêm oblíquas de um passado que também é um cone de possibilidades infinitas, portanto o próprio eu que se encontra agora aqui com o leão despencando sobre ele do alto e com a flecha abrindo seu caminho no ar é um eu a cada vez diferente porque o passado a idade a mãe o pai a tribo a língua a experiência são diferentes a cada vez, o leão é sempre outro leão, ainda que seja exatamente assim que eu o veja a cada vez, com a cauda que se dobrou no salto aproximando a borla ao flanco direito em um movimento que poderia ser tanto uma chicotada quanto um carinho, com a juba tão aberta que encobre de minha vista grande parte do peito e do tórax e só deixa salientes na lateral as patas dianteiras levantadas como se preparando para um abraço festivo, mas na realidade prontas a cravar as unhas nos meus ombros com toda sua força, e a flecha é de uma matéria diferente a cada vez, apontada com instrumentos diferentes, envenenada com variadas serpentes, embora sempre atravessando o ar com a mesma parábola e o mesmo silvo. O que não muda é a relação entre mim flecha leão neste instante de incerteza que se repete igual, incerteza cuja aposta é a morte, porém é preciso reconhecer que, se essa morte iminente é a morte de um eu com um passado diferente, de um eu que ontem pela manhã não esteve colhendo raízes junto com minha prima, isto é, observando bem de um outro eu, de um estranho, talvez de um estranho que ontem pela manhã esteve colhendo raízes junto com minha prima, portanto de um inimigo, em todo caso se no meu lugar das outras vezes havia outro, não é que eu continue ligando muito para saber se da vez anterior ou da vez seguinte a flecha atingiu ou não atingiu o leão.

Nesse caso, nego que me deter em $t_0$ durante toda mudança de lado do espaço e do tempo tenha para mim algum interesse. Ainda assim, permanece a outra hipótese: assim como na velha geometria às retas bastava coincidir em dois pontos para coincidir em todos eles, pode ser que as linhas espaciotemporais tracejadas pelo universo em suas fases alternadas coincidam em todos os seus pontos, e então não só $t_0$, mas também $t_1$ e $t_2$ e tudo o que vier depois coincidirão com os respectivos $t_1$ $t_2$ $t_3$ das outras fases, e assim todos os segundos anteriores e posteriores, e eu serei reduzido a ter um só passado e um só futuro repetidos infinitas vezes antes e depois desse momento. Há, porém, que se perguntar se tem sentido falar de repetição quando o tempo consiste numa série única de pontos tal que não permite variações nem em sua natureza nem em sua sucessão: bastaria dizer que o tempo é finito e sempre igual a si mesmo, e portanto pode ser considerado como dado ao mesmo tempo em toda sua extensão formando um monte de camadas de presente, ou seja, trata-se de um tempo absolutamente cheio, uma vez que cada um dos instantes em que ele pode ser decomposto constitui como uma camada que está ali presente o tempo todo, inserida entre outras camadas também presentes o tempo todo. Em suma, o segundo $t_0$ em que estão a flecha $F_0$ e pouco mais adiante o leão $L_0$ e aqui o eu mesmo $Q_0$ é uma camada espaciotemporal que permanece parada e idêntica a si própria para sempre, e ao lado desta se dispõe $t_1$ com a flecha $F_1$ e o leão $L_1$ e o eu mesmo $Q_1$ que mudaram ligeiramente suas posições, e ali ao lado está $t_2$ que contém $F_2$ e $L_2$ e $Q_2$ e nos segundos seguintes com certeza estão se desdobrando: ou as comemorações da tribo em homenagem ao caçador retornando com os espólios do leão, ou os funerais do caçador enquanto através da savana se espalha o terror à passagem do leão assassino. Cada segundo é definitivo, fechado, sem interferências com os outros, e eu $Q_0$ em meu território $t_0$ posso ficar absolutamente tranquilo e desinteressar-me por aquilo que está acontecendo ao mesmo tempo com $Q_1$ $Q_2$ $Q_3$ $Q_n$

nos respectivos segundos próximos do meu, porque na realidade os leões $L_1$ $L_2$ $L_3$ $L_n$ nunca poderão tomar o lugar do conhecido e ainda agora inofensivo, por mais ameaçador que seja, $L_0$, observado de perto por uma flecha em voo $F_0$ contendo ainda em si aquele poder mortífero que poderia revelar-se desperdiçado por $F_1$ $F_2$ $F_3$ $F_n$ em seu dispor-se em segmentos de trajetórias cada vez mais distantes do alvo, ridicularizando-me como o arqueiro mais negado da tribo, ou melhor, ridicularizando como uma negação aquele $Q_{-n}$ que em $t_{-n}$ aponta com seu arco.

Sei que a comparação dos fotogramas de uma película é espontânea, contudo se até agora evitei fazer isso, decerto tive meus motivos. Está certo que cada segundo está encerrado em si e é incomunicável com os outros justamente como um fotograma, mas para definir seus conteúdos não bastam os pontos $Q_0$ $L_0$ $F_0$, com os quais o limitaríamos a uma ceninha de caça ao leão, dramática o quanto quisermos, mas certamente de horizonte não vasto; aquilo que é preciso levar em conta concomitantemente é a totalidade dos pontos contidos no universo naquele segundo $t_0$, não se excluindo nenhum, e então o fotograma, é melhor tirá-lo da cabeça porque só confunde nossas ideias.

De modo que agora que decidi habitar para sempre esse segundo $t_0$ — e se não tivesse decidido daria na mesma porque como $Q_0$ não posso habitar nenhum outro —, tenho toda comodidade de olhar ao meu redor e contemplar o meu segundo em toda sua extensão. Ele compreende à minha direita um rio negrejante de hipopótamos, à minha esquerda a savana branco-negrejante de zebras, e espalhados em diversos pontos do horizonte alguns baobás vermelho-negrejantes de calaus, cada um desses elementos distinto pelas posições que ocupam respectivamente os hipopótamos $H(a)_0$, $H(b)_0$, $H(c)_0$ et cetera, as zebras $Z(a)_0$, $Z(b)_0$, $Z(c)_0$ et cetera, os calaus $C(a)_0$, $C(b)_0$, $C(c)_0$ et cetera. Ele compreende ademais lugarejos de cabanas e galpões de importação e exportação, plantações que escondem debaixo da terra milhares de sementes em diversos momentos de seu processo de germinação, desertos imensos com a posição de cada grãozinho de areia $G(a)_0$, $G(b)_0$... $G(n^n)_0$ carregado pelo vento, cidades à noite com janelas acesas e janelas apagadas, cidades de dia com faróis vermelhos e amarelos e verdes, curvas de produtividade, índices de preços, cotações da bolsa, disseminações de doenças infecciosas com a posição de cada um dos vírus, guerras locais com rajadas de projéteis $P(a)_0$, $P(b)_0$... $P(z)_0$, $P(zz)_0$, $P(zzz)_0$... Suspensas em sua trajetória que vai saber se atingirão os inimigos $I(a)_0$, $I(b)_0$, $I(c)_0$ escondidos por entre as folhas, aviões com cachos de bombas que acabaram de ser desengatadas suspensas abaixo deles, aviões com cachos de bombas que esperam para ser desengatadas, guerra total implícita na situação internacional $IS_0$ que não sabemos em que momento $IS_x$ se tornará guerra total explícita, explosões de estrelas "supernovas" que poderiam mudar radicalmente a configuração da nossa galáxia...

Cada segundo é um universo, o segundo que vivo é o segundo em que habito, the second I live is the second I live in, é preciso que me acostume a pensar o meu discurso ao mesmo tempo em todas as línguas possíveis se eu quiser viver extensivamente o meu instante-universo. Por meio da combinação de todos os dados contemporâneos, poderia alcançar um conhecimento objetivo do instante-universo $t_0$ em toda sua extensão espacial eu incluído, dado que do interior de $t_0$ eu $Q_0$ não sou nada determinado por meu passado $Q_{-1}$ $Q_{-2}$ $Q_{-3}$ et cetera, e sim pelo sistema constituído por todos os calaus $C_0$, projéteis $P_0$, vírus $V_0$, sem os quais não poderia ser estabelecido que sou $Q_0$. Aliás, dado que já não me preocupo com o que acontecerá com $Q_1$ $Q_2$ $Q_3$ et cetera, já não é o caso de eu continuar adotando o ponto de vista subjetivo que me guiou até este momento, isto é, posso me identificar tanto comigo como com o leão ou com o grãozinho de areia ou com o índice do custo de vida ou com o inimigo ou com o inimigo do inimigo.

Para fazer isso, basta estabelecer com exatidão as coordenadas de todos esses pontos e calcular algumas constantes. Poderia, por exemplo, destacar todos os componentes de suspensão e incerteza que valem tanto para mim como para o leão a flecha as bombas o inimigo e o inimigo do inimigo, e definir $t_0$ como um momento de suspensão e incerteza universal. Mas isso ainda não me diz nada de essencial sobre $t_0$ porque, admitindo se tratar de um momento de todo modo terrível como já me parece ter provado, poderia ser tanto um momento terrível em uma série de momentos de crescente terribilidade quanto um momento terrível numa série de terribilidade decrescente e, portanto, ilusória. Em outras palavras, essa comprovada mas relativa terribilidade de $t_0$ pode assumir valores completamente diferentes, uma vez que $t_1$ $t_2$ $t_3$ podem transformar a essência de $t_0$ de maneira radical, ou melhor dizendo, são os diversos $t_1$ de $Q_1$, $L_1$, $I(a)_1$, $I(\frac{1}{a})_1$ que têm o poder de determinar as qualidades fundamentais de $t_0$.

A esta altura me parece que as coisas começam a se complicar: minha linha de conduta é fechar-me em $t_0$, e não saber nada do que acontece fora desse segundo, desistindo de um ponto de vista limitadamente pessoal para viver $t_0$ em sua global configuração objetiva, contudo essa configuração objetiva não pode ser apreendida do interior de $t_0$, e sim somente observando-a de outro instante-universo, por exemplo de $t_1$ ou $t_2$, e não de toda sua extensão concomitante mas adotando, decididamente, um ponto de vista, o do inimigo ou o do inimigo do inimigo, o do leão ou aquele de mim mesmo.

Resumindo: para me deter em $t_0$ tenho que estabelecer uma configuração objetiva de $t_0$; para estabelecer uma configuração objetiva de $t_0$ tenho que me deslocar em $t_1$; para me deslocar em $t_1$ tenho que adotar uma perspectiva subjetiva qualquer, portanto dá na mesma eu ficar com a minha. Resumindo ainda: para parar no tempo tenho de me mover com o tempo, para me tornar objetivo tenho de me manter subjetivo.

Vejamos então como me comportar na prática: tendo estabelecido que eu como $Q_0$ conservo minha residência fixa em $t_0$, poderia entrementes dar uma escapada, a mais rápida possível, em $t_1$, e se não bastar me aventurar até $t_2$ e $t_3$, identificando-me provisoriamente com $Q_1$ $Q_2$ $Q_3$, tudo isso evidentemente na esperança de que a série Q continue e não seja prematuramente decepada pelas unhas encurvadas de $L_1$ $L_2$ $L_3$, porque só assim poderia me dar conta de como se configura minha posição de $Q_0$ em $t_0$, que é a única coisa com que preciso me importar.

Mas o perigo que corro é de que o conteúdo de $t_1$, do instante-universo $t_1$, seja tão mais interessante, tão mais rico que $t_0$ em emoções e surpresas, não sei se triunfais ou ruinosas, que eu fique tentado a me dedicar totalmente a $t_1$, voltando as costas para $t_0$, esquecendo que passei para $t_1$ apenas para me informar melhor sobre $t_0$. E nessa curiosidade por $t_1$, nesse ilegítimo desejo de conhecimento por um instante-universo que não é o meu, querendo saber se faria realmente um bom negócio trocando minha cidadania estável e segura em $t_0$ por aquele pouco de novidade que $t_1$ pode me oferecer, poderia dar um passo até $t_2$, só para ter uma ideia mais objetiva de $t_1$; e esse passo em $t_2$, por sua vez...

Se é assim que as coisas estão, percebo agora que minha situação não mudaria em nada mesmo que abandonasse as hipóteses das quais parti, ou seja, supondo que o tempo não conheça repetições e consista numa série irreversível de segundos um diferente do outro, e cada segundo se dê de uma vez por todas, e habitá-lo por sua duração exata de um segundo signifique habitá-lo para sempre, e $t_0$ me interesse somente em função dos $t_1$ $t_2$ $t_3$ que o seguem, com seu conteúdo de vida ou de morte em consequência do movimento que realizei atirando a flecha, e do movimento que o leão realizou arrancando em seu salto, e também dos outros movimentos que o leão e eu faremos nos próximos segundos, e do medo que por toda duração de um interminável segundo me deixa petrificado, deixa petrificados em voo o leão e a flecha à minha vista, e o segundo $t_0$ fulmíneo como chegou fulmineamente eis que dispara no segundo seguinte, e traceja sem mais dúvidas a trajetória do leão e da flecha.

# A
# PERSEGUIÇÃO

O carro que me persegue é mais veloz do que o meu; a bordo há um homem sozinho, armado de pistola, bom atirador, como vi pelos tiros que não me atingiram por poucos centímetros. Na fuga dirigi-me ao centro da cidade; foi uma decisão salutar; o perseguidor está sempre às minhas costas, mas estamos separados por diversos outros carros; estamos parados em um farol, numa longa fila.

    O farol é regulado de maneira que do nosso lado a luz vermelha dura cento e oitenta segundos e a verde cento e vinte, decerto com base no pressuposto de que o trânsito na rua perpendicular é mais intenso e lento. Pressuposto errado: fazendo a conta dos carros que vejo passar transversalmente quando está verde para eles, diria que são aproximadamente o dobro daqueles que em um intervalo de tempo igual conseguem separar-se da nossa coluna e ultrapassar o farol. Isso não significa que do outro lado se corre; na realidade prosseguem também com uma vagarosidade exasperadora, que pode ser considerada velocidade apenas em comparação conosco que estamos praticamente parados tanto com o vermelho como com o verde. É também por culpa dessa lentidão que não conseguimos nos movimentar, porque quando o verde se apaga para eles e se acende para nós o cruzamento ainda está ocupado por sua onda travada ali no meio, e assim ao menos trinta dos nossos cento e vinte segundos são perdidos antes que desse lado se consiga dar uma única volta de roda. Deve ser dito que o fluxo transversal nos inflige sim esse atraso, mas depois nos recompensa de volta com uma perda de quarenta e por vezes sessenta segundos antes de retomar o movimento quando volta a ficar verde para eles, dado o cortejo de engarrafamentos que puxam consigo as nossas vagarosíssimas ondas; perda deles que não significa ganho nosso, porque a cada atraso final desse lado (e inicial do outro) corresponde um maior atraso final do outro (e inicial deste), e isso em proporção crescente, de modo que o verde se revela intransitável por um tempo cada vez maior dos dois lados, e essa intransitabilidade é mais em detrimento do nosso fluxo do que do deles.

Percebo que quando nesses raciocínios contraponho "nós" e "eles", incluo no termo *nós* tanto a mim como ao homem que me persegue para me matar, como se a linha da inimizade passasse não entre mim e ele, mas entre nós da fila e os da fila transversal. Porém, para todos os que estão aqui imobilizados e impacientes com o pé na embreagem, pensamentos e sentimentos não podem seguir outro curso a não ser aquele imposto pelas respectivas situações nos fluxos do trânsito; é lícito portanto supor que se estabeleça uma comunhão de intenções entre mim, que não vejo a hora de fugir, e ele, que está esperando que se repita a oportunidade de antes, quando numa rua de periferia conseguiu atirar duas balas que não me acertaram por pura sorte, já que uma bala estilhaçou o vidro do retrovisor esquerdo e a outra se fincou aqui no teto.

É preciso dizer que a comunhão implícita no termo *nós* é apenas aparente, porque na prática minha inimizade se estende tanto aos carros que cruzam conosco como aos da nossa fila; mas dentro da nossa fila me sinto certamente mais inimigo dos carros que me precedem e me impedem de seguir adiante do que daqueles que me seguem, os quais se alguma vez se manifestassem como inimigos seria no caso de tentarem me ultrapassar, empreitada difícil devido à densidade do fluxo em que cada carro se acha travado entre os outros com mínimas possibilidades de movimento.

Assim, aquele que nesse momento é meu inimigo capital se encontra disperso em meio a tantos outros corpos sólidos sobre os quais minha aversão e medo são obrigados a se distribuir e a se atritar, assim como sua vontade homicida, por mais que seja exclusivamente dirigida a mim, encontra-se como que espalhada e desviada por um grande número de objetos intermediários. Certo é, de todo modo, que mesmo ele, nos cálculos que faz ao mesmo tempo que eu, chama "nós" nossa fileira, e "eles" a fileira que cruza com a nossa, assim como é certo que nossos cálculos, ainda que visem a resultados opostos, têm em comum muitos elementos e passagens.

Eu gostaria que nossa fileira tivesse um movimento primeiro veloz e depois lentíssimo, ou seja, que de repente os carros à minha frente se pusessem a correr e eu também atrás deles pudesse atravessar o cruzamento com o último clarão de verde; mas que logo às minhas costas a fila parasse por um tempo suficientemente longo para me deixar desaparecer, escapulir num cruzamento secundário. Com toda probabilidade, os cálculos do meu perseguidor, ao contrário, tendem a prever se conseguirá passar o farol na mesma onda de fluxo que eu, se conseguirá estar atrás de mim até os carros que nos separam se dispersarem em diversas direções, ou pelo menos rarearem, de modo que o seu carro possa se colocar imediatamente atrás ou ao lado do meu, por exemplo na linha de outro farol, numa boa posição para descarregar em mim sua pistola (estou desarmado) um segundo antes que fique verde, dando-lhe caminho livre para fugir.

Em suma, confio na irregularidade com que na fila se alternam os períodos de parada e os períodos de movimento; ele, ao contrário, se fortalece pela regularidade que se verifica em média entre períodos de movimento e períodos de parada para cada carro da fileira. O problema enfim é se a fila é divisível numa série de segmentos dotados cada qual de vida própria ou se precisamos considerá-la como um corpo único e indivisível, em que a única mudança que podemos esperar é a diminuição da densidade com as horas da noite, até um ponto-limite de rarefação em que somente nossos dois carros manterão a mesma direção e tenderão a anular a distância...
O que os nossos cálculos certamente têm em comum é que os mesmos elementos que determinam o movimento de cada um dos nossos carros — potência dos respectivos motores e habilidade dos pilotos — já não contam quase nada, e o que decide

tudo é o movimento geral da fileira, ou melhor, o movimento combinado das diversas fileiras que se cruzam pela cidade. Em suma, eu e o homem encarregado de me matar estamos como que imobilizados num espaço que se move por conta própria, soldados a esse pseudoespaço que se decompõe e recompõe e de cujas combinações depende a nossa sorte.

Para sairmos dessa situação, o método mais simples seria abandonar o carro. Se um de nós ou os dois deixássemos nossos carros e prosseguíssemos a pé, tornaria a existir um espaço e a possibilidade de nos movermos no espaço. Mas estamos em uma rua em que é proibido estacionar; deveríamos abandonar os carros no meio do trânsito (tanto o dele como o meu são carros roubados, destinados a serem abandonados seja lá onde for no momento em que não precisarmos mais deles); eu poderia sair engatinhando sorrateiramente entre os outros carros para não me expor à sua mira, mas uma fuga dessas daria na vista e eu teria imediatamente a polícia nos meus calcanhares. Agora não só não posso pedir a proteção da polícia, como também preciso evitar de todas as maneiras atrair sua atenção; é claro que não devo sair do meu carro nem mesmo se ele abandonar o dele.

Meu receio inicial, assim que nos percebemos aqui travados, foi vê-lo seguir adiante a pé, sozinho e livre no meio de centenas de pessoas penduradas na direção, passar tranquilamente em revista a fila dos carros e, chegando ao meu, atirar em mim o que resta em seu carregador, para depois fugir correndo. Meu medo não era sem fundamento: no espelho retrovisor não demorei a avistar o perfil do meu perseguidor, que se levantava pela porta entreaberta do seu carro e esticava o pescoço sobre a extensão de tetos de chapas de metal como quem quer perceber por que uma parada se procrastina além das medidas; aliás, pouco depois vi sua figura delgada sair do automóvel, dar alguns passos por entre os carros. Mas naquele momento a fila foi percorrida por um dos seus sinais intermitentes de movimento: da fileira atrás do seu carro vazio ergueu-se um buzinaço raivoso, e já motoristas e passageiros apareciam para fora com gritos e gestos de ameaça.

Certamente correriam atrás dele e o carregariam de volta à força para dobrar a cabeça sobre a direção, se ele não tivesse se apressado a retomar o seu lugar e a engrenar a marcha permitindo que o resto da fileira desfrutasse do novo passo adiante, por mais curto que fosse. No que tange a esse aspecto, portanto, posso ficar tranquilo: não podemos nos separar do carro nem por um instante, meu perseguidor nunca ousará me alcançar a pé, porque mesmo que desse tempo de atirar em mim não poderia depois escapar à fúria dos outros motoristas, prontos talvez até a linchá-lo, nem tanto pelo homicídio em si, mas sim pelo estorvo dos dois carros — o dele e o do morto — parados no meio da rua.

    Procuro levantar todas as hipóteses porque quanto mais detalhes prever, mais chance terei de me salvar. Aliás, o que mais eu poderia fazer? Não andamos nem um centímetro. Até agora considerei a fileira como uma continuidade linear ou então como uma corrente fluida em que cada carro desliza desordenadamente. Chegou a hora de especificar que na fila os carros estão dispostos em três colunas e que o revezamento dos tempos de parada e de movimento em cada uma das três fileiras não coincide com o das outras, de modo que há momentos em que apenas a fileira da direita avança, ou então a da esquerda, ou então a do meio, que é justamente a fileira em que nos encontramos, tanto eu como o meu potencial assassino. Se um aspecto tão evidente foi negligenciado até agora, não é só porque as três fileiras foram se dispondo de maneira regular aos poucos e eu mesmo demorei a me dar conta disso, mas também porque na realidade a situação não se modificou com isso, nem para melhor nem para pior. Não há dúvida de que a diferença de velocidade entre as diversas fileiras seria decisiva se a certa altura o perseguidor, avançando por exemplo com a fila da direita, pudesse alinhar seu carro ao lado do meu, disparar e continuar o seu caminho. Porém, essa também é uma eventualidade a ser excluída: mesmo admitindo que da fileira do meio ele conseguisse se intrometer numa das filas laterais (os carros andam com os para-choques quase grudados... entretanto, basta saber captar o momento em que na fileira vizinha entre uma dianteira e uma traseira se abre um pequeno intervalo e enfiar ali a dianteira do próprio carro sem ligar para os protestos de dezenas de buzinas), eu que estou de olho nele através do retrovisor perceberia a manobra antes que ela fosse levada a cabo e teria todo tempo, dada a distância que nos separa, para tentar remediar com uma manobra análoga. Ou seja, poderia me inserir na mesma fileira da direita ou da esquerda em que ele se colocasse, e assim continuaria à sua frente na mesma velocidade; ou ainda poderia me deslocar para a fileira externa do outro lado, se ele se colocasse à esquerda eu iria para a direita, e então a nos separar não haveria mais somente uma separação no sentido da marcha, como também uma divisão latitudinal que se tornaria imediatamente uma barreira insuperável.

Admitamos, de todo modo, que vamos acabar nos encontrando lado a lado em duas fileiras adjacentes: atirar em mim não é algo que se possa fazer a qualquer momento, a não ser que se queira arriscar a ficar travado na fila à espera da polícia com um cadáver na direção do carro ao lado. Antes que se apresente a oportunidade de uma ação rápida e certeira, o perseguidor deveria ficar na minha cola por sabe-se lá quanto tempo; e como entrementes a relação entre as velocidades das diversas fileiras muda irregularmente, nossos carros não ficariam por muito tempo na mesma altura; eu poderia retomar minha vantagem, e até aqui nada mal, porque voltaríamos à situação anterior; o risco maior para o meu perseguidor seria avançar com sua fila enquanto a minha fica parada.

Com um perseguidor me precedendo, eu não seria mais um perseguido. E para tornar definitiva minha nova situação, poderia até me deslocar para a mesma fileira que ele, colocando certo número de carros entre mim e ele. Ele seria obrigado a acompanhar o fluxo, sem possibilidade de inverter a direção de marcha, e eu, me colocando na fila atrás dele, estaria definitivamente a salvo. No farol, ao vê-lo virar para um lado eu viraria para o outro, e nos separaríamos para sempre.

Seja lá como for, todas essas manobras hipotéticas deveriam levar em conta que ao chegar ao farol quem se encontra na fileira da direita será obrigado a virar a direita, e à esquerda quem se encontra à esquerda (o congestionamento do cruzamento não dá margem a arrependimentos), ao passo que quem estiver no centro terá a possibilidade de escolher em cima da hora o que lhe convém fazer. Esse é o verdadeiro motivo pelo qual tanto eu como ele não temos a menor intenção de deixar a fileira central: eu para manter minha liberdade de escolha até o fim, ele para estar pronto a dobrar para o lado em que me vir virar.

A certa altura percebo que sou tomado por uma lufada de entusiasmo: somos realmente os melhores, eu e meu perseguidor, por termos nos colocado na fileira central. É bom saber que a liberdade ainda existe e ao mesmo tempo nos sentirmos cercados e protegidos por um bloco de corpos sólidos e impenetráveis, e não ter outra preocupação a não ser a de tirar o pé esquerdo do pedal da embreagem, afundar o acelerador com o pé direito por um instante e logo tirá-lo e tornar a pisar com o esquerdo na embreagem, ações que além do mais não somos nós a decidir, mas que nos são ditadas pelo ritmo geral do trânsito.

Estou passando por um momento de bem-estar e otimismo. No fundo nosso movimento equivale a qualquer outro movimento, isto é, consiste em ocupar o espaço que temos adiante e em fazê-lo deslizar atrás de nós; assim, mal se forma um espaço livre diante de mim e eu o ocupo, caso contrário alguém mais se apressaria a ocupá-lo, a única ação possível sobre o espaço é a negação do espaço, eu o nego assim que vai se formar e depois deixo que torne a se formar atrás de mim onde há de imediato alguém mais que o nega. Enfim, esse espaço nunca se vê, e talvez não exista, é apenas extensão das coisas e medida das distâncias, a distância entre mim e o meu perseguidor consiste no número de carros na fila entre mim e ele, e como esse número é constante, nossa perseguição é uma perseguição, pode-se dizer, da mesma forma que seria difícil estabelecer que dois viajantes sentados em dois vagões do mesmo trem estão se perseguindo.

Se porém o número desses automóveis-intervalo aumentasse ou diminuísse, então nossa perseguição tornaria a ser uma verdadeira perseguição, independentemente de nossas velocidades ou da liberdade de movimentos. Preciso voltar a prestar toda minha atenção: ambas as eventualidades têm alguma possibilidade de se verificar. Entre o ponto em que me encontro agora e o cruzamento regulado pelo farol percebo que desemboca uma rua secundária, quase um beco, de onde provém um fluxo de carros, fraco, mas contínuo. Bastaria que alguns desses carros afluentes se inserissem entre mim e ele, e logo minha distância aumentaria, ou seja, seria como se eu tivesse disparado numa fuga repentina. À nossa esquerda, no entanto, no meio da rua, começa agora uma ilha estreita transformada em estacionamento; se houver ou aparecerem algumas vagas, bastaria que alguns automóveis-intervalo decidissem estacionar e então o meu perseguidor veria a distância que nos separa se encurtar de chofre.

Tenho que me apressar para encontrar uma solução, e como o único campo aberto é o da teoria, só me resta continuar e aprofundar o conhecimento teórico da situação. A realidade, boa ou má que seja, não tenho como mudá-la: aquele homem foi encarregado de me alcançar e me matar, ao passo que a mim foi dito que nada mais posso fazer a não ser fugir; essas instruções continuam válidas mesmo no caso de o espaço ser abolido em uma ou em todas as suas dimensões e, portanto, de o movimento se mostrar impossível; nem por isso deixaremos de ser eu o perseguido e ele o perseguidor.

Tenho de manter em mente, ao mesmo tempo, dois tipos de relação: de um lado o sistema que compreende todos os veículos concomitantemente em marcha no centro de uma cidade em que a superfície total dos automóveis equivale (e talvez ultrapasse) à superfície total do solo viário; de outro lado, o sistema que se cria entre um perseguidor armado e um perseguido desarmado. Ora, esses dois tipos de relação tendem a se identificar, de maneira que o segundo esteja contido no primeiro como em um recipiente que lhe dá a forma que tem e o torna invisível, tanto que um observador externo não tem condições de distinguir no meio da enxurrada de carros todos iguais quais são os dois empenhados em uma caça mortal, em uma corrida insana que se oculta nessa insuportável estagnação.

Procuremos examinar cada elemento com calma: uma perseguição deveria consistir no confronto das velocidades de dois corpos em movimento no espaço, mas como vimos que um espaço não existe independentemente dos corpos que o ocupam, a perseguição consistirá apenas em uma série de variações das posições relativas de tais corpos. Portanto, os corpos é que determinam o espaço circunstante, e se essa afirmação parecer em contraste com a experiência seja minha seja do meu perseguidor — já que nós dois não conseguimos determinar nada de nada, nem espaço para fugir nem espaço para perseguir — é porque se trata de uma propriedade não dos corpos isoladamente, e sim de todo conjunto dos corpos em suas relações recíprocas, em suas iniciativas e indecisões e inícios de movimento, em seus lampejares e buzinaços e roer de unhas e contínuos raivosos arranques do câmbio: ponto morto, primeira, segunda, ponto morto; ponto morto, primeira, segunda, ponto morto.

 Agora que abolimos o conceito de espaço (acho que também o meu perseguidor, nessa espera, chegou às mesmas conclusões que eu) e que o conceito de movimento já não implica a continuidade da passagem de um corpo através de uma série de pontos, mas apenas trocas descontínuas e irregulares de corpos que ocupam esse ou aquele ponto, talvez eu consiga aceitar com menos impaciência a lentidão da fila, porque o que conta é o espaço relativo que se define e se transforma em volta do meu carro assim como em volta de cada um dos outros carros da fila. Concluindo, cada carro se encontra no centro de um sistema de relações que na prática equivale a outro, ou seja, os carros são intercambiáveis entre si, digo os carros cada qual com o seu motorista dentro; cada motorista poderia muito bem trocar de lugar com outro motorista, eu também com meus vizinhos e meu perseguidor com os dele.

 Nessas trocas de posição podemos identificar pontualmente algumas direções privilegiadas: por exemplo, o sentido de marcha da nossa fileira, o qual, embora não implique que na realidade estejamos andando, exclui, porém, que possamos andar na direção oposta. Para nós dois, ademais, a direção da perseguição é uma direção privilegiada, de fato a única troca de posições que não pode acontecer é aquela entre nós dois, e qualquer outra troca que esteja em contradição com a nossa perseguição. Isso demonstra que nesse mundo de aparências intercambiáveis a relação perseguidor-perseguido continua sendo a única realidade à qual podemos nos ater.

O ponto é este: se cada carro — permanecendo válidos o sentido de marcha e o sentido de perseguição — equivale a qualquer outro carro, as propriedades de um carro qualquer também podem ser atribuídas aos outros. Portanto, nada impede que toda essa coluna seja formada de carros perseguidos, isto é, que cada um desses carros esteja fugindo assim como estou fugindo da ameaça de uma pistola empunhada em um carro qualquer entre os carros que seguem. Nem sequer posso negar que todo carro da fileira esteja perseguindo outro carro com propósitos homicidas, e que de repente o centro da cidade se transforme num campo de batalha ou no cenário de um extermínio. Que isso seja verdade ou não, o comportamento dos carros à minha volta não seria diferente do que é agora, portanto estou autorizado a insistir na minha hipótese e a acompanhar as respectivas posições de dois carros quaisquer nos diversos momentos, atribuindo a um o papel de perseguido e a outro o de perseguidor. Além do mais, é um jogo que pode perfeitamente servir para enganar a espera: basta interpretar qualquer mudança de posição na fileira como o episódio de uma hipotética perseguição. Por exemplo, agora que um dos carros-intervalo começa a piscar à esquerda porque localizou uma vaga no estacionamento, em vez de me preocupar exclusivamente com a minha distância que está para se reduzir, posso perfeitamente pensar que se trata de uma manobra de uma outra perseguição, o movimento de um perseguido ou de um perseguidor entre os inúmeros outros que me cercam, e assim a situação que até agora vivi subjetivamente, colado a meu medo solitário, é projetada para fora de mim, estendida ao sistema geral do qual todos fazemos parte.

Essa não é a primeira vez que um carro-intervalo deixa o seu lugar; de um lado o estacionamento e do outro a fileira da direita ligeiramente mais rápida parecem exercer forte atração sobre os carros atrás de mim. Enquanto continuo a acompanhar o fio das minhas deduções, o espaço relativo que me cerca sofreu diversas alterações: a certa altura também o meu perseguidor se deslocou para a direita; aproveitando uma avançada daquela fileira, ultrapassou um par de carros da fileira central; então também me desloquei para a direita; ele retornou para a fileira central e também voltei para o centro, mas tive de ficar um carro para trás, ao passo que ele foi adiante três. Todas essas são coisas que antes teriam me deixado muito ansioso, ao passo que agora me interessam sobretudo como casos peculiares do sistema geral de perseguições cujas propriedades estou procurando estabelecer.

Pensando bem, se todos os carros estão envolvidos em perseguições, seria preciso que a propriedade perseguidora fosse comutativa, isto é, que quem quer que perseguisse fosse por sua vez perseguido e quem quer que fosse perseguido estivesse perseguindo. Entre os carros se realizariam assim uma uniformidade e uma simetria de relações, em que o único elemento difícil de determinar seria o do intervalo perseguido-perseguidor dentro de cada cadeia de perseguição. De fato, esse intervalo poderia ser talvez de uns vinte ou quarenta carros, ou então de nenhum, como — pelo que vejo no espelho — aconteceu agora comigo: neste exato instante meu perseguidor conquistou o lugar imediatamente seguinte ao meu.

Desse modo eu deveria me considerar vencido e admitir que agora me restam apenas poucos minutos para viver, a não ser que, desenvolvendo minha hipótese, não me ocorra alguma solução salvadora. Suponhamos, por exemplo, que o carro que me persegue tenha atrás de si uma cadeia de carros perseguidores: exatamente um segundo antes de o meu perseguidor atirar, o perseguidor do meu perseguidor poderia alcançá-lo e matá-lo, salvando-me a vida. Mas se dois segundos antes de isso acontecer o perseguidor do meu perseguidor fosse alcançado e morto por seu perseguidor, o meu perseguidor estaria a salvo e livre para me matar. Um sistema perfeito de perseguições deveria basear-se em um simples encadeamento de funções: cada perseguidor tem a tarefa de impedir o perseguidor que o precede de atirar na própria vítima, e só tem um meio para fazer isso, ou seja, atirar nele. O problema todo então reside em saber em que elo a cadeia se romperá, pois a partir do ponto em que um perseguidor conseguir matar outro, então o perseguidor seguinte, não tendo mais de impedir aquele homicídio, uma vez que já foi cometido, desistirá de atirar, e o perseguidor que virá em seguida já não terá motivo para atirar, uma vez que o homicídio que deveria impedir já não terá lugar, e assim, descendo pela cadeia, não haverá mais perseguidos nem perseguidores.

Mas se eu admitir a existência de uma cadeia de perseguições atrás de mim, não há motivo para que essa cadeia deixe de se estender também através de mim até a parte da fila que me precede. Agora que o farol fica verde e que provavelmente nesse mesmo turno de caminho livre vou conseguir chegar até o cruzamento onde se decidirá minha sorte, dou-me conta de que o elemento decisivo não está atrás de mim, e sim na minha relação com quem me precede. Isto é, a única alternativa que conta é se minha condição de perseguido está destinada a permanecer terminal e assimétrica (como parece provar o fato de na relação com o meu perseguidor eu me descobrir desarmado), ou se eu também, por minha vez, sou um perseguidor. Examinando melhor os dados da questão, uma das hipóteses que aparecem é esta: que eu tenha sido encarregado de matar uma pessoa e de não usar armas contra nenhum outro por nenhum motivo: neste caso eu estaria armado somente em relação à minha vítima e desarmado em relação a todos os outros.

Para saber se essa hipótese corresponde à realidade, preciso apenas esticar a mão: se no porta-luvas do meu carro houver uma pistola, é sinal de que também sou um perseguidor. Tenho tempo bastante para verificar essa hipótese: não consegui aproveitar o farol verde porque o carro que me precede ficou travado pelo fluxo diagonal, e agora a luz vermelha tornou a se acender. O fluxo perpendicular recomeça; o carro que me precede se encontra numa posição ruim, tendo ultrapassado a linha do farol; o motorista se volta para ver se pode dar marcha a ré, me vê, tem uma expressão de terror. É o inimigo que persegui por toda a cidade e que segui pacientemente nessa lentíssima fileira. Apoio no câmbio a mão direita que empunha o revólver com o silenciador. Pelo retrovisor vejo o meu perseguidor fazendo a mira.

A luz verde se acende, engato a marcha embalando o motor, viro com tudo com a esquerda e ao mesmo tempo levanto a direita à janela e atiro, o homem que eu perseguia se dobra sobre a direção. O homem que me perseguia abaixa o revólver agora inútil. Já virei na rua transversal. Não mudou absolutamente nada: a fileira se move com pequenos deslocamentos descontínuos, continuo prisioneiro do sistema geral dos carros em movimento, nos quais não se distinguem perseguidores de perseguidos.

# O MOTORISTA NOTURNO

Assim que deixo a cidade percebo que está escuro. Acendo os faróis. Estou indo de carro de A até B, por uma rodovia de três pistas, daquelas cuja pista do meio serve para as ultrapassagens nas duas direções. Para dirigir à noite, também os olhos precisam como que desligar um dispositivo que têm dentro e acender outro, porque já não precisam se esforçar para distinguir entre as sombras e as cores atenuadas da paisagem do anoitecer a manchinha dos carros distantes que vêm de encontro a nós ou que nos precedem, mas têm de controlar uma espécie de lousa negra que requer uma leitura diferente, mais precisa, mas simplificada, já que a escuridão apaga todos os detalhes do quadro que poderiam distrair e deixa em evidência apenas os elementos indispensáveis, tiras brancas no asfalto, luzes amarelas dos faróis e pontinhos vermelhos. É um processo automático, e se esta noite sou levado a refletir sobre isso é porque agora que as possibilidades exteriores de distração diminuem, as internas adquirem em mim supremacia, meus pensamentos correm por conta própria em um circuito de alternativas e de dúvidas que não consigo desligar, enfim, preciso fazer um esforço particular para me concentrar na direção.

Entrei no carro de repente, depois de uma briga telefônica com Y. Moro em A, Y mora em B. Não estava no programa visitá-la hoje. Mas em nosso telefonema diário nos dissemos coisas muito graves; no fim, levado pelo ressentimento, disse a Y que queria romper nossa relação; Y respondeu que não se importava, e que iria telefonar imediatamente para Z, meu rival. A essa altura um de nós dois — não me lembro se ela ou eu mesmo — interrompeu a ligação. Não havia passado um minuto e já tinha percebido que a circunstância da nossa briga era pouca coisa em comparação com as consequências que estava provocando. Chamar novamente Y ao telefone seria um erro; a única maneira de resolver a questão era dar um pulo em B e ter uma conversa com Y olho no olho. Eis-me então nesta rodovia que percorri centenas de vezes em todas as horas e em todas as estações, mas que nunca tinha me parecido tão longa.

Melhor dizendo, parece-me ter perdido o sentido do espaço e do tempo: os cones de luz projetados pelos faróis mergulham a silhueta dos lugares no indistinto; os números dos quilômetros nos marcadores e os que mudam no painel do carro são dados que não me dizem nada, que não respondem à urgência das minhas perguntas sobre o que Y estará fazendo neste instante, sobre o que estará pensando. Pretendia realmente chamar Z ou era apenas uma ameaça jogada no ar assim, por pirraça? E, se falava sério, terá feito isso logo depois do nosso telefonema, ou terá desejado meditar um instante, deixar a raiva passar antes de decidir? Z mora, assim como eu, em A; ama Y há anos sem sorte; se ela lhe telefonou convidando-o, ele decerto se apressou de carro para B; portanto, ele também está correndo nesta rodovia; cada carro que me ultrapassa poderia ser o dele, e da mesma maneira cada carro que ultrapasso. Ter certeza é difícil: os carros que andam na mesma direção que eu são duas luzes vermelhas quando estão à minha frente e dois olhos amarelos quando os vejo me seguindo no espelho retrovisor. Na hora da ultrapassagem posso distinguir, na melhor das hipóteses, que modelo de carro se trata, e quantas pessoas estão a bordo, mas os carros com apenas o motorista são a grande maioria, e quanto ao modelo, que eu saiba, o carro de Z não é especialmente reconhecível.

Como se não bastasse, começa a chover. O campo visual se limita ao semicírculo do vidro varrido pelo limpador de para-brisas, tudo mais é escuridão estriada ou opaca, as notícias que chegam de fora são apenas clarões amarelos e vermelhos deformados por um turbilhão de gotas. Tudo o que posso fazer com Z é procurar ultrapassá-lo e não deixar que me ultrapasse, qualquer que seja o carro em que ele esteja, mas não conseguirei saber se é ele e que carro é. Sinto igualmente inimigos todos os carros que vão em direção a A: cada carro mais veloz do que o meu, que bate ansiosamente com o indicador de direção no espelhinho para pedir passagem provoca em mim uma pontada de ciúmes; e toda vez que diante de mim vejo diminuir a distância que me separa das luzes traseiras de um rival, é com um salto de triunfo que me lanço na pista central para chegar à casa de Y antes dele.

Bastariam poucos minutos de vantagem: ao ver que corri até ela prontamente, Y esquecerá logo os motivos da briga; tudo entre nós voltará a ser como antes; Z, ao chegar, compreenderá que foi convocado apenas por uma espécie de jogo entre nós; sentirá que é um intruso. Aliás, talvez já neste momento Y esteja arrependida de tudo o que me disse, já tenha tentado me telefonar novamente, ou então, como eu, ela também pensou que o melhor a fazer era aparecer pessoalmente, pôs-se na direção, e agora está correndo no sentido oposto ao meu nesta rodovia.

Deixei de prestar atenção nos carros que seguem na mesma direção que eu e olho aqueles que vêm ao meu encontro e que para mim consistem apenas na estrela dupla dos faróis que se dilata até varrer a escuridão do meu campo visual para depois desaparecer de repente às minhas costas, arrastando consigo uma espécie de luminescência submarina. Y tem um carro de modelo muito comum; como o meu, aliás. Cada uma dessas aparições luminosas poderia ser ela correndo em minha direção, a cada uma sinto algo se movendo em meu sangue como por uma intimidade destinada a permanecer secreta, a mensagem amorosa dirigida exclusivamente a mim se confunde com todas as outras mensagens que correm pelo fio da estrada; ainda assim, não saberia desejar dela uma mensagem diferente desta.

Percebo que ao correr em direção a Y o que mais desejo não é encontrar Y no final da minha corrida: quero que seja Y a correr em minha direção, essa é a resposta de que necessito, isto é, necessito que ela saiba que estou correndo em sua direção, mas, ao mesmo tempo, preciso saber que ela está correndo em minha direção. O único pensamento que me conforta é igualmente aquele que mais me atormenta: o de que, se neste instante Y está correndo em direção a A, ela também, toda vez que vir os faróis de um carro correndo em direção a B, vai se perguntar se sou eu correndo em sua direção, e desejará que seja eu, e nunca poderá ter certeza. Agora dois carros que trafegam em direções opostas se encontraram alinhados por um segundo, uma lufada iluminou as gotas da chuva e o ruído dos motores se fundiu, como numa brusca rajada de vento: talvez fôssemos nós, ou seja, é certo que eu era eu, se isso significa alguma coisa, e a outra poderia ser ela, isto é, aquela que quero que seja ela, o sinal dela no qual a quero reconhecer, embora seja justamente o mesmo sinal que a torna irreconhecível para mim. Correr na estrada é a maneira que nos resta, a mim e a ela, de expressar o que temos para nos dizer, mas enquanto estivermos correndo não poderemos comunicar nem receber comunicação disso.

Claro, coloquei-me na direção para chegar até ela o quanto antes; mas quanto mais prossigo, mais percebo que o momento da chegada não é o verdadeiro fim da minha corrida. Nosso encontro, com todos os detalhes inessenciais que a cena de um encontro implica, a diminuta rede de sensações e significados e lembranças que se desdobraria diante de mim — a sala com o filodendro, o abajur de opalina, os brincos —, e as coisas que eu diria, algumas das quais decerto erradas ou equivocadas, e as coisas que ela diria, em alguma medida desafinadas decerto, ou de qualquer maneira não aquelas que espero, e todo rodopio de consequências imprevisíveis que cada gesto e cada palavra implicam, levantariam ao redor das coisas que temos para nos dizer, ou melhor, que queremos nos ouvir dizendo, uma nuvem de ruído tal que a comunicação já difícil pelo telefone se revelaria ainda mais perturbada, sufocada, sepultada como debaixo de uma avalanche de areia. É por isso que senti a necessidade, em lugar de continuar a falar, de transformar as coisas a dizer em um cone de luz lançado a cento e quarenta quilômetros por hora, de transformar a mim mesmo nesse cone de luz que se move na estrada, porque é certo que um sinal assim pode ser recebido e compreendido por ela sem se perder na desordem equívoca das vibrações secundárias, assim como eu, para receber e compreender as coisas que ela tem a me dizer, gostaria que nada mais fossem (aliás, gostaria que ela nada mais fosse) do que esse cone de luz que vejo avançando na estrada numa velocidade (digo assim, de olhômetro) de cento e dez, cento e vinte por hora. O que conta é comunicar o indispensável deixando de lado tudo o que é supérfluo, reduzir nós mesmos à comunicação essencial, ao sinal luminoso que se move em determinada direção, abolindo a complexidade de nossas pessoas e situações e expressões faciais, deixando-as na caixa de sombra que os faróis carregam consigo e escondem. A Y que amo na realidade é aquele feixe de raios luminosos em movimento, e todo restante dela pode permanecer implícito; e o mim mesmo a que ela pode amar, o eu que tem o poder de entrar naquele circuito de exaltação que é a sua vida afetiva, é o lampejar dessa ultrapassagem que, por amor a ela e não totalmente isento de risco, estou tentando.

E mesmo com Z (não, não esqueci mesmo de Z) a relação correta posso estabelecê-la somente se ele for para mim nada mais do que o lampejar e o ofuscamento que me perseguem, ou as lanternas que persigo; porque se eu começar a levar em conta a sua pessoa, com aquele tanto — digamos — de patético mas também de inegavelmente desagradável, mas também — devo admitir — de justificável, com toda essa sua história maçante da paixão infeliz, e o seu modo de se comportar, sempre um tanto equívoco... bem, não dá para saber onde isso vai parar. Ao contrário, enquanto tudo continuar assim está muito bom: Z que procura me ultrapassar ou se deixa ultrapassar por mim (mas não sei se é ele), Y acelerando em minha direção (mas não sei se é ela) arrependida e novamente apaixonada, eu que acorro a ela ciumento e ansioso (mas não posso deixar que ela saiba, nem ela nem ninguém).

Evidente que se na estrada eu estivesse absolutamente sozinho, se não visse correr outros carros nem num sentido nem noutro, então tudo estaria muito mais claro, teria a certeza de que nem Z se mexeu para me suplantar, nem Y se mexeu para fazer as pazes comigo, dados que poderia marcar na coluna do ativo ou do passivo do meu balanço, mas que de todo modo não dariam margem a dúvidas. E, no entanto, se me dessem a possibilidade de substituir o meu presente estado de incerteza por essa certeza negativa, sem dúvida recusaria a troca. A condição ideal para excluir toda dúvida seria que em toda esta parte do mundo existissem somente três automóveis: o meu, o de Y e o de Z; então nenhum outro carro poderia avançar no mesmo sentido que eu a não ser o de Z, e o único carro andando na direção oposta seria certamente o de Y. Todavia, entre as centenas de carros que a noite e a chuva reduzem a clarões anônimos, somente um observador imóvel e situado numa posição favorável poderia distinguir um carro do outro e talvez reconhecer quem está a bordo. Esta é a contradição em que me encontro: se quiser receber uma mensagem, deveria desistir de ser mensagem eu mesmo, mas a mensagem que eu gostaria de receber de Y — isto é, que a própria Y se tornou mensagem — tem valor apenas se por minha vez eu for mensagem, e por outro lado a mensagem que me tornei só tem sentido se Y não se limitar a recebê-la como uma receptora qualquer de mensagens, e sim ela for aquela mensagem que espero receber dela.

    Agora chegar a B, subir à casa de Y, descobrir que ela ficou ali com a sua dor de cabeça a remoer os motivos da briga já não me daria a menor satisfação; e se depois Z chegasse também aconteceria uma cena de teatro, detestável; e se, ao contrário, viesse a saber que Z nem sequer teve intenção de vir ou que Y não cumpriu sua ameaça de lhe telefonar, sentiria que fiz papel de idiota. Por outro lado, se eu tivesse ficado em A, e Y tivesse ido até lá para me pedir desculpas, teria me encontrado numa situação constrangedora: teria visto Y com outros olhos, como uma mulher fraca, que gruda em mim, alguma coisa entre nós teria mudado. Não consigo mais aceitar nenhuma outra situação a não ser essa transformação em nós mesmos na mensagem de nós mesmos. E Z? Tampouco Z há de escapar à nossa sorte, tem que se transformar ele também na mensagem de si próprio, ai se eu correr até Y com ciúmes de Z e se Y correr até mim arrependida para escapar de Z enquanto Z nem sequer cogitou sair de casa...

Na metade da estrada há um posto de gasolina. Paro, corro até o bar, compro um punhado de fichas telefônicas, disco o prefixo de B, o numero de Y. Ninguém atende. Deixo cair a chuva de fichas com felicidade: está claro que Y não aguentou a impaciência, entrou no carro, correu em direção a A. Volto então para a rodovia do outro lado, também estou correndo para A. Todos os carros que ultrapasso poderiam ser Y, assim como todos os carros que me ultrapassam. Na pista oposta todos os carros que avançam em sentido contrário poderiam ser Z, o iludido. Ou então: Y também parou em um posto de gasolina, telefonou para minha casa em A, não me encontrando entendeu que eu estava indo para B, mudou de pista. Agora estamos correndo em direções opostas, afastando-nos, e o carro que ultrapasso ou que me ultrapassa é aquele de Z, que também, no meio do caminho, tentou ligar para Y...

Tudo é ainda mais incerto, mas sinto que atingi um estado de tranquilidade interior: enquanto pudermos controlar nossos números telefônicos e não houver ninguém que atenda, continuaremos os três nesse vaivém corrido ao longo dessas linhas brancas, sem lugar de partida ou de chegada a nos ameaçar repletos de sensações e significados sobre a univocidade da nossa corrida, finalmente libertos da espessura incômoda de nossas pessoas e vozes e estados de ânimo, reduzidos a sinais luminosos, único modo de ser apropriado para quem quer se identificar com o que diz sem o zumbido deformante que a presença, nossa ou alheia, transmite ao que dizemos.

Claro que o preço a ser pago é alto, mas precisamos aceitá--lo: não podermos nos distinguir dos inúmeros sinais que passam por esta estrada, cada qual com um significado próprio que permanece oculto e indecifrável porque fora daqui não há mais ninguém capaz de nos receber ou entender.

# O CONDE DE MONTECRISTO

1

Da minha cela pouco posso dizer sobre o formato desse castelo de If em que me encontro aprisionado há muitos anos. A janelinha de grades fica no fundo de uma galeria que atravessa a espessura do muro — não enquadra vista nenhuma; pela luminosidade mais ou menos intensa do céu reconheço aproximadamente as horas e as estações; mas não sei se lá embaixo se abre o mar ou os espaldões ou um dos pátios internos da fortaleza. A galeria vai se estreitando em forma de funil; para me debruçar deveria seguir arrastando-me até lá no fundo; tentei, é impossível, mesmo para um homem reduzido a larva, como eu. A saída talvez seja mais distante do que parece: a estimativa das distâncias é confusa pela perspectiva em forma de funil e pelo contraste da luz.

Os muros são tão espessos que poderiam conter outras celas e escadas e corpos de guarda e paióis; ou então a fortaleza poderia ser um único muro, um sólido cheio e compacto, com um homem vivo sepultado no meio. As imagens que se criam ao ficar trancafiado se seguem e não excluem umas às outras: a cela, a seteira, os corredores através dos quais o carcereiro vem duas vezes por dia com a sopa e o pão poderiam ser nada mais do que finos poros numa rocha de consistência esponjosa.

Dá para sentir o mar batendo, especialmente nas noites de tempestade: às vezes parece até que as ondas se quebram aqui, contra a parede na qual encosto o ouvido; às vezes parece que cavam por baixo, sob os rochedos dos alicerces, e que minha cela fica em cima da torre mais alta, e o estrondo sobe pela prisão, também ele prisioneiro, como na trompa de uma concha.

Apuro os ouvidos: os sons descrevem à minha volta formas e espaços variáveis e desfiados. Pelo ruído de passos dos carcereiros procuro estabelecer o retículo dos corredores, as viradas, os alargamentos, as linhas retas interrompidas pelo arrastar do fundo da marmita na soleira de cada cela e pelo rangido dos ferrolhos; chego apenas a estabelecer uma sucessão de pontos no tempo, sem correspondência no espaço. À noite os sons chegam mais distintos, mas incertos ao sinalizar lugares e distâncias: em algum lugar um rato rói, um doente geme, a sirene de um cargueiro anuncia sua entrada na enseada de Marselha, e a pá do abade Faria continua cavando seu caminho por entre essas pedras.

Não sei quantas vezes o abade Faria tentou se evadir: a cada vez trabalhou meses a fio alavancando por baixo as lajotas de pedra, esmigalhando as junções de cimento, perfurando a rocha com estiletes rudimentares; mas na hora em que o último golpe de picareta deveria abrir-lhe uma passagem por entre os recifes, ele percebe que deu em uma cela ainda mais interna do que aquela de onde havia começado. Basta um pequeno erro nos cálculos, uma ligeira diferença na inclinação do túnel e ele se aventura nas vísceras da fortaleza sem ter mais como reencontrar a rota. A cada malogro de empreitada, recomeça a corrigir os desenhos e as fórmulas com as quais ornamentou as paredes de sua cela; torna a aprontar seu arsenal de instrumentos de fortuna; e recomeça a raspar.

2

Sobre a maneira de evadir pensei e penso muito eu também; aliás, fiz tantas suposições sobre a topografia da fortaleza, sobre o caminho mais curto e mais seguro para alcançar o bastião externo e mergulhar no mar, que não sei mais distinguir entre minhas conjeturas e os dados que se fundamentam na experiência. Trabalhando com hipóteses, consigo às vezes construir uma imagem mental da fortaleza tão persuasiva e minuciosa que poderia me movimentar nela totalmente à vontade com o pensamento; ao passo que os elementos que retiro do que vejo e ouço são desordenados, falhos, e cada vez mais contraditórios.

Nos primeiros tempos do meu cativeiro, quando os atos desesperados de rebelião ainda não tinham me levado a apodrecer segregado nesta cela, os serviços da vida carcerária me levaram a subir e descer escadarias e bastiões, a atravessar saguões e postigos do castelo de If; mas de todas as imagens guardadas na memória, que agora continuo a decompor e recompor nas minhas conjeturas, nenhuma se encaixa na outra, nenhuma me ajuda a explicar que forma tem a fortaleza e em que ponto me encontro. Demasiados pensamentos me atormentavam então — como eu, Edmond Dantès, pobre mas honesto marinheiro, podia ter caído na cilada dos rigores da justiça e perder de repente a liberdade — para que minha atenção pudesse se concentrar na disposição dos lugares.

O golfo de Marselha e suas ilhotas eram familiares para mim desde a infância; e todos os embarques da minha não longa vida de marinheiro as partidas e as chegadas tiveram esse pano de fundo; mas o olhar dos navegantes toda vez que encontra a cidadela escura de If se afasta com um sobressalto de medo. Assim, quando me trouxeram para cá acorrentado num barco de guardas, e no horizonte perfilaram-se esse rochedo e seus muros, entendi minha sorte e dobrei a cabeça. Não vi — ou não recordo — em que quebra-mar o barco atracou, que degraus me fizeram subir, que porta se fechou às minhas costas.

Agora que os anos se passaram, parei de me atormentar quanto ao encadeamento de infâmias e de fatalidades que provocou minha detenção, compreendi uma coisa: que a única maneira de escapar da condição de prisioneiro é compreender como é a prisão.

Se não sinto desejo de imitar Faria é porque me basta saber que alguém está procurando uma saída para me convencer de que tal saída existe; ou, ao menos, que podemos nos propor o problema de buscá-la. Assim, o ruído de Faria cavando tornou-se um complemento necessário à concentração dos meus pensamentos. Sinto que Faria não é apenas alguém que tenta a própria fuga, e sim que é parte do meu projeto; não porque eu espere um caminho de salvação aberto por ele — ele já errou tantas vezes que perdi qualquer confiança em sua intuição —, mas porque as únicas informações de que disponho sobre o lugar em que me encontro me são fornecidas pela sucessão dos seus erros.

### 3

Os muros e os tetos curvilíneos estão perfurados em todas as direções pela picareta do abade, mas seus itinerários continuam a se enrolar sobre si mesmos como num novelo, e minha cela continua sendo atravessada por ele sempre seguindo uma linha diferente. O senso de orientação está perdido há tempo: Faria não reconhece mais os pontos cardeais, aliás, nem sequer o zênite ou o nadir. Por vezes ouço-o raspar o teto; cai uma chuva de caliça; abre-se uma brecha; desponta por ali a cabeça de Faria invertida. De cabeça para baixo em relação a mim, não a ele; arrasta-se para fora do seu túnel, anda de cabeça para baixo sem que nada se decomponha em sua pessoa: nem os cabelos brancos, nem a barba esverdeada de mofo, nem os trapos de saco que recobrem seus quadris macilentos. Percorre como uma mosca o teto e as paredes; pára, finca a picareta em algum ponto, abre um buraco; some.

Às vezes mal desapareceu através de uma parede e torna a despontar pela parede da frente: ainda não tirou daqui o calcanhar que já sua barba se debruça do outro lado. Reaparece mais cansado, esquelético, envelhecido, como se tivessem passado anos desde a última vez em que o vi.

Às vezes, ao contrário, acabou de se meter no túnel, e o ouço emitir um som aspirado como de quem prepara um espirro estrondoso: nos meandros da fortaleza há frio e umidade; mas o espirro não chega. Espero: espero por uma semana, por um mês, por um ano; Faria não volta mais; convenço-me de que está morto. De repente a parede da frente estremece como por um terremoto; do desmoronamento aparece Faria, terminando seu espirro.

Entre nós trocamos cada vez menos palavras; ou continuamos conversas que não recordo ter alguma vez começado. Compreendi que para Faria é difícil distinguir uma cela da outra entre as tantas que cruza em seus percursos errados. Cada cela contém um enxergão, uma jarra, um balde para excrementos, um homem em pé que olha o céu através de uma estreita abertura. Quando Faria desponta por debaixo da terra, o prisioneiro se volta: sempre tem o mesmo rosto, a mesma voz, os mesmos pensamentos. Seu nome é o mesmo: Edmond Dantès. A fortaleza não tem pontos privilegiados: repete no espaço e no tempo sempre a mesma combinação de figuras.

## 4

Procuro imaginar toda hipótese de fuga tendo Faria por protagonista. Não que eu tenda a me identificar com ele: Faria é uma personagem necessária para que na minha mente eu possa representar a evasão sob uma luz objetiva, como não conseguiria fazer vivendo-a, digo, sonhando-a em primeira pessoa. Já não sei mais se aquele que ouço cavar como uma toupeira é o verdadeiro Faria abrindo brechas nos muros da verdadeira fortaleza de If ou se é a hipótese de um Faria ao lidar com uma fortaleza hipotética. A conta, de todo jeito, bate do mesmo modo: quem ganha é a fortaleza. É como se, nas partidas entre Faria e a fortaleza, eu impelisse tão adiante minha imparcialidade a ponto de torcer pela fortaleza contra ele... Não, agora estou exagerando: a partida não se dá somente na minha mente, mas entre dois contendores reais, independentemente de mim; meu esforço se concentra em vê-la com distanciamento, em uma representação sem angústias.

Se conseguir observar fortaleza e abade de um ponto de vista perfeitamente equidistante, conseguirei identificar não só os erros específicos que Faria comete a cada vez, como também o erro metodológico em que continua a incorrer e que eu, graças à minha abordagem correta, saberei evitar.
Faria prossegue deste modo: verifica uma dificuldade, estuda uma solução, experimenta a solução, choca-se contra uma nova dificuldade, planeja uma nova solução, e assim por diante. Para ele, uma vez eliminados todos os possíveis erros e imprevidências, a evasão só poderá ter êxito: a questão é planejar e executar a evasão perfeita.
Parto do pressuposto contrário: existe uma fortaleza perfeita, da qual não se pode evadir; só se no planejamento ou na construção da fortaleza tiver sido cometido um erro ou um esquecimento a evasão será possível. Enquanto Faria prossegue desmontando a fortaleza sondando os pontos fracos, continuo a montá-la novamente, conjeturando barreiras cada vez mais intransponíveis.
As imagens que criamos da fortaleza, Faria e eu, tornam-se cada vez mais diferentes: Faria parte de uma figura simples e a vai complicando ao extremo para incluir nela cada um dos imprevistos que encontra em seu caminho; parto da desordem desses dados, vejo em cada obstáculo isolado o indício de um sistema de obstáculos, desenvolvo cada segmento em figura regular, soldo essas figuras como faces de um sólido, poliedro ou hiperpoliedro, inscrevo esses poliedros em esferas ou em hiperesferas, e assim quanto mais fecho a forma da fortaleza, mais a simplifico, definindo-a em uma relação numérica ou em uma fórmula algébrica.
Mas para pensar uma fortaleza assim, preciso que o abade Faria não pare de medir-se contra desmoronamentos de terra,

pontaletes de aço, escoamentos de esgoto, guaritas de sentinelas, saltos no vazio, cavidades dos muros-mestres, porque a única maneira de fortalecer a fortaleza pensada é pôr continuamente à prova aquela verdadeira.

5

Então: cada cela parece separada do exterior apenas pela espessura de uma muralha, mas, ao cavar, Faria descobre que no meio sempre há outra cela, e entre esta e o exterior mais uma. A imagem que tiro disso tudo é: uma fortaleza cresce à nossa volta, e quanto mais tempo ficamos trancados aqui, mais nos afastamos do exterior. O abade cava, cava, porém os muros aumentam de espessura, multiplicam-se as guaritas e as barbacãs. Talvez se conseguir avançar mais rapidamente do que a fortaleza se expande, a certa altura Faria se descubra fora dela sem sequer se dar conta. Seria preciso inverter a relação entre as velocidades de modo que a fortaleza, ao se contrair, expulse o abade como uma bala de canhão.

Mas se a fortaleza cresce com a velocidade do tempo, para fugir é preciso ser ainda mais rápido, fazer o tempo voltar atrás. O momento em que me descobriria fora seria o mesmo momento em que entrei aqui: debruço-me finalmente sobre o mar; e o que vejo? Um barco cheio de guardas está aproando em If; no meio deles está Edmond Dantès acorrentado.

Eis que tornei a imaginar a mim mesmo como protagonista da evasão, e logo pus em jogo não só o meu futuro como também o meu passado, minhas lembranças. Tudo o que há de não claro na relação entre um prisioneiro inocente e sua prisão continua lançando sombras sobre imagens e decisões. Se a prisão é cercada pelo *meu* fora, esse fora me traria de volta para dentro sempre que conseguisse alcançá-lo: o fora nada mais é do que o passado, não adianta tentar fugir.

Preciso pensar na prisão como um lugar que só existe dentro de si mesmo, sem um fora — isto é, desistir de sair dela —, ou preciso pensá-la não como a *minha* prisão, e sim como um lugar sem relação comigo nem no interior nem no exterior, ou seja, estudar um percurso de dentro para fora que prescinda do valor que "dentro" e "fora" adquiriram em minhas emoções; que valha o mesmo que, se em vez de "fora", se disser "dentro" e vice-versa.

6

Se lá fora há o passado, talvez o futuro se concentre no ponto mais interno da ilha de If, isto é, o caminho de saída é um caminho para dentro. Nas pichações com que o abade Faria recobre as paredes, alternam-se dois mapas de contornos recortados, constelados de setas e senhas: um deveria ser o mapa de If, o outro de uma ilha do arquipélago toscano onde se esconde um tesouro: Montecristo.

É justamente para procurar esse tesouro que o abade Faria quer fugir. Para alcançar seu objetivo, ele precisa traçar uma linha que no mapa da ilha de If o leve do interior para o exterior e que no mapa da ilha de Montecristo o leve do exterior àquele ponto mais interno que todos os outros pontos, que é a gruta do tesouro. Entre uma ilha da qual não se pode sair e uma ilha na qual não se pode entrar há de existir uma relação — por isso nos hieróglifos de Faria os dois mapas se sobrepõem até se identificarem.

Já é difícil para mim compreender se Faria agora estaria cavando para mergulhar no mar aberto ou para penetrar na gruta cheia de ouro. Em um caso ou no outro, observando bem, ele tende ao mesmo ponto de chegada: o lugar da multiplicidade das coisas possíveis. Por vezes represento essa multiplicidade concentrada numa resplandecente espelunca subterrânea, por vezes a vejo como uma explosão se irradiando. O tesouro de Montecristo e a fuga de If são duas fases de um mesmo processo, talvez sucessivas talvez periódicas como numa pulsação.

A busca do centro de If-Montecristo não leva a resultados mais seguros da marcha em direção à sua inalcançável circunferência: em qualquer ponto que eu esteja a hiperesfera se alarga à minha volta em todas as direções; o centro está em toda parte em que estou; ir mais a fundo significa descer em mim mesmo. Cava cava, e você só torna a percorrer o mesmo caminho.

## 7

Uma vez em posse do tesouro, Faria pretende libertar o imperador de Elba, dar-lhe os meios para tornar a encabeçar o seu exército... O plano da fuga-busca na ilha de If-Montecristo, portanto, não é completo se não incluir a busca-fuga de Napoleão na ilha em que está confinado. Faria cava; penetra mais uma vez na cela de Edmond Dantès; vê o prisioneiro de costas que como sempre olha o céu pela fresta; com o ruído da picareta o prisioneiro se volta: é Napoleão Bonaparte. Faria e Dantès-Napoleão cavam juntos um túnel na fortaleza. O mapa de If-Montecristo-Elba é desenhado de modo que, fazendo-o girar por certo número de graus, obtemos o mapa de Santa Helena: a fuga se reverte em exílio sem volta.

Os motivos confusos pelos quais tanto Faria como Edmond Dantès foram aprisionados têm a ver, por caminhos diferentes, com a sorte da causa bonapartista. Aquela hipotética figura geométrica que se chama If-Montecristo coincide, em alguns de seus pontos, com outra figura que se chama Elba-Santa Helena. Há pontos do passado e do futuro em que a história napoleônica intervém em nossa história de pobres condenados, e outros pontos em que eu e Faria poderíamos ou pudemos influir em uma eventual revanche do Império.

Essas interseções tornam ainda mais complicado o cálculo das previsões; há pontos em que a linha que um de nós está acompanhando se bifurca, se ramifica, se abre em leque; cada ramo pode encontrar ramos que partem de outras linhas. Sobre um percurso anguloso passa Faria, cavando; e por poucos segundos não cruza com os carroções e canhões da Armada Imperial reconquistando a França.

Prosseguimos na escuridão; apenas a contorção sobre si de nossos itinerários nos avisa que alguma coisa mudou nos itinerários alheios. Estabeleça-se Waterloo como o ponto em que o percurso do exército de Wellington poderia cruzar o percurso de Napoleão; se as duas linhas se encontrarem, os segmentos para além daquele ponto ficarão isolados; no mapa pelo qual Faria cava seu túnel, a projeção do ângulo de Waterloo obriga-o a retornar sobre os próprios passos.

## 8

As interseções entre as diversas linhas hipotéticas definem uma série de planos que se dispõem como as páginas de um manuscrito sobre a escrivaninha de um romancista. Chamemos Alexandre Dumas ao escritor que tem que entregar o quanto antes a seu editor um romance em doze volumes intitulado *O conde de Montecristo*. Seu trabalho prossegue deste modo: dois auxiliares (Auguste Maquet e P. A. Fiorentino) desenvolvem uma a uma as diversas alternativas que partem de cada ponto isolado, e fornecem a Dumas a trama de todas as variantes possíveis de um hiper-romance desmedido; Dumas escolhe, descarta, recorta, cola, interseciona; se uma solução tem a preferência por motivos fundamentados mas exclui um episódio que seria útil inserir, ele procura juntar os pedaços de proveniência disparatada, une-os com pontos de solda aproximativos, busca ser engenhoso para estabelecer uma aparente continuidade entre segmentos divergentes do futuro. O resultado final será o romance *O conde de Montecristo* a ser entregue à tipografia.

Os diagramas que eu e Faria traçamos nas paredes da prisão se assemelham àqueles que Dumas escreve em suas pastas para estabelecer a ordem das variantes selecionadas. Um maço de folhas já pode passar para a impressão: contém a Marselha da minha juventude; percorrendo as linhas de escrita cerrada posso abrir meu caminho pelos molhes do porto, subir a rue de la Canebière no sol da manhã, alcançar a aldeia dos catalães, empoleirada no morro, rever Mercedes... Outro feixe de papéis espera pelos últimos retoques: Dumas ainda está finalizando os capítulos do cativeiro no castelo de If; Faria e eu nos debatemos lá dentro, imundos de tinta, entre correções emaranhadas... Às margens da escrivaninha amontoam-se as propostas de continuação do episódio que os dois auxiliares vão compilando metodicamente. Numa delas, Dantès foge do cárcere, encontra o tesouro de Faria, se transforma no conde de Montecristo de rosto pálido e impenetrável, dedica sua vontade férrea e suas riquezas infinitas à vingança; e o maquiavélico Villefort, o ávido Danglars, o torpe Caderousse expiam suas torpezas; assim como por tantos anos entre esses muros eu previra nas minhas raivosas fantasias, nas minhas obsessões de revanche.

Ao lado desse, outros esboços de futuro estão dispostos na mesa. Faria abre uma brecha na parede, penetra no escritório de Alexandre Dumas, lança um olhar imparcial e isento de paixão na extensão de passados e presentes e futuros — como eu não poderia fazer, eu que procuraria me reconhecer com ternura no jovem Dantès que acaba de ser promovido a capitão, com piedade no Dantès prisioneiro, com delírio de grandeza no conde de Montecristo que ingressa majestosamente nos mais altivos salões de Paris; esgotado, eu no lugar desses senhores encontraria igual número de estranhos —, apanha uma folha aqui e uma folha ali, move como um macaco os longos braços peludos, procura o capítulo da evasão, a página sem a qual todas as possíveis continuações do romance fora da fortaleza se tornam impossíveis. A fortaleza concêntrica If-Montecristo-escrivaninha de Dumas contém a nós, prisioneiros, o tesouro, o hiper-romance *Montecristo* com suas variantes e combinações de variantes da ordem de bilhões e bilhões, mas ainda assim, sempre em número finito. Faria preza uma página entre as tantas, e não perde a esperança de encontrá-la; a mim interessa ver crescendo o monte de folhas descartadas, das soluções que não devem ser levadas em conta, que já formam uma série de pilhas, um muro...

Dispondo uma após a outra todas as continuações que permitem alongar a história, prováveis ou improváveis que sejam, obtemos uma linha em zigue-zague do *Montecristo* de Dumas; ao passo que ligando as circunstâncias que impedem a história de continuar se desenha a espiral de um romance em negativo, de um *Montecristo* com o sinal menos. Uma espiral pode girar sobre si mesma em direção ao interior ou ao exterior: ao se aparafusar para dentro de si mesma, a história se encerra sem desdobramento possível; ao se desdobrar em espirais que se alargam, poderia a cada volta incluir um segmento do *Montecristo* com sinal de mais, acabando por coincidir com o romance que Dumas entregará para a impressão, ou talvez o superando em riqueza de circunstâncias afortunadas. A diferença decisiva entre os dois livros — tamanha a ponto de fazer com que sejam definidos um verdadeiro e outro falso, embora idênticos — estará por inteiro no método. Para projetar um livro — ou uma evasão —, a primeira coisa é saber o que excluir.

9

Assim continuamos fazendo as contas com a fortaleza, Faria sondando os pontos fracos da muralha e chocando-se contra novas resistências, eu refletindo sobre suas tentativas malogradas para conjeturar novos percursos de muralhas a acrescentar à planta da minha fortaleza-conjetura.

Se conseguir construir com o pensamento uma fortaleza da qual é impossível fugir, essa fortaleza pensada será ou igual à verdadeira — e nesse caso é certo que daqui nunca fugiremos; mas ao menos teremos alcançado a tranquilidade de quem sabe que está aqui porque sabe que não poderia se encontrar em algum outro lugar —, ou será uma fortaleza da qual a fuga é ainda mais impossível do que daqui — e então é sinal de que aqui existe uma possibilidade de fuga: bastará identificar o ponto em que a fortaleza pensada não coincide com a verdadeira para achá-la.

# OUTRAS HISTÓRIAS COSMICÔMICAS

# A LUA COMO UM FUNGO

> *Segundo sir George Darwin, a Lua teria se separado da Terra por efeito de uma maré solar. A atração do Sol agiu no revestimento de rocha mais leve (granito) como sobre um fluido, levantando uma parte desta e arrancando-a do nosso planeta. As águas que então recobriam inteiramente a Terra foram em boa parte engolidas pela voragem aberta pela fuga da Lua (isto é, o oceano Pacífico), deixando a descoberto o granito restante, que se fragmentou e encrespou em continentes. Sem a Lua, a evolução da vida sobre a Terra, ainda que tivesse existido, teria sido bem diferente.*

É, sim, agora que estão falando disso, estou me lembrando! — exclamou o velho Qfwfq. — Claro! A Lua começou a despontar por debaixo da água, feito um cogumelo; eu estava passando de barco precisamente naquele ponto, e de repente percebi que algo me empurrava por baixo. — Caramba! Um baixio! — gritei, mas já estava suspenso no alto de uma espécie de montinho branco, eu e o barco, com a linha de pesca pendurada no seco, o anzol no ar.

Contar isso agora é fácil, mas bem que gostaria de ver vocês preverem tais fenômenos àquela época! Claro que mesmo naqueles tempos havia quem alertasse contra os perigos que o futuro reservava; e hoje podemos dizer que eles entendiam muitas coisas, não a respeito da Lua, não, aquela foi uma surpresa para todos, mas a respeito das terras que emergiriam. O inspetor Oo, do Observatório Altas e Baixas Marés, proferiu várias conferências sobre esse tema, porém nunca prestaram atenção nele. Uma sorte, porque afinal ele cometeu um grande erro de cálculo e pagou pessoalmente.

Naquela época a superfície do globo era totalmente recoberta pelas águas, sem terras à tona. Tudo no mundo era achatado e sem relevo, o mar era uma aguinha rala e doce, e nós, dentro de botes, íamos pescar linguado.

Com base nos cálculos do observatório, o inspetor Oo tinha se convencido de que grandes mudanças estavam prestes a ter lugar na Terra. A sua teoria era que o globo em pouco tempo iria se dividir em duas regiões: uma continental e uma oceânica. Na região continental se formariam montanhas e cursos de água e cresceria uma vegetação exuberante. Infinitas possibilidades de riqueza se abririam para os que, entre nós, estivessem no continente; ao passo que naquele meio-tempo os oceanos se tornariam inabitáveis para todos, exceto para sua fauna peculiar, e nossas frágeis embarcações seriam arrastadas por enormes tempestades.

Mas quem poderia levar a sério aquelas profecias apocalípticas? Toda nossa vida se desdobrava sobre a exígua camada de água, e não podíamos imaginar uma outra, diferente. Cada qual navegava em seu barquinho, eu no paciente trabalho de pescador, o pirata Bm Bn preparando armadilhas para os pastores de patos por trás dos tufos dos canaviais, a mocinha Flw remando ágil em sua canoa. Quem poderia imaginar que daquela extensão lisa como um espelho se levantaria uma onda, não de água, mas uma dura onda de granito, e nos carregaria consigo?

Mas vamos contar na ordem. O primeiro a se descobrir lá no alto fui eu, que de repente fiquei com o barco em seca. Ouvia os gritos que vinham do mar: os companheiros estavam espalhando a notícia, apontando-me, zombando de mim, e suas palavras pareciam me alcançar vindas de outro mundo: — Qfwfq está ali, rá rá rá!

A corcunda sobre a qual eu estava içado não ficava parada: resvalava para o mar rolando como uma bola de gude; não, me expliquei mal, era uma onda subterrânea que por onde passava erguia o tapete de rocha e depois o deixava baixar novamente ao ponto de antes. O bom era que eu, sustentado e impelido por essa maré sólida, em lugar de tornar a cair na água assim que ela se deslocava, permanecia em equilíbrio lá no alto, avançando com o seu avançar, e à minha volta via sempre novos peixes ficarem no seco e se debaterem ofegantes no solo duro e esbranquiçado que emergia.

O que pensei? Decerto não nas teorias do inspetor Oo (mal tinha ouvido falar dele), apenas nas novas possibilidades de pesca que inesperadamente se tinham aberto para mim: bastava-me esticar as mãos para encher o barco de pescada. Das outras embarcações, os gritos de espanto e de escárnio viraram pragas, ameaças. Os pescadores me chamavam de ladrão, pirata: entre nós valia a regra de cada um pescar na zona que lhe era designada, ultrapassar os limites e passar para a zona alheia era considerado crime. Mas agora, quem conseguiria deter aquela seca semovente? Não era minha culpa se o meu barco se enchia enquanto os barcos deles permaneciam vazios.

A cena então era a seguinte: a bolha de granito atravessava a extensão das águas e se dilatava, cercada por uma nuvem de linguados cintilantes; eu apanhava os peixes no ar; atrás de mim, a perseguição dos barcos dos companheiros invejosos que tentavam atacar o meu fortim; e depois, cada vez mais amplo, o afastamento que nenhum dos novos escalões de perseguidores conseguia vencer; e o crepúsculo descia sobre eles, e a escuridão da noite os engolia aos poucos, ao passo que ali, onde eu estava, o Sol não deixava de bater, como em um perpétuo meio-dia.

Não eram só os peixes que encalhavam na onda de pedra; tudo o que boiava em volta acabava por naufragar ali: flotilhas de canoas carregadas de arqueiros, barcaças de provisões, embarcações oficiais transportando reis e princesas e seus séquitos. Avançando, cidades de palafitas se perfilavam no horizonte, altas acima das águas; e logo se precipitavam numa cascata de madeira quebrada e palha e cacarejar de galinhas. Esses já eram sinais reveladores da natureza do fenômeno: a frágil camada de coisas que cobria o mundo podia ser negada, substituída por um deserto móvel, a cuja passagem cada presença viva era arrastada e excluída. Já isso deveria ter nos alertado, todos nós, e especialmente o inspetor. Mas eu, repito, não elaborava hipóteses sobre o futuro: estava tendo um trabalhão para me manter em equilíbrio, e para procurar salvar um equilíbrio mais vasto, geral, que via abalado em seus alicerces.

A cada obstáculo que a onda de pedra mandava em mil pedaços, caía sobre mim uma chuva de tralhas, utensílios, diademas. No meu lugar, uma pessoa sem escrúpulos (como se viu claramente depois) já estaria furtando. Eu, porém — vocês me conhecem —, não. Aliás, fui tomado por uma obsessão oposta: os linguados que pescara tão facilmente, dei para jogá-los de volta aos pobres pescadores. Não digo isso para fazer bonito; a única maneira que encontrei para resistir ao que estava acontecendo foi tentar reparar os estragos, dar uma mão às vítimas. Gritava, do alto da montanha que avançava: — Salve-se quem puder! Fujam! Para bem longe! — Eu procurava sustentar palafitas periclitantes que podia alcançar com meus braços, de modo que uma vez passada a onda ainda conseguissem ficar em pé. E aos náufragos desvalidos que chafurdavam lá longe, eu distribuía tudo aquilo que as colisões e os desmoronamentos botavam ao alcance das minhas mãos. Era o que eu esperava: que se criasse um equilíbrio pelo fato de ser eu quem estava lá em cima. Teria gostado que a onda de pedra carregasse junto o mal do seu esquálido emergir e o bem das ações nas quais eu me prodigalizava, ambos aspectos do mesmo fenômeno natural, que venciam a vontade, minha e alheia.

Ao contrário, não conseguia nada: as pessoas não entendiam meus gritos e não se afastavam, as palafitas desabavam assim que as tocava, as coisas jogadas desencadeavam rixas na água e aumentavam a desordem.

A única boa ação que consegui fazer foi salvar um rebanho de patos de se tornar presa do pirata Bm Bn. Um pastor que não sabia de nada avançava entre os juncos em sua plácida piroga, e não viu a lança apontada que estava para transpassá-lo. Eu cheguei, no alto da onda de pedra, bem na hora para deter o braço do bandido. Disse "xó, xó" aos patos, que voaram a salvo. Mas Bm Bn, assim que o ataquei, agarrou-se a mim: daquele momento em diante éramos dois sobre a onda de pedra, e o equilíbrio entre o mal e o bem que eu ainda esperava salvar ficou definitivamente comprometido.

Para Bm Bn, estar ali era apenas uma oportunidade de novas piratarias, rapinas, devastações. A onda de granito prosseguia sua negação do mundo ignorante e impassível; mas sobre ela reinava agora uma mente que traduzia a negação em proveito próprio. Eu já não era prisioneiro de uma cega agitação telúrica, mas sim daquele pirata; o que eu podia fazer para deter aqueles dois impulsos unívocos? Entre a pedra e o bandido eu me sentia obscuramente do lado da pedra, eu a sentia, de algum modo misterioso, minha aliada, no entanto não sabia como somar a ela minhas débeis forças para impedir que Bm Bn cometesse violências e saques.

As coisas tampouco mudaram quando na onda de pedra havia também Flw. Fui obrigado a assistir a seu rapto sem poder mexer um único dedo para impedir, porque Bm Bn tinha me amarrado feito um salame. A mocinha Flw vinha em sua canoa por entre as ninfeias e os narcisos; Bm Bn arremessou no ar um longo laço e a raptou; ela, porém, era uma jovem gentil e dócil, e se adaptou a ser prisioneira daquele bruto.

Eu, por outro lado, não me adaptava, e o declarei: — Não estou aqui para segurar sua vela, Bm Bn. O senhor me solte que vou embora.

Bm Bn nem virou a cabeça. — Ainda está aí? — disse. — Que esteja ou não, para mim você conta menos do que uma pulga. Vamos lá, jogue-se ao mar, afogue-se — e me soltou.

— Vou embora, mas ainda vai ouvir falar de mim — disse-lhe e, em voz baixa, acrescentei a Flw: — Espere por mim, voltaremos para libertá-la!

Preparei-me para mergulhar. Naquele momento avistei no horizonte um sujeito que andava pelo mar sobre pernas de pau.

Com o avanço da nossa onda ele não se afastou, pelo contrário, veio ao nosso encontro. As pernas de pau voaram aos pedaços; ele caiu no granito.

— Calculei direitinho — disse. — Permitam que me apresente: inspetor Oo, do Observatório Altas e Baixas Marés.

— O senhor chegou em boa hora, inspetor, para me aconselhar sobre o que fazer — disse. — A situação aqui em cima chegou a tal ponto que estava para ir embora.

— Teria cometido um grave erro — objetou o inspetor — e lhe explicarei o porquê.

Começou a expor sua teoria, agora confirmada pelos fatos: a aguardada emersão dos continentes estava começando precisamente com aquele inchaço sobre o qual estávamos; uma era de possibilidades novas e extraordinárias se abria diante de nós. Ouvia de boca aberta: a situação mudava de figura; em vez de estar sobre um núcleo de destruição e desolação, eu me encontrava sobre a preciosidade de uma nova chance de vida terrestre, mil vezes mais viçosa.

— Por isso — concluiu o inspetor, triunfante —, quis ser um de vocês.

— Isto se eu estiver com vontade de deixar você ficar! — riu malignamente Bm Bn.

— Estou certo de que nos tornaremos amigos — declarou Oo.

— Estamos caminhando em direção a grandes cataclismos, e meus estudos e minhas previsões nos colocarão em condições de dominá-los; aliás, de utilizá-los em nosso proveito.

— Não apenas nosso, espero! — exclamei. — Se o que o senhor está dizendo for verdade, inspetor, se essa grande sorte calhou de estar conosco, como podemos excluir dela nossos semelhantes? Precisamos avisar todos que encontrarmos! Fazê-los subir até aqui conosco!

— Cale a boca, bobalhão! — e Bm Bn me agarrou pelo estômago. — Se não quiser ser lançado de cabeça de volta ao lamaçal de onde veio! Aqui fico eu e quem eu quiser e só! Não é, inspetor?

Eu me dirigi a Oo, certo de encontrar nele um aliado contra a prepotência do bandido: — Inspetor, o senhor decerto não foi levado aos seus estudos pelo egoísmo! Não vai permitir que Bm Bn tire proveito pessoal disso...

O inspetor deu de ombros. — Na verdade, quanto a suas disputas internas, prefiro não me pronunciar, não estou a par dos antecedentes. Sou um técnico. Se aqui, como acredito ter compreendido, quem está no comando é aquele senhor — e fez um sinal de cabeça em direção a Bm Bn —, é à sua atenção que gostaria de submeter os resultados dos meus cálculos...

A decepção que senti ao ouvir essas palavras, como na mais inesperada traição, nem era tanto pelo inspetor em si, quanto por suas previsões sobre o futuro. Continuava a descrever a vida como se desenvolveria nas terras emersas, as cidades de alicerces de pedra que surgiriam, as ruas percorridas por camelos e cavalos e carros e gatos e caravanas, e as minas de ouro e de prata, e as florestas de sândalo e de cana, e os elefantes, e as pirâmides, e as torres, e os relógios, e os para-raios, os bondes, as gruas, os elevadores, os arranha-céus, os festões e as bandeiras nos dias de festa nacional, os letreiros luminosos de todas as cores nas fachadas dos teatros e dos cinemas que refletiriam nas contas dos colares nas noites de grande gala. Todos o ouvíamos, Flw com um sorriso encantado, Bm Bn com as narinas dilatadas pela avidez de posse; mas em mim aquelas profecias fabulosas não despertaram nenhuma esperança, porque significavam nada mais do que a perpetuação do reino do meu inimigo, e isso bastava para estender sobre cada maravilha uma pátina lustrosa e falsa e vulgar.

Disse a Flw, em um momento em que os outros estavam entretidos com seus projetos. — Melhor nossa pobre vida aquática de pescadores de linguado — eu lhe disse — do que tantos esplendores pagos com a sujeição a Bm Bn! — e lhe propus fugirmos juntos, abandonando o bandido e o inspetor sobre o futuro continente: — Vamos ver como eles se saem sozinhos...

Eu a convenci? Flw era, como lhes disse, uma criatura dócil, tênue feito uma asa de borboleta. As perspectivas do inspetor a fascinavam, mas a brutalidade de Bm Bn a assustava.

Não foi difícil exacerbar seu ressentimento contra o bandido; consentiu em me seguir.

A excrescência de granito parecia mais do que nunca impelida para fora das vísceras terrestres e inclinada com todas as forças para o Sol. Aliás, a parte mais exposta à atração solar se dilatava o tempo todo, de modo que sua porção inferior acabava se estreitando numa espécie de gargalo ou pedúnculo, escondido num cone de sombra. Tínhamos que aproveitar aquela via de fuga, ao abrigo da luz meridiana. — Chegou a hora! — disse a Flw e, tomando sua mão, escorregamos ao longo do pedúnculo. — É agora ou nunca mais!

Pronunciei essas palavras como uma exortação enfática, sem desconfiar o quanto correspondiam literalmente à verdade. Mal tínhamos nos afastado a nado daquela que agora, ao vê-la do lado de fora, parecia ser uma monstruosa proliferação do nosso planeta, quando terra e águas começaram a ser sacudidas por um tremor. A massa de granito que o Sol atraía estava se desarraigando do fundo de basalto ao qual estivera ancorada até aquele momento. E um penedo de tamanho desmedido — na parte superior erodido e poroso, e por baixo ainda encharcado como do muco das vísceras terrestres, estriado de fluidos minerais e de lava, barbudo de colônias de lombrigas — pairou no céu, leve como uma folha. Na greta que ficara aberta precipitavam em cascatas as águas do globo, deixando aflorar mais adiante ilhas e penínsulas e planaltos.

Agarrando-me a àquelas alturas emergidas, consegui levar Flw e a mim mesmo a salvo, mas ainda não podia desviar meus olhos daquele pedaço de mundo que voara para longe e que dera para girar pelo céu, afastando-se. Ainda tive tempo de ouvir uma chuva de impropérios de Bm Bn, que descontava no inspetor: — Mas que previsões mais do cacete, seu imbecil... —, enquanto já no movimento rotatório as quinas e as asperezas iam se aplainando numa bola de casca uniforme e com aspecto de cal. E já o Sol procedia distante, e a esfera, aquela que daquele dia em diante se chamaria Lua, era alcançada pela noite, conservando um reflexo de pálido esplendor, como em um deserto.

— Aqueles dois tiveram o que mereciam! — exclamei, e já que Flw parecia não ter se dado conta da guinada da situação, expliquei: — Não era aquele o continente que o inspetor previa, e sim, se os sentidos não me enganam, este aqui que está se formando sob os nossos pés.

Montanhas e rios e vales e estações e alísios estavam dando relevo às regiões emersas. Já os primeiros iguanodontes, mensageiros do futuro, partiam para explorar as florestas de sequoias. Flw parecia achar tudo natural: arrancou um abacaxi do pé, quebrou a casca contra um tronco, mordeu a polpa suculenta, eclodiu numa gargalhada.

Assim é que as coisas são, como sabem, até hoje. Flw, não há dúvida, está contente. Passa pela noite que resplandece de letreiros de néon, se envolve macia na peliça de chinchila, sorri diante do flash dos fotógrafos. Mas me pergunto se esse mundo é realmente o meu mundo.

Às vezes ergo meu olhar até a Lua e penso em todo o deserto, o frio, o vazio que pesam no outro prato da balança, e sustentam este nosso pobre esforço. Ter saltado em tempo para este lado foi apenas um acaso. Sei que devo à Lua tudo o que tenho na Terra, àquilo que não está aqui o que está aqui.

# AS
# FILHAS
# DA
# LUA

*Desprovida como é de um invólucro de ar que lhe sirva de escudo, a Lua encontrou-se exposta, desde as origens, a um ininterrupto bombardeamento de meteoritos e à ação erosiva dos raios solares. Segundo Tom Gold, da Universidade de Cornell, as rochas da superfície lunar teriam se reduzido a pó devido ao choque prolongado das partículas meteóricas. Segundo Gerard Kuiper, da Universidade de Chicago, o vazamento de gases do magma lunar teria dado ao satélite uma consistência porosa e leve, como pedra-pomes.*

A Lua é velha, *assentiu Qfwfq*, esburacada, gasta. Rolando nua pelo céu se desgasta e se descarna feito um osso roído. Não é a primeira vez que isso acontece; lembro de luas ainda mais velhas e estragadas do que esta; vi muitas luas, nascerem e correrem o céu e morrerem, uma crivada pelo granizo de estrelas cadentes, a outra explodindo por todas as suas crateras, outra ainda se cobrindo de gotas de um suor cor de topázio que evaporava imediatamente, depois de nuvens esverdeadas e enfim reduzindo-se a uma casca seca e esponjosa.

O que acontece na Terra quando uma lua morre, não é coisa fácil de descrever; vou tentar, reportando-me ao último caso de que me lembro. Em decorrência de uma longa evolução, a Terra já naquela época podia-se dizer que tinha chegado ao ponto em que estamos agora, ou seja, tinha entrado naquela fase em que os carros se desgastam mais depressa do que as solas dos sapatos; seres aproximadamente humanos fabricavam e vendiam e compravam; as cidades recobriam os continentes de uma pigmentação luminosa. Essas cidades cresciam aproximadamente nos mesmos pontos de agora, embora a forma dos continentes fosse diferente. Havia também uma Nova York que de algum modo se parecia com a Nova York familiar a todos vocês, mas muito mais nova, ou seja, mais transbordante de novos produtos, de novas escovas de dentes, uma Nova York com uma Manhattan própria que se alonga compacta de arranha-céus brilhantes como cerdas de náilon de uma escova de dentes novinha em folha.

Nesse mundo em que cada objeto, ao menor sinal de avaria ou envelhecimento, ao primeiro amassado ou manchinha, era imediatamente jogado fora e substituído por outro novo e impecável, havia apenas uma coisa que destoava, uma única sombra: a Lua. Vagava pelo céu, desnuda carcomida e cinzenta, cada vez mais estranha ao mundo aqui embaixo, resíduo de um modo de ser já incongruente.

Antigas expressões como lua cheia meia-lua lua minguante continuavam a ser usadas, mas eram apenas expressões: como poderíamos chamar "cheia" aquela forma toda fendas e brechas que sempre parecia estar a ponto de desmoronar em chuva de caliça sobre nossas cabeças? E nem falemos de quando era época de lua minguante! Reduzia-se a uma espécie de crosta de queijo mordiscada, e desaparecia sempre antes do previsto. Na lua nova sempre nos perguntávamos se voltaria a se mostrar (esperávamos que desaparecesse) e, quando voltava a despontar, cada vez mais parecida com um pente que está perdendo os dentes, desviávamos o olhar com um arrepio.

Era uma visão deprimente. Caminhávamos na multidão que com os braços cheios de pacotes entrava e saía dos grandes magazines abertos dia e noite, percorríamos com o olhar os letreiros luminosos que, agarrados aos arranha-céus, avisavam a todo instante sobre os novos produtos lançados no mercado, e eis que a víamos chegando adiante, pálida no meio daquelas luzes ofuscantes, lenta, doentia, e não podíamos rechaçar o pensamento de que cada coisa nova, cada produto que acabávamos de comprar podia estragar desbotar apodrecer, e acabava faltando o entusiasmo para correr por aí e fazer compras e dar duro no trabalho, e isso não acontecia sem consequências sobre o bom andamento da indústria e do comércio.

Assim começamos a conjeturar sobre o problema do que fazer com ela, com aquele satélite contraproducente: não servia para mais nada; era um destroço do qual não se podia recuperar mais nada. Perdendo peso, ia inclinando sua órbita em direção à Terra; além do mais era um perigo. E, quanto mais se aproximava, mais desacelerava seu curso; não se podiam mais calcular os quartos; mesmo o calendário, o ritmo dos meses haviam se tornado pura convenção; a Lua seguia adiante aos solavancos, como se estivesse para tombar.

Nessas noites de lua baixa as pessoas de temperamento mais instável davam para fazer coisas estranhas. Nunca faltava o sonâmbulo que perambulava pela moldura de um arranha-céu de braços esticados em direção à Lua, ou o licantropo que se punha a uivar no meio da Times Square, ou o piromaníaco que ateava incêndios nos depósitos das docas. Esses já eram fenômenos habituais, e já não reuniam nem sequer o costumeiro grupinho de curiosos. Mas quando vi uma moça completamente nua sentada em um banco do Central Park tive que parar.

Mesmo antes de vê-la havia tido a sensação de que alguma coisa indefinível estava para acontecer. Cruzando o Central Park na direção de um carro conversível, eu me senti inundado por uma luz que vibrava como fazem os tubos luminescentes quando, antes de se acenderem totalmente, emitem uma série de clarões lívidos e piscantes. O panorama ao redor parecia um jardim afundado dentro de uma cratera lunar. A moça nua estava sentada perto de um tanque que refletia uma fatia de Lua. Brequei. Saí correndo do carro em sua direção; mas parei, aturdido. Não sabia quem era; sentia apenas que precisava urgentemente fazer algo por ela.

Pela grama ao redor do banco estavam espalhadas suas roupas, meias e sapatos um aqui e outro ali, brincos e colares e pulseiras, bolsa e sacola de compras e o seu conteúdo revirado em um círculo de raio generoso, e inúmeros pacotes e mercadorias, como se, ao retornar de fartas compras pelas lojas da cidade, aquela criatura tivesse ouvido alguém chamá-la e instantaneamente tivesse deixado cair tudo no chão, tivesse compreendido que precisava se livrar de todos os objetos ou sinais que a mantinham vinculada à Terra, e agora estava ali à espera de ser recebida na esfera lunar.

— O que aconteceu? — balbuciei. — Posso ajudá-la?

— Help? — perguntou, com os olhos sempre arregalados para o alto. — Nobody can help. Ninguém pode fazer nada. — E era claro que não falava por ela, mas pela Lua.

Estava sobre nós, convexa, quase nos esmagando, como um teto em ruínas, esburacada como um ralador. Naquele momento os animais do zoológico começaram a rugir.

— É o fim? — perguntei maquinalmente, e nem mesmo eu sabia o que queria dizer.

Ela respondeu: — Está começando — ou algo parecido (falava quase sem descerrar os lábios).

— O que quer dizer? Que está começando o fim ou que está começando alguma outra coisa?

Levantou-se, seguiu pelo prado. Tinha longos cabelos cor de cobre que lhe desciam sobre os ombros. Era tão indefesa que eu sentia a necessidade de protegê-la de alguma forma, de ser seu escudo, e mexia os braços na sua direção como se estivesse pronto para segurá-la para que não caísse ou para afastar dela o que quer que pudesse feri-la. Mas minhas mãos não ousavam sequer roçá-la, sempre paravam a alguns centímetros da sua pele. E seguindo-a assim pelas aleias, percebi que os movimentos dela eram parecidos com os meus, que ela também estava procurando proteger alguma coisa frágil, alguma coisa que podia cair e se despedaçar e que por isso era preciso levá-la a lugares em que se pudesse apoiá-la delicadamente, alguma coisa que, de todo modo, ela não podia tocar, mas apenas acompanhar com os gestos: a Lua.

A Lua parecia perdida; abandonado o sulco de sua órbita, já não sabia para onde ir; deixava-se carregar como uma folha seca. Ora parecia cair a pique em direção à Terra, ora enroscar-se em uma espiral, ora ir à deriva. Perdia altitude, isso é certo: por um instante pareceu ir de encontro ao Hotel Plaza, em seguida tomou o corredor entre dois arranha-céus, desapareceu da nossa vista em direção ao Hudson. Reapareceu pouco depois, do lado oposto, despontando por detrás de uma nuvem, inundando de uma luz de cal o Harlem e o East River e, como se levantando de um sopro de vento, rolando em direção ao Bronx.

— Lá está! — gritei. — Pronto, vai parar!

— Não pode parar! — exclamou a moça e correu nua e descalça pelos prados.

— Para onde vai? Não pode andar por aí desse jeito! Pare! Estou falando com você! Como se chama?

Gritou um nome como Daiana ou Deanna, que podia até ser uma invocação. E desapareceu. Para segui-la, entrei de novo no carro e comecei a inspecionar as alamedas do Central Park.

A luz dos faróis iluminava sebes pequenas colinas obeliscos, mas da moça Diana nem sombra. Já tinha me afastado demais: provavelmente tinha ficado para trás; virei para retomar o meu caminho. Uma voz atrás de mim disse: — Não, está ali, siga em frente!

Sentada às minhas costas sobre a capota dobrada do meu carro estava a moça nua, apontando na direção da Lua.

Queria lhe dizer para se abaixar, que não podia atravessar a cidade com ela assim à vista e naquele estado, mas não ousava distraí-la, toda concentrada como estava em não perder de vista a mancha luminosa que ora desaparecia ora reaparecia no fundo da *avenue*. E afinal — isso era o mais estranho — nenhum transeunte parecia notar aquela aparição feminina erguida em um conversível.

Passamos uma das pontes que ligam Manhattan à terra firme. Corríamos por uma estrada de diversas pistas, ao lado de outros veículos, e eu mantinha o olhar cravado diante de mim, temendo as risadas e as brincadeiras que decerto nossa visão suscitava nos carros ao redor. No entanto, quando um carro nos ultrapassou, por pouco não saí da pista de espanto: aninhada sobre o teto do sedã havia uma moça nua de cabelos ao vento. Por um segundo tive a ideia de que minha passageira estivesse pulando de um carro em movimento a outro, mas me bastou torcer o olhar um pouquinho só para trás para ver que os joelhos de Diana continuavam ali na altura do meu nariz. E não era apenas a sua figura a branquear meu olhar: estendidas para a frente nas poses mais estranhas, agarradas aos radiadores, às portas, aos para-choques dos carros em movimento, de todos os lados eu via moças às quais somente a asa dourada ou escura dos cabelos contrastava com o alvor róseo ou moreno da pele nua. Sobre cada carro havia uma dessas misteriosas passageiras apoiada, todas esticadas para a frente incitando os motoristas a perseguir a Lua.

Haviam sido chamadas pela Lua em perigo — com certeza. Quantas eram? Novos carros ocupados pelas moças lunares afluíam a cada encruzilhada e a cada bifurcação, de todos os bairros da cidade se dirigiam ao lugar sobre o qual a Lua parecia ter parado. No final da cidade nos encontramos diante de um cemitério de automóveis.

A estrada se perdia numa região montanhosa com valezinhos e cadeias e morros e cumes; mas o que dava aos lugares aquela conformação acidentada não eram os relevos do solo, e sim a sobreposição de objetos jogados fora: naqueles terrenos vagos ia parar tudo o que a cidade consumidora expelia depois de ter se servido rapidamente, para poder reencontrar logo o prazer de manipular coisas novas.

Durante muitos anos, em torno de um interminável cemitério de automóveis tinham se erguido amontoados de geladeiras arrebentadas, de números da *Life* amarelados, de lâmpadas queimadas. Sobre aquele território irregular e enferrujado se dobrava a Lua, e as extensões de chapas de metal amassadas inchavam como se empurradas pela maré alta. Assemelhavam-se, a Lua decrépita e aquela crosta terrestre soldada em conglomerado de destroços; as montanhas de ferro-velho formavam uma cadeia que se fechava sobre si mesma como um anfiteatro, cuja forma era precisamente a de uma cratera vulcânica ou de um mar lunar. A Lua pendia lá de cima e era como se o planeta e o satélite servissem de espelho um ao outro.

Os motores dos nossos carros haviam parado: todos. Não há nada que atemorize mais os carros do que os próprios cemitérios. Diana desceu, e todas as outras Dianas a imitaram. Mas o impulso delas parecia falhar: davam passos incertos, como se, ao se encontrarem entre aquelas ruínas de ferro distorcidas e cortantes, fossem subitamente tomadas pela consciência de estarem nuas; muitas cruzavam os braços para cobrir os seios como num arrepio de frio. Enquanto isso, espalhadas, escalavam a montanha dos objetos mortos: superaram o cume, desceram para o anfiteatro, encontraram-se num grande círculo ali no meio. Então todas ergueram os braços ao mesmo tempo.

A Lua teve um sobressalto como se aquele gesto tivesse agido sobre ela, e por um instante pareceu retomar forças e se erguer. As moças em círculo estavam de braços erguidos, de rostos e seios voltados para a Lua. Era isso que a Lua tinha lhes pedido? Era delas que tinha necessidade para se manter ali no céu? Não tive tempo de me perguntar. Naquele instante a grua entrou em cena.

A grua, projeto e construção, fora encomendada pelas autoridades, decididas a limpar o céu daquele estorvo antiestético. Era um buldôzer do qual se levantava uma espécie de pinça em forma de caranguejo; veio à frente sobre suas lagartas, baixo e atarracado, justamente como um caranguejo; e, quando se encontrou no ponto predeterminado para a operação, pareceu se tornar ainda mais chato, para aderir ao terreno com toda sua superfície. O guindaste girou rapidamente; ergueu o braço no céu; nunca se pensara que fosse possível construir uma grua com um braço tão comprido. A caçamba se abriu, denteada; agora, mais do que uma pinça em forma de caranguejo, parecia a boca de um tubarão. A Lua estava bem ali e ondulou como se quisesse escapar, mas aquela grua parecia magnetizada: viu-se a Lua como que ser aspirada e parar bem na sua boca. As mandíbulas tornaram a se fechar com um craque seco! Por um momento pareceu-nos que tivesse se esmigalhado como um merengue, mas que nada, ficou entre as valvas da caçamba, meio para dentro meio para fora. Tinha adquirido uma forma oblonga, uma espécie de grande charuto preso entre os dentes. Caiu uma chuva de cor cinzenta.

A grua agora se esforçava para extirpar a Lua de sua órbita e arrastá-la para baixo. O guindaste tinha começado a girar em sentido inverso, com grande esforço. Diana e as companheiras permaneciam imóveis de braços erguidos, como se esperassem derrotar a agressão inimiga opondo-lhe a força do seu círculo. Só quando as cinzas da desagregação lunar choveram sobre seus rostos e seus peitos, nós as vimos se dispersarem. Diana lançou um grito agudo de lamento.

Naquele instante a Lua prisioneira perdeu aquela pouca luminosidade que lhe restava: tornou-se uma rocha negra e informe. Teria se precipitado de chofre na Terra se não tivesse sido retida pelos dentes da caçamba. Lá embaixo o pessoal da firma tinha preparado uma rede de aço, fixando-a ao solo com pregos profundos, em torno do lugar em que a grua estava depositando lentamente sua carga.

Uma vez no chão, a Lua era um rochedo bexiguento e arenoso, tão opaco que parecia inacreditável que outrora tivesse iluminado o céu com seu reflexo resplandecente. A grua abriu as valvas da caçamba, recuou sobre as lagartas, quase capotou, aliviada de repente. O pessoal da empresa estava pronto com a rede: embrulharam a Lua apertando-a entre a rede e o chão. A Lua tentou se desvencilhar da sua camisa de força: um abalo como de terremoto fez desmoronar avalanches de latas vazias das montanhas de lixo. Depois a calma voltou. O céu desimpedido era regado pelos jorros de luz dos refletores. Mas já a escuridão empalidecia.

O alvorecer encontrou o cemitério de automóveis com um destroço a mais: aquela Lua naufragada ali no meio quase não se distinguia dos demais objetos jogados fora; tinha a mesma cor, o mesmo ar condensado, o mesmo aspecto de coisa que não se consegue imaginar como poderia ser quando nova. Em volta, pela cratera dos detritos terrestres, ecoou um murmúrio: a luz do alvorecer revelava um fervilhar de vida que despertava aos poucos. Entre as carcaças evisceradas dos caminhões, entre as rodas retorcidas, as chapas encarquilhadas, alguns seres barbudos se punham adiante.

No meio das coisas jogadas fora pela cidade vivia uma população de pessoas, elas também jogadas fora, postas à margem, ou então pessoas que tinham se jogado fora por vontade própria, ou que tinham se cansado de correr pela cidade para vender e comprar coisas novas destinadas a envelhecer imediatamente; pessoas que tinham decidido que somente as coisas jogadas fora eram a verdadeira riqueza do mundo. Em torno da Lua, ao longo de toda a extensão do anfiteatro estavam erguidas ou sentadas aquelas figuras magérrimas, de rostos emoldurados por barbas ou por cabelos desalinhados. No meio da multidão maltrapilha ou vestida de maneira extravagante estavam Diana nua e todas as moças da noite anterior. Tomaram a dianteira e começaram a soltar os fios de aço da rede dos pregos fincados no solo.

Imediatamente, como um aeróstato liberado de suas amarras, a Lua pairou sobre a cabeça das moças, sobre a tribuna dos esfarrapados, e ficou suspensa, retida pela rede de aço cujos fios Diana e as companheiras manobravam, ora puxando-os, ora soltando-os, e, quando elas todas juntas tomaram impulso e correram segurando as pontas dos fios, a Lua as seguiu.

Assim que a Lua se moveu, como que uma onda se ergueu dos vales de destroços: as velhas carrocerias amassadas como sanfonas punham-se em marcha, dispunham-se, rangendo, em passeata, e uma corrente de latas arrebentadas rolava com ruído de trovão, e não se entendia se arrastadas ou arrastando tudo mais. Seguindo aquela Lua que se salvara de ser jogada fora, todas as coisas e todos os homens já resignados a serem jogados a um canto retomavam o caminho, e enxameavam em direção aos bairros mais opulentos da cidade.

Naquela manhã a cidade comemorava o Dia do Agradecimento do Consumidor. Todo ano, em certo dia de novembro, acontecia essa festa, instituída para que os clientes das lojas pudessem manifestar a própria gratidão para com a Produção, que não se cansava de satisfazer todos os seus desejos. O maior magazine da cidade todo ano organizava uma parada: um enorme balão, em forma de boneco de cores berrantes, desfilava pela avenida principal, controlado por fitas que moças cheias de paetês puxavam marchando atrás de uma banda musical. Assim, naquela manhã também o cortejo descia a Fifth Avenue: a *majorette* piruetava o bastão, os bumbos retumbavam, e o gigante feito de balões representando o Cliente Satisfeito voava por entre os arranha-céus docilmente manejado através de uma coleira pelas girls de quepe e alamares e ombreiras de franja, montadas em motocicletas cintilantes.

Ao mesmo tempo outro cortejo cruzava Manhattan. A Lua descascada e mofada também vinha navegando por entre os arranha-céus puxada pelas moças nuas, e atrás delas avançava uma fileira de carros massacrados, de esqueletos de caminhões, no meio de uma multidão silenciosa que crescia aos poucos. Ao séquito que desde as primeiras horas da manhã acompanhava a Lua, foram se juntando milhares de pessoas de todas as cores, famílias inteiras com filhos de todas as idades, especialmente quando o cortejo passava pelos mais populosos bairros negros e porto-riquenhos em torno do Harlem.

O cortejo lunar girou em zigue-zague pela Uptown, tomou a Broadway, foi descendo rápido e calado e convergindo com o outro que arrastava seu gigante de bexigas pela Fifth Avenue.

Na Madison Square um desfile cruzou com o outro, ou seja, houve um único cortejo. O Cliente Satisfeito, talvez devido a uma colisão com a pontuda superfície da Lua, desapareceu, transformou-se em um trapo de borracha. Nas motocicletas estavam as Dianas que puxavam a Lua pelas fitas multicolores, ou seja, como seu número tinha no mínimo dobrado, é de acreditar que as motociclistas tivessem jogado fora seus uniformes e os quepes. Uma transformação como essa tinha se passado com as motocicletas e os carros do séquito: não se entendia mais quais eram os velhos e quais os novos: as rodas tortas, os para-choques enferrujados estavam misturados com as cromagens reluzentes feito espelhos, com as pinturas brilhantes de tinta.

E atrás do cortejo as vitrines se recobriam de teias de aranha e de mofo, os elevadores dos arranha-céus se punham a chiar e a gemer, os cartazes publicitários amarelavam, os porta-ovos das geladeiras se enchiam de pintinhos como encubadoras, as televisões transmitiam o turbinar de tempestades atmosféricas. A cidade consumira a si própria de repente: era uma cidade para se jogar fora acompanhando a Lua em sua última viagem.

Ao som da banda, que rufava sobre latas de gasolina vazias, o cortejo chegou à ponte do Brooklyn. Diana ergueu o bastão de *majorette*: suas companheiras voltearam as fitas no ar. A Lua tomou o último impulso, ultrapassou as grades encurvadas da ponte, desequilibrou-se em direção ao mar, bateu na água como um tijolo, e afundou erguendo na superfície uma miríade de bolhinhas.

As moças, enquanto isso, em vez de largar as fitas, se agarraram a elas, e a Lua as ergueu fazendo-as voar para fora da ponte, para além dos parapeitos; descreveram no ar trajetórias de mergulhadoras e desapareceram entre as ondas.

Nós ficamos debruçados na ponte do Brooklyn e nos quebra-mares das margens, atônitos, divididos entre o impulso de mergulhar atrás delas e a confiança de que as veríamos reaparecer como das outras vezes.

Não tivemos que esperar muito. O mar começou a vibrar por causa das ondas que se alargavam em círculo. No centro desse círculo apareceu uma ilha, cresceu como uma montanha, como um hemisfério, como um globo apoiado na água, aliás, erguido sobre água, não — como uma nova Lua subindo ao céu. Digo uma Lua embora não se parecesse com uma Lua mais do que aquela que tínhamos visto afundar pouco antes; mas essa nova Lua tinha um modo todo diferente de ser diferente. Saía do mar erguendo uma cauda de algas verdes e cintilantes; esguichos de água lhe jorravam de fontes engastadas nos prados, o que lhe dava uma luminosidade de esmeralda; uma vegetação vaporosa a recobria, porém, mais do que de plantas, parecia feita de penas de pavão, olhudas e furta-cor.

Essa foi a paisagem que mal conseguimos entrever, porque o disco que a continha se afastava rapidamente no céu, e os detalhes menores se perdiam numa impressão geral de frescor e viço. Era o anoitecer: os contrastes das cores iam se achatando em um claro-escuro vibrante; os prados e os bosques lunares não passavam de relevos que mal se viam na superfície esticada do disco resplandecente. Mas deu tempo para vermos algumas redes penduradas nos ramos, agitadas pelo vento, e vi ali deitadas as moças que nos haviam conduzido até lá, reconheci Diana, finalmente sossegada, abanando-se com um flabelo de plumas, e talvez me dirigisse um sinal de saudação.

— Lá estão elas! Lá está ela! — gritei; todos gritamos, e a felicidade de tê-las encontrado novamente já vibrava pela aflição de tê-las perdido, porque a Lua, ao subir pelo céu escuro, só nos mandava o reflexo do Sol em seus lagos e prados.

Uma fúria nos tomou; começamos a galopar pelo continente, pelas savanas e pelas florestas que haviam recoberto a Terra e sepultado cidades e estradas, e apagado todo sinal do que fora. E barríamos, erguendo para o céu nossas trombas, nossas presas longas e finas, sacudindo o longo pelo do nosso dorso com a violenta angústia que toma todos nós, jovens mamutes, quando compreendemos que é agora que a vida começa, e no entanto está claro que não teremos aquilo que desejamos.

# OS
# METEORITOS

*Segundo as teorias mais recentes, na origem a Terra teria sido um pequeníssimo corpo frio que depois teria aumentado ao englobar meteoritos e pó meteórico.*

De início nos iludíamos quanto a podermos mantê-la limpa, *contou o velho Qfwfq*, já que era pequena e podíamos varrê-la e tirar o pó todos os dias. Bem, chegava aqui uma montanha de coisas: podia se dizer que nesse seu girar a Terra não tinha outro objetivo senão coletar todo pó e todo lixo que pairavam no espaço. Agora é diferente, temos a atmosfera, vocês olham para o céu e dizem: oh, como está limpo, oh, como é puro; mas precisavam ver o que voava sobre nossas cabeças quando o planeta, seguindo sua órbita, topava com uma daquelas nuvens meteóricas e não conseguia sair dela. Era um pó branco como naftalina, que se depositava em grãozinhos pequeninos, e às vezes em lascas maiores, cristalinas, como se do céu tivesse caído um lustre de vidro em pedaços, e no meio também se encontravam seixos maiores, pedaços disseminados de outros sistemas planetários, caroços de pera, torneiras, capitéis jônicos, velhos números do *Herald Tribune* e do *Paese Sera*; sabemos que os universos se fazem e se desfazem, mas é sempre o mesmo material que gira. A Terra, sendo pequena e rápida (porque corria muito mais rápido do que agora), conseguia se esquivar de muitas coisas: víamos um objeto se aproximar das profundezas do espaço, esvoaçando como uma ave — depois podia até ser uma meia — ou navegando com uma leve embicada — como certa vez um piano de cauda —, chegar até meio metro de distância de nós e, nada, continuar sua trajetória sem nos tocar; perdia-se, talvez para sempre, nas escuridões vazias que deixávamos para trás. Mas na maioria das vezes a onda meteórica se despejava sobre nós, levantando uma densa poeira e um estrondo de latas vazias; era o momento em que uma descontrolada agitação tomava conta da minha primeira mulher, Xha.

Xha queria manter tudo asseado e arrumado; e conseguia. Claro que precisava trabalhar um bocado, mas o planeta ainda tinha dimensões que possibilitavam um controle diário, e o fato de sermos apenas nós dois a habitá-lo — a desvantagem era não haver ninguém para nos dar uma mão — constituía uma vantagem porque duas pessoas tranquilas e ordeiras como nós não fazem bagunça, quando apanham alguma coisa sempre a colocam de volta no lugar: uma vez consertadas as avarias das caliças meteóricas, tirado o pó direitinho, lavada e estendida no varal a roupa de cama e de banho que se sujava continuamente, nada mais restava a fazer.

Inicialmente Xha acondicionava o lixo em muitos pacotes que eu tornava a jogar no vazio lançando-os o mais alto que podia: a Terra, tendo ainda pouca força de atração, e eu, por outro lado, tendo braços fortes e habilidade nos lançamentos, nós nos livrávamos até dos corpos de notável dimensão e peso, mandando-os de volta para o espaço de onde tinham vindo. Com os grãos de poeira essa operação era impossível: mesmo enchendo cartuchos, não se conseguia lançá-los longe o suficiente para que não retornassem; quase sempre se desmanchavam no ar e ficávamos empoeirados da cabeça aos pés.

Enquanto lhe foi possível, Xha preferiu fazer o pó desaparecer dentro de certas frestas no solo; depois as fendas se encheram, ou melhor, foram se alargando em crateras galopantes. O fato era que a grande quantidade de material acumulado inchava a Terra a partir do seu interior e aquelas fendas eram, justamente, provocadas pelo aumento do volume. Dava na mesma então espalhar a poeira em camadas uniformes sobre a superfície do planeta e fazer com que se condensasse numa crosta lisa e contínua, para não dar a impressão de um arranjo abandonado pela metade ou descuidado.

A habilidade e a tenacidade que Xha havia demonstrado ao procurar tirar todo grão que viesse a perturbar a polida harmonia do nosso mundo eram então aplicadas para fazer da miuçalha meteórica a base dessa mesma ordem harmoniosa, acumulando-a em camadas regulares, escondendo-a debaixo de uma superfície lustrável. Mas todo dia um novo pó se apoiava no solo terrestre em um véu ora fino ora adensado em corcundas e montinhos espalhados; logo nos púnhamos novamente ao trabalho para arranjar uma nova estratificação.

A massa do nosso planeta crescia, mas conservava, graças aos cuidados que minha mulher e eu — sob sua direção — lhe dispensávamos, uma forma sem irregularidades, saliências ou escórias; nem sequer uma sombra ou mancha perturbava sua nitidez branco-naftalina. As camadas externas escondiam também aqueles objetos que choviam sobre nós misturados à poeira que já não podíamos devolver às correntes do cosmo porque, ao crescer, a massa da Terra tinha estendido à sua volta um campo gravitacional demasiado vasto para ser vencido pela força de meus braços. Onde os detritos eram mais volumosos, nós os sepultávamos sob túmulos de pó em formato de pirâmides bem esquadradas, não muito altas, dispostas em fileiras simétricas, de modo que cada intrusão do informe e do arbitrário era apagada por nossos olhares.

Ao descrever o vigor da minha primeira mulher, eu não gostaria de ter lhes dado a ideia de que em sua solicitude coubesse um componente de nervosismo, de ansiedade, quase de alarme. Não, Xha tinha certeza de que essas chuvas meteóricas eram um fenômeno acidental e provisório de um universo ainda em fase de adaptação. Não tinha dúvidas sobre o fato de que nosso planeta e os outros corpos celestes e tudo o que havia dentro e fora deles tivesse de seguir uma geometria de retas e curvas e superfícies exatas e regulares; segundo ela, tudo o que não entrava nesse desenho era um resíduo irrelevante, e procurar logo varrê-lo para longe ou sepultá-lo era o seu modo de minimizá-lo, de até mesmo negar sua existência. Evidentemente essa é a minha interpretação das suas ideias: Xha era uma mulher prática, que não se perdia em enunciados gerais, apenas procurava fazer direito o que lhe parecia bom fazer, e o fazia de bom grado.

Por essa paisagem terrestre defendida com sanha tão meticulosa, passeávamos toda noite, Xha e eu, antes de irmos nos deitar. Era uma extensão lisa, glabra, interrompida apenas em intervalos regulares pelas quinas nítidas dos relevos piramidais. Acima de nós, no céu, planetas e estrelas rodavam nas velocidades e distâncias corretas, trocando entre si raios de luz que espalhavam sobre nosso solo um reluzir uniforme. Minha mulher agitava um leque de varetas para deslocar o ar sempre um tanto poeirento em volta do nosso rosto; eu segurava, para nos proteger de possíveis rajadas de chuva meteórica, um guarda-chuva. Um leve toque de amido dava às vestes pregueadas de Xha um frescor austero; uma fita branca segurava seus cabelos esticados.

Eram esses os momentos de contemplação comportada que nos concedíamos; mas duravam pouco. De manhã nos levantávamos cedo, e já nossas poucas horas de sono tinham bastado para deixar recobrir a Terra de detritos. — Vamos logo, Qfwfq, não há tempo a perder! — dizia Xha pondo a vassoura na minha mão, e eu partia para a ronda habitual, enquanto o alvorecer esbranquiçava o restrito e desnudo horizonte da planície. Caminhando, avistava aqui e acolá montes de detritos e tralhas; à medida que a luz aumentava, percebia a poeirada opaca que velava o piso brilhante do planeta. Com golpes de vassoura metia tudo o que podia numa lixeira ou em um saco que carregava comigo, mas antes parava para observar os objetos estranhos que a noite nos tinha trazido: um bucrânio, um cacto, uma roda de carro, uma pepita de ouro, um projetor de cinerama. Avaliava-os e os revirava nas mãos, chupava o dedo picado pelo cacto e me divertia imaginando que entre aqueles objetos incongruentes havia uma ligação misteriosa, que eu tinha que adivinhar. Fantasias a que podia me abandonar quando estava sozinho, porque com Xha a paixão de desembaraçar, apagar, jogar fora era tão devoradora que nunca parávamos para observar o que estávamos varrendo. Agora, no entanto, a impelir-me nas inspeções diárias, a curiosidade se tornara o impulso mais forte, e eu partia toda manhã quase com alegria, assobiando.

Xha e eu tínhamos dividido as tarefas, os hemisférios a manter em ordem. No hemisfério que me cabia, às vezes eu não levava as coisas embora logo, especialmente quando eram mais pesadas, mas as amontoava em um canto, para levá-las mais tarde com o carrinho de mão. Assim por vezes se formavam certos aglomerados ou acúmulos: tapetes, dunas de areia, edições do Alcorão, poços de petróleo, um amontoado absurdo de cacarecos diferentes. Evidentemente Xha não teria aprovado o meu método, porém eu, para dizer a verdade, sentia certo prazer ao ver aquelas sombras compósitas torrear no horizonte. Acontecia-me deixar coisas amassadas também de um dia para o outro (a Terra começava a se tornar tão grande que nem todo dia Xha conseguia percorrê-la por inteiro), e a surpresa, pela manhã, era encontrar todas as coisas novas que haviam chegado para se juntar às outras.

Um dia eu estava contemplando uma montanha de caixas arrebentadas e latões enferrujados, dominada por uma grua que levantava os destroços contorcidos de um carro, quando, ao baixar o olhar, vi, na soleira de uma cabana construída com pedaços de chapas de metal e compensado, uma moça concentrada a descascar batatas. Estava vestida, pareceu-me, de trapos: retalhos de celofane, pedaços de echarpes desfiadas; entre os longos cabelos tinha fios de feno e cavacos. Apanhava as batatas de um saco e com um canivete delas desenrolava fitas de casca que se acumulavam em um montinho cinzento.

Senti a necessidade de me desculpar: — Sinto muito, encontrou uma bela desordem, vou fazer a limpeza já já, vou remover tudo...

A moça jogou uma batata descascada em uma bacia e disse: — Sei, sei...

— Talvez se a senhora pudesse me dar uma mão... — disse, ou melhor, disse a parte de mim mesmo que continuava raciocinando como sempre fizera. (Precisamente na noite anterior, conversando com Xha, tínhamos dito: "Claro, se encontrássemos alguém para ajudar, seria bem diferente!".)

— Você, aliás — disse a moça, bocejando e estirando-se —, ajude-me a descascar.

— Não sabemos como nos livrar dessa tralha que chove sobre as nossas cabeças... — expliquei. — Olhe aqui — e ergui um barril sem tampa que vi naquela hora. — Sabe-se lá o que há aqui dentro...

A moça farejou e disse: — Enchovas. Comeremos fish and chips.

Quis que me sentasse com ela para cortar as batatas em fatias finas. No meio daquele lixão encontrou uma lata meio preta cheia de óleo. Acendeu o fogo no chão, com material de embalagem, e começou a fritar peixinhos e fatias de batatas em uma bacia enferrujada.

— Aqui não dá, está sujo... — disse, pensando nos utensílios de cozinha de Xha, bilhantes feito espelhos.

— Sei, sei, ahã... — ela dizia, servindo a fritura fervendo em cartuchos de jornal.

Mais tarde, muitas vezes me perguntei se fiz mal em não falar a Xha sobre aquele dia que na Terra havia chovido também uma outra pessoa. Mas teria que confessar minha preguiça ao deixar acumular tantas coisas. "Antes farei uma boa limpeza", pensei, embora compreendesse que tudo se tornara mais difícil.

Todo dia eu ia visitar a moça Wha no meio da avalanche de novos objetos que já transbordavam por todo o hemisfério. Não entendia como Wha conseguia viver naquela confusão, deixando uma coisa se amontoar sobre a outra, os cipós sobre os baobás, as catedrais românicas sobre as criptas, os monta-cargas sobre as jazidas de carvão, e depois ainda mais coisas que se juntavam em cima, chimpanzés pendurados nos cipós, ônibus do sight-seeing-tour estacionados no pátio das catedrais românicas, exalações de grisu nas galerias das minas. Toda vez era um aborrecimento aquilo, bendita moça, tinha mesmo uma cabeça oposta à minha.

Porém, em certas horas, tinha de admitir que gostava de vê-la se mexer ali no meio, com aqueles seus gestos estabanados, como se tudo o que ela fizesse fosse por acaso; e a surpresa, a cada vez, era ver que se saía inesperadamente bem. Wha jogava para ferver na mesma panela a primeira coisa que ia parar na sua mão, tanto poderia ser feijão como paio de porco, e quem diria? O resultado era uma ótima sopa; amontoava pedaços de monumentos egípcios um sobre o outro como se fosse louça para lavar — uma cabeça de mulher, duas asas de íbis, um corpo de leão — e dali surgia uma belíssima esfinge. Enfim, surpreendi-me pensando que com ela — uma vez que eu tivesse me acostumado com aquilo — acabaria me sentindo à vontade.

O que eu não conseguia perdoar eram as suas distrações, a desordem, nunca saber onde deixava as coisas. Esquecia o vulcão mexicano Paricutin entre os sulcos de um campo arado e o teatro romano de Luni entre as fileiras de um vinhedo. O fato de no final acontecer de sempre reencontrá-los na hora certa bastava para acalmar minha irritação, porque era uma nova circunstância casual que se acrescentava às outras, como se já não fossem suficientes.

Claro que minha vida não era ali, era a outra, a que eu passava ao lado de Xha a manter esplanada e limpa a superfície do outro hemisfério. Quanto a essa questão, eu pensava igual a Xha, não havia dúvidas, eu trabalhava para que a Terra se mantivesse em seu estado perfeito, podia passar horas com Wha apenas porque tinha certeza de que depois poderia voltar ao mundo de Xha, em que tudo seguia como tinha que seguir, onde se compreendia tudo o que era necessário compreender. Deveria dizer que com Xha eu alcançava uma calma interior em uma contínua atividade exterior; com Wha, ao contrário, podia conservar uma calma exterior, fazer somente o que eu tinha vontade de fazer naquele momento, mas essa paz eu a pagava com um contínuo agastamento, porque tinha certeza de que aquele estado de coisas não podia durar.

Estava errado. Ao contrário, os mais disparatados fragmentos meteóricos, apesar de o fazerem de modo aproximativo, iam se ligando uns nos outros, compondo-se num mosaico, ainda que lacunoso. As enguias de Comacchio, uma fonte no Monviso, uma série de palácios ducais, muitos hectares de arrozais, as tradições sindicais dos assalariados agrícolas, alguns sufixos célticos e lombardos, certo índice de incremento da produtividade industrial eram materiais esparsos e isolados que se fundiram em um conjunto densamente entretecido de relações recíprocas no preciso instante em que de repente um rio caiu na Terra, e era o rio Pó.

Assim, cada novo objeto que chovia em nosso planeta acabava encontrando seu lugar como se sempre tivesse estado ali, sua relação de interdependência com os outros objetos, e a irracional presença de um encontrava sua razão na irracional presença dos outros, a ponto de a desordem geral poder ser considerada a ordem natural das coisas. É nesse quadro que devem ser considerados também outros fatos sobre os quais não vou me deter apenas por pertencerem à minha vida particular: hão de ter entendido que me refiro ao meu divórcio de Xha e ao meu segundo casamento, com Wha.

A vida com Wha, observando bem, também tinha sua harmonia. Ao redor dela, as coisas pareciam seguir o seu estilo, dispondo-se e somando-se e abrindo espaço, sua mesma falta de método e indiferença para com os materiais e a incerteza de gestos que no final culminavam em uma escolha instantânea e clara sobre a qual não havia mais nada a dizer. No céu voava o *Erecteion* todo lascado por causa dos naufrágios cósmicos, perdendo os pedaços, pairava por um instante no alto do Licavitos, recomeçava a planar, roçava a clareira da Acrópole, onde depois havia de baixar o Partenon, que pousava com leveza um pouco mais para lá.

Às vezes acontecia uma pequena intervenção da nossa parte para ligar peças separadas, para encaixar elementos sobrepostos, e nesses casos Wha, mesmo com o ar de apenas querer fazer hora, demonstrava sempre ter uma mão feliz. Brincando, amarrotava as camadas das rochas sedimentares em sinclinais e anticlinais, mudava a orientação das faces dos cristais obtendo paredes de feldspato ou quartzo ou mica ou ardósia, e entre uma camada e outra escondia fósseis marinhos em diversas alturas e por ordem de data.

Assim a Terra tomava aos poucos as formas que conhecem. A chuva de fragmentos meteóricos continua, acrescenta novos detalhes ao quadro, emoldura-o com uma janela, uma cortina, um reticulado de fios de telefone, enche os espaços vazios de peças que se encaixam do jeito que dá, semáforos, obeliscos, bares-tabacarias, absides, enchentes, o consultório de um dentista, uma capa da *Domenica del Corriere* com um caçador mordendo um leão, e sempre se acrescenta algum excesso na execução de detalhes supérfluos, por exemplo na pigmentação das asas das borboletas, e algum elemento incongruente, como uma guerra na Caxemira, e sempre tenho a impressão de que ainda está faltando alguma coisa que está para chegar, talvez somente alguns satúrnios de Névio para preencher o intervalo entre dois fragmentos de poema, ou a fórmula que regula as transformações do ácido desoxirribonucleico nos cromossomos, e então o quadro estará completo, terei diante de mim um mundo preciso e denso, terei novamente Xha e Wha ao mesmo tempo.

Agora que há tanto tempo perdi ambas — Xha, vencida pela chuva de poeira, desaparecida junto com seu reino exato; Wha, talvez ainda agachada por brincadeira num esconderijo do repleto depósito dos objetos encontrados, e já não encontrável —, ainda espero que voltem, que reapareçam talvez em um pensamento que cruze minha mente, em um olhar de olhos fechados ou de olhos abertos, mas juntas as duas no mesmo instante, bastaria tê-las de volta, as duas juntas, um único momento para compreender.

# O CÉU DE PEDRA

*A velocidade de propagação das ondas sísmicas no interior do globo terrestre varia conforme as profundidades e descontinuidades entre os materiais que constituem a crosta, o manto e o núcleo.*

Vocês que vivem aí fora, na crosta, *ouviu-se a voz de Qfwfq do fundo da cratera,* ou quase fora, porque têm acima aquela outra crosta feita de ar, mas ainda assim fora para quem os observa das esferas concêntricas que a Terra contém, assim como eu os observo ao me mover nos interstícios entre uma esfera e a outra. Nem se importam de saber que a Terra, por dentro, não é compacta: é descontínua, feita de cascas de diferentes densidades sobrepostas, até lá embaixo no núcleo de ferro e níquel, que também é um sistema de núcleos um dentro do outro, conforme a maior ou a menor fluidez do elemento.

Querem ser chamados terrestres, sabe-se lá com que direito, já que o verdadeiro nome de vocês seria extraterrestres, gente que está fora: terrestre é quem vive dentro, como eu, como Rdix, até o dia em que vocês a levaram de mim, enganando-a, para aquele fora desolado de vocês.

Sempre vivi aqui dentro, junto com Rdix, antes, e depois sozinho, numa dessas terras internas. Um céu de pedra girava acima das nossas cabeças, mais límpido que o de vocês, e atravessado, como o seu, por nuvens, ali onde se condensam suspensões de cromo ou de magnésio. Sombras aladas levantam voo: os céus internos têm suas aves, concreções de rocha leve que descrevem espirais, escorrendo para o alto até desaparecerem da vista. O tempo muda de repente: quando descargas de chuva plúmbea se abatem, ou quando saraivam cristais de zinco, não há outra salvação a não ser se infiltrar nas porosidades da rocha esponjosa. Aos intervalos, a escuridão é sulcada por um zigue-zague abrasado; não é um raio, é metal incandescente que serpenteia veio abaixo.

Considerávamos terra a esfera que nos sustentava e céu a esfera que cerca aquela esfera: exatamente como vocês fazem, enfim, mas por aqui essas distinções sempre eram provisórias, arbitrárias, já que a consistência dos elementos mudava o tempo todo, e a certa altura percebíamos que o nosso céu era duro e compacto, uma mó nos esmagando, ao passo que a terra era uma cola viscosa, agitada por sorvedouros, pululante de pequenas bolhas que estouravam. Eu procurava aproveitar as efusões de elementos mais pesados para me aproximar do verdadeiro centro da Terra, do núcleo que serve de núcleo para todo núcleo, e segurava Rdix pela mão, guiando-a na descida. Mas cada infiltração que se dirigia para o núcleo destituía outro material e o obrigava a subir para a superfície; às vezes, em nosso afundar éramos envolvidos pela onda que jorrava em direção às camadas superiores e que se enrolava em seu caracol. Assim tornávamos a percorrer em sentido oposto o raio terrestre; nas camadas minerais abriam-se canais que nos aspiravam e abaixo de nós a rocha tornava a se solidificar. Até nos percebermos sustentados por outro solo e dominados por outro céu de pedra, sem saber se estávamos mais acima ou mais abaixo do ponto de onde havíamos partido.

Rdix, assim que via o metal de um novo céu acima de nós se tornar fluido, era dominada pela fantasia de voar. Mergulhava para o alto, atravessava a nado a cúpula de um primeiro céu, de outro, de um terceiro, se agarrava às estalactites que pendiam das abóbadas mais altas. Eu ia atrás dela, um pouco para fazer o seu jogo, um pouco para lembrá-la de retomar o nosso caminho, no sentido oposto. Claro que Rdix, assim com eu, estava convencida de que o ponto para o qual pendíamos era o centro da Terra. Só tendo alcançado o centro poderíamos chamar de nosso o planeta todo. Éramos os iniciadores da vida terrestre e por isso tínhamos que começar a tornar a Terra viva desde o seu núcleo, irradiando aos poucos nossa condição para todo o globo. Pendíamos para a vida *terrestre*, isto é, *da* Terra e *na* Terra; não ao que desponta da superfície e vocês acreditam poder chamar de vida terrestre, embora nada mais seja do que mofo dilatando suas manchas na casca rugosa da maçã.

Foi o caminho errado o de vocês, a vida condenada a permanecer parcial, superficial, insignificante. Mesmo Rdix sabia bem disso; ainda assim, sua índole encantada a levava a preferir todo estado de suspensão, e tão logo lhe era possível pairar em saltos, voos, escaladas dos caminhos plutônicos, a víamos procurar as posições mais incomuns, as perspectivas mais distorcidas.

Os lugares fronteiriços, as passagens de uma camada terrestre a outra, lhe proporcionavam uma tênue vertigem. Sabíamos que a terra é feita de telhados sobrepostos, como invólucros de uma imensa cebola, e que cada teto remetia a um teto superior, e todos juntos preanunciavam o teto extremo, ali onde a Terra cessa de ser Terra, onde o dentro todo fica do lado de cá, e do lado de lá há apenas o fora. Para vocês, essa fronteira da Terra se identifica com a própria Terra; acreditam que a esfera seja a superfície que a enfaixa, não o volume; sempre viveram naquela dimensão bem achatada e nem sequer supõem que se possa existir alhures e de outro modo; para nós então essa fronteira era alguma coisa que sabíamos existir, mas não imaginávamos poder ver, a não ser que se saísse da Terra, perspectiva que nos parecia, mais do que amedrontadora, absurda. Era ali que era projetado em erupções e jorros betuminosos e grandes sopros tudo aquilo que a Terra expelia de suas vísceras: gases, misturas líquidas, elementos voláteis, materiais de pouca importância, resíduos de todo tipo. Era o negativo do mundo, alguma coisa que não podíamos representar nem mesmo com o pensamento, e cuja ideia abstrata bastava para provocar um arrepio de desgosto, não, de angústia, ou melhor, um aturdimento, uma — justamente — vertigem (aqui está, nossas reações eram mais complicadas do que se pode acreditar, especialmente as de Rdix), na qual se insinuava uma parte de fascínio, como uma atração pelo vazio, pelo bifronte, pelo último.

Seguindo Rdix nessas suas fantasias errantes, tomamos a garganta de um vulcão extinto. Acima de nós, ao atravessar como o aperto de uma ampulheta, abriu-se a cavidade da cratera, grumosa e cinzenta, uma paisagem não muito diferente, em forma e essência, daquelas habituais das nossas profundezas; mas o que nos deixou atônitos foi o fato de a Terra ali parar, não recomeçar a girar sobre si mesma sob outro aspecto, e dali em diante começava o vazio, ou, de todo modo, uma substância incomparavelmente mais tênue do que as que tínhamos atravessado até então, uma substância transparente e vibrante, o ar azul.

No que diz respeito às vibrações, estávamos prontos a colher as que se propagam lentamente através do granito e do basalto, os estalidos, os clangores, os cavernosos retumbares que percorrem torpemente as massas dos metais fundidos ou as muralhas cristalinas. Ora, as vibrações do ar vieram ao nosso encontro como um disparar de centelhas sonoras miúdas e puntiformes sucedendo-se numa velocidade para nós insustentável de qualquer ponto do espaço: era uma espécie de cócegas que para nós resultava em impaciência desalinhada. Tomou conta de nós — ou, ao menos, tomou conta de mim; daqui em diante sou obrigado a distinguir os meus estados de espírito daqueles de Rdix — o desejo de nos afastarmos no negro fundo de silêncio no qual o eco dos terremotos passa macio e se perde na distância. Mas para Rdix, como sempre atraída pelo raro e temerário, havia a impaciência de se apropriar de alguma coisa única, boa ou ruim que fosse.

Foi naquele instante que a insídia foi detonada: além da borda da cratera o ar vibrou de modo contínuo, aliás de um modo contínuo que continha diversas maneiras descontínuas de vibrar. Era um som que se erguia pleno, se extinguia, retomava o volume, e nesse modular-se seguia um desenho invisível estendido no tempo como uma sucessão de cheios e vazios. Outras vibrações se sobrepunham a essa, e eram agudas e bem separadas umas das outras, mas se apertavam em um halo ora doce ora amargo, e se contrapunham ou acompanhavam o curso do som mais profundo, impunham como um círculo ou campo ou domínio sonoro.

Logo o meu impulso foi subtrair-me daquele círculo, retornar para a densidade acolchoada; e deslizei para dentro da cratera. Mas Rdix, no mesmo instante, tinha tomado impulso despenhadeiros acima, na direção de onde provinha o som, e antes que eu pudesse retê-la, tinha superado a borda da cratera. Ou foi um braço, ou alguma coisa que pude pensar fosse um braço, que a agarrou, serpentino, e a arrastou para fora; consegui ouvir um grito, o grito dela, que se unia ao som de antes, em harmonia com ele, em um único canto que ela e o desconhecido cantor entoavam, escandido nas cordas de um instrumento, descendo as encostas externas do vulcão.

Não sei se essa imagem corresponde ao que vi ou ao que imaginei; estava já afundando em minha escuridão, os céus internos se fechavam um por um sobre mim: abóbadas silícicas, telhados de alumínio, atmosferas de enxofre viscoso; e o matizado silêncio subterrâneo ecoava à minha volta, com seus estrondos contidos, com seus trovões sussurrados. O alívio em me descobrir distante da nauseabunda margem do ar e do suplício das ondas sonoras tomou conta de mim junto com o desespero por ter perdido Rdix. Pronto, estava só; não soubera salvá-la do desespero de ser arrancada da Terra, exposta à contínua percussão de cordas estendidas no ar com que o mundo do vazio se ilude em existir. Meu sonho de tornar a Terra viva alcançando com Rdix o último centro falhara. Rdix era prisioneira, exilada nas charnecas destampadas do lado de fora.

Seguiu-se um tempo de espera. Meus olhos contemplavam paisagens densamente espremidas umas sobre as outras preenchendo o volume do globo: cavernas filiformes, cadeias montanhosas empilhadas em lascas e lâminas, oceanos torcidos como esponjas; quanto mais reconhecia com emoção nosso mundo apinhado, concentrado, compacto, tanto mais sofria por Rdix não estar ali habitando-o.

Libertar Rdix tornou-se meu único pensamento: forçar as portas do fora, invadir o exterior com o interior, reanexar Rdix à matéria terrestre, construir sobre ela uma nova abóbada, um novo céu mineral, salvá-la do inferno daquele ar vibrante, daquele som, daquele canto. Espiava o juntar-se da lava nas cavernas vulcânicas, sua pressão para o alto pelos dutos verticais da crosta terrestre — o caminho era esse.

Chegou o dia da erupção, uma torre de fagulhas ergueu-se negra no ar acima do Vesúvio decapitado, a lava galopava pelos vinhedos do golfo, forçava as portas de Herculano, esmagava o muladeiro e o animal contra a muralha, arrancava do avaro as moedas, o escravo dos cepos, o cão apertado pela coleira desarraigava a correia e procurava salvação no celeiro. Eu estava ali no meio: avançava com a lava, a avalanche incandescente se retalhava em línguas, em regatos, em serpentes, e na ponta que se infiltrava mais à frente estava eu, correndo em busca de Rdix. Sabia — alguma coisa me avisava — que Rdix ainda era prisioneira do desconhecido cantor: onde quer que eu tornasse a ouvir a música daquele instrumento e o timbre daquela voz, lá estaria ela.

Corria enlevado pela efusão de lava entre hortas apartadas e templos de mármore. Ouvi o canto e um harpejo; duas vozes se revezavam; reconheci a de Rdix — mas como estava mudada! — acompanhando a voz desconhecida. Uma inscrição na arquivolta, em letras gregas: Orpheos. Arrebentei a porta, inundei além da soleira. Eu a vi, um só instante, ao lado da harpa. O lugar era fechado e cavo, feito de propósito — dir-se-ia — para que a música se abrigasse ali, como numa concha. Uma cortina pesada — de couro, pareceu-me, aliás, estofada como um edredom — fechava uma janela, de modo a isolar sua música do mundo ao redor. Assim que entrei, Rdix puxou a cortina de repente, escancarando a janela: lá fora se abria a enseada deslumbrante de reflexos e a cidade e as ruas. A luz do meio-dia invadiu a sala, a luz e os sons: um arranhar de violões erguia-se de todos os cantos e o ondulante mugido de cem alto-falantes, e se misturavam a um retalhado crepitar de motores e buzinações. A couraça do ruído estendia-se dali em diante sobre a superfície do globo: a faixa que delimita sua vida extraterrestre, com as antenas hasteadas nos telhados a transformar em som as ondas que percorrem, invisíveis e inaudíveis, o espaço, com os transistores grudados nos ouvidos para enchê-los a todo instante da cola acústica sem a qual não sabem se estão vivos ou mortos, com os jukeboxes armazenando e revertendo sons, e a ininterrupta sirene da ambulância que recolhe a toda hora os feridos da carnificina ininterrupta de vocês. Contra essa parede sonora, a lava parou. Transpassado pelos espinhos do alambrado de vibrações estrepitantes, ainda fiz um movimento adiante em direção ao ponto onde, por um instante, havia visto Rdix, mas Rdix tinha desaparecido, desaparecido seu raptor: o canto de onde e do qual viviam estava submerso pela irrupção da avalanche do ruído, eu não conseguia mais distinguir nem ela nem seu canto.

Recuei, movendo-me para trás na efusão de lava, tornei a subir as encostas do vulcão, tornei a habitar o silêncio, a me sepultar.

Ora, vocês que vivem fora, digam-me, se por acaso lhes acontece captar, na densa massa de sons que os cerca, o canto de Rdix, o canto que a mantém prisioneira e que por sua vez é prisioneiro do não canto que engloba todos os cantos, se conseguem reconhecer a vox de Rdix na qual ainda soa o eco distante do silêncio, digam-me, deem-me notícias dela, vocês extraterrestres, vocês provisoriamente vencedores, para que eu possa retomar meus planos de encontrar Rdix e voltar a descer com ela para o centro da vida terrestre, de tornar terrestre a vida do centro para fora, agora que está claro que a vitória de vocês é uma derrota.

# ENQUANTO O SOL DURAR

*As estrelas, conforme o tamanho e a luminosidade e a cor, têm uma evolução diferente, que pode ser classificada mediante o diagrama de Hertzsprung-Russel. A vida delas pode ser brevíssima (alguns milhões de anos apenas, para as grandes estrelas azuis) ou seguir um curso tão lento (uma dezena de milhares de anos, para as amarelas) que antes de levá-las à velhice pode prolongar-se (para as mais vermelhas e pequenas) até bilhões de milênios. Para todas elas chega a hora em que, queimado todo o hidrogênio que tinham, nada lhes resta senão dilatar-se e esfriar-se (transformando-se em "gigantes vermelhas") e dali começar uma série de reações termonucleares que as levam rapidamente à morte. Antes de chegar àquele momento, o Sol, estrela amarela de potência média que resplandece já há quatro ou cinco bilhões de anos, tem diante de si um tempo igualmente longo.*

Foi justamente para ficar um pouco sossegado que meu avô se mudou para cá, *contou Qfwfq*, depois que a última explosão de "supernova" os projetou, mais uma vez, no espaço, ele a vovó os filhos os netos e os bisnetos. O Sol mal tinha acabado de se condensar, arredondado, amarelinho, num braço da Galáxia, e lhe causou uma boa impressão, no meio de todas as outras estrelas por aí. — Vamos tentar uma amarela dessa vez — disse para sua mulher. — Se entendi direito, as amarelas são as que ficam mais tempo em cima sem mudar. E talvez daqui a pouco à sua volta também se forme um sistema planetário.

Essa coisa de se aboletar com a família toda num planeta, talvez num daqueles com a atmosfera e os bichinhos e as plantas, era uma velha ideia do coronel Eggg para quando se aposentasse, depois de todos aqueles vaivéns no meio da matéria incandescente. Não que meu avô sofresse com o calor — e quanto aos saltos de temperatura tivera de se acostumar havia um bom tempo, em tantos anos de serviço —, mas quando se chega a uma certa idade, todos começam a achar agradável um clima temperado.

Minha avó, ao contrário, foi logo contradizendo: — E por que não naquela outra? Quanto maior, mais eu confio! — e apontou uma "gigante azul".

— Está doida? Não sabe o que é aquilo? Não conhece as azuis, não? Queimam tão rapidamente que você nem percebe, e mal se passa um par de milhares de milênios e já é preciso fazer as malas! Mas vocês sabem como é vovó Ggge, continua jovem não só no aspecto, como também no juízo, nunca feliz com o que tem, sempre querendo mudar, para melhor ou pior pouco importa, atraída por tudo o que é diferente. E pensar que os inúmeros afazeres daquelas mudanças apressadíssimas de um planeta para o outro sempre recaíam sobre ela, especialmente quando havia crianças pequenas. — Parece que de uma vez para a outra já se esqueceu — desabafa vovô Eggg conosco, os netos. — Não consegue aprender a sossegar. Aqui no Sistema Solar, puxa vida, do que é que pode se queixar? Faz muito tempo que ando por todos os cantos das Galáxias: um pouco de experiência hei de ter, ou não? Pois bem, não há uma única vez em que a minha mulher reconheça isso...

Este é o tormento do coronel: satisfações na carreira ele encontrou muitas, mas esta, que lhe importa mais do que todas as outras, não consegue ter: ouvir sua mulher finalmente dizendo: "Sim, Eggg, você teve olho, por esse Sol eu não teria dado um tostão furado, ao passo que você soube avaliar na hora que era um astro dos mais confiáveis e estáveis, dos que não aprontam brincadeiras de uma hora para outra, e você também soube se colocar na posição exata para tomar lugar na Terra, quando depois se formou... Terra que, com todos os seus limites e defeitos, ainda oferece boas regiões para residir, e os garotos têm espaço para brincar e escolas não muito distantes...". É isso que o velho coronel gostaria que a mulher lhe dissesse, que lhe desse essa satisfação, ao menos uma vez. Que nada. Mas basta ela ouvir falar de algum sistema estelar que funciona de maneira completamente diferente, as oscilações de luminosidade das "R R Lyrae" por exemplo, e começa a agitação: que lá talvez a vida seja mais variada, as coisas acontecem é lá, enquanto nós ficamos confinados neste canto, num ponto morto onde nunca ocorre nada.

— E o que você quer que aconteça? — pergunta Eggg, tomando todos nós como testemunhas. — Como se já não soubéssemos que é sempre a mesma coisa em todo canto: o hidrogênio que se transforma em hélio, depois as brincadeiras de sempre com o berilo e o lítio, as camadas incandescentes desabando uma em cima da outra, depois se incham feito balões esbranquiçando e esbranquiçando e de novo desabam... Se ao menos conseguíssemos, estando ali no meio, desfrutar do espetáculo! Mas não, todas as vezes a preocupação é não perder de vista os pacotes e pacotinhos da mudança, e as crianças chorando, e a filha que fica de olhos inflamados, e o genro cuja dentadura derrete... A primeira a sofrer com isso, sabemos, é precisamente ela, Ggge: fala fala, mas vá observá-la na prática...

Também para o velho Eggg (ele nos contou isso tantas vezes) os primeiros tempos eram cheios de surpresas: a condensação das nuvens de gás, o choque dos átomos, aquele condensar-se de matéria que se espessa e espessa até se acender, e o céu que se povoa de corpos incandescentes de todas as cores, cada um parece diferente de todos os outros, diâmetro temperatura densidade, maneira de contrair-se e dilatar-se, e todos aqueles isótopos que ninguém imaginava existir, e aquelas bufadas, aquelas eclosões, aqueles campos magnéticos: uma sucessão de imprevistos. Mas agora... Basta-lhe uma olhada e já entendeu tudo: que estrela é, de que calibre, quanto pesa, o que queima, se funciona como ímã ou se expele coisas, e o que expele a que distância para, e a quantos anos-luz pode haver outra.

Para ele a extensão do vazio é como o feixe de binários de um nó ferroviário: bitolas desvios descarrilamentos são aqueles e não outros, pode-se tomar este ou aquele percurso, mas não correr no meio nem saltar os lastros. No fluir do tempo, a mesma coisa: cada movimento está encaixado em um horário que ele conhece de cor; conhece todas as paradas, os atrasos, as conexões, os prazos, as variações sazonais. Seu sonho sempre fora este, para quando deixasse o serviço: contemplar o trânsito ordenado e regular que percorre o universo, como aqueles aposentados que vão todos os dias até a estação para ver os trens chegando e partindo; e alegrar-se por não caber mais a ele ser sacolejado, sobrecarregado de bagagens e de crianças, no meio do vaivém indiferente daquelas engenhocas giratórias cada uma por conta própria...

Um lugar, portanto, ideal de todos os pontos de vista. Há quatro bilhões de anos que estão aqui, e já se ambientaram bastante, conheceram algumas pessoas: gente que vai e que vem, compreende-se, é o costume do lugar, mas para a senhora Ggge, que gosta tanto de variedade, essa deveria ser uma vantagem. Agora eles têm uns vizinhos no mesmo patamar, se chamam Cavicchia, e são mesmo boa gente: vizinhos com os quais podiam contar, trocar gentilezas.

— Queria ver mesmo — diz Eggg à sua mulher — se você encontraria gente tão civilizada como eles nas Nuvens de Magalhães! — (Porque Ggge, em sua saudade de outras residências, acaba botando na roda até constelações extragalácticas.)

Mas quando uma pessoa tem certa idade não dá para mudar sua cabeça: se em tantos anos de casamento o coronel não conseguiu, decerto não será agora que vai ter êxito. Por exemplo, Ggge ouve que os vizinhos estão viajando para Teramo. São abruceses, os Cavicchia, e vão todos os anos visitar os parentes. — Pronto — diz Ggge —, todos viajam e nós ficamos sempre aqui. Não visito mamãe há bilhões de anos!

— Não dá para entender que não é a mesma coisa? — reclama o velho Eggg.

Minha bisavó, é preciso que saibam, mora na Galáxia de Andrômeda. Certo, noutros tempos sempre viajava com a filha e o genro, mas bem na hora em que este amontoado de galáxias começou a se formar, eles se perderam de vista, ela virou para um lado, e eles para outro. (Ggge ainda hoje culpa o coronel por isso: — Você deveria ter prestado mais atenção — afirma. E ele: — Claro, não tinha mais nada a fazer, naquela hora! — limita-se a dizer, para não especificar que sua sogra, ótima mulher, claro, mas como companheira de viagem era uma daquelas pessoas feitas de propósito para complicar as coisas, especialmente nos momentos de confusão.)

A Galáxia de Andrômeda fica bem aqui, logo acima da nossa cabeça, mas entre nós sempre há uns dois bilhões de anos-luz. Parece que para Ggge os anos-luz são os saltos de uma pulga: ela não entendeu que o espaço é uma massa que gruda você como o tempo.

Outro dia, talvez para alegrá-la, Eggg lhe disse: — Ouça, Ggge, não é certeza que ficaremos aqui *ad infinitum*. Há quantos milênios estamos aqui? Quatro milhões? Pois bem: faça de conta que estamos, por baixo, na metade da nossa estada. Mal se passarão cinco milhões de milênios, e o Sol se inchará a ponto de engolir Mercúrio Vênus e Terra, e a série de cataclismos recomeçará, um após o outro, rapidíssimos. Sabe-se lá para onde seremos jogados. Portanto, procure aproveitar esse pouco de sossego que nos resta.

— Ah é? — diz ela, logo interessada. — Então é bom não nos deixarmos pegar de surpresa. Vou começar separando tudo o que não estraga e que não seja de muito estorvo, para levarmos conosco quando o Sol explodir.

E antes que o coronel possa detê-la, corre até o sótão para ver quantas malas há por lá, e em que estado, e se as fechaduras funcionam. (Nisso pretende ser precavida, se somos projetados para o espaço não há nada pior do que ter que apanhar o conteúdo das malas espalhado no meio do gás interestelar.)

— Mas que pressa é essa? — exclama o avô. — Ainda temos uns belos bilhões de anos pela frente, já te disse!

— Sim, mas há muitas coisas a fazer, Eggg, e não quero deixar tudo para a última hora. Por exemplo, quero preparar uma marmelada, dá de encontrarmos minha irmã Ddde, que é louca por marmelada, vai saber há quanto tempo não a prova, coitadinha.

— Sua irmã Ddde? Mas não é aquela que está em Sírio?

A família de vovó Ggge é enorme, são sei lá quantos, espalhados por todas as constelações; e a cada cataclismo ela espera encontrar algum deles. E o pior é que está certa: toda vez que o coronel explode no espaço dá de cara com cunhados ou primos por afinidade.

Enfim, agora ninguém mais a segura: toda agitada durante os preparativos, não pensa em outra coisa, larga pela metade os afazeres mais indispensáveis, porque de qualquer modo "daqui a pouco o Sol acaba". O marido se rói: tinha sonhado tanto em poder desfrutar de sua aposentadoria concedendo-se uma pausa na série das deflagrações, deixando que os caldeirões celestes se fritassem em seu multiforme combustível, ficando ao abrigo a contemplar o escorrer dos séculos como um curso uniforme sem interrupções e pronto — as férias nem tinham chegado ao meio —, a senhora Ggge começa a pô-lo em estado de tensão com as malas escancaradas nas camas, as gavetas de cabeça para baixo, as camisas empilhadas, e pronto, todos os milhares de milhões de bilhões de horas e dias e semanas e meses que ele poderia desfrutar como uma licença infinita, de agora em diante terá de vivê-los com um pé na estrada, como quando estava de serviço, sempre à espera de uma transferência, sem poder esquecer nem por um instante que tudo aquilo que o cerca é provisório, provisório mas sempre repetido, um mosaico de prótons elétrons nêutrons a ser decomposto e recomposto ao infinito, uma sopa a ser remexida até esfriar ou esquentar, enfim, essas férias no planeta mais temperado do sistema solar já estão arruinadas.

— O que me diz, Eggg, acho que poderíamos carregar conosco alguma louça bem embalada...

— Claro que não, mas que ideia, Ggge, com o espaço que tomam, pense na quantidade de coisas que vai ter que caber... — E ele também é obrigado a participar, a tomar partido quanto aos diversos problemas, a compartilhar a longa impaciência, a habitar uma véspera perpétua...

Sei qual é agora a aspiração tocante desse velho aposentado, ele nos contou claramente tantas vezes: ser posto fora do jogo de uma vez por todas, deixar que as estrelas se desmanchem e se reconstituam e tornem a se desmanchar cem mil vezes, com a senhora Ggge e todas as cunhadas no meio correndo uma atrás da outra e se abraçando e perdendo chapeleiras e sombrinhas e reencontrando-as e tornando a perdê-las, e ele sem nada a ver com aquilo, ele ficando no fundo da matéria espremida e mastigada e cuspida que não serve para mais nada... As "anãs brancas"!

O velho Eggg não é um sujeito que fala apenas por falar: tem um projeto bem preciso na cabeça. Sabem as "anãs brancas", as estrelas hipercompactas e inertes, resíduo das mais lancinantes explosões, abrasadas no calor branco dos núcleos de metais esmagados e comprimidos um dentro do outro? E que continuam a girar lentamente em órbitas esquecidas, tornando-se aos poucos frios e opacos ataúdes de elementos? — Que seja, Ggge, que seja — caçoa Eggg —, que se deixe levar para longe pelos esguichos de elétrons em fuga. Vou esperar aqui, enquanto o Sol e tudo o que gira a seu redor não tiver se reduzido a uma velhíssima estrela anã; cavarei um nicho para mim entre os átomos mais duros, suportarei chamas de todas as cores, contanto que finalmente possa tomar o beco sem saída, o binário morto, contanto que eu possa tocar a margem de onde não se parte mais...

E olha para cima com os olhos de quando estiver na "anã branca", e o girar das galáxias com seu acender-se e apagar-se de fogos azuis amarelos vermelhos, com seu condensar-se e dispersar-se de nuvens e poeiras já não for oportunidade para as costumeiras polêmicas conjugais, e sim algo que existe, que está ali, que é o que é, ponto-final.

Todavia acredito que, ao menos nos primeiros tempos de sua estada naquele astro deserto e esquecido, ainda lhe ocorrerá continuar a discutir mentalmente com Ggge. Não será fácil parar. Tenho a impressão de vê-lo, sozinho no vazio, enquanto percorre a extensão de anos-luz, mas sempre brigando com sua mulher. Aquele "eu disse, não disse?" e "ah vá!" com que comentou o nascimento das estrelas, a corrida das galáxias, o esfriar-se dos planetas, aquele "agora você deve estar feliz" e "é só isso que você sabe dizer?" que marcou todo episódio e fase e eclosão de suas brigas e dos cataclismos celestes, aquele "você sempre acha que está certo" e "por que você nunca me ouve" sem o qual a história do universo não teria para ele nome nem lembrança nem sabor, aquele bate-boca conjugal ininterrupto, se algum dia por acaso terminasse, que desolação, que vazio!

# TEMPESTADE
# SOLAR

*O Sol está sujeito a contínuas perturbações internas de sua matéria gasosa e incandescente, que se manifestam em perturbações visíveis na superfície: protuberâncias estourando como bolhas, manchas de luminosidade atenuada, intensas cintilações das quais se erguem no espaço jatos repentinos. Quando uma nuvem de gás eletrizado emitido pelo Sol investe a Terra atravessando as faixas de Van Allen, registram-se tempestades magnéticas e auroras boreais.*

Há pessoas a quem o sol dá uma sensação de segurança, *disse Qfwfq*, de estabilidade, de proteção. Não a mim.

Dizem: "Lá está ele, o Sol, sempre esteve lá, ele nos alimenta, ele nos aquece, no alto acima das nuvens e dos ventos, radioso, sempre igual, a Terra gira ao seu redor, tomada pelos cataclismos e tempestades, e ele, calmo impassível sempre ali em seu lugar". Não acreditem nisso. O que chamamos Sol nada mais é do que uma contínua explosão de gás, um estouro que dura há cinco bilhões de anos e não para de jogar coisas, é um tufão de fogo sem forma nem lei, uma ameaça, uma opressão perpétua, imprevisível. E estamos dentro: não é verdade que nós estamos aqui e o Sol está lá; é tudo um rodamoinho de correntes concêntricas sem intervalos no meio, um único tecido de matéria, ora mais ralo, ora mais denso, que saiu da mesma nuvem originária que se contraiu e pegou fogo.

Claro, justamente a quantidade de matéria que o Sol joga aqui — fragmentos de partículas, átomos quebrados —, dispondo-se ao longo das linhas de força do magnetismo que passa de um polo ao outro, formou como uma espécie de casca invisível que envolve a Terra, e podemos até fingir que acreditamos que o nosso mundo seja um mundo separado, em que causas e efeitos se correspondem segundo regras determinadas, e que ao conhecê-las podemos dominá-las, ao abrigo dos sorvedouros de elementos em desordem que turbilhonam ao redor.

Eu, por exemplo, obtive um brevê de capitão de longo curso, assumi o comando do steamer *Halley*: no diário de bordo assinalo latitude, longitude, os ventos, os dados dos instrumentos meteorológicos, as mensagens do rádio; aprendi a compartilhar sua segurança nas convenções transitórias que regem a vida terrestre. O que mais poderia desejar? A rota é segura, o mar está calmo, amanhã estaremos observando as costas familiares de Gales, em dois dias tomaremos o estuário betuminoso da Mersey, lançaremos âncora no porto de Liverpool, término da viagem. Minha vida é regulada por um calendário estabelecido nos mínimos detalhes: conto os dias que me separam do próximo embarque e que vou transcorrer na minha sossegada casa de campo, em Lancashire.

Mister Evans, o segundo em comando, aparece à porta da sala náutica e diz: — Lovely sun, sir — e sorri. Concordo, realmente o Sol está com uma limpidez extraordinária para a estação e a latitude; se afio o olhar (eu, que tenho o dom de olhar cravado no Sol sem me cegar), distingo nitidamente coroa e cromosfera e disposição das manchas, e percebo... Percebo coisas que não adianta comunicar a vocês: cataclismos que nesse momento estão perturbando as profundezas em brasa, continentes em chamas que ruem, oceanos incandescentes que incham e transbordam do caldeirão, transformando-se em correntes de radiações invisíveis projetadas em direção à Terra, quase tão velozes quanto a luz.

A voz do timoneiro Adams ressoa estrangulada no megafone: — A agulha da bússola, senhor, a agulha da bússola! Que diabos acontece? Está girando, girando como uma roleta!

— Está bêbado?! — exclama Evans, mas sei que tudo é regular, que *tudo agora está começando a ser regular*, sei que daqui a pouco Simmons, o radiotelegrafista, vai despencar aqui. Pronto, está chegando, com os olhos para fora das órbitas; por pouco não abalroa Evans na soleira.

— Tudo morto, senhor! Estava ouvindo a semifinal de boxe, e tudo está morto! Não consigo mais estabelecer contato com nenhuma estação!

— O que devo fazer, capitão? — berra Adams pelo tubo. — A bússola pirou!

Evans está branco feito um lençol.

É hora de mostrar minha superioridade. — Calma, senhores, demos numa tempestade magnética. Não há nada a fazer. Encomendem suas almas àqueles em que creem, e mantenham a calma.

Saio para o castelo da proa. O mar está imóvel, esmaltado pelo reflexo do Sol no zênite. Nessa tranquilidade de elementos, o *Halley* tornou-se um amontoado de ferro-velho e cego, que todas as artes e os engenhos do homem são impotentes para dirigir. Estamos navegando no Sol, dentro da explosão solar onde não contam nem bússolas nem radares. Sempre estivemos à mercê do Sol, ainda que quase sempre conseguíssemos esquecer disso, acreditando estar ao abrigo do seu arbítrio.

Nesse instante a vejo. Levanto os olhos para o mastro do traquete: está lá em cima. Pendurada na haste, suspensa no ar como uma bandeira que se desfralda por milhas e milhas, com os cabelos voando no vento, e o corpo todo fluindo como os cabelos, porque da mesma consistência leve e pulviscular, os braços de pulso fino e de úmero generoso, os rins encurvados como uma lua crescente, o peito como uma nuvem superposta ao castelo da embarcação e às abóbadas dos drapeados que se confundem com a fumaça da chaminé e mais adiante com o céu. Tudo isso eu via na eletrização invisível do ar; ou então apenas o seu rosto como uma polia aérea, uma cabeça de Medusa monumental, olhos e cabeleiras crepitantes: Rah conseguira me alcançar.

— Você está aí, Rah — disse —, descobriu-me.

— Por que se escondeu aqui?

— Queria comprovar se há outro modo de ser.

— E há?

— Aqui dirijo navios por rotas traçadas com o compasso, oriento-me com a bússola, meus aparelhos captam as ondas de rádio, cada coisa que acontece tem um motivo.

— E você acredita nisso?

Da cabine-rádio chegavam as imprecações de Simmons, que procurava sintonizar uma estação qualquer no crepitar das descargas elétricas.

— Não, mas gosto de fazer como se assim fosse, seguir o jogo até o fim — digo a Rah.

— E quando se vê que é impossível?

— Vai-se à deriva. Mas pronto para retomar o controle de uma hora para outra.

— Está falando sozinho, senhor? — era Evans, que sempre metia no meio sua cara inexpressiva.

Procurei aparentar certa postura. — Vá dar uma mão a Adams, mister Evans. As oscilações da agulha magnética tenderão a repetir-se conforme certas constantes. Pode-se calcular uma rota aproximativa, à espera de podermos nos orientar pelas estrelas, à noite.

À noite, as estrias de uma aurora boreal se curvaram na abóbada do céu acima de nós como no dorso de um tigre. Cabeleira flamejante e roupagens suntuosas, Rah exibia-se suspensa nas vergas do navio. Era impossível reencontrar a orientação.

— Viemos parar no polo — disse Adams, assim, só para dar uma prova do seu humor; sabia muito bem que as tempestades magnéticas podem provocar auroras boreais a qualquer latitude.

Eu observava Rah na noite: o penteado luxuoso, as joias, o vestido cambiante. — Vestiu traje de gala — disse-lhe.

— Para festejar nosso reencontro — respondeu.

Para mim não havia nada que festejar; recaíra na antiga sujeição; meu meticuloso projeto falhara. — Está cada vez mais bonita — admiti.

— Por que fugiu? Meteu-se neste buraco, deixou-se apanhar numa armadilha, se reduzir às dimensões de um mundo em que tudo é limitado.

— Estou aqui por minha vontade — repliquei, mas sabia que não me compreenderia. Para ela nossa vida era nos espaços livres atravessados pelos raios, entre as rajadas das explosões solares que nos carregavam sem descanso, fora das dimensões, das formas.

— Seu joguinho de sempre, fingir que é você quem escolhe, decide, determina — disse Rah. — É o seu vício.

— E você, como chegou até aqui? — perguntei. A ionosfera não era uma barreira inexpugnável? Quantas vezes eu ouvira Rah renteá-la como uma borboleta batendo as asas contra o vidro de uma sala. — Ainda não me disse como entrou.

Deu de ombros. — Uma ventada de raios, uma brecha no teto, pronto, desci até aqui para buscá-lo.

— Para me buscar? Mas agora você caiu numa armadilha. Como vai fazer para voltar para fora?

— Fico aqui. Fico com você — disse.

— Um desastre, senhor! — Simmons corria pela ponte em minha direção. — Todas as instalações elétricas a bordo já eram!

Evans estava escondido atrás de uma escotilha, agarrou o telegrafista pelo braço; dizia — compreendi pelos gestos — que não adiantava se dirigir a mim, a tempestade magnética tinha me deixado louco varrido, pois estava falando sozinho dirigindo-me aos mastros.

Procurei recobrar o prestígio: — O oceano é atravessado por fortes correntes elétricas — expliquei —, a tensão nos fios aumenta, as válvulas estouram, é normal —, mas já me olhavam com olhos que não mostravam mais o menor respeito pela hierarquia.

No dia seguinte os efeitos da tempestade magnética sobre todo o oceano haviam cessado, exceto a bordo do nosso navio, e por um vasto raio em volta. O *Halley* continuava a arrastar Rah consigo, sinuosamente apoiada no ar, pendurada por um dedo ao radar ou ao para-raios ou na borda da chaminé. A bússola parecia um peixe se debatendo em um tanque, o rádio continuava fervendo como uma panela de feijão. Os navios enviados ao nosso socorro não nos encontravam: seus instrumentos se deterioravam assim que se aproximavam de nós.

À noite, estrias luminosas pairavam sobre o *Halley*; era uma aurora boreal todinha para nós, como se fosse a nossa bandeira. Isso permitiu às embarcações de socorro seguir nosso rastro. Sem se aproximarem para não ser contagiadas por aquela que parecia uma misteriosa doença magnética, guiaram-nos para o ancoradouro de Liverpool.

A fama começou a correr por todos os portos: o capitão do *Halley*, para onde quer que fosse, carregava consigo perturbações elétricas e auroras boreais. Além do mais, meus oficiais contaram por aí que eu tinha relações com potências invisíveis. Perdi o comando do *Halley*, evidentemente, e não houve meio de conseguir outros embarques. Por sorte, com as economias dos meus anos de navegação havia comprado uma velha casa de campo em Lancashire, onde — como disse — costumava ficar entre um embarque e outro, dedicando-me aos meus experimentos prediletos de mensuração e previsão dos fenômenos naturais. Tinha enchido a casa de instrumentos de precisão que eu mesmo construíra, entre os quais um heliógrafo monocromático, e não via a hora, toda vez que tornava a pôr o pé em terra firme, de me trancar lá dentro.

Retirei-me então em Lancashire, com minha mulher Rah. Imediatamente, no raio de muitas milhas, começaram a estragar as televisões dos proprietários da vizinhança. Não havia mais como sintonizar um programa: na tela agitavam-se tiras brancas e pretas como se ali tivesse entrado uma zebra mordida por pulgas.

Sabia que corriam boatos sobre nós, mas não ligava; parece que estavam zangados com os meus experimentos; tinham parado no tempo em que os meus aparelhos funcionavam, talvez ainda nem suspeitassem da minha mulher, nunca a tinham visto, não sabiam que em nossa casa já não se podia acionar nenhum mecanismo, que não tínhamos mais sequer eletricidade.

Contudo, das nossas janelas à noite só transparecia a luz das velas, e isso dava à nossa casa um aspecto sinistro; muitas pessoas ficavam acordadas à noite, naqueles dias, a contemplar os clarões de aurora boreal que tinham se tornado uma característica da nossa região; não era de espantar que as suspeitas sobre nós fossem se agravando. Depois viram as aves migratórias perderem a orientação: chegavam cegonhas em pleno inverno, os albatrozes desciam nos brejos.

Certo dia, recebi a visita do pastor, o reverendo Collins.

— Gostaria de lhe falar, senhor capitão — e tossicou —, a propósito de certos fenômenos que acontecem no território da paróquia... não é?... e de certos boatos que correm...

Estava na soleira. Convidei-o a entrar. Não soube esconder seu espanto ao ver como em nossa casa tudo estava aos cacos: lascas de vidro, escovas de alternador, trapos de cartas náuticas, tudo em desordem.

— Mas essa não é a casa que visitei na Páscoa passada... — murmurou.

Também eu por um instante fui tocado pela saudade do laboratório arrumado, funcional, bem equipado que havia lhe mostrado no ano anterior. (O reverendo Collins se preocupava muito em manter relações amistosas com os moradores das redondezas, especialmente com aqueles que nunca pisavam na igreja.)

Recobrei-me. — Sim, mudamos um pouco a disposição...

O pastor foi logo dizendo o motivo da sua visita. Todas as coisas estranhas que haviam começado a se verificar depois de eu ter voltado a morar ali, *casado* (frisou essa palavra), era voz corrente que estivessem ligadas à minha pessoa ou à da senhora Qfwfq (eu tive um sobressalto), à qual, no entanto, ninguém tivera a sorte — disse — de ser apresentado. Eu não respondia nada. — Sabe como são as pessoas daqui — continuava o reverendo Collins —, ainda há tanta ignorância, superstição... Claro que não podemos acreditar em tudo o que dizem... — E não estava claro se ele viera pedir desculpas pela hostilidade de seus paroquianos para comigo ou se inteirar do que poderia haver de verdade em seus boatos. — Correm rumores sem pé nem cabeça. Imagine o que me contaram: que a sua mulher foi vista à noite voando sobre os telhados e se balançando nas antenas de televisão. "Como assim?", perguntei, "e como seria essa senhora Qfwfq? Como um duende, um elfo?" "Não", responderam, "é uma giganta que sempre fica deitada no ar como uma nuvem..."

— Não, isso não, lhe asseguro — comecei a dizer, e não sabia direito o que me propunha a desmentir. — Rah fica deitada por causa das suas condições físicas... entende?... e por isso preferimos não frequentar... mas fica em casa... Agora Rah está quase sempre em casa... se quiser eu a apresento ao senhor...

Claro que era tudo o que o reverendo Collins queria. Tive de guiá-lo até o hangar, um velho e enorme hangar-armazém que, na época em que aquelas terras eram uma empresa agrícola, servira para as debulhadoras e para a secagem do feno. Não havia janelas, a luz filtrava pelas frestas, dava para ver a poeira em suspensão. E naquela poeira dava para reconhecer claramente Rah. Ocupava o hangar inteiro, e ficava deitada de lado, um tanto aninhada, enroscada, segurando um joelho com uma mão, e com a outra acariciava um carretel de Rutherford como se fosse um gatinho angorá. Estava de cabeça dobrada porque o teto era um tanto baixo para ela; os olhos se entreabriam ao manar de fagulhas do fio de cobre do carretel a cada vez que sua mão se erguia para cobrir um bocejo.

— Pobrezinha, trancada desse jeito, está um tanto entediada, não está muito acostumada — achei bom explicar, mas o que eu queria dizer era outra coisa, era o orgulho do qual meu coração se enchia com aquela visão. Era o que eu teria dito se apenas houvesse alguém em condições de me compreender: "Vejam só como ela mudou: quando chegou era uma fúria, quem diria que eu acabaria conseguindo conviver com uma tempestade, contê-la, domá-la?".

Entretido naqueles pensamentos, quase me esquecera do pastor. Virei-me. Não estava mais ali. Fugiu! Lá está ele, lá fora, correndo; e pula as cercas escorando-se no guarda-chuva.

Agora estou aguardando o pior. Sei que os vizinhos se uniram em equipes, se armaram, e cercam a colina. Ouço cães latindo, gritos, de vez em quando o movimento das folhas de um posto avançado, os homens espiam por entre uma sebe. Estão para atacar a casa, talvez para deitar um incêndio: vejo a propagação de tochas acesas à nossa volta. Não sei se pretendem nos apanhar vivos, ou nos linchar, ou nos deixar no meio das chamas. Talvez seja a minha mulher que eles querem queimar como uma bruxa; ou será que compreenderam que nunca se deixará apanhar?

Olho para o Sol: parece ter entrado em uma fase de atividade tumultuosa; as manchas se encolhem; estendem-se bolhas de um esplendor centuplicado. Agora abro o hangar, deixo a luz invadi-lo. Espero que uma explosão mais forte arremesse no espaço um esguicho elétrico, e então o Sol esticará seus braços até aqui, arrancará o véu que nos separa, virá buscar de volta sua filha, para devolvê-la a suas corridas irrequietas nas imensas planícies do espaço.

Logo todas as televisões das redondezas começarão a funcionar novamente, as imagens de detergentes e de moças bonitas voltarão a ocupar a tela, as equipes de perseguidores se dispersarão, cada qual retornará à sua ração diária de racionalidade. Eu também poderei montar de novo o meu laboratório, voltar ao modo de vida que tinha escolhido antes dessa interrupção forçada.

Mas não pensem que, com Rah na minha cola, eu tenha saído alguma vez da linha de conduta que havia estabelecido, não pensem que a certa altura eu tenha me rendido, ao ver que não poderia escapar de Rah, ao ver que ela era a mais forte: concebera um plano ainda mais difícil, para substituir aquele que Rah pusera em xeque, um plano em função de Rah, apesar de Rah, aliás, precisamente com sua ajuda, ou, direi melhor, por amor a Rah, a única maneira de levar a cabo o amor entre nós dois: projetar, naquele esmigalhamento de instrumentos, naquela poeira de vibrações, outros instrumentos, outras medidas, outros cálculos que permitissem conhecer e controlar a tempestade solar interplanetária que nos invade e sacode e abala e condiciona, para além do nosso ilusório guarda-chuva ionizado. Isso era o que eu queria. E agora que ela está subindo feito um relâmpago em direção à esfera de fogo, e volto a ser dono de mim mesmo, começo a recolher os cacos dos meus mecanismos, pronto, agora vejo que coisa íntima são os poderes que reconquistei.

Os perseguidores ainda não perceberam nada. Estão chegando, armados de tridentes e carabinas e paus.

— Estão felizes? — grito. — Ela não está mais aqui! Podem voltar às suas bússolas, aos seus programas de televisão! Tudo está em ordem! Rah partiu. Mas vocês não sabem o que perderam. Não sabem qual era o meu programa, o meu programa para vocês, não sabem o que poderia significar para nós a presença de Rah, a desastrosa, insustentável Rah, para mim e para vocês que estão para me linchar!

Pararam. Não entendem o que digo, não acreditam em mim, não sabem se têm que se amedrontar ou se animar com as minhas palavras. Eu também, aliás, não entendo o que eu disse, não acredito em mim, tampouco sei se tenho de sentir alívio, também tenho medo.

# AS
# CONCHAS
# E O
# TEMPO

*A documentação da vida sobre a Terra, muito escassa para o período Pré-Cambriano, torna-se repentinamente muito intensa a partir de cerca de 520 bilhões de anos atrás. No Cambriano e no Ordoviciano, com efeito, os organismos vivos começam a segregar conchas calcárias que se conservarão como fósseis nas camadas geológicas.*

A dimensão em que todos vocês estão mergulhados, a ponto de acreditarem que nasceram nela e para ela, quem vocês pensam que os fez entrar aí, quem pensam que abriu a brecha para vocês? Fui eu, *ouviu-se a voz de Qfwfq exclamar, ao sair de baixo de uma concha,* eu mísero molusco condenado a meu viver instante por instante, eu prisioneiro perpétuo de um presente interminável. Não adianta fingir que entendem, não podem adivinhar do que estou falando. Falo do tempo. Não fosse por mim, o tempo não existiria.

Porque, compreendam bem, eu não tinha ideia de como era o tempo nem tinha ideia de que algum dia pudesse haver alguma coisa como o tempo. Os dias e as noites batiam sobre mim como as ondas, intercambiáveis, iguais ou então marcados por diferenças casuais, um vaivém em que era impossível estabelecer um sentido e uma norma. Porém, ao construir a concha para mim, minha intenção de algum modo já estava ligada ao tempo, uma intenção de separar o meu presente da solução corrosiva de todos os presentes, mantê-lo fora, pô-lo de lado. O presente chegava sobre mim com muitos aspectos diferentes entre os quais não conseguia estabelecer nenhuma sucessão: ondas noites tardes refluxos invernos quartos de lua marés canículas; meu medo era me perder ali, me despedaçar em tantos eu mesmo quantos eram os pedacinhos de presente jogados sobre mim sobrepondo--se um ao outro e que, pelo que eu sabia, podiam ser todos contemporâneos uns aos outros, cada qual habitado por um pedacinho de mim mesmo contemporâneo aos outros.

Era preciso que eu começasse estabelecendo alguns sinais na continuidade incomensurável: estabelecer uma série de intervalos, isto é, de números. A matéria calcária que eu segregava fazendo-a girar em espiral sobre si mesma era, justamente, alguma coisa que seguia ininterrupta, mas enquanto isso a cada volta da espiral ela separava a borda de uma volta da borda de outra volta, de modo que, querendo contar alguma coisa, podia começar contando essas voltas. O que eu queria fabricar para mim, enfim, era um tempo somente meu, regulado exclusivamente por mim, fechado: um relógio que não precisasse prestar contas a ninguém sobre o que marcava. Teria gostado de fabricar um tempo-concha longuíssimo, ininterrupto, continuar minha espiral sem nunca parar.

Empenhava-me naquela lida com todas as minhas forças, e decerto não era o único: muitos outros, ao mesmo tempo, estavam tentando construir sua concha sem fim. Que eu conseguisse, ou outro, não importava; bastava que qualquer um de nós conseguisse fazer uma espiral interminável e o tempo existiria, aquele seria o tempo. Mas pronto, tenho que dizer a coisa mais difícil a ser dita (mais difícil também de ser coerente com o fato de que eu estou aqui falando para vocês): o tempo que não consegue se sustentar, que se desmancha, que desmorona como um barranco de areia, o tempo facetado como uma cristalização salina, ramificado como um banco de coral, esburacado como uma esponja (e não vou lhes dizer por que buraco, por que brecha passei para chegar aqui). A espiral sem fim, essa não se conseguia construir: a concha crescia, crescia, e a certa altura parava, ponto-final, estava terminada. Começava outra, em outro lugar, milhares de conchas começavam a todo momento, milhares e milhares continuavam crescendo a cada fase do envolvimento da espiral, e todas mais cedo ou mais tarde paravam de uma hora para outra, as ondas arrastavam para longe um invólucro vazio.

Nosso esforço era um desperdício: o tempo se recusava a durar, era uma substância friável, destinada a se despedaçar, tínhamos apenas ilusões de tempo que duravam tanto quanto o comprimento de uma exígua espiral de concha, lascas de tempo desconectadas e diferentes umas da outras, uma aqui e outra acolá, que não podiam ser interligadas nem comparadas entre si.

E a areia pousava nos restos da nossa obstinada lida, areia que com rajadas de vento irregulares o tempo-areia levantava e deixava cair, sepultando as conchas vazias sob camadas sucessivas no ventre de planaltos emersos e alternativamente submersos quando os mares voltavam a invadir os continentes e a recobri-los de novas chuvas de conchas vazias. Assim nossa derrota se amalgamava com a essência do mundo.

Como poderíamos supor que aquele cemitério de todas as conchas fosse a concha verdadeira, a que com todas as nossas forças havíamos tentado construir, e acreditávamos não ter conseguido? Agora está claro que o fabrico do tempo consistia precisamente na derrota de nossos esforços para fabricá-lo; só que não tínhamos trabalhado para nós, e sim para vocês. Nós, moluscos, que primeiramente tivemos a intenção de durar, demos de presente nosso reino, o tempo, à raça mais volúvel de habitantes do provisório: a humanidade, que, não fosse por nós, nunca teria pensado nisso. O corte da crosta terrestre teve que fazer reaflorar nossas cascas abandonadas cem trezentos quinhentos milhões de anos antes, para que a dimensão vertical do tempo se abrisse para vocês e os libertasse do giro sempre repetido da roda dos astros em que vocês continuavam a encaixar o curso de sua existência fragmentária.

Longe de mim, uma parte do mérito é de vocês também, o que estava escrito nas linhas do caderno de terra, vocês é que souberam ler (eis que utilizo a costumeira metáfora de vocês, as coisas escritas, não há escapatória, é a prova de que estamos no território de vocês, e não mais no meu), conseguiram soletrar os caracteres retorcidos do nosso balbuciante alfabeto espalhado por entre milenares intervalos de silêncio, e tiraram dele um discurso inteiro, sequencial, um discurso *sobre vocês*. Mas digam, como teriam lido ali, se, mesmo sem saber o quê, não tivéssemos escrito, ou seja, se nós, conscientes disso, não tivéssemos desejado escrever (continuo com as metáforas de vocês, já que comecei), marcar, ser signo, conexão, relatório de nós para outros, coisa que, sendo como é em si e por si, aceita ser outra coisa para outros...

Alguém precisava começar: nem tanto a fazer quanto a fazer-se, a fazer-se coisa, a fazer-se naquilo que fazia, a fazer com que todas as coisas deixadas, as coisas sepultadas, fossem sinais de outra coisa, a marca das espinhas de peixe na argila, as florestas carbonizadas e petrolíferas, o rastro do dinossauro do Texas na lama do Cretáceo, os seixos lascados do paleolítico, a carcaça do mamute encontrada na tundra da Bereskova com restos dos ranúnculos entre os dentes, ranúnculos roídos doze mil anos atrás, a Vênus de Willendorf, as ruínas de Ur, os rolos dos essênios, a ponta de lança longobarda que despontou em Torcello, o templo dos templários, o tesouro dos incas, o Palácio de Inverno e o Instituto Smolni, o cemitério de automóveis...

A partir das nossas espirais ininterruptas, vocês reuniram uma espiral contínua que chamam história. Não sei se há muitos motivos para alegria, não sei julgar essa coisa que não é minha, para mim isso é apenas o tempo-rastro, o rastro da nossa empreitada que malogrou, o avesso do tempo, uma estratificação de restos e cascas e necrópoles e cadastros, daquilo que ao se perder se salvou, daquilo que tendo parado os alcançou. A história de vocês é o contrário da nossa, o contrário da história daquilo que se mexendo não chegou, daquilo que para durar se perdeu: a mão que moldou o vaso, as prateleiras que queimaram em Alexandria, o sotaque do escriba, a polpa do molusco que segregava a concha...

# A MEMÓRIA DO MUNDO

É por isso que mandei chamá-lo, Muller. Agora que minha demissão foi aceita, o senhor será o meu sucessor: sua nomeação para diretor é iminente. Não finja se surpreender: há um bom tempo o boato circula por aí, e decerto há de ter alcançado também o seu ouvido. De resto, não há dúvida de que entre os jovens quadros da nossa organização, o senhor, Muller, é o mais preparado, o que conhece — pode-se dizer — todos os segredos do nosso trabalho. Aparentemente, ao menos. Deixe-me dizer: não estou falando com o senhor por iniciativa minha, mas porque nossos superiores me encarregaram disso. O senhor ainda não está a par de umas poucas questões, e chegou a hora de saber, Muller. O senhor acredita, como todos, aliás, que a nossa organização está há muitos anos preparando o maior centro de documentação já projetado, um fichário que reúne e ordena tudo o que se sabe sobre cada pessoa e animal e coisa, tendo em vista um inventário geral não só do presente, como também do passado, de tudo o que houve desde as origens, enfim, uma história geral de tudo ao mesmo tempo, ou melhor, um catálogo de tudo, instante por instante. De fato, é para isso que trabalhamos, e podemos dizer que estamos bem adiantados: não só o conteúdo das mais importantes bibliotecas do mundo, dos arquivos e dos museus, das edições dos jornais de todos os países já está em nossas fichas perfuradas, como também uma documentação coletada *ad hoc*, pessoa por pessoa, lugar por lugar. E todo esse material passa através de um processo de redução ao essencial, condensação, miniaturização, que ainda não sabemos em que ponto vai parar; assim como todas as imagens existentes e possíveis são arquivadas em minúsculas bobinas de microfilmes, microscópicos carretéis de fio magnético guardam todos os sons gravados e graváveis. É uma memória centralizada do gênero humano, é isso que estamos empenhados em construir, procurando armazená-la em um espaço o mais reduzido possível, como a memória individual do nosso cérebro.

Mas não adianta repetir essas coisas logo para o senhor que entrou aqui na nossa organização ganhando o concurso de admissão com o projeto O British Museum Inteiro numa Castanha. O senhor está entre nós relativamente há poucos anos, porém já conhece o funcionamento dos nossos laboratórios, tanto como eu que ocupei o cargo de diretor da fundação. Nunca deixaria esse posto, posso lhe assegurar, se as forças tivessem me assistido. Mas depois do misterioso desaparecimento da minha mulher, fui acometido por uma crise de depressão da qual não consigo me recobrar. É justo que nossos superiores — acolhendo, aliás, o que também é meu desejo — tenham pensado em me substituir. Cabe a mim, portanto, pô-lo a par dos segredos profissionais que até agora lhe foram calados.

O que o senhor desconhece é o verdadeiro objetivo do nosso trabalho. É para o fim do mundo, Muller. Trabalhamos pensando num próximo fim da vida na Terra. E para que tudo não tenha sido inútil, para transmitir tudo o que sabemos a outros que não sabemos quem são, nem o que sabem.

Posso lhe oferecer um charuto? A previsão de que a Terra não permanecerá habitável por muito tempo ainda — ao menos para o gênero humano — não pode nos impressionar demais. Todos já sabemos que o Sol chegou à metade da sua vida; por melhor que as coisas caminhem, em quatro ou cinco bilhões de anos tudo vai terminar. Daqui a pouco, enfim, o problema teria aparecido de qualquer modo; a novidade é que os prazos estão muito mais curtos, que não temos tempo a perder, isso é tudo. A extinção da nossa espécie é certamente uma perspectiva triste, mas chorar por isso não passa de vão consolo, assim como recriminar uma morte individual. (É sempre no desaparecimento da minha Angela que penso, perdoe minha comoção.) Em milhões de planetas desconhecidos decerto vivem seres parecidos conosco; pouco importa se quem vai lembrar de nós e continuar serão seus descendentes em lugar dos nossos. O importante é comunicar a eles a nossa memória, a memória geral afinada pela organização da qual o senhor, senhor Muller, está para ser nomeado diretor.

Não se assuste; o âmbito do seu trabalho permanecerá o que foi até agora. O sistema para comunicar a nossa memória a outros planetas é estudado por outra divisão da organização; já temos nossas tarefas, e nem nos diz respeito se serão considerados mais idôneos os meios óticos ou os acústicos. Pode até ser que não se trate de transmitir as mensagens, e sim de depositá-las em lugar seguro, sob a crosta terrestre: o destroço do nosso planeta vagante pelo espaço poderia um dia ser alcançado e explorado por arqueólogos extragalácticos. Nem sequer o código ou os códigos que serão selecionados nos dizem respeito: há também uma divisão que estuda apenas isso, a maneira de tornar inteligível nosso estoque de informações, seja qual for o sistema linguístico que os outros usem. Para o senhor, agora que sabe, nada mudou, posso lhe garantir, a não ser pela responsabilidade que o espera. É sobre isso que eu gostaria de discutir um pouco com o senhor.

O que será o gênero humano na hora da extinção? Certa quantidade de informação sobre si próprio e o mundo, uma quantidade finita, já que não poderá mais se renovar e aumentar. Por certo tempo, o universo teve uma oportunidade peculiar de coletar e elaborar informação; e de criá-la, de fazer aparecer a informação ali onde não haveria nada a informar sobre nada; isso foi a vida na Terra e sobretudo o gênero humano, sua memória, suas invenções para comunicar e recordar. Nossa organização assegura que essa quantidade de informação não se disperse, independentemente do fato de ela chegar ou não a ser recebida por outros. Será prerrogativa do diretor fazer com que nada fique de fora, porque o que fica de fora é como se nunca tivesse existido. E concomitantemente será sua prerrogativa fazer de conta que nunca existiu tudo o que acabaria por atabalhoar ou ofuscar outras coisas mais essenciais, isto é, tudo o que em lugar de aumentar a informação criaria uma desordem inútil e estrepitosa. O importante é o modelo geral constituído pelo conjunto de informações, do qual poderão ser extraídas outras informações que não damos e que talvez não tenhamos. Enfim, ao não dar certas informações, estamos dando mais do que se daria ao dá-las. O resultado final do nosso trabalho será um modelo em que tudo conta como informação, mesmo aquilo que não está lá. Só então poderemos saber, de tudo o que foi, o que realmente contava, ou seja, o que é que houve realmente, porque o resultado final da nossa documentação será a um só tempo o que é, foi ou será, e todo resto, nada.

Certamente há momentos em nosso trabalho — o senhor também há de ter tido esses momentos, Muller — em que ficamos tentados a pensar que apenas o que foge ao nosso registro é importante, que apenas o que passa sem deixar rastro existe realmente, ao passo que tudo o que nossos fichários retêm é a parte morta, os cavacos, a escória. Chega a hora em que um bocejo, uma mosca voando, um prurido nos parecem o único tesouro, e logo por ser absolutamente inutilizável, dado uma vez por todas e logo esquecido, subtraído ao destino monótono do armazenamento na memória do mundo. Quem pode afirmar que o universo não consiste na rede descontínua dos átimos não registráveis, e que nossa organização só controla o molde negativo, a moldura de vazio e de insignificância?

Mas nossa deformação profissional é esta: assim que nos obstinamos com alguma coisa, logo gostaríamos de incluí-la em nossos fichários; e assim muitas vezes me aconteceu, confesso, de catalogar bocejos, furúnculos, associações de ideias inconvenientes, assobios continuados, e escondê-los no pacote de informações mais qualificadas. Porque o posto de diretor para o qual o senhor está para ser chamado tem este privilégio: o de poder dar uma marca pessoal à memória do mundo. Acompanhe-me, Muller: não estou lhe falando de um arbítrio ou de um abuso de poder, e sim de um componente indispensável ao nosso trabalho. Uma massa de informações friamente objetivas, indiscutíveis, correria o risco de fornecer uma imagem distante da verdade, de falsear o que há de mais específico em cada situação. Suponhamos que chegue de outro planeta uma mensagem de dados puramente objetivos, de uma clareza até mesmo óbvia; não prestaríamos atenção nela, nem a perceberíamos; só uma mensagem que contivesse algo não expresso, duvidoso, parcialmente indecifrável forçaria o limiar da nossa consciência, imporia sua recepção e interpretação. Temos que levar isto em conta: é tarefa do diretor dar ao conjunto dos dados coletados por nossos escritórios aquela ligeira marca subjetiva, aquele pouco de discutível, de arriscado de que precisam para ser verdadeiros. Eu queria informá-lo disso antes de lhe entregar o cargo: no material coletado até agora se nota, aqui e acolá, a intervenção da minha mão — de uma delicadeza extrema, compreenda —; há disseminados juízos, reticências, até mentiras.

    A mentira exclui a verdade apenas na aparência; o senhor sabe que em muitos casos as mentiras — por exemplo, as do paciente para o psicanalista — indicam tanto quanto a verdade ou mais; e assim será para os que estarão interpretando nossa mensagem. Muller, ao lhe dizer o que estou lhe dizendo agora, já não estou falando a pedido dos nossos superiores, e sim com base na minha experiência pessoal, de colega para colega, de homem para homem. Ouça-me: a mentira é a verdadeira informação que temos para transmitir. Por isso não quis me privar de um discreto uso da mentira, ali onde ela não complicava a mensagem, aliás, a simplificava. Sobretudo nas notícias sobre mim mesmo, acreditei-me autorizado a abundar em detalhes não verdadeiros (isso, acho, não deveria incomodar ninguém). Por exemplo, minha vida com Angela: eu a descrevi como gostaria que fosse, uma grande história de amor, em que eu e Angela aparecemos como dois eternos namorados, felizes no meio de adversidades de todo tipo, apaixonados, fiéis. Não foi exatamente assim, Muller: Angela casou comigo por interesse e logo se arrependeu, nossa vida foi uma sequência de mesquinhez e subterfúgios. Mas que importância tem o que ocorreu no dia a dia? Na memória do mundo a imagem de Angela é definitiva, perfeita, nada pode arranhá-la, e serei para sempre o esposo mais invejável que já existiu.

De início, tudo o que eu tinha a fazer era enfeitar os dados que a nossa vida diária nos fornecia. A certa altura esses dados que encontrava sob meus olhos ao observar Angela dia após dia (e depois ao espiá-la, ao segui-la, no final) começaram a se tornar cada vez mais contraditórios, ambíguos, a ponto de justificar suspeitas difamantes. O que eu poderia fazer, Muller? Confundir, tornar ininteligível aquela imagem de Angela tão clara e transmissível, tão amada e amável, ofuscar a mensagem mais esplendorosa de todos os nossos fichários? Eliminava esses dados dia após dia, sem hesitar. Mas sempre tinha medo de que em torno da imagem definitiva de Angela ficasse algum indício, algum subentendido, um rastro do qual se pudesse deduzir o que ela — o que a Angela da vida efêmera — era e fazia. Eu passava os dias no laboratório, selecionando, apagando, omitindo. Estava com ciúmes, Muller; não com ciúmes da Angela efêmera — aquela já era para mim uma partida perdida —, mas com ciúmes daquela Angela-informação que sobreviveria por toda a duração do universo.

A primeira condição para que a Angela-informação não fosse tocada por nenhuma mancha era que a Angela viva deixasse de se sobrepor à sua imagem. Foi então que Angela desapareceu e todas as buscas foram em vão. Não adiantaria que eu agora lhe contasse, Muller, como consegui me desfazer do cadáver pedacinho por pedacinho. Pode ficar calmo, esses detalhes não têm a menor importância para as finalidades do nosso trabalho, porque na memória do mundo permaneço o esposo feliz e depois o viúvo inconsolável que todos vocês conhecem. Mas não encontrei a paz: a Angela-informação permanecia ainda assim parte de um sistema de informações, algumas das quais podiam se prestar à interpretação — por causa de distúrbios na transmissão, ou por maldade do decodificador — como suposições equívocas, insinuações, inferências. Decidi destruir em nossos fichários qualquer presença de pessoas com quem Angela pudesse ter tido relações íntimas. Senti muito, porque de alguns dos nossos colegas não restará sinal na memória do mundo, como se nunca tivessem existido.

O senhor pensa que estou lhe dizendo essas coisas para pedir sua cumplicidade, Muller. Não, a questão não é essa. Preciso informá-lo a respeito das medidas extremas que sou obrigado a tomar para fazer com que a informação de cada possível amante da minha mulher permaneça fora dos fichários. Não me preocupo com as consequências para mim; os anos que me restam a viver são poucos em relação à eternidade com que estou acostumado a fazer as contas; e o que fui realmente já estabeleci de uma vez por todas, e entreguei às fichas perfuradas.

Se na memória do mundo não há nada a corrigir, só o que resta a fazer é corrigir a realidade naqueles pontos em que ela não combina com a memória do mundo. Assim como apaguei das fichas perfuradas a existência do amante da minha mulher, tenho de apagá-la do mundo das pessoas vivas. É por isso que agora puxo a pistola, aponto-a contra o senhor, Muller, aperto o gatilho, mato-o.

# COSMICÔMICAS NOVAS

# O NADA E O POUCO

*Segundo os cálculos do físico Alan Guth, do Stanford Linear Accelerator Center, o Universo teve origem literalmente do nada numa fração de tempo extremamente breve: um segundo dividido por um bilhão de bilhões de bilhões.*

Washington Post, 3 de junho de 1984

Se lhes disser que me lembro disso, *começou Qfwfq*, vocês vão objetar que no nada nada pode lembrar nada nem ser lembrado por nada, motivo pelo qual não podem acreditar nem sequer numa palavra daquilo que estou para lhes contar. São argumentos difíceis de rebater, admito. Tudo o que posso lhes dizer é que, a partir do momento em que alguma coisa passou a existir, e não havendo outra coisa, aquele algo foi o universo e, não tendo existido nunca antes, houve um antes em que não existia e um depois em que existia, a partir daquele momento, quero dizer, começou a existir o tempo, e com o tempo a lembrança, e com a lembrança alguém que recordava, ou seja, eu ou aquele algo que em seguida compreenderia ser eu. Que fique claro: não é que eu lembrasse como eu era no tempo do nada, porque então não havia tempo nem havia eu; mas percebia então que, mesmo sem saber que existia, eu tinha um lugar onde eu poderia existir, isto é, o universo; ao passo que antes, mesmo querendo, não teria sabido onde me colocar, e isso já fazia uma boa diferença, e era justamente essa diferença entre o antes e o depois que eu recordava. Em suma, hão de reconhecer que mesmo o meu raciocínio funciona e, como se não bastasse, ele não peca por simplismo como o de vocês.

Portanto deixem-me lhes explicar. O que existia então nem é certo que existisse realmente; as partículas, ou melhor, os ingredientes com que depois se fariam as partículas, tinham uma existência virtual: aquele tipo de existência que se você existe existe, e se não existe você pode começar a fazer de conta que existe e depois ver o que acontece. A nós já parecia uma coisa enorme, e era com certeza, porque só se você começar a existir virtualmente, a flutuar em um campo de probabilidades, tomando emprestadas e restituindo cargas de energia todas ainda hipotéticas, pode lhe acontecer vez ou outra de existir de fato, isto é, curvar ao seu redor uma ponta de espaço-tempo mesmo mínimo; como aconteceu a uma quantidade sempre maior de sei-lá-o-quê — chamemos de neutrinos porque é um belo nome, mas naquele tempo ninguém jamais tinha imaginado os neutrinos — ondulantes um em cima do outro numa sopa em brasa de um calor infinito, densa como uma cola de densidade infinita, que se inchava em um tempo tão infinitamente breve que não tinha nada a ver com o tempo — e, de fato, o tempo ainda não tinha tido tempo de demonstrar o que seria — e, inchando, produzia espaço onde nunca se soubera o que era o espaço. Assim o universo, de infinitésima bereba no polimento do nada, expandia-se fulmíneo até às dimensões de um próton, depois de um átomo, depois de uma ponta de alfinete, de uma cabeça de prego, de uma colher, de um chapéu, de um guarda-chuva...

Não, não estou contando muito depressa; ou muito lentamente, quem sabe, porque o inchar-se do universo era infinitamente veloz, mas partia de uma origem tão sepultada no nada que, para despontar para fora e aparecer à soleira do espaço e do tempo, precisava de um rasgo de uma violência não mensurável em termos de espaço e de tempo. Digamos que, para contar tudo o que aconteceu no primeiro segundo da história do universo, deveria fazer um relatório tão longo que não me bastaria a duração seguinte do universo com seus milhões de séculos passados e futuros; ao passo que toda história que veio depois poderia ser concluída em cinco minutos.

É natural que pertencer a esse universo sem precedentes nem termos de comparação se tornasse logo motivo de orgulho, de jactância, de paixão. O escancaramento fulmíneo de distâncias inimagináveis, a profusão de corpúsculos que jorravam por todo lado — hádrons, bárions, mésons, alguns quarks —, a rapidez precipitada do tempo, tudo isso junto nos dava uma sensação de invencibilidade, de domínio, de orgulho, e ao mesmo tempo de presunção, como se tudo nos fosse devido. A única comparação que podíamos fazer era com o nada de antes; e afastávamos o pensamento disso como o de uma condição ínfima, mesquinha, digna de compaixão ou zombaria. Todo pensamento nosso abarcava o todo, desdenhando as partes; o todo era nosso elemento e incluía o tempo, todo tempo, no qual o futuro vencia o passado em quantidade e plenitude. Nosso destino era o mais, o cada vez mais, e não sabíamos pensar no menos nem sequer de relance; de agora em diante iríamos do mais ao mais ainda, das somas aos múltiplos às potências aos fatoriais sem nunca parar ou desacelerar.

Que nessa exaltação houvesse um fundo de insegurança, quase uma mania de apagar a sombra das nossas recentíssimas origens, é uma impressão que não sei se percebo somente agora, à luz do que aprendi em seguida, ou se já então obscuramente me corroía. Porque, apesar da certeza de que o todo fosse nosso ambiente natural, também era verdade que tínhamos vindo do nada, que acabávamos de nos erguer da miséria absoluta, que apenas um tênue fio espaciotemporal nos dividia da condição anterior, desprovida de toda substância e extensão e duração. Eram sensações de precariedade, rápidas mas agudas, que me dominavam, como se esse todo que procurava se formar não conseguisse ocultar sua intrínseca fragilidade, o fundo de vazio a que podíamos voltar com a mesma rapidez com que dele nos havíamos separado. Daí a impaciência que sentia para com a indecisão que o universo demonstrava ao tomar uma forma, como se eu não visse a hora de sua vertiginosa expansão parar, fazendo-me conhecer seus limites, no bem e no mal, mas também adquirindo estabilidade no ser; e disso ainda o receio que não conseguia sufocar, de que assim que acontecesse uma parada logo começaria a fase descendente, um igualmente precipitado retorno ao não ser.

Reagia lançando-me ao outro extremo: "totalidade! totalidade!", proclamava por toda parte, "futuro!", ostentava, "futuro!", "a mim a imensidão!", afirmava, abrindo caminho naquele turbilhão indistinto de forças, "que as potencialidades possam!", incitava "que o ato aja! Que as probabilidades provem!". Já me parecia que as ondas de partículas (ou eram apenas radiações?) continham todas as formas e as forças possíveis, e quanto mais adiantava ao meu redor um universo povoado de presenças ativas, tanto mais me parecia que elas sofriam de uma inércia culpada, de uma abulia abdicatária.

Entre essas presenças havia algumas — digamos — femininas, quero dizer, dotadas de cargas propulsoras complementares às minhas; uma delas, sobretudo, atraiu minha atenção: altiva e reservada, delimitava à sua volta um campo de forças de contornos longilíneos e desconjuntados. Para ser notado por ela, duplicava minhas exibições de complacência pela prodigalidade do universo, ostentava minha desenvoltura em extrair os recursos cósmicos como quem sempre os tivesse disponíveis, debruçava-me para a frente no espaço e no tempo como quem sempre esperasse o melhor. Convencido de que Nugkta (já a chamo com o nome que conheci mais tarde) fosse diferente de todas por ser mais consciente do que significava o fato de existir e fazer parte de alguma coisa que existe, procurava por todos os meios me distinguir da massa hesitante dos que demoravam a se acostumar com essa ideia. O resultado foi que me tornei inoportuno e antipático para todos, sem que isso me aproximasse dela.

Estava errando tudo. Não demorei a perceber que Nugkta não apreciava nem um pouco meus exageros, aliás, procurava não me dar o menor sinal de atenção, exceto por um suspiro de incômodo de vez em quando. Continuava a ficar na dela, meio apática, como se estivesse agachada com o queixo nos joelhos abraçando as longas pernas dobradas com os cotovelos salientes (entendam-me: descrevo a postura que teria sido a dela se então pudéssemos falar de joelhos, pernas, cotovelos; ou melhor ainda, era o universo que estava acocorado sobre si próprio, e quem estava ali não tinha outra maneira de estar, alguns com maior naturalidade, por exemplo ela). Os tesouros do universo que desperdiçava aos seus pés, ela os recebia como se dissesse "Só isso?". De início essa indiferença pareceu-me uma afetação, depois compreendi que Nugkta queria me dar uma lição, convidava-me a ter um comportamento mais controlado. Com meus enlevos de entusiasmo, havia de lhe parecer um ingênuo, um novato, um leviano.

Só me restava mudar a mentalidade, o comportamento, o estilo. Minha relação com o universo precisava ser uma relação prática, factual, como de quem sabe calcular a evolução de cada coisa de acordo com seu valor objetivo, por imenso que seja, sem ficar convencido. Desse modo esperava me apresentar a ela na luz mais convincente, promissora, digna de confiança. Consegui? Não, pior do que nunca. Quanto mais apostava no sólido, no realizável, no quantificável, tanto mais sentia que lhe parecia um fanfarrão, um trapaceiro.

Por fim comecei a enxergar com clareza: para ela havia um único objeto de admiração, um único valor, um único modelo de perfeição, e era o nada. Sua desestima não se dirigia a mim, e sim ao universo. Tudo o que existia carregava em si um defeito de origem: o ser lhe parecia uma degeneração aviltante e vulgar do não ser.

Dizer que essa descoberta me deixou transtornado é pouco: devido a todo meu convencimento, minha obsessão pela totalidade, minhas imensas expectativas, era uma afronta. Que maior incompatibilidade de gênio poderia haver do que entre mim e uma saudosa do nada? Não que lhe faltassem motivos (minha queda por ela era tamanha que me esforçava por compreendê-la): era verdade que o nada tinha em si um caráter absoluto, um rigor, uma firmeza tal que fazia parecer aproximativo, limitado, cambaleante tudo o que pretendesse possuir os requisitos da existência; no que existe, se o compararmos ao que não existe, saltam aos olhos a qualidade mais ordinária, as impurezas, as imperfeições; enfim, apenas com o nada é que se pode não correr riscos. Isso posto, que consequência deveria derivar? Voltar as costas ao todo, tornar a mergulhar no nada? Como se fosse possível! Uma vez iniciado o processo da passagem do não ser ao ser, já não era possível detê-lo: o nada pertencia a um passado irremediavelmente acabado.

Entre as vantagens do ser havia também a que permitia que, do auge da plenitude alcançada, nos concedêssemos uma pausa de saudade pelo nada perdido, de contemplação melancólica da plenitude negativa do vazio. Nesse sentido estava pronto a auxiliar a inclinação de Nugkta, aliás, ninguém mais do que eu era capaz de expressar com tamanha convicção esse tocante sentimento. Pensá-lo e precipitar-me em sua direção declamando: "Oh, se pudéssemos nos perder nos campos infinitos do nada..." foi a mesma coisa. (Isto é, fiz algo que de algum modo correspondia a declamar alguma coisa desse tipo.) E ela? Deixou-me falando sozinho, desgostosa. Levei certo tempo para me dar conta de como tinha sido grosseiro e aprender que do nada se fala (ou antes, não se fala) com uma discrição diametralmente oposta.

As crises sucessivas que atravessei daquele momento em diante não me deram mais sossego. Como pudera errar a ponto de buscar a totalidade da plenitude, preferindo-a à perfeição do vazio? Claro, a passagem do não ser ao ser fora uma grande novidade, um fato sensacional, um achado de efeito certeiro. Mas não se podia dizer que as coisas tinham mudado para melhor. De uma situação cristalina, sem erros, sem manchas, havíamos passado a uma construção tosca, entupida, que ruía de todos os lados, que se segurava por milagre. O que tanto havia conseguido me entusiasmar nas chamadas maravilhas do universo? A escassez de materiais à disposição tinha determinado, em muitos casos, soluções monótonas, repetitivas e, em muitos outros, uma disseminação de tentativas desordenadas, incoerentes, poucas delas destinadas a ter sequência. Talvez tivesse sido um falso começo: a pretensão daquilo que procurava se fazer acreditar um universo logo cairia feito uma máscara, e o nada, única autêntica totalidade possível, voltaria a impor seu invencível absoluto.

Entrei em uma fase em que somente as frestas de vazio, as ausências, os silêncios, as lacunas, os nexos faltantes, as desfiaduras no tecido do tempo me pareciam encerrar um sentido e um valor. Espiava através daquelas brechas o grande reino do não ser, reconhecendo ali minha verdadeira pátria, que me arrependia de ter traído em um temporário obscurecimento da consciência e que Nugkta me fizera reencontrar. Sim, reencontrar porque junto com minha musa iria me infiltrar naquelas estreitas passagens subterrâneas de vazio que atravessavam a compacidade do universo; juntos alcançaríamos o anulamento de toda dimensão, de toda permanência, de toda substância, de toda forma.

Nessa altura, o entendimento entre Nugkta e mim deveria finalmente existir sem a menor sombra. O que podia nos dividir àquela altura? No entanto, de vez em quando apareciam inesperadas divergências; tinha a impressão de ter me tornado mais severo do que ela em relação ao existente; espantava-me descobrindo nela indulgências, quase, diria, cumplicidades, com os esforços que aquele vórtice de poeira fazia para se manter unido. (Já havia campos eletromagnéticos bem formados, núcleos, os primeiros átomos...)

Uma coisa precisa ser dita: o universo, se considerado o auge da totalidade da plenitude, só podia inspirar banalidade e retórica, mas, se considerado fato de pouca importância, pouca coisa juntada às margens do nada, suscitava uma simpatia animadora, ao menos uma benévola curiosidade pelo que conseguiria fazer. Via com surpresa Nugkta pronta a sustentá-lo, a segurá-lo, aquele universo indigente, sofrido, fraco. Ao passo que eu, duramente: "Que venha o nada! Ao nada honra e glória!", insistia, preocupado que essa fraqueza de Nugkta pudesse nos desviar do nosso objetivo. E Nugkta, como respondia? Com seus costumeiros suspiros de zombaria, assim como nos tempos de meus excessos de zelo pelas glórias do universo.

Com atraso, como de costume, acabei compreendendo que ela estava certa, também dessa vez. Com o nada não podíamos ter outro contato a não ser por meio daquele pouco que o nada havia produzido como quintessência da sua inanidade; do nada não tínhamos outra imagem a não ser o nosso pobre universo. Todo nada que podíamos encontrar estava ali, na relatividade daquilo que existe, porque também o nada, nada mais tinha sido do que um nada relativo, um nada secretamente atravessado por veios e tentações de ser alguma coisa, se é verdade que em um momento de crise da própria nulidade pudera dar lugar ao universo.

Hoje que o tempo debulhou bilhões de minutos e de anos e é impossível reconhecer neste universo aqueles dos primeiros instantes, e desde que o espaço se tornou transparente de chofre, as galáxias envolvem a noite em suas espirais fulgurantes, e nas órbitas dos sistemas solares milhões de mundos amadurecem seus himalaias e seus oceanos no alternar-se das estações cósmicas, e nos continentes se apinham multidões festejantes ou sofredoras ou que se massacram umas às outras com obstinação meticulosa, e surgem e tombam os impérios sem suas capitais de mármore e pórfiro e betão, e os mercados transbordam de bois esquartejados e ervilhas congeladas e cortes de tule e brocado e náilon, e pulsam os transistores e os computadores e todo gênero de bugigangas, e de toda galáxia todos só fazem é observar e medir tudo, do infinitamente pequeno ao infinitamente grande, há um segredo que só Nugkta e eu conhecemos: que o que está contido no espaço e no tempo nada mais é do que o pouco, gerado pelo nada, o pouco que existe e que poderia até não existir, ou ser ainda mais exíguo, mais mirrado e deteriorável. Se preferirmos não falar disso, nem mal nem bem, é porque poderíamos dizer apenas isto: pobre delgado universo filho do nada, tudo o que somos e fazemos se parece com você.

# A IMPLOSÃO

*Quasar, galáxias de Seyfert, objetos B. L. La-certae ou, mais em geral, núcleos galácticos ativos têm chamado a atenção dos astrônomos nos últimos anos pela enorme energia que emitem, numa velocidade de até dez mil quilômetros por segundo. Há motivos válidos para acreditar que o motor central das galáxias seja um buraco negro de massa enorme.*

A Astronomia, nº 36

*Os núcleos galácticos ativos poderiam ser fragmentos não eclodidos no momento do big bang, nos quais estaria em andamento um processo exatamente oposto ao dos buracos negros, com expansão explosiva e liberação de enormes quantidades de energia ("buracos brancos"). Eles poderiam ser explicados como extremidades oriundas de uma ligação entre dois pontos do espaço-tempo (pontes de Einstein-Rosen) que expelem matéria devorada por um buraco negro situado na extremidade de entrada. Segundo essa teoria, é possível que uma galáxia de Seyfert, distante cem milhões de anos-luz, esteja expelindo agora gás sorvido em outro canto pelo universo há dez bilhões de anos. É até mesmo possível que um quasar distante dez bilhões de anos-luz tenha surgido, como vemos agora, com o*

*material que chegou de uma época futura, provindo de um buraco negro que, para nós, só se formou hoje.*
Paolo Maffei, *I mostri del cielo*, pp. 210-5

Explodir ou implodir, *disse Qfwfq*, eis a questão: será mais nobre a intenção de expandir no espaço a própria energia sem freios ou a de esmigalhá-la numa densa concentração interior e conservá-la engolindo-a? Subtrair-se, desaparecer; nada mais; segurar dentro de si todo brilho, todo raio, todo desabafo, e, sufocando no profundo da alma os conflitos que a agitam desalinhadamente, dar-lhes paz; ocultar-se, cancelar-se, talvez despertar alhures, diferente.

Diferente... Como diferente? O problema: explodir ou implodir tornaria a se apresentar? Absorvido pelo vórtice dessa galáxia, reaparecer em outros tempos e outros céus? Aqui afundar no silêncio frio, lá se expressar em berros flamejantes de outra linguagem? Aqui absorver o mal e o bem como uma esponja na sombra, ali brotar como um jorro ofuscante, espalhar-se, gastar-se, perder-se? Para quê, então, o ciclo tornaria a se repetir? Não sei de nada, não quero saber, não quero pensar nisso; agora, aqui, minha escolha está feita: estou implodindo como se o precipitar centrípeto me salvasse para sempre de dúvidas e erros, do tempo das transformações efêmeras, da descida escorregadia do antes e do depois, para fazer com que eu tenha acesso a um tempo estável, firme, acabado, e alcançar a única condição definitiva, compacta, homogênea. Explodam sim, se assim lhes apraz, irradiem-se em setas infinitas, prodigalizem-se, esbanjam, joguem-se fora: estou implodindo, desabo dentro do abismo de mim mesmo, em direção ao meu centro sepultado, infinitamente.

Há quanto tempo nenhum de vocês sabe mais imaginar a força vital a não ser sob a forma de explosão? Os motivos não lhes faltam, reconheço, o modelo de vocês é um universo que nasceu de uma explosão insensata, cujos primeiros estilhaços ainda voam desenfreados e incandescentes às raias do espaço, o emblema de vocês é o acender-se exuberante das supernovas que ostentam sua insolente juventude de estrelas sobrecarregadas de energia; a metáfora favorita de vocês é o vulcão, para demonstrar que mesmo um planeta adulto e ajustado sempre está pronto a desencadear e irromper. Eis então os fogareiros que, fulgurando nas mais distantes plagas do céu, convalidam seu culto da deflagração geral; gás e partículas quase tão velozes quanto a luz se arremessam de um turbilhão no centro das galáxias em espiral, transbordam nos lóbulos das galáxias elípticas, proclamam que o big bang ainda dura, o grande Pan não morreu. Não, não sou surdo aos seus motivos: eu também poderia me unir a vocês. Força! Explode! Estoura! O mundo novo começa ainda, repete seus sempre renovados começos num trovejar de tiros de canhão, como nos tempos de Napoleão... Não foi porventura a partir daquela época de exaltação pelo poder revolucionário das artilharias que o estouro começou a ser visto não apenas como um prejuízo para os bens e as pessoas, mas como um sinal de nascimento, de gênese? Não foi porventura desde então que as paixões, o eu, a poesia começaram a ser vistos como uma perpétua explosão? Mas se é assim, valem também os motivos opostos; naquele agosto em que o cogumelo se ergueu sobre cidades reduzidas a uma camada de cinzas, teve início uma época em que a explosão é apenas símbolo de negação absoluta. Coisa que, aliás, já sabíamos desde que, destacando-nos do calendário das crônicas terrestres, interrogávamos o destino do universo, e os oráculos da termodinâmica nos respondiam: toda forma existente se desmanchará numa labareda de calor; não há presença que se salve da desordem sem retorno dos corpúsculos; o tempo é uma catástrofe perpétua, irreversível.

Apenas algumas velhas estrelas sabem sair do tempo; a porta aberta para saltar do trem que corre em direção ao aniquilamento são elas. Uma vez alcançado o extremo da sua decrepitude, retesadas nas dimensões de "anãs vermelhas" ou "anãs brancas", ofegantes no último soluço reluzente dos "pulsares", comprimidas até o estágio de "estrelas de nêutrons" e finalmente subtraída sua luz do desperdício do firmamento, uma vez que se tornaram o escuro apagamento de si próprias, eis que estão maduras para o irrefreável colapso em que tudo, mesmo os raios luminosos, recai para dentro para não mais sair dali. Louvadas sejam as estrelas que implodem. Uma nova liberdade se abre nelas: eliminadas do espaço, exoneradas do tempo, existem para si, afinal, não mais em função de todo o resto talvez só elas possam ter certeza de existir realmente. "Buracos negros" é um apelido denigratório, ditado pela inveja; são o exato oposto de buracos, não há nada mais cheio e pesado e denso e compacto, com obstinação para aguentar a gravidade que carregam em si, como apertando os punhos, serrando os dentes, arqueando a corcunda. Só com essas condições nos salvamos da dissolução na expansividade transbordante, nas girândolas das efusões, da extroversão exclamativa, das efervescências e incandescências. Só assim penetramos em um espaço-tempo no qual o implícito, o não expresso não perdem a própria força, em que a pregnância de significados não se dilui, em que a discrição, o distanciamento multiplicam a eficácia de cada ato.

Não se distraiam divagando sobre os comportamentos irrefletidos de hipotéticos objetos quase estelares nos confins incertos do universo: olhem para cá, para o centro da nossa galáxia, onde todos os cálculos e os instrumentos indicam a presença de um corpo de massa enorme que, no entanto, não se vê. Teias de aranha de radiações e de gás, presas talvez desde o tempo dos últimos estrondos, provam que ali no meio jaz um desses denominados buracos, já apagado como uma velha cratera. Tudo o que nos cerca, a roda dos sistemas planetários e constelações e ramos da via láctea, todas as coisas em nossa galáxia se sustentam no eixo dessa implosão que afundou para dentro de si mesma. É aquele o meu polo, meu espelho, minha pátria secreta. Não tem nada que sentir inveja das galáxias mais distantes cujo núcleo parece explosivo: mesmo ali, o que conta é o que não se vê. Tampouco de lá aparecerá alguma coisa, acreditem: o que fulgura e redemoinha em velocidade impossível é apenas o alimento que será esmigalhado no pilão centrípeto, assimilado à outra maneira de ser, a minha.

Claro que às vezes tenho a impressão de ouvir uma voz das últimas galáxias. — Sou Qfwfq, sou o você mesmo que explode enquanto você implode: eu me doo, me expresso, me espalho, comunico, realizo toda minha potencialidade, eu realmente existo, e não você, introvertido, reticente, egocêntrico, compenetrado em um você mesmo imutável...

Então sou tomado pela angústia de que mesmo além da barreira do colapso gravitacional o tempo continua a escorrer; um tempo diferente, sem relação com aquele que permaneceu do lado de cá, mas igualmente lançado numa corrida sem retorno. Nesse caso, a implosão em que me lanço seria apenas uma pausa que me é concedida, um atraso interposto à fatalidade da qual não posso escapar.

Alguma coisa como um sonho ou uma lembrança passa pela minha mente: Qfwfq está escapando da catástrofe do tempo, encontra uma passagem para se subtrair à sua condenação, lança-se pela fenda, tem certeza de ter se colocado em segurança, de uma fresta do seu refúgio contempla a precipitação dos eventos dos quais se livrou, ele se compadece com parcimônia dos que foram atingidos, e eis que lhe parece reconhecer alguém, sim, é Qfwfq, é Qfwfq que, sob os olhos de Qfwfq, torna a percorrer a mesma catástrofe de antes ou de depois, Qfwfq que no momento de se perder vê Qfwfq se salvando, mas não o vê salvá-lo. — Qfwfq, salve-se! — grita Qfwfq, mas é Qfwfq que, implodindo, quer salvar Qfwfq que explode ou o contrário? Nenhum Qfwfq salva da deflagração os Qfwfq que explodem, os quais não conseguem reter nenhum Qfwfq da sua irreprimível implosão. Cada percurso do tempo procede em direção ao desastre em um sentido ou no sentido oposto e sua interseção não forma uma rede de trilhos regulados por desvios e por ramais, e sim um emaranhado, um nó...

Sei que não tenho de dar ouvidos às vozes, nem dar crédito a visões ou a pesadelos. Continuo cavando no meu buraco, em minha toca de toupeira.

# UMA COSMICÔMICA TRANSFORMADA

# A
# OUTRA
# EURÍDICE

Vocês venceram, homens de fora, e refizeram sua história assim como lhes agrada, para condenar a nós, os de dentro, ao papel que vocês gostam de nos atribuir, de potências das trevas e da morte, e o nome que nos deram, os Ínferos, vocês o carregam de tons funestos. Claro que, se todos esquecerem do que de fato aconteceu entre nós, entre Eurídice e Orfeu e mim, Plutão, aquela história toda, ao contrário de como vocês a contam, se realmente ninguém mais recordar que Eurídice era uma das nossas e que nunca tinha habitado a superfície da Terra antes que Orfeu a raptasse de mim com suas músicas mentirosas, então o nosso antigo sonho de fazer da Terra uma esfera viva estará definitivamente perdido.

Agora já quase ninguém se lembra do que significava fazer viver a Terra: não o que vocês acreditam, recompensados pela dissipação de vida que se pousou na fronteira entre a terra a água o ar. Eu gostaria que a vida se expandisse do centro da Terra, se propagasse às esferas concêntricas que a compõem, circulasse entre os metais fluidos e compactos. Esse era o sonho de Plutão. Só assim se tornaria um enorme organismo vivo, a Terra, só assim se evitaria aquela condição de exílio precário a que a vida teve de se reduzir, com o peso opaco de uma bola de pedra inanimada abaixo de si, e acima o vazio. Vocês nem sequer imaginam mais que a vida podia ser alguma coisa diferente daquilo que acontece lá fora, ou melhor, quase fora, já que acima de vocês e da crosta terrestre ainda existe a tênue crosta do ar. Mas não há comparação com a sequência de esferas em cujos interstícios nós, criaturas das profundezas, sempre vivemos, e das quais ainda subimos para povoar seus sonhos. A Terra, dentro, não é compacta: é descontínua, feita de cascas sobrepostas de densidades diferentes, até lá embaixo no núcleo de ferro e níquel, que também é um sistema de núcleos, um dentro do outro e cada qual girando separado do outro conforme a maior ou a menor fluidez do elemento.

Vocês querem ser chamados de terrestres, sabe-se lá com que direito porque o verdadeiro nome de vocês seria extraterrestres, gente que está fora; terrestre é quem vive dentro, como eu e como Eurídice, até o dia em que vocês a levaram de mim, enganando-a, para esse fora desolado de vocês.

O reino de Plutão é este, porque é aqui dentro que sempre vivi, junto com Eurídice, antes, e depois sozinho, numa dessas terras internas. Um céu de pedra girava acima das nossas cabeças, mais límpido que o de vocês, e atravessado, como o seu, por nuvens, ali onde se condensam suspensões de cromo ou de magnésio. Sombras aladas levantam voo: os céus internos têm suas aves, concreções de rocha leve que descrevem espirais escorrendo para o alto até desaparecerem da vista. O tempo muda de repente; quando descargas de chuva plúmbea se abatem, ou quando saraivam cristais de zinco, não há outra salvação a não ser se infiltrar nas porosidades da rocha esponjosa. Aos intervalos, a escuridão é sulcada por um zigue-zague abrasado; não é um raio, é metal incandescente que serpenteia veio abaixo.

Considerávamos terra a esfera interna na qual acontecia pousarmos, e céu a esfera que cerca aquela esfera: exatamente como vocês fazem, enfim, mas por aqui essas distinções sempre eram provisórias, arbitrárias, já que a consistência dos elementos mudava o tempo todo, e a certa altura percebíamos que o nosso céu era duro e compacto, uma mó nos esmagando, ao passo que a terra era uma cola viscosa, agitada por sorvedouros, pululante de pequenas bolhas gasosas. Eu procurava aproveitar as efusões de elementos mais pesados para me aproximar do verdadeiro centro da Terra, do núcleo que serve de núcleo para todo núcleo, e segurava Eurídice pela mão, guiando-a na descida. Mas cada infiltração que abria seu caminho em direção ao interior expulsava outros materiais e os obrigava a subir para a superfície; às vezes, em nosso afundar éramos envolvidos pela onda que jorrava em direção às camadas superiores e que nos enrolava em seu caracol. Assim tornávamos a percorrer em sentido oposto o raio terrestre; nas camadas minerais abriam-se canais que nos aspiravam e abaixo de nós a rocha tornava a se solidificar. Até nos percebermos sustentados por outro solo e dominados por outro céu de pedra, sem saber se estávamos mais acima ou mais abaixo do ponto de onde havíamos partido.

Eurídice, assim que via acima de nós o metal de um novo céu se tornando fluido, era dominada pela fantasia de voar. Mergulhava para o alto, atravessava a nado a cúpula de um primeiro céu, de outro, de um terceiro, se agarrava às estalactites que pendiam das abóbadas mais altas. Eu ia atrás dela, um pouco para fazer o seu jogo, um pouco para lembrá-la de retomar o nosso caminho, no sentido oposto. Claro que Eurídice, assim como eu, estava convencida de que o ponto para o qual pendíamos era o centro da Terra. Só tendo alcançado o centro poderíamos chamar de nosso o planeta todo. Éramos os iniciadores da vida terrestre e por isso tínhamos que começar a tornar a Terra viva desde o seu núcleo, irradiando aos poucos a nossa condição para todo o globo. Pendíamos para a vida terrestre, isto é, *da* Terra e *na* Terra; não ao que desponta da superfície e vocês acreditam poder chamar de vida terrestre, embora nada mais seja do que mofo dilatando suas manchas na casca rugosa da maçã.

Sob os céus de basalto, já víamos surgirem as cidades plutônicas que fundaríamos, cercadas por muros de jaspe, cidades esféricas e concêntricas, navegantes sobre oceanos de mercúrio, atravessadas por rios de lava incandescente. Era um corpo vivo-cidade-máquina que gostaríamos que crescesse e ocupasse o globo todo, uma máquina telúrica que utilizaria sua energia desmedida para se construir continuamente, para combinar e permutar todas as substâncias e formas, cumprindo na velocidade de uma sacudida sísmica o trabalho que vocês lá fora tiveram que pagar com o suor de séculos. E essa cidade-máquina-corpo vivo seria habitada por seres como nós, gigantes que dos céus giratórios esticariam seu abraço membrudo sobre gigantas que nas rotações das terras concêntricas se exporiam em sempre novas posições, tornando possíveis sempre novos acoplamentos.

Era o reino da diversidade e da totalidade que se originaria daquelas misturas e vibrações: era o reino do silêncio e da música. Vibrações contínuas que se propagaram com vagarosidade diversa, conforme as profundidades e as descontinuidades dos materiais, que encrespariam nosso grande silêncio, o transformariam na música incessante do mundo, na qual se harmonizariam as vozes profundas dos elementos.

Isso para lhes dizer como está errado o seu caminho, a sua vida, na qual trabalho e gozo estão em contraste, em que a música e o barulho estão divididos; isso para lhes dizer como desde então as coisas estavam claras, e o canto de Orfeu nada mais era do que um sinal desse mundo de vocês, dividido e parcial. Por que Eurídice caiu na armadilha? Pertencia inteiramente ao nosso mundo, Eurídice, mas sua índole encantada a levava a preferir todo estado de suspensão, e assim que lhe era permitido pairar em voo, em saltos, em escaladas das chaminés vulcânicas, a víamos posicionar sua pessoa em torções e pinotes e cabragens e contorções.

Os lugares fronteiriços, as passagens de uma camada terrestre à outra lhe proporcionavam uma tênue vertigem. Eu disse que a Terra é feita de telhados sobrepostos, como invólucros de uma imensa cebola, e que cada teto remete a um teto superior, e todos juntos preanunciam o teto extremo, ali onde a Terra cessa de ser Terra, onde o dentro todo fica do lado de cá, e do lado de lá há apenas o fora. Para vocês, essa fronteira da Terra se identifica com a própria Terra; acreditam que a esfera seja a superfície que a enfaixa, não o volume; sempre viveram naquela dimensão bem achatada e nem sequer supõem que se possa existir alhures e de outro modo; para nós então essa fronteira era alguma coisa que sabíamos existir, mas não imaginávamos poder ver, a não ser que se saísse da Terra, perspectiva que nos parecia, mais do que amedrontadora, absurda. Era ali que era projetado em erupções e jorros betuminosos e grandes sopros tudo aquilo que a Terra expelia das suas vísceras: gases, misturas líquidas, elementos voláteis, materiais de pouca importância, resíduos de todo tipo. Era o negativo do mundo, alguma coisa que não podíamos representar nem mesmo com o pensamento, e cuja ideia abstrata bastava para provocar um arrepio de desgosto, não, de angústia, ou melhor, um aturdimento, uma — justamente — vertigem (aqui está, nossas reações eram mais complicadas do que se pode acreditar, especialmente as de Eurídice), na qual se insinuava uma parte de fascínio, como uma atração pelo vazio, pelo bifronte, pelo último.

Seguindo Eurídice nessas suas fantasias errantes, tomamos a garganta de um vulcão extinto. Acima de nós, ao atravessar como o aperto de uma ampulheta, abriu-se a cavidade da cratera, grumosa e cinzenta, uma paisagem não muito diferente, em forma e essência, daquelas habituais das nossas profundezas; porém o que nos deixou atônitos foi o fato de a Terra ali parar, não recomeçar a girar sobre si mesma sob outro aspecto, e dali em diante começar o vazio ou, de todo modo, uma substância incomparavelmente mais tênue do que as que tínhamos atravessado até então, uma substância transparente e vibrante, o ar azul.

Foram essas vibrações que desencaminharam Eurídice, tão diferentes das que se propagam lentas através do granito e do basalto, diferentes de todos os estalidos, os clangores, os cavernosos retumbares que percorrem torpemente as massas dos metais fundidos ou as muralhas cristalinas. Aqui vinham ao seu encontro como um disparar de centelhas sonoras miúdas e puntiformes sucedendo-se numa velocidade para nós insustentável de qualquer ponto do espaço: era uma espécie de cócegas que nos dava uma impaciência desalinhada. Tomou conta de nós — ou, ao menos, tomou conta de mim; daqui em diante sou obrigado a distinguir os meus estados de espírito daqueles de Eurídice — o desejo de nos retrairmos no negro fundo de silêncio no qual o eco dos terremotos passa fofo e se perde na distância. Mas para Eurídice, como sempre atraída pelo raro e temerário, havia a impaciência de se apropriar de alguma coisa única, boa ou ruim que fosse.

Foi naquele instante que a insídia foi detonada: além da borda da cratera o ar vibrou de modo contínuo, aliás, de modo contínuo que continha diversas maneiras descontínuas de vibrar. Era um som que se erguia pleno, se extinguia, retomava volume, e nesse modular-se seguia um desenho invisível estendido no tempo como uma sucessão de cheios e vazios. Outras vibrações se sobrepunham a essa, e eram agudas e bem separadas umas das outras, mas se apertavam em um halo ora doce ora amargo, e se contrapunham ou acompanhavam o curso do som mais profundo, impunham como um círculo ou campo ou domínio sonoro.

Logo o meu impulso foi subtrair-me daquele círculo, retornar para a densidade acolchoada; e deslizei para dentro da cratera. Mas Eurídice, no mesmo instante, tinha tomado impulso despenhadeiros acima, na direção de onde provinha o som, e antes que eu pudesse retê-la, tinha superado a borda da cratera. Ou foi um braço, ou alguma coisa que pude pensar fosse um braço, que a agarrou, serpentino, e a arrastou para fora; consegui ouvir um grito, o grito dela, que se unia ao som de antes, em harmonia com ele, em um único canto que ela e o desconhecido cantor entoavam, escandido nas cordas de um instrumento, descendo as encostas externas do vulcão.

Não sei se essa imagem corresponde ao que vi ou ao que imaginei; estava já afundando em minha escuridão, os céus internos se fechavam um a um sobre mim: abóbadas silícicas, telhados de alumínio, atmosferas de enxofre viscoso; e o matizado silêncio subterrâneo ecoava à minha volta, com seus estrondos contidos, com seus trovões sussurrados. O alívio em me descobrir distante da nauseabunda margem do ar e do suplício das ondas sonoras tomou conta de mim junto com o desespero por ter perdido Eurídice. Pronto, estava só; não soubera salvá-la do desespero de ser arrancada da Terra, exposta à continua percussão de cordas estendidas no ar com que o mundo do vazio se defende do vazio. Meu sonho de tornar à Terra viva alcançando com Eurídice o último centro falhara. Eurídice era prisioneira, exilada nas charnecas destampadas do lado de fora.

Seguiu-se um tempo de espera. Meus olhos densamente espremidos contemplavam paisagens umas sobre as outras preenchendo o volume do globo: cavernas filiformes, cadeias montanhosas empilhadas em lascas e lâminas, oceanos torcidos como esponjas; quanto mais reconhecia com comoção nosso mundo apinhado, concentrado, compacto, tanto mais sofria por Eurídice não estar ali habitando-o.

Libertá-la tornou-se meu único pensamento: forçar as portas do fora, invadir o exterior com o interior, reanexar Eurídice à matéria terrestre, construir sobre ela uma nova abóbada, um novo céu mineral, salvá-la do inferno daquele ar vibrante, daquele som, daquele canto. Espiava o juntar-se da lava nas cavernas vulcânicas, sua pressão para o alto pelos dutos verticais da crosta terrestre — o caminho era esse.

Chegou o dia da erupção, uma torre de fagulhas ergueu-se negra no ar acima do Vesúvio decapitado, a lava galopava pelos vinhedos do golfo, forçava as portas de Herculano, esmagava o muladeiro e o animal contra a muralha, arrancava do avaro as moedas, o escravo dos cepos, o cão apertado pela coleira desarraigava a correia e procurava salvação no celeiro. Eu estava ali no meio: avançava com a lava, a avalanche incandescente se retalhava em línguas, em regatos, em serpentes, e na ponta que se infiltrava mais à frente estava eu, correndo em busca de Eurídice. Sabia — alguma coisa me avisava — que ainda era prisioneira do desconhecido cantor: onde quer que eu tornasse a ouvir a música daquele instrumento e o timbre daquela voz, lá estaria ela.

Corria enlevado pela efusão de lava entre hortas apartadas e templos de mármore. Ouvi o canto e um harpejo; duas vozes se revezavam; reconheci a de Eurídice — mas como estava mudada! — acompanhando a voz desconhecida. Uma inscrição na arquivolta, em letras gregas: Orpheos. Arrebentei a porta, inundei além da soleira. Eu a vi, um só instante, ao lado da harpa. O lugar era fechado e cavo, feito de propósito — dir-se-ia — para que a música se juntasse ali, como numa concha. Uma cortina pesada — de couro, pareceu-me, aliás, estofada como um edredom — fechava uma janela, de modo a isolar sua música do mundo em volta. Assim que entrei, Eurídice puxou a cortina de repente, escancarando a janela: lá fora se abriam a enseada deslumbrante de reflexos e a cidade e as ruas. A luz do meio-dia invadiu a sala, a luz e os sons: um arranhar de violões erguia-se de todos os cantos e o ondulante mugido de cem alto-falantes, e se misturavam a um retalhado crepitar de motores e buzinações. A couraça do ruído estendia-se dali em diante sobre a superfície do globo: a faixa que delimita sua vida de superfície, com as antenas hasteadas nos telhados transformando em som as ondas que, invisíveis e inaudíveis, percorrem o espaço, com os transistores grudados nas orelhas para enchê-las a todo instante da cola acústica sem a qual não sabem se estão vivos ou mortos, com os jukeboxes que armazenam e derramam sons, e a ininterrupta sirene da ambulância recolhendo a cada hora os feridos da carnificina ininterrupta de vocês.

Contra essa parede sonora, a lava parou. Transpassado pelos espinhos do alambrado de vibrações estrepitantes, ainda fiz um movimento adiante em direção ao ponto onde, por um instante, havia visto Eurídice, mas ela havia desaparecido, desaparecido seu raptor: o canto de onde e do qual viviam estava submerso pela irrupção da avalanche do ruído, eu não conseguia mais distinguir nem ela nem seu canto.

Recuei, movendo-me para trás na efusão de lava, tornei a subir as encostas do vulcão, tornei a habitar o silêncio, a sepultar-me.

Ora, vocês que vivem fora, digam-me, se por acaso lhes acontece captar, na densa massa de sons que os cerca, o canto de Eurídice, o canto que a mantém prisioneira e que por sua vez é prisioneiro do não canto que massacra todos os cantos, se conseguem reconhecer a voz de Eurídice na qual ainda soa o eco distante da música silenciosa dos elementos, digam-me, deem-me notícias dela, vocês extraterrestres, vocês provisoriamente vencedores, para que eu possa retomar meus planos de trazer Eurídice de volta ao centro da vida terrestre, de restabelecer o reino dos deuses do dentro, dos deuses que habitam a espessura densa das coisas, agora que os deuses de fora, os deuses dos altos Olimpos e do ar rarefeito deram a vocês tudo o que podiam dar, e está claro que não basta.

## SOBRE O AUTOR

ITALO CALVINO nasceu em 1923, em Santiago de Las Vegas, Cuba, e foi para a Itália logo após o nascimento. Participou da resistência ao fascismo durante a guerra e foi membro do Partido Comunista até 1956. Em 1946 instalou-se em Turim, onde se doutorou com uma tese sobre Joseph Conrad. Lançou sua primeira obra, *A trilha dos ninhos de aranha*, em 1947. Considerado um dos maiores escritores europeus do século xx, morreu em 1985. A Companhia das Letras está publicando sua obra completa.

## OBRAS DO AUTOR PUBLICADAS PELA COMPANHIA DAS LETRAS

*Os amores difíceis*
*Assunto encerrado*
*O barão nas árvores*
*O caminho de San Giovanni*
*O castelo dos destinos cruzados*
*O cavaleiro inexistente*
*As cidades invisíveis*
*Coleção de areia*
*Contos fantásticos do século XIX* (org.)
*As cosmicômicas*
*O dia de um escrutinador*
*Eremita em Paris*
*A entrada na guerra*
*A especulação imobiliária*
*Fábulas italianas*
*Um general na biblioteca*
*Marcovaldo ou As estações na cidade*
*Mundo escrito e mundo não escrito —
      Artigos, conferências e entrevistas*
*Os nossos antepassados*
*Um otimista na América — 1959-1960*
*Palomar*
*Perde quem fica zangado primeiro* (infantil)
*Por que ler os clássicos*
*Se um viajante numa noite de inverno*
*Seis propostas para o próximo milênio — Lições americanas*
*Sob o sol-jaguar*
*Todas as cosmicômicas*
*A trilha dos ninhos de aranha*
*O visconde partido ao meio*

Esta obra foi composta em Scala por
Raul Loureiro e impressa em ofsete pela
Geográfica sobre papel Pólen Natural da Suzano S.A.
para a Editora Schwarcz em agosto de 2023

A marca FSC® é a garantia de que a madeira utilizada na fabricação do papel deste livro provém de florestas que foram gerenciadas de maneira ambientalmente correta, socialmente justa e economicamente viável, além de outras fontes de origem controlada.